Todos tus besos

Todos tus besos

Noa Alférez

rocabolsillo

© 2023, Noa Alférez

Primera edición en este formato: febrero de 2023

© de esta edición: 2023, Roca Editorial de Libros, S. L.
Av. Marquès de l'Argentera 17, pral.
08003 Barcelona
actualidad@rocaeditorial.com
www.rocabolsillo.com

Impreso por CPI BLACK PRINT
Sant Andreu de la Barca (Barcelona)
Printed in Spain – Impreso en España

ISBN: 978-84-18850-74-5
Depósito legal: B. 22944-2022

RB50745

A mi hermana. Porque sin ti yo no sería

PRÓLOGO

Redmayne Manor, residencia del duque
de Redmayne, Berkshire, Inglaterra, 1842

*E*mma Sheperd se humedeció ligeramente las puntas de los dedos y los pasó, nerviosa, por el flequillo de su hijo Thomas, intentando sin éxito domar sus rebeldes rizos dorados. Lo observó mientras él hacía una mueca de disgusto intentando zafarse y se dio cuenta demasiado tarde de la mancha de pintura azul cobalto en sus cortas uñas. Rezó para que el duque de Redmayne no se diera cuenta, aunque sabía que pocos detalles se le escapaban a un hombre como él. Thomas se revolvió incómodo en el asiento, deseando volver a casa para terminar el paisaje que estaba pintando.

Llevaban más de media hora sentados en una dura silla de madera esperando a que su excelencia los recibiera, y su inquieto trasero ya estaba acusando tanto tiempo parado en la misma posición. No terminaba de entender por qué había tenido que ponerse su tieso traje de los domingos si aún era martes, ni por qué su madre se había puesto ese perfume empalagoso que a él le daba ganas de estornudar y que solo usaba los días de fiesta.

Thomas deslizó un dedo entre el cuello de la camisa y su propia piel, intentando aliviar la desacostumbrada presión en la garganta que le producía la tela abotonada hasta arriba, y que además picaba como un demonio. Estiró los brazos y comprobó que las mangas le quedaban muy por encima de las muñecas, al igual que los pantalones de lana que le quedaban cortos. Su madre respiró resignada, no daba abasto a arreglarle la ropa. Había dado otro estirón. Apenas había cumplido diez años, pero era más alto que la mayoría de los niños de su edad, y su cuerpo se asemejaba a un fino junco que crecía espigado y flexible.

La puerta de roble labrada se abrió con un crujido de ultratumba y Thomas estiró la espalda como si hubiera sido pillado en un sitio en el que no debería estar y estuviera a punto de recibir una regañina. Un hombre enjuto y algo jorobado les hizo un gesto para que pasaran. Emma empujó a su hijo con suavidad al interior de la habitación y el hombrecillo los dejó solos en la enorme e intimidante estancia, a merced del que, a todas luces, era el temible duque de Redmayne.

El hombre era conocido por ser un déspota, poco compasivo y frío, y las malas lenguas insinuaban que había matado a su esposa para comérsela después en un extraño ritual. Thomas no lo creía. Alguien que tuviera el suficiente dinero para costearse todo tipo de manjares sería estúpido si se comiera a su esposa, que seguramente sería menos jugosa que un suculento faisán.

Durante las largas noches de invierno, apostados junto a la chimenea con un vaso de vino caliente en la mano, los lugareños se transmitían de unos a otros la horrible leyenda del duque de Redmayne. Según contaban, en un arrebato de demencia y maldad había arrastrado a su mujer del pelo durante una fría noche de luna llena a través de los jardines y los caminos de tierra. La había conducido hasta el punto más alto de la antigua fortaleza de los Redmayne, situada sobre una colina al norte de la propiedad, de la que apenas quedaba un torreón ocupado por los pájaros y un par de paredes. Desde allí el cuerpo de la mujer se había precipitado hasta el suelo, donde terminó roto e inerte sobre las frías rocas, por las que, en las noches de luna llena, su espectro continuaba llorando su desgracia.

A nadie le importaba realmente que Redmayne estuviera en Londres cuando aquello sucedió, y que jamás le hubiera puesto una mano encima a la duquesa, porque, aunque él no hubiera ayudado a su mujer a lanzarse desde la torre, emocionalmente sí la había empujado a una amargura y un desapego que ella no había sabido digerir.

Las paredes de la habitación estaban forradas de tela de color granate que contrastaban con la madera oscura de los robustos muebles y los gruesos cortinajes. Sobre una de ellas colgaba la cornamenta de ciervo más enorme que Thomas hubiera visto jamás. Al ver al impresionante caballero levantarse solemne de su sillón de piel, Thomas tuvo que reconocer que las habladurías bien podían ser ciertas.

Recortado contra la luz de las vidrieras de colores de los ventanales y rodeado por toda esa ostentación, el duque parecía aún más impresionante, y en su imaginativa mente infantil, se transformó en un ser mitológico, mitad águila mitad hombre.

La nariz aguileña y elegante, los rasgos afilados, los fríos ojos azules, casi transparentes, y los rizos dorados peinados en ondas perfectas le daban un aspecto pulcro, impecable y casi sobrenatural a los ojos de un niño. En un acto reflejo, Thomas se aferró a la mano de su madre y la apretó con fuerza intentando infundirse valor. El hombre sonrió mirándolo inquisitivamente desde su altura, aunque no había ni felicidad ni una pizca de simpatía en su gesto. Su actitud estaba estudiada para intimidar y amedrentar a los demás.

El niño lo notó y, en lugar de achantarse, decidió envalentonarse como el solitario soldado que no tiene nada que perder. Cuadró los hombros y lo miró con insolencia, sintiéndose capaz de defender a su madre ante una docena de duques, de ser necesario.

—Que vaya a jugar al jardín mientras hablamos. —Su orden fue tajante y su madre, que lucía las mejillas sonrosadas y los ojos brillantes, asintió con una ligera reverencia antes de conducirlo de vuelta al pasillo.

Emma sabía el tipo de conversación que Edward Richmond, séptimo duque de Redmayne, quería mantener con ella. Una que los llevaría como siempre a acabar desnudos y saciados sobre la alfombra o el sofá. No quería hacerse ilusiones con respecto a la relación que el duque pudiera establecer de ahora en adelante con Thomas, pero al menos era un paso que al fin hubiese solicitado conocer a su hijo, al que apenas había visto una vez cuando aún era un bebé.

Lo que no sospechaba Emma era que Redmayne seguía los pasos de Thomas desde la distancia, siempre al tanto de cada nuevo progreso, sin poder evitar el orgullo que le provocaba que la sangre de los Richmond corriera de manera tan notoria por él.

Thomas hubiera sido su digno heredero, fuerte, inteligente, intrépido y decidido, y físicamente era un inconfundible miembro de la estirpe de los Redmayne. Mucho más que su hijo legítimo, del que hubiera renegado con gusto de haber podido. A menudo había acusado a su esposa de haberle sido infiel —aunque estuviera seguro de que no había sido así—, poniendo en duda la paternidad de sus hijos. Tanto Steve como Alexandra habían heredado la fina belleza de su madre, sus ojos y su pelo oscuro, y, para su desgracia, el primogénito además también había heredado su precaria salud. Era frágil tanto de carácter como físicamente, y su piel cetrina era síntoma evidente de su debilidad, que lo mantenía largas temporadas en cama por una u otra dolencia.

La pequeña Alexandra al menos gozaba de una constitución más enérgica y parecía tener la mente despierta a pesar de su corta edad.

Υ

Thomas se quedó mirando durante unos instantes la puerta tras la que se había quedado su madre en compañía del duque y se sintió desvalido e indefenso.

Enfiló el largo y oscuro pasillo sintiéndose apabullado y muy pequeño en comparación con los enormes cuadros y los tapices con motivos de caza.

Tímidamente se acercó a la pequeña terraza enlosada que daba paso al jardín y se apoyó en la madera de la puerta calibrando si debía dejarse ver o permanecer en el anonimato.

Un niño delgado y pálido, probablemente de su misma edad, paseaba con un libro en la mano, captando los tímidos rayos de sol de los primeros días de primavera mientras recitaba en voz alta de manera mecánica frases en latín.

—... *de parvis grandis acervus erit...* —entonó con voz monótona mientras pasaba cerca de donde estaba él sin percatarse de su presencia.

—«... de las cosas pequeñas se nutren las cosas grandes...» —musitó para sí Thomas.

No era muy normal que el hijo de una simple costurera aprendiera latín, historia, geografía o arte, de manos de un profesor que a todas luces no podían pagar, pero eso Thomas no lo sabía aún.

Un tirón de los faldones de su chaqueta le hizo volverse, para encontrarse con los enormes ojos marrones de una pequeña de unos cinco años. La niña le ofreció una galleta, sonrió y salió corriendo con sus rizos oscuros agitándose a su alrededor, para volver a donde se encontraba su niñera.

Esa fue la primera vez que Thomas vio a sus hermanos.

Nadie les dijo que por sus venas corría la misma sangre, pero aquello era una de esas cosas que los niños comienzan a asimilar con esa inocente y extraña clarividencia que tienen a pesar de su edad. A partir de ese día, Thomas acudió a Redmayne Manor con asiduidad para recibir allí clases con el heredero del ducado como compañero de pupitre hasta que se hizo lo bastante mayor para acudir a los mejores y más caros colegios.

Jamás recibió un gesto o una palabra de cariño del duque, ni se sintió en esa casa como otra cosa que no fuera un usurpador o un advenedizo.

Thomas no estaba orgulloso de su situación y percibía el desprecio silencioso que la gente del pueblo, los arrendatarios y hasta el servicio de la mansión sentían por su madre, a la que consideraban una aprovechada que se había garantizado un porvenir convirtiéndose en la amante del gran duque, madre de su hijo bastardo.

Pocos, salvo Thomas y el propio duque quizá, sabían que Emma Sheperd estaba realmente enamorada y que había resistido estoicamente las habladurías, las pullas y el vacío de todos porque para ella no había nada ni nadie en el mundo más importante que ese hombre. Por encima de sí misma, por encima de su propio hijo.

Había renunciado a su honor, a su amor propio, a su dignidad y a todo lo que era a cambio de las migajas que le brindaba un hombre que carecía de la capacidad de amar.

Ver cómo su madre se deterioraba, que su vida se limitaba a esperar la llamada de su amante, del que solo recibía indiferencia y algún requerimiento ocasional para calentar su lecho, lo indignaba y enfurecía de una manera que no era capaz de asimilar.

Ese enamoramiento, o más bien esa obsesión, había destrozado la vida de Emma Sheperd.

Y esa era, fundamentalmente, la razón por la que Thomas Sheperd había crecido siendo desconfiado y odiando el amor, un sentimiento capaz de reducir a una persona a simples pedazos inconexos y a una triste sombra de lo que una vez fue.

1

Greenwood Hall, Sussex, octubre de 1859

—«... *Y* el aguerrido caballero se inclinó finalmente ante su bella amada, con su último aliento, y la cinta de terciopelo manchada con su propia sangre como postrera ofrenda, como una incomparable e insuperable muestra de amor verdadero. Fin.» —Caroline Greenwood suspiró y apretó el libro contra su pecho, esperando ver unas reacciones igualmente emocionadas por parte de su hermana pequeña y de Marian, su mejor amiga.

Ambas se miraron y volvieron a mirar a Caroline.

—¿En serio? —dijo Marian arqueando una ceja—. ¿Ha muerto devorado por los lobos solo para intentar recuperar una cinta del pelo de cinco peniques?

—No es demasiado práctico —continuó su hermana Crystal—. Ahora tiene una cinta de pelo manchada de sangre que ha quedado inservible, y su amado está criando malvas. Hubiera sido más viable ir al pueblo a comprarle una docena de cintas nuevas en lugar de cruzar el bosque en mitad de la noche para tratar de encontrar una usada.

—No se trata de… —Caroline bufó exasperada—. Es un gesto simbólico. El amor es tan incontenible que él es incapaz de pensar en su propia seguridad y antepone cualquier deseo de su amada por nimio que sea.

—Dios, Carol. No es simbólico. Es absurdo, por no decir cruel. En serio, ningún hombre en su sano juicio haría semejante estupidez —sentenció Marian Miller, en cuyos planes no estaba encontrar el amor romántico ni mucho menos, aunque estuviera más que un poco enamorada del hermano mayor de Caroline.

—No sé por qué me molesto en leeros nada. —Caroline cerró el libro y se puso de pie para marcharse—. Voy a dar un paseo. Os dejo para que practiquéis, que buena falta os hace.

Las chicas se rieron ante el repentino malhumor de Caroline y volvieron a emplearse a fondo en la partitura del solo de piano que Crystal tocaría en la velada musical que había organizado lady Eleonora Greenwood para su fiesta campestre.

La reunión duraría unas dos semanas y toda la mansión estaba repleta de invitados ilustres, minuciosamente elegidos por su madre para propiciar que alguno de sus tres hijos casaderos encontrara el amor, o, en su defecto, el matrimonio. Crystal aún no había sido presentada en sociedad, por lo que tenía la suerte de librarse de los tejemanejes de su madre.

Tras esquivar convenientemente a varios invitados y al mayordomo, Caroline salió de la mansión por la puerta de atrás para dirigirse como cada tarde al rincón junto al lago donde ya la esperaba John Coleman.

Lady Caroline Greenwood lo tenía todo para convertirse en la debutante más deseada en su primera temporada. Bella, educada, ocurrente, con una dote más que generosa y hermana de uno de los aristócratas más influyentes y ricos del país, el conde de Hardwick.

Pero, romántica y soñadora como era, aspiraba a vivir una de esas historias de amor idílicas como las de los libros que solía leer. Una historia que la hiciera temblar de emoción y levitar a varios metros por encima del suelo.

La euforia inicial de las primeras veladas y de los primeros apuestos candidatos pronto dio paso a un hastío decepcionante. No había ninguna emoción en repetir una y otra vez los mismos bailes en salones que parecían idénticos, con caballeros que perseguían un mismo fin: su dote, o, en el mejor de los casos, el prestigio de su familia.

Ninguno la miraba con ardor, con una chispa de emoción en los ojos…, algo que hubiera sido más o menos llevadero si al menos hubieran fingido tener algún interés en ella, en conocerla de verdad, en llegar a amarla. Ese no era el destino que Caroline anhelaba, y cada nueva velada estaba más segura de que no encontraría allí su historia de amor, a pesar de haber pasado toda la vida preparándose para ello.

Por eso, cuando sorprendió al hijo del reverendo Coleman mirándola con disimulo durante la misa del domingo, y lo vio ruborizarse al ser descubierto en tan indecoroso delito, no pudo más que dejar escapar una risita nerviosa y hacer todo lo posible por propiciar un encuentro entre ambos.

Acudió a cada reunión de la parroquia, fue a llevar ropa a la gente más necesitada, participó en el concurso de empanadas para recolectar fondos para el nuevo órgano..., hasta que, al fin, una calurosa tarde de verano el joven John le ofreció una limonada en una de las meriendas que habían organizado.

Puede que no fuera un acto heroico, que no se hubiera jugado la vida para intentar ganarse una de sus encantadoras sonrisas, pero enamorarse de un chico normal y corriente, tan alejado de lo que se esperaba de ella, ya resultaba suficientemente transgresor, además de ser un soplo de aire fresco en su asfixiante rutina.

Caroline quería enamorarse perdidamente, escaparse de casa cada día para pasar con él esos momentos prohibidos tan llenos de inocencia..., en definitiva, sentirse viva entre sus brazos. Pero la relación con Coleman no era tan arrebatadora como hubiera sido de esperar.

Coleman era un hombre tranquilo, muy tranquilo. Sus rasgos eran tan agradables y serenos como el resto de su persona. No había nada especial que destacara sobre el resto de su ser, y Caroline trató de convencerse de que esa paz que le trasmitía era lo que ella necesitaba.

Pasaban horas paseando por el campo, y aunque eso de por sí ya era algo comprometido, el muchacho nunca se atrevía a acercarse más de lo necesario, ni a rozar su mano, ni dejaba entrever ningún deseo carnal que pudiera incomodarla. ¿Acaso no era eso romanticismo?

Quizá sí.

Sin embargo, había un tema que sí despertaba una honda emoción en el pacífico John, algo que exacerbaba su ánimo, que teñía sus mejillas de un tono rosado, y le hacía implementar un tono emocionado al timbre monótono de su voz.

Las palomas.

—… según publicó Chase en su disertación sobre el asunto, entre los habitantes de Oriente Medio la paloma fue objeto de culto religioso entre los años 5000 y 2000 antes de Cristo, lo cual no deja de ser una herejía, pero volviendo al asunto…, fueron criadas de manera primorosa por los egipcios, los babilonios, los griegos, los romanos…, es apasionante que… ¡Oh, cielos! Perdóneme por mi apasionamiento, querida.

—No, no se disculpe. Es un placer escucharle hablar con… tanto sentimiento… Es contagioso. —Caroline bajó la vista y agradeció haber sido capaz de contener un bostezo. No solo encontraba el tema bastante aburrido, sino que, para colmo, los pájaros le daban verdadero terror. Con solo imaginarse esos bichos revoloteando cerca de ella se ponía enferma.

En un arrebato poco habitual, John cogió la mano de Caroline entre las suyas y durante unos segundos las palabras parecieron arremolinarse en su interior, se le secó la boca y sus ojos castaños brillaron todavía más.

Caroline parpadeó y su corazón se aceleró peligrosamente a la espera de lo que estaba a punto de pasar. ¡Oh, Dios santo!, iba a declararle su amor… o a besarla…, o ambas cosas.

El momento que tanto había esperado estaba allí.

—Lady Caroline, yo… Perdóneme por mi atrevimiento, llevo días queriendo decírselo.

Caroline asintió obnubilada antes siquiera de escuchar las hermosas palabras, puede que sonetos, por qué no, quizá una dulce canción de amor, que John Coleman estaba a punto de dedicarle.

—He estado trabajando mucho en ello. He criado una nueva variedad de paloma y, si me concediera tal honor, me gustaría que llevara su nombre. —A Caroline se le desencajó la mandíbula, y le resultó muy difícil convencerse a sí misma de que era producto de la emoción—. Su plumaje es más brillante, su canto más profundo…

¿Canto? Se esforzó en intentar recordar cómo cantaba una paloma y a su mente solo vino un sonido parecido al que emitía su garganta cuando hacía gárgaras. Quizá un gorjeo, puede que un arrullo, pero definitivamente no un canto.

Fingió como pudo que la idea era emocionante, puede que así el muchacho se decidiera a celebrar la fascinante noticia dándole un beso, pero por más que intentó sugerirle con su lenguaje corporal que ansiaba ese momento, Coleman se despidió de ella como cada día, con una exagerada reverencia y una sonrisa afectada.

Pero no se permitiría desfallecer en su empeño. Estaba segura de que John Coleman seguía esperando el momento idóneo para que surgiera la llama entre ellos, para que todo fuera perfecto.

¿Por qué bautizaría con su nombre un proyecto que lo apasionaba de esa manera salvo por amor?

Un poco más animada con ese pensamiento volvió a casa con una firme decisión.

John Coleman la besaría algún día, y a partir de ahí su vida sería diferente.

El amor flotaba en el aire, no había duda.

Marian no se atrevía a sincerarse con ella a pesar de que era su mejor amiga, casi una hermana, pero Caroline sabía que entre ella y su hermano Andrew estaba a punto de estallar con fuerza lo que sentían. Las miradas entre ellos eran cada vez más intensas, sus discusiones más frecuentes y la tensión más obvia. Elisabeth Sheldon y alguna que otra candidata estaban más que dispuestas a echarle el guante al conde de Hardwick, pero él, mientras por un lado se dejaba querer, por otro, era incapaz de quitarle los ojos de encima a la pelirroja Marian Miller. Caroline debía dejar que entre ellos el amor siguiera su curso y preocuparse de sus propios asuntos.

Esa tarde se había atrevido al fin a confesarle a su mejor amiga sus sentimientos por Coleman y a Marian no le había gustado su elección en absoluto. Aunque hubiera preferido contar con su aceptación, dejó eso a un lado, ya que su preocupación principal en ese momento era el beso, o más bien, el no-beso, de su amado.

En todas las novelas que había leído, el primer beso era un acto trascendental en la vida de los protagonistas, algo que definitivamente les demostraba que estaban destinados a estar juntos hasta la eternidad. En sus libros favoritos describían los aspectos etéreos del asunto, pero ninguno hablaba específicamente de la técnica. Pero ¿y si ella no lo hacía bien? Comenzó a temer que la fuerza de las emociones la sobrepasara y la hiciera cometer alguna estupidez que arruinara el momento.

Besar a alguien no podía ser algo tan complicado, pero Caroline no quería dejar nada al azar, ni arriesgarse a que, por su inexperiencia, John Coleman quedara decepcionado.

Y lo que era aún peor y mucho más trascendental, le asustaba estar confundiendo sus sentimientos, aunque no quisiera reconocerlo.

Quería cerciorarse de que lo que sentía por él era lo correcto, que despertaba mariposas en su estómago y hacía vibrar su corazón. Besar a Coleman debería ser la prueba definitiva de que estaban destinados el uno al otro, pero ¿cómo podría estar segura si no tenía a nadie con quien compararlo? La incertidumbre la perseguiría toda la vida y empañaría su maravillosa historia de amor.

La única solución posible era practicar antes del gran momento, y en una mansión llena de jóvenes apuestos y casaderos encontrar algún voluntario para aprender a besar no podía ser demasiado difícil.

Si el hijo del reverendo era el hombre de su vida, quería saberlo en el momento en que sus labios se tocaran, y no podía permitirse que una simple cuestión técnica la despistara y la privara de disfrutar del momento en que su vida cambiaría para siempre.

Υ

Del brazo de su amiga Marian, Caroline se había encaminado a los jardines donde los jóvenes se disponían a practicar algunos juegos populares con los que pasar la tarde sin que pudiera apartar aquel asunto de su cabeza.

Paseó la vista entre los grupos de caballeros que charlaban animadamente sobre la soleada terraza, intentando discernir quién podía ser el hombre idóneo para aprender a besar.

Lord Aldrich, el joven Talbot, un par de chicos de la zona a los que conocía desde la infancia…, ninguno parecía viable. De pronto su vista se clavó en el caballero que destacaba entre todos los demás; insolente y elegante, pero con una expresión de aburrimiento en la cara, como si aquellos juegos inocentes fueran demasiado pueriles para un hombre de mundo como él, un libertino incorregible y experimentado.

Thomas Sheperd.

El mejor amigo de sus hermanos —sobre todo de Andrew—, con el que además compartía sus negocios. Sin duda contaba con una sobrada experiencia, y nadie podría enseñarle la técnica mejor que él. Contaba con la ventaja añadida de que odiaba a las debutantes, y cualquier cosa que tuviera que ver con la palabra matrimonio le provocaba sarpullido, por lo que no pretendería ir más allá de ese simple contacto. Solo esperaba que la amistad hacia sus hermanos no le provocara un súbito ataque de honorabilidad.

Entre risitas nerviosas, las jóvenes discutían sobre qué juego elegir para pasar el rato. Colocados por parejas debían transportar una manzana sujetándola únicamente con su frente hasta la meta, sin usar las manos. Caroline se fue directa hacia Sheperd, que había albergado la esperanza de pasar desapercibido y no verse en la tesitura de participar en un juego tan infantil, aunque tuvo que aceptar con resignación ser su pareja en el juego.

Después de varias rondas y alguna que otra disputa, los demás se fueron dispersando de vuelta a la mansión, pero nadie se dio cuenta de que Caroline y Sheperd no los seguían.

—Señor Sheperd, ¿podría acompañarme?

Thomas la miró extrañado por la petición, pero no quiso ser descortés y la siguió a través del camino de hierba que se perdía entre los frutales. Caminaron en silencio durante un rato, entre los árboles que ya estaban perdiendo sus últimas hojas de color ocre. El sol estaba bajando, y la luz ambarina arrancaba reflejos caoba al pelo de Caroline, que caminaba decidida y en silencio, unos pasos por delante de Thomas. Partículas de polvo y pequeños insectos navegaban a través de los rayos oblicuos de luz, mientras la maleza seca crujía a su paso.

Thomas se detuvo y miró alrededor, percatándose de que desde donde estaban no se veía la casa, oculta por los distintos niveles de vegetación.

Caroline se giró al ver que él ya no la seguía y se detuvo a mirarlo con detenimiento. Realmente entendía que las mujeres de Londres sucumbieran a sus encantos, aunque no fuera su tipo.

Era alto y delgado, aunque sus brazos y su espalda estaban bien musculados, por lo poco que se intuía bajo su impecable y elegante vestimenta. Tenía un andar grácil y seguro, y se movía por el mundo como si estuviera encantado de ser quien era.

Su pelo rubio y sus ojos azules deberían haber dulcificado sus rasgos afilados y sus pómulos marcados, pero su mirada pícara y astuta insinuaba que había poca dulzura en su carácter.

Era sarcástico, arrogante y poseía un sentido del humor muy peculiar que rayaba con el cinismo. Su mirada resultaba desconcertante, y siempre miraba a los demás, sobre todo a las mujeres, como si estuviera en posesión de un secreto que solo él conocía, una promesa de algo oculto y oscuro que resultaba muy atrayente.

—Lady Caroline, ambos sabemos que no es recomendable que esté en mi compañía a solas. ¿Por qué me ha arrastrado campo a través? ¿Qué quiere de mí que no pudiera decirme en cualquier otro sitio? —preguntó sin andarse con rodeos. No le apetecía demasiado estar a solas, en mitad de ninguna parte, con una delicada flor en edad de comprometerse, y mucho menos si se trataba de Caroline Greenwood. Si surgiera un malentendido entre ellos, sus hermanos primero lo matarían y después le pedirían una explicación.

—Quiero que me bese. —La respuesta directa y tajante lo dejó desconcertado y aturdido a partes iguales.

—Es una broma, ¿verdad? —La cara de Sheperd reflejaba perplejidad, mientras miraba alrededor temiendo que alguien los hubiera oído.

—No lo es. He pensado que no le importaría. Necesito que alguien me bese y creo que usted, dada su experiencia, es el candidato perfecto.

Thomas se pasó las manos por la cara, sin poder creer el lío en el que presentía que se estaba metiendo.

Según su experiencia, las jovencitas inocentes y

delicadas no eran inofensivas, ni mucho menos. Tenían el extraño poder de manipular y complicarles la vida a los hombres incautos y serviles que se atrevían a confiar en ellas, en especial si eran tan testarudas y bellas como Caroline Greenwood.

—Y en nombre de Cristo, ¿por qué razón «necesita» usted que alguien la bese tan desesperadamente como para arrastrarme a un lugar lleno de bichos, estiércol y plantas venenosas y pedírmelo tan sutilmente? Seguro que hay docenas de jóvenes en el pueblo que cumplirían sus deseos, desfallecidos de amor, sintiéndose honrados hasta la médula por su elección.

—Prefiero que sea usted.

—¿Por qué? Yo no soy un hombre decente, le aconsejo que cuando me vea se aleje varios kilómetros de mí. Podría destrozar su reputación y su futuro sin despeinarme.

—Pero no lo hará. No se lo permitiré. Solo necesito que me bese y podrá continuar con su agradable estancia, persiguiendo viudas y esposas aburridas de su matrimonio.

—Ni hablar. Marchémonos de aquí. Vamos, usted primero —sentenció apartándose del camino cortésmente para que ella iniciara la marcha de regreso, pero Caroline no se movió.

La vio suspirar con impaciencia como si la conversación la aburriera. Daba la impresión de que estaba ansiosa por cumplir el trámite, conseguir el beso y marcharse. ¿Acaso era una apuesta o algo así?

—Explíqueme a qué viene esta chaladura, señorita, y puede que sea generoso y no le diga nada a sus hermanos.

Caroline sonrió sin inmutarse sabiendo que él no sería capaz de decir nada, decidida a aprovechar esa baza.

—Está bien, se lo contaré, pero si me promete que… En fin… da igual. El caso es que estoy enamorada. No ponga esa cara de espanto, por amor de Dios, no estoy enamorada de usted. —El suspiro de alivio de Thomas fue audible en varios kilómetros a la redonda—. Tampoco es necesario que muestre tanto alivio, no tengo la peste.

—Al grano.

—Mi pretendiente, por así decirlo, es un hombre cabal, amable, generoso, sincero, respetuoso…

—Aburrido… —añadió Thomas con el mismo tono acaramelado que estaba usando ella, ignorando su mirada ceñuda—. Sus hermanos no me han comentado que tenga ningún pretendiente.

—Aún no es público; él es muy prudente —afirmó, aunque eso solo era una verdad a medias.

—Claro, cómo no. ¿Y dónde entro yo en todo esto? ¿Por qué no le pide a semejante dechado de virtudes que baje de su pedestal y la bese como Dios manda? Si es tan generoso, podría considerarlo su buena obra de la semana.

Caroline sintió unos deseos casi incontrolables de mandarlo a freír espárragos, pero se contuvo, pues quería conseguir su objetivo.

—Nunca me han besado. Quiero saber lo que se siente. Quiero estar segura cuando él me bese de que es el hombre perfecto para mí. Pero si no tengo con qué comparar, nunca sabré si mi decisión es la correcta y he elegido al hombre adecuado. Solo es un beso, Sheperd, no será tan horrible para usted.

Thomas se acercó hasta que el espacio entre ellos fue casi inexistente. Deslizó el dorso de los dedos por sus mejillas en una caricia sutil que la hizo estremecerse. Los ojos de Caroline se mostraban suplicantes a la espera de sus lecciones, y relucían con un brillo especial, azul verdoso, a la luz cálida del atardecer.

Nunca se había permitido contemplar tan detenidamente su belleza.

—Caroline, cada beso es especial y diferente. Desperdiciar tu primer beso con un hombre que no te ama es un sacrilegio. Puede que mis besos hagan que te estremezcas de placer, puede que sea un portento de la sensualidad capaz de enloquecer a cualquier mujer y que mi estudiada técnica sea envidiada en los cinco continentes… —Caroline no pudo evitar soltar una pequeña carcajada nerviosa al ver la sonrisa irónica de Thomas—, pero hazme caso: besar por amor debe ser lo más maravilloso del universo, me gusta imaginarlo como una comunión de dos almas perdidas que se encuentran por fin, materializadas en un cuerpo que te atrae sin remedio. Y aunque tu amado jamás me supere en técnica, sabrás que eres especial para él en cuanto te bese.

Ella se asombró al sentirse extraña y acalorada por sus palabras, incapaz de apartar los ojos de sus labios finos, pero bien definidos. Sheperd le sonrió, se separó de ella y le pellizcó la nariz de forma cariñosa.

—Y ahora, pequeña imprudente, larguémonos de aquí.

El discurso había sido maravilloso y Caroline estaba obnubilada escuchando su arrebatadora definición hasta que él le tocó la nariz, como si estuviera convenciendo a una niña pequeña de que no podía repetir el postre. No la estaba tomando en serio.

Thomas se metió las manos en los bolsillos y giró sobre sus talones para desandar el camino de vuelta a la mansión, esperando que ella tuviera el buen juicio de seguirlo. La voz tranquila y segura de Caroline hizo que se detuviera en seco.

—Si no lo hace, le diré a Andrew que intentó seducirme. —Thomas se volvió con una expresión dura e incrédula en el rostro, negando lentamente con la cabeza—. No le quepa duda de que me creerá, siempre se me ha dado bien fingir un ataque de nervios para conseguir lo que quiero. —Caroline compuso una sonrisa maléfica y acto seguido su rostro se encogió con una expresión de profundo dolor—. «¡Ha sido horrible, hermano, ha sido tan lascivo! ¡Me propuso cosas que yo no sabía que existían!» —Fingió un llanto desolador y lleno de hipos entrecortados que a Thomas le heló la sangre, para acto seguido sonreírle más fresca que una lechuga. Esa chiquilla era una maldita manipuladora.

Caroline sabía que era su último cartucho para conseguir su propósito de aprender a besar con alguien tan experimentado y no lo iba a desperdiciar. No sería capaz de hacer nada tan deshonesto, pero eso Thomas no lo sabía y la amenaza surtió efecto.

Maldiciendo por lo bajo y en solo dos zancadas, Thomas la alcanzó y la sujetó por el pelo, mientras la agarraba con la otra mano por el trasero para pegarla a su cuerpo con descaro.

Caroline soltó un gritito, asustada por haber tensado demasiado la cuerda, y haber agotado la paciencia de un hombre peligroso y experimentado como Sheperd.

—¿Quieres que te enseñe lo que es la lascivia? Pues tú ganas, pequeña arpía.

Thomas se apoderó de su boca de manera implacable, casi despiadada, en un beso duro y pasional. Sin duda el «futuro beso» de su hipotético novio le parecería una balada angelical comparada con aquello.

Fue tan brusco que al principio la presión estaba magullando los tiernos e inexpertos labios de Caroline, pero ella se sorprendió al sentirse fascinada por la sensación íntima de ser besada de esa manera.

Los labios experimentados entreabrieron su boca y la saborearon sin descanso, lamiendo cada recoveco, hasta que ella se dejó llevar, aturdida, y le correspondió con suaves y tímidos movimientos de la lengua.

Sheperd emitió algo parecido a un gruñido cuando ella deslizó los dedos por su cuello para aproximarlo más a su cuerpo, y las manos masculinas comenzaron a vagar por sus nalgas, levantándola del suelo y apretándola contra el abultamiento de su erección.

Ninguno de los dos supo decir en qué momento el beso perdió la furia y la crudeza desbocada del principio para convertirse en un intercambio sensual y adictivo, lento y dulce, que ninguno estaba dispuesto a interrumpir.

Caroline se sentía acalorada, con la piel ardiendo, y sus piernas perdían estabilidad por momentos, ajena a lo que los rodeaba. Thomas la apoyó contra la corteza de un árbol sin dejar de besarla, incapaz de detenerse mientras recorría la curva de sus caderas y sus costados con sutiles y hábiles movimientos.

Las manos de Caroline se perdieron por debajo de la tela del chaleco, ansiosa por sentir la tibieza de la piel de su espalda a través de la camisa.

La lengua de Sheperd se deslizó con suaves movimientos sobre sus labios, en un baile erótico que continuó bajando por su barbilla y su garganta, donde trazó suaves círculos sobre las zonas más sensibles. Luego paseó su boca entreabierta por su escote y de un tirón le bajó el corpiño. Caroline jadeó sorprendida, ya que no sabía en qué momento él le había desabrochado los corchetes de la espalda. Aturdida, pero sin mucho convencimiento, comenzó a negar con la cabeza, mientras él besaba la suave y blanca piel de sus pechos por encima de la camisola. Casi gritó cuando él atrapó uno de sus pezones y humedeció la tela que lo cubría con la boca, para luego soplar sobre él de una manera tan excitante que Caroline se sonrojó hasta límites inconcebibles.

Aquello no estaba bien, ¡qué diablos!, aquello estaba rematadamente mal.

Caroline le apartó la cabeza, aunque su entrecortado aliento apenas le permitió pedirle que se detuviera.

Con un brutal sentimiento de culpa, Thomas la ayudó a recomponer su ropa, mientras ella, sorprendida por lo que acababa de sentir, apenas era capaz de levantar la mirada del suelo.

Se sentía como un maldito canalla, la había asustado, había sobrepasado cualquier límite de la decencia y la moralidad. Aquella chica ni siquiera había recibido un beso antes y él, en un estúpido alarde de hombría ante la presión de su chantaje, la había tratado peor que a cualquiera de sus experimentadas amantes, con un beso agresivo y cargado de lujuria.

Caroline respiró hondo y pareció recuperar un poco la compostura antes de dirigirle una mirada cargada de aplomo.

Él rezó para que su inexperiencia le hiciera ignorar el abultado volumen que se le marcaba en los pantalones. Le resultaba bastante violento sentirse así de excitado en presencia de una dama inocente, aunque, por su culpa, parte de aquella candidez se hubiera esfumado en cuestión de minutos.

—¿Estás bien?

—Sí, perfectamente. Gracias por tan instructiva clase, señor Sheperd.

Y dicho esto, enfiló el camino de vuelta a la mansión como si fuera la reina de Inglaterra regresando de un pícnic y no acabara de dejar a un libertino excitado y atolondrado en mitad del campo. Si no fuera por el terrible cargo de conciencia que sentía por haber estado a punto de seducir a la hermana de sus dos mejores amigos, Thomas se hubiera reído con ganas de la situación.

2

*P*uede que el sol no brillara de manera diferente, puede que los pájaros —concretamente las palomas— no cantaran más alegres que el resto de los días, pero aun así el maravilloso momento de la declaración de John Coleman había llegado.

El muchacho, más sonrojado aún que Caroline, había cogido sus manos entre las de él antes de que de manera arrebatada y tartamudeando un poco hubiera reconocido ante ella que un profundo sentimiento estaba floreciendo en su interior. Y esas fueron sus palabras textuales.

Estaba dispuesto a perdonar las pequeñas taras de su carácter, al fin y al cabo, qué culpa tenía ella de haber sido criada para destacar y regodearse en la frivolidad y el mundano abandono que reinaban en los salones de baile de los nobles; como también estaba dispuesto a poner toda su buena voluntad en guiarla por el camino de la rectitud.

Caroline pestañeó, solo pestañeó.

A pesar de sus carencias, o posiblemente por ellas, llevado por el deseo de conducirla por el buen camino, ansiaba que llegara el día de compartir su futuro y vivir de manera piadosa y entregada a los designios del Señor, rodeados de cariño, comprensión y ardor.

John había pronunciado la palabra ardor y eso fue un empujón de esperanza para Caroline.

Y por supuesto hubo beso después de aquello. Un beso rápido y fugaz sobre su mejilla, un pequeño anticipo de toda la pasión, o el ardor, que estaba por venir. Aunque la demostración había quedado un poco pobre.

Volvió a casa totalmente obnubilada, transportada por la nube de amor exacerbado en la que se hallaba subida, tan concentrada en sus pensamientos que no fue consciente del camino, de la tierra que pisaba, de los escalones que subió hasta el piso de arriba y la puerta de su habitación cerrándose tras ella.

Se dejó caer boca arriba sobre el colchón con los ojos clavados en el dosel de tonos crema de su cama. Una escena llena de querubines portando lienzos blancos, rodeados por ramitas de almendros en flor primorosamente bordados, la saludó como cada mañana al despertar desde que tenía uso de razón. Pero esta vez el dibujo de la tela parecía burlarse de ella, como si los angelotes conocieran sus más íntimos secretos.

El beso de John sobre su mano aún se sentía cálido sobre su piel. Con suavidad se llevó las yemas de los dedos a los labios y se los rozó sin poder evitar revivir, como cada noche, como cada hora, como cada minuto, la ardiente sensación de la boca de Thomas Sheperd devorando la suya.

Υ

La fiesta campestre ya llegaba a su fin, y Eleonora, la matriarca de los Greenwood, se había esmerado en organizar la cena y el baile de despedida.

Thomas dio un sorbo a su copa de champán mientras charlaba con algunos invitados, hasta que su vista se quedó irremediablemente enganchada a la pequeña porción de piel rosada de los hombros de Caroline Greenwood. Su pelo oscuro, recogido en lo alto de su cabeza, caía como una cascada de bucles brillantes y sedosos por su nuca hasta casi la mitad de la espalda, y se encontró clavando los ojos casi obsesivamente en un mechón rebelde que se empeñaba en enroscarse sobre su hombro. Deseó casi de manera pertinaz arrancar cada una de sus horquillas y enterrar sus dedos entre los suaves rizos para atraerla hacia su cuerpo hasta que le fuera imposible resistirse a sus besos.

Caroline giró la cabeza como si hubiera notado su persistente mirada y durante unos instantes les fue imposible romper el contacto visual.

Intentó concentrarse en la conversación que transcurría a su alrededor, pero era muy difícil hacer eso cuando tenía enfrente a una tentadora mujer que bien podía ser un ángel o un hada. Maldijo para sí mismo. Él jamás había sido un cursi enamoradizo, y ella le había demostrado con su chantaje que no existía nada angelical en su carácter.

Entre las columnas de alabastro colgaban guirnaldas de flores de tela de color crema, y Caroline, colocada bajo ellas con su vestido de tul blanco adornado con perlas engarzadas, parecía un ensueño.

Si los hermanos Greenwood se enteraran de que había rozado un solo cabello de su hermana, siendo conocedores como eran de su aversión al matrimonio, lo descuartizarían.

Para Thomas la amistad era lo único sagrado en la vida, y había tomado la sabia decisión de alejarse de Caroline y olvidar su pequeña aventura en el bosque. Por eso, si tenía tan claro lo que debía hacer, no entendía por qué demonios sus pies se acercaban decididamente, por voluntad propia, hacia el lugar donde se hallaba Caroline Greenwood.

Sus ojos se clavaron en la perfecta piel de su garganta y vio con toda claridad que ella tragaba saliva, como si intentara disimular la impresión que había sufrido al volverse y encontrarlo tan cerca. Fue también obvio para él el ligero temblor en la comisura de sus labios y el breve instante en que sus ojos se empequeñecieron un poco cuando él, con una reverencia perfecta, le solicitó el vals que estaba a punto de comenzar y que incomprensiblemente nadie le había pedido aún.

Con una incómoda sonrisa, Caroline deslizó la mano sobre la suya y no pudo evitar tensar la espalda aún más cuando los dedos finos y fuertes se cerraron en torno a los suyos.

Evitaron mirarse tanto como pudieron en un terco silencio mientras se deslizaban por la pista. El caprichoso mechón oscuro resbaló descarado por la piel nacarada, hasta descansar sobre su pecho, enroscado en el lugar en el que el corazón femenino palpitaba fuerte e indómito.

Thomas cerró los ojos por un instante para controlar el inoportuno impulso de mirarlo, de enredarlo entre sus dedos y deslizarlo por sus labios.

—¿Ha tenido ocasión de poner en práctica mi valiosa enseñanza?

La voz suave y profunda arrancó a Caroline de golpe de sus obstinados pensamientos. En cuanto levantó la vista, se dio cuenta de que había cometido un error. Debería haber continuado con los ojos clavados en el alfiler de la corbata y no haber reparado en sus labios firmes que se curvaban levemente en las comisuras, en la barbilla fuerte, en los ojos inteligentes que a la luz de las velas parecían más verdosos.

—No creo que eso sea de su incumbencia, señor Sheperd.

—Puesto que me ha involucrado en sus tejemanejes de forma directa y volcado sobre mí la responsabilidad de sus futuras decisiones, creo que sí me incumbe. Y mucho.

—¿Por qué? Considere que su función en este asunto se limitó a lo que le pedí. —Caroline trató de zanjar la situación mientras se preguntaba desde cuándo duraba tanto un vals.

—Me siento responsable. ¿Y si necesita que le aclare un poco más los conceptos básicos?

—No será necesario —masculló Caroline con los dientes apretados y las mejillas sonrojadas.

—Pues yo no diría tal cosa, a juzgar por el resultado. No he expuesto mi soltería y ciertas preciadas partes de mi anatomía a la furia de los varones Greenwood, dejándome besar en el jardín, solo para que obtenga un besito en la mejilla.

Caroline se detuvo en seco provocando que sus faldas se arremolinaran alrededor de sus piernas y amenazaran con hacerla tropezar, pero el firme agarre de las manos de Thomas la mantuvo en su lugar.

—¿Me ha estado siguiendo? No puedo creer que haya sido tan… tan… —Caroline notaba las mejillas ardiendo por el bochorno que le causaba haber sido descubierta con John.

Aunque lo que verdaderamente la avergonzaba era que hubiera sido testigo de su incapacidad para despertar un interés «ardiente» en ese hombre. Hubiera preferido mil veces que ese arrogante los hubiera descubierto besándose apasionadamente, aunque no sabría decir por qué anhelaba que la furia y los celos lo consumieran.

—No, por Dios. Ver a dos pobres criaturas candorosas e ingenuas condenándose de por vida a su presencia mutua no me resulta divertido. Nunca entenderé qué los lleva a tomar esas decisiones. No siento morbo al ver cómo la gente se inmola. Paseaba por el campo y me topé con la bucólica escena por casualidad, igual que podría haberlo hecho cualquiera de los muchos invitados, trabajadores o vecinos del pueblo.

Caroline no entendía el ligero tono reprobatorio de su voz, igual que Thomas no entendía por qué, en contra de todo lo que consideraba sensato, había seguido a Caroline como si fuera un cazador furtivo al verla salir de casa por la puerta de atrás. Tampoco entendía por qué había permanecido inmóvil y silencioso, oculto tras unos árboles intentando captar sus palabras, queriendo ocupar el lugar de aquel hombre insulso y melindroso que era incapaz de valorar el diamante que brillaba delante de sus narices.

—Para entender algo así debería tener un atisbo de corazón dentro del pecho —contestó ella fulminándolo con sus ojos azules.

Thomas tomó aire y lo soltó lentamente, tratando de obviar la sensación cálida que le provocó la palabra pecho en sus labios, y de olvidar las imágenes de sus rosados pezones transparentándose exigentes a través de la camisola.

El vals terminó por fin y Caroline se alejó de él ignorando cualquier tipo de cortesía.

Pero Thomas no estaba dispuesto a dejarla ir sin más.

Ella dio un respingo de sorpresa al notar que su mano la sujetaba con suavidad por el codo y volvió a traspasarlo con la mirada intentando ignorar la sensación de calidez que la fina tela de los guantes no podía disimular.

—Sí, yo también estoy sediento. La acompañaré hasta la mesa de las bebidas —dijo en tono burlón.

—No tengo sed, y no necesito su compañía. ¿Siempre ha sido tan exasperante?

—Desde que tengo uso de razón.

Caroline se soltó de su agarre, disimulando el gesto brusco con una sonrisa deslumbrante.

—Pues busque a otra pobre infeliz a la que amargarle la noche.

Thomas miró a su alrededor con una actitud tan correcta y neutral que nadie que los observara podría pensar que entre ellos había otra cosa que no fuera cortés deferencia.

—Apenas nos hemos tratado, así que no es que le tenga un especial aprecio, lady Caroline.

—Qué halagador, señor Sheperd... ¿Siempre es tan cortés con las damas?

Thomas ignoró la interrupción, como también trató de ignorar la encantadora sonrisa que, a pesar de ser falsa, le removió las entrañas de forma peligrosa.

—Pero sus hermanos son muy importantes para mí. Por tanto, por lealtad a ellos, mi deber es tratar de protegerla si está en mi mano.

—¡¿Ha perdido el juicio?!

Thomas la sujetó del codo con disimulo y la arrastró hasta que ambos estuvieron ocultos de miradas indeseadas por una de las columnas y una enorme y frondosa maceta.

—Considérese afortunada porque por ahora no voy a contarle a Andrew lo que sé de su pequeña y absurda aventura, pero ándese con ojo.

—No se atreva a amenazarme, y mucho menos a juzgarme. Usted no sabe lo que es el amor.

Sheperd soltó una carcajada sarcástica que no contenía ni una pizca de humor.

—No, querida. Me niego a conocerlo, es cierto. Pero sí sé una cosa. Si llegara el improbable día de que eso ocurriera, no consentiría que otro hombre enseñara a besar a mi mujer. No podría contener el deseo de devorar su boca, la miraría haciéndola sentir que no hay nada más bello entre la tierra y el cielo que ella. —Caroline no supo cómo había llegado hasta ahí, pero cuando se dio cuenta su espalda estaba apoyada en la lisa y fría columna, y el cuerpo de Thomas se cernía sobre ella cálido y vibrante, mientras sus palabras intensas y sus ojos brillantes hacían que se estremeciera—. Le entregaría parte de mi alma con cada beso, no desperdiciaría ni uno solo de ellos, cada uno diferente al anterior, cada uno más intenso. Te mereces todos los besos, Caroline, no te conformes con menos.

Durante unos segundos la mirada de Thomas se quedó prendida en sus labios entreabiertos, en el subir y bajar de su pecho, y deseó estar en otro lugar, en otra piel, en la piel de alguien que pudiera permitirse besarla.

—Sea discreta con sus interludios románticos y tenga cuidado, lady Caroline. A veces no hay nada peor que conseguir lo que uno desea.

Habían pasado varias semanas desde que John le había confesado sus sentimientos y, las pocas veces que se habían visto, Caroline lo notaba más callado y taciturno. No había vuelto a hablar específicamente de lo que sentía, pero la hizo partícipe de todos sus planes de futuro, que consistían básicamente en hacerse cargo de una parroquia vecina en cuanto el viejo vicario dejara su puesto.

Jamás le preguntó su opinión, al fin y al cabo, quién le preguntaba algo semejante a una mujer. Todos daban por sentado que carecía de importancia, pero a pesar de que ansiaba tener una familia, ella tenía sus propias ideas y hubiera agradecido que se la tuviera en consideración.

Se sentaron en uno de los bancos de piedra junto al lago y carraspeó antes de comenzar a hablar.

—Lady Caroline, tras pensarlo mucho he llegado al convencimiento de que tal vez por inocencia, y jamás con mala fe, por supuesto, he estado permitiendo que nuestra actitud no sea todo lo decorosa que debiera. —Caroline comenzó a hablar, pero Coleman no la dejó continuar—. Es culpa mía, por supuesto. Nuestros paseos, nuestras conversaciones… Todo es tan puro ante mis ojos que por un momento he olvidado que los ojos de Dios también nos juzgan.

—No hay nada de malo en pasear y hablar, señor Coleman. Disfruto mucho de su compañía y creo necesario conocernos mejor.

El joven se retorció las manos mientras ella se fijaba en sus rasgos sencillos y apacibles.

—Es imperdonable que haya arriesgado su reputación y la mía con estos encuentros, y he decidido que, en cuanto su hermano vuelva de Londres, pediré permiso para cortejarla de manera formal.

Caroline sonrió, aunque supuso que estaba demasiado extasiada para disfrutar del momento, y solo podía sentirse inquieta y desconcertada.

—Es… es… maravilloso. Estoy realmente feliz. Eres el mejor hombre que podría encontrar. —Deslizó una mano titubeante por su mejilla y John, por una vez en su vida, se dejó llevar, seducido por el color azul intenso de sus ojos y su piel clara y perfecta.

Se acercó poco a poco hasta cerrar la distancia entre sus bocas y se quedó allí inmóvil, con los labios apretados contra los de ella.

Caroline esperó a que las maravillosas chispitas de emoción la hicieran estremecerse, a que el calor mundano la recorriera desde las puntas de los pies hasta la coronilla. Esperó a que su sexo vibrara de expectación como en su primer beso con Thomas. Bueno, quizá eso ya era mucho pedir.

Debería dejar de pensar, silenciar a su traicionero cerebro y concentrarse en lo que estaba haciendo. Esperó... y esperó hasta que John Coleman se separó de ella, pero Caroline no podía permitir que las similitudes que su cabeza pretendía encontrar sin éxito arruinaran su momento.

Estaba desesperada por sentir algo, pero su cuerpo parecía entumecido. Antes de que Coleman se alejara demasiado, Caroline lo besó de nuevo. El muchacho suspiró contra sus labios. Perfecto.

Recordó la forma en la que Thomas había devorado su boca, cómo la había obligado a abrirse a él en un beso exigente, y sin poder evitarlo entreabrió un poco los labios.

John sintió la humedad de su boca dulce, su calor, y estuvo a punto de claudicar a la tentación.

Los ojos de Caroline permanecieron fuertemente cerrados mientras deslizaba la mano hasta la nuca del hombre que la besaba, imaginando que, en lugar de sus lacios mechones marrones, enredaba los dedos en unos rizos dorados. Los rizos de Thomas.

Caroline recordó de qué manera él había paseado su lengua atrevida y hambrienta sobre su boca, contagiándola de una sensación íntima y arrolladora.

Sin pensar en lo que hacía, totalmente absorta en el recuerdo y en las sensaciones de aquel beso, Caroline solo fue consciente de lo que estaba haciendo cuando John se alejó de ella y se levantó de un salto de su asiento.

—¡¡¡Lady Caroline!!! —El pobre muchacho jadeaba como si hubiera subido una montaña a saltitos—. Usted, usted…, eso que ha hecho es… totalmente… Creo que será mejor que olvidemos este incidente. Intentaré atenerme a las reglas que manda el decoro de ahora en adelante, hasta que Dios bendiga nuestra unión.

A Caroline le ardían las mejillas. No podía creer que se hubiera dejado llevar hasta el punto de deslizar la lengua por los labios apretados y tensos de Coleman. Se sentía abochornada, como si fuera una fresca, una libidinosa, y temía que John hubiera cambiado la opinión que tenía sobre ella.

Lo que debería haber sido un momento incomparable se había transformado en algo desastroso y humillante, y solo había un culpable.

El canalla de Thomas Sheperd.

3

*E*l suelo del cementerio se hundía, blando y oscurecido por la lluvia, bajo las fuertes pisadas de sus botas hechas a medida.

El viento agitaba los faldones de la chaqueta de luto de Thomas, mientras fingía estar dedicándole una plegaria o una triste despedida al hombre que hacía tan solo dos días había encontrado su morada definitiva bajo la sólida lápida de granito.

Edward Richmond, séptimo duque de Redmayne, a pesar de su imperturbable fachada de piedra, había resultado ser humano, después de todo, y había dejado este mundo de manera apacible y silenciosa mientras dormía, sin ceremonia ni boato.

«Polvo eres y al polvo volverás.»

Thomas, su primogénito bastardo, buscó un resquicio de dolor, de añoranza, de pena…, pero en su corazón no había nada que dedicarle al hombre que lo había engendrado. Quizá el único sentimiento posible era la tristeza de no ser capaz de guardar un recuerdo agradable de él, ni un solo gesto de cariño, ni una palabra de consuelo.

Al contrario, durante la mayoría de su vida lo

único que ese hombre había despertado en él era rencor. No podía evitar recordar que su madre se había ido apagando poco a poco por la pena de un enamoramiento enfermizo. Jamás sabría si él había sido capaz de albergar algo parecido al amor por ella. El duque no había sido criado para demostrar sentimientos tan mundanos y serviles.

Pero sí había dejado claro que hasta el fin de sus días había carecido de la más mínima humanidad o empatía.

Thomas lo había sabido cuando con diecisiete años vio cómo su madre agonizaba consumida por las fiebres y la debilidad, aguantando un día tras otro, aferrándose al débil hilo que la ataba a la vida porque esperaba que su amado fuera a ella para poder despedirse de él.

Pero Edward Richmond no había aparecido; ignoró las lágrimas de frustración de Thomas, no le mandó ningún mensaje, no fue al entierro y no mostró ningún sentimiento de pesar por su marcha de este mundo.

Thomas no había acudido a Redmayne Manor para despedirse por última vez de su padre, sino para dar consuelo a sus hermanos.

Edward había sido un tipo afortunado sin duda, ya que, a pesar de no ser merecedor de ello, había tenido la suerte de cruzarse en su vida con corazones lo suficientemente nobles como para sentir algo por él.

Enfiló el camino de entrada a la mansión con la misma sensación de intranquilidad que lo acompañaba desde que cuando era niño pisó por primera vez los caminos de tierra oscura que conducían a la grandiosa edificación, como si los centenares de ojos de sus antepasados lo vigilaran desde sus ventanas, juzgándolo, adivinando que aquel no era su lugar, sentenciándolo de una forma irremediable.

Los árboles desnudos de hojas parecían fantasmas amenazadores que crujían mecidos por el viento, con las ramas agitándose como si pretendieran cernerse sobre él, atraparlo entre sus garras. La enorme puerta de madera ennegrecida por el tiempo, igual que la piedra de la fachada, se abrió con un ruido casi sobrenatural, y el frío del interior le resultó mucho más insoportable que el del exterior.

La mansión, ya de por sí desapacible y un tanto tenebrosa, parecía mucho más sobrecogedora con las cortinas oscuras que indicaban que la familia estaba de luto y con los crespones que aquí y allá recordaban al difunto.

Unos pasos rápidos se acercaron por el pasillo. Su hermana Alexandra, vestida de luto riguroso, se acercó hasta él para fundirse en un abrazo. Se veía más pálida y mayor con aquellos ropajes espartanos y el pelo recogido en un tenso moño bajo.

Podría haber sido una chica bonita y feliz, podría haber disfrutado de una vida social normal y privilegiada dada su posición, podría haber sido todo tan diferente para ella…

—¿Cómo estás, princesa? —susurró Thomas como si temiera perturbar el silencio asfixiante que encerraban esos muros antes de depositar un beso tierno sobre su pelo oscuro.

Alex se limitó a asentir como si la congoja le apretara con fuerza la garganta. Él la abrazó más fuerte intentando aliviar los miedos y la incertidumbre que con toda seguridad la estarían avasallando en esos momentos.

—¿Cómo está Steve?

—En su habitación, tiene uno de sus días malos. No se ha tomado demasiado bien lo de nuestro padre.

—Subiré a verle.

Thomas acarició la mejilla de su hermana y ella, en un acto reflejo, esquivó su gesto, intentando ocultar la cicatriz que marcaba su cara. Al darse cuenta de su movimiento, le sonrió con pesar, sabiendo que él no se ofendería por el gesto.

Era inevitable que después de tantos años el mecanismo de defensa se activara en cuanto alguien estaba demasiado cerca.

Thomas recorrió los helados pasillos hasta las habitaciones de su hermano, suponiendo que aún no se habría trasladado a sus nuevos aposentos como octavo duque de Redmayne. Mientras avanzaba entre los lienzos amarilleados por el tiempo y los tapices descoloridos, con la imagen desvalida de su hermana grabada en su mente, no pudo evitar odiar a su padre un poco más. Sin duda, con su despotismo, su excesiva crueldad y su mano dura, innecesariamente inflexible, era el culpable en gran parte de las desgracias de sus hijos.

Recordó, como si fuera un eco, aquella soleada mañana en que comprendió qué tipo de hombre era el duque. El día era caluroso y Thomas solo tenía deseos de acabar con las clases y librarse de aquel ambiente asfixiante para bañarse en el río junto con los chicos del pueblo.

El tutor había preguntado una y otra vez de manera persistente cada fecha, cada nacimiento, cada acontecimiento digno de mención en la estirpe de los Redmayne, en aquella aula demasiado iluminada, puede que la única de la casa con abundante luz natural.

Steve y Thomas, con la espalda recta, aguantaban estoicos el minucioso escrutinio al que eran sometidos. El duque, con su porte y su mirada de águila, los vigilaba a ambos a la espera del más mínimo error, del más mínimo titubeo a la hora de contestar.

La mente ágil de Thomas respondía a la presión con tremenda precisión y eficacia, resultando brillante en todo lo que hacía, ya fuera actividad física o intelectual. Su memoria era prodigiosa, era brillante con los números, fuerte, con buen porte, y demostraba una destreza y una sensibilidad con los pinceles digna de un verdadero artista. Aunque esta última cualidad al duque le traía sin cuidado, se ocupaba de que siempre tuviera a su disposición el mejor material para fabricar sus óleos y un excelente maestro a su disposición.

En cambio, su hermano, apenas un año menor que él, vivía continuamente preso de sus dolencias, de unos pulmones que lo traicionaban ante el menor esfuerzo físico, de las jaquecas que lo torturaban y lo mantenían encerrado en la oscuridad de su habitación durante días, y de una eterna melancolía que había heredado de su madre.

Steve parecía encogerse ante la mirada dura y severa de su progenitor y su cerebro se reblandecía hasta el punto de olvidar su propio nombre.

El duque de Redmayne se sentía asqueado ante la manifiesta debilidad de su descendiente legítimo, y aunque jamás había demostrado ningún apego ni había tenido una palabra de apoyo hacia Thomas, era más que obvio que lo prefería cien veces antes que a Steve.

El desprecio que sentía por su heredero era palpable, y aunque ya no le infligiera castigos físicos, seguramente Steve hubiese preferido sentir de nuevo el latigazo de su cinturón en la espalda en lugar de aquella mirada de menosprecio.

El profesor le había repetido la pregunta por tercera vez y de nuevo había fallado. La tensión fue tal que sintió que estaba a punto de orinarse en los pantalones como si fuera un chiquillo. Su padre sonrió, apenas una mueca cruel, y movió los labios formando una sola palabra.

—Patético.

Aquella mañana la mirada de su progenitor había sido lo suficientemente afilada, lo suficientemente cortante como para que Steve sintiera por primera vez en sus catorce años de vida la ira y la impotencia apoderándose de él, otorgándole una fuerza que no creía poseer. Steve arrastró con insolencia la silla en la que estaba sentado y salió, con la piel ardiendo por la indignación y la vergüenza, hacia el exterior de la casa.

En ese momento odiaba al duque al que estaba condenado a sustituir, odiaba al padre del que jamás podría obtener ni un ápice de cariño, odiaba al hermanastro bastardo al que no podía superar, y se odiaba a sí mismo porque nunca sería capaz de llegar a ser lo que se esperaba de él.

Desde el exterior de la mansión gritó enloquecido contra los muros de piedra que serían los testigos eternos y mudos de su fracaso, chilló hasta que le ardió la garganta, reseca e irritada, intentando saciar con insultos y bravatas todo lo que su alma le exigía.

Chilló hasta que se le puso el cuello rojo por el esfuerzo y la sangre latió furiosa en sus sienes. Maldijo a Thomas, a sus padres, a Dios…, hasta que su cara sudorosa se convirtió en una caricatura de sí misma.

Cuando no le quedó voz, se agachó y comenzó a lanzar piedras contra la imperturbable fachada de piedra gris.

Alexandra, que con tan solo nueve años era una niña curiosa que amaba a su hermano mayor por encima de todas las cosas, alertada por los gritos desaforados de Steve, recorrió el pasillo corriendo con sus faldas remangadas y el corazón queriendo salirse del pecho, terriblemente asustada, ya que jamás había oído a su hermano levantar la voz. Ocurría algo, y ella quería saber qué era porque tenía que ayudarlo. La cristalera que daba al jardín estaba delante de sus ojos. Solo tendría que cruzarla para llegar hasta Steve y protegerlo de lo que fuera que lo hubiera llevado a esa situación. No escuchó los gritos de advertencia de Thomas, ni del profesor, ni vio a uno de los criados intentando detenerla.

Solo escuchó el estruendo de la enorme piedra quebrando la puerta como una explosión, el sonido del cristal tintineante y casi irreal. El gran panel de vidrio se deshizo en cientos de pedazos punzantes como dagas, que cayeron sobre ella como una cascada de vidrio lacerante.

Thomas recordaba el momento como si el tiempo se hubiera detenido en ese instante. Steve, inmóvil al otro lado de la puerta, se había quedado tan pálido que parecía que la vida le había abandonado.

A partir de ahí todo fue confuso, hubo gritos e histeria. Y sangre, mucha sangre.

La cara de Alex lucía una herida abierta desde el final de su ojo izquierdo hasta la comisura de la boca, y una multitud de cortes de diferentes tamaños desde el hombro hasta el pecho.

Pero eso no fue lo que impactó y marcó la vida de Thomas Sheperd.

Fue la mirada impasible del duque de Redmayne, convertido en un mero espectador de lo que estaba sucediendo, y el tenaz convencimiento de que jamás se convertiría en un hombre como él.

Movió la cabeza intentando deshacerse de los recuerdos siempre dolorosos y llamó a la puerta de su hermano.

En los últimos años, la finca no había recibido la atención que merecía, sino una gestión pésima, y era inaplazable realizar inversiones y mejoras para que todo volviera a funcionar de manera próspera y eficiente.

Ahora que Edward Richmond no estaba, no pensaba ni por asomo dejar a sus hermanos de la mano de Dios y permitir que los problemas llegaran a un punto irreversible.

Intentó convencerse a sí mismo de que no le debía nada. El duque le había dado lo único que podía: una educación y una formación que él había sabido aprovechar, y se negaba a dejarse llevar por el sentimentalismo. Solo era cuestión de dinero, y el ducado en esos años tenía de sobra.

Pero ahora la situación era bien distinta.

Remontar las propiedades de los Redmayne era solo un reto personal y una manera de no sentirse en deuda con el hombre que jamás ejerció como padre. Al menos eso quería pensar.

La cabeza y el corazón de lady Caroline Greenwood parecían girar sin rumbo fijo.

Los encuentros con John Coleman cada vez eran más espaciados y fríos, y la mayoría de las veces se limitaban a verse en las reuniones de caridad donde siempre estaban rodeados de gente. Lo que realmente le preocupaba era que no sabía si se sentía apenada por eso o no.

No sabía dilucidar si echaba de menos los paseos con John o la imagen idealizada de sus encuentros secretos. Así como tampoco sabía si estaba enamorada e ilusionada con el hombre o con la idea de vivir el amor prohibido.

Hizo una lista mental de todas las cualidades que esperaba de su futuro esposo, de todo lo que anhelaba, sin querer reconocer que sus respectivas vidas no encajaban.

Las mariposas que había sentido en el estómago se habían transformado, tras sus últimos encuentros, en un ligero ardor, que se asemejaba más a un malestar estomacal provocado por una cena demasiado copiosa que a una reacción mística y romántica.

Lo único que le impedía reconocer que John no

era para nada el hombre con el que quería casarse era su testarudez.

Su hermano Andrew estaba a punto de volver de Londres y temía el momento en que John acudiera a pedirle permiso para cortejarla, si es que eso llegaba a producirse. Mientras tanto, dejaba pasar el tiempo esperando a que la solución cayera del cielo.

Y parece ser que Dios la escuchó.

Unos días después, Andrew volvió de la ciudad.

Caroline había pedido a Marian que acudiera a pasar la tarde con ella; era la única persona con la que podía sincerarse, y que además tenía la capacidad de quitarle el dramatismo a cualquier situación con su peculiar visión de la vida. Seguro que, si le hablaba de sus dudas, le propondría fugarse, unirse a algún campamento de zíngaros y dedicarse a la vida nómada, o cualquier otra locura.

A última hora de la tarde un muchacho llevó una carta a Greenwood Hall.

En el sobre austero se podía leer con una letra tosca y sin gracia el nombre de lady Caroline Greenwood. El caos se desencadenó en cuestión de segundos.

Ilusionada al reconocer la letra de la misiva, Caroline palideció conforme sus ojos paseaban por los renglones ligeramente torcidos.

Se quedó paralizada.

Sus manos temblorosas se volvieron fláccidas y dejaron caer el papel que voló hasta la alfombra con un suave vaivén, mientras una gruesa lágrima rodaba por su delicada mejilla.

Marian la sujetó por los brazos y la zarandeó un poco tratando de sacarla de su estupor, intentando que le contara qué le ocurría. Frustrada por su falta de respuesta, recogió la carta del suelo para averiguar lo que había perturbado tanto a su amiga, y no pudo evitar quedarse perpleja ante el giro de los acontecimientos.

John Coleman, con un par de frases certeras, terminaba de un plumazo con lo que fuera que había entre ellos. Hablaba de su relación y de sus sentimientos como si entre ellos solo hubiera una simple amistad, algo que ambos habían magnificado por su inexperiencia y su buena fe.

Caroline debería sentirse agradecida, y en el fondo sentía alivio, pero su orgullo no pensaba lo mismo.

Ese hombre la había rechazado, como Judas, fingiendo que no había habido nada entre ellos por poco que hubiera sido. Y no tenía duda de que el episodio del beso era el culpable de todo. Acostumbrada a conseguir lo que quería de una forma u otra, no estaba dispuesta a que se le negara algo, mucho menos el amor.

Si no hubiera sido porque su amiga estaba allí, no sabía cómo habría podido digerir aquello.

Para colmo, John le anunciaba que próximamente contraería matrimonio con una prima lejana, elegida con muy buen criterio por su padre, y le deseaba la mejor de las suertes en su búsqueda de marido.

Siendo sincera consigo misma, lo que realmente le apenaba no era haber perdido a John Coleman, sino haber perdido la posibilidad de tener su propia historia de amor, y en cuanto la nube tormentosa del berrinche pasó, lo vio todo con claridad.

Pensándolo fríamente, en todas las novelas que ella leía había una parte de desamor que la protagonista sorteaba valientemente. Y ella era valiente.

Para cuando cayó la noche, toda la familia conocía la frustrada relación que se había desarrollado delante de sus narices sin enterarse.

Consternada, pensó que los suyos perderían la confianza en ella y la vigilarían con lupa, pero una noticia inesperada los sorprendió en esas mismas fechas, eclipsando su propio desastre.

Su amiga Marian y su hermano Andrew fueron atrapados en una situación comprometida que los catapultó directamente a un matrimonio apresurado, lo que le dio la calma y el tiempo suficiente para recomponerse.

Así que pensó que «no había mal en el ojo ajeno que cien años durara». O algo así. Siempre se le habían dado mal los refranes.

Caroline Greenwood no se achantaba ante las adversidades, y estaba más que dispuesta a encontrar el amor verdadero, a su príncipe azul, y si para eso tenía que besar a algún que otro sapo por el camino, lo haría. No iba a ser fácil, así que más le valía empezar cuanto antes.

4

Finca Rochester, 1861

«*S*olterona.»

La palabra sonaba tan rotunda como ofensiva, «como un disparo, como un escupitajo».

Caroline se amonestó mentalmente, las damas no usaban la palabra escupitajo, pero mientras viajaba en el carruaje de camino a la casa campestre de los Rochester no podía evitar pensar en palabras igual de desagradables: «vomitera», «purulento», «ornitorrinco»... Bueno, esa no, el pobre animal no tenía la culpa de su desastrosa vida amorosa.

Aunque, a ella, la única que le afectaba en ese momento era esta :«solterona». Su madre, por lo normal bastante tolerante con sus manías, estaba empezando a perder la paciencia.

Y no era para menos.

Esta era su tercera temporada y, como en todas las anteriores, Caroline despertaba un gran interés en la sociedad. Se dejaba cortejar por algunos de los jóvenes mejor posicionados, y llegaba a mostrar una tibia predilección por alguno de ellos, hasta que llegaba el día en que, por arte de magia, ese interés desaparecía súbitamente.

Su hermana Crystal había pospuesto su presentación en sociedad hasta el año siguiente, fingiendo que no quería interferir en los planes de boda de su hermana. Caroline sabía perfectamente que la verdadera razón era que, en esos momentos, en lugar de preocuparse por su futuro matrimonial, estaría haciendo algún experimento en el invernadero, o estudiando alguno de sus aburridos libros sobre piedras, repantingada en un cómodo sofá sin corsé ni zapatos. Feliz. Ella daría lo que fuera por estar en su sofá también, sin la incómoda estrechez de su carruaje ni la mirada ceñuda de su madre.

Era el último evento importante de la temporada, otra temporada que terminaría soltera, y Eleonora le había advertido que el joven y rico hijo de los Rochester se estaba aburriendo de que sus avances fueran constantemente rechazados. Caroline suspiró con resignación. No le extrañaba que se estuviera aburriendo, el aburrimiento era su estado natural.

Lady Eleonora estaba decidida a que su hija entrara en razón y, como si fuera la voz de su conciencia, se dedicó a recordarle durante el resto del día todas las virtudes del joven, y de paso lo dura que era la vida de una solterona.

Continuó mientras Caroline se dirigía a la habitación que le habían asignado, mientras su doncella la peinaba, mientras bajaban a tomar el té con la anfitriona…

Caroline aguantaba estoicamente el tono monótono y desapasionado de su madre, con un asentimiento de cabeza esporádico o un sencillo «Ajá» o un «Sí, madre» de vez en cuando.

Agradeció al cielo que para la cena su madre estuviera situada en una mesa alejada de la suya.

Caroline miró a su alrededor, sorprendida por la ostentosidad, el recargamiento y el mal gusto, dicho sea de paso, de los Rochester.

El rojo de las paredes y las tapicerías de las sillas era demasiado sangriento, las molduras doradas llenas de filigranas y cabecitas de ángeles contrastaban hasta el punto de chirriar con muebles de estilo egipcio que salpicaban por doquier la habitación; vitrinas con dioses alados, cabezas de halcón y todo tipo de simbología que parecía terriblemente fuera de lugar. Pero lo peor era sin duda una enorme lámpara de araña con cientos de velas y cristalitos en forma de puntiagudas lágrimas que amenazaba con caer y matar a la mitad de los invitados.

Sus ojos vagaron hasta que se encontraron con otros ojos castaños que la observaban desde una de las mesas, y ambos, en un acto reflejo, giraron la cara avergonzados. Debería haber deducido que Monteen estaría allí.

El joven Monteen, futuro heredero de un vizconde en decadencia, había sido el hombro en el que había intentado apoyarse después de su ruptura con Coleman. No era que el muchacho despertara en ella ningún sentimiento excesivamente fuerte, pero le había dado una oportunidad. Salieron a pasear, acudieron al teatro y bailaron unas piezas. Todo fue bien hasta que el joven se decidió a besarla, llevado por la magia de un jardín iluminado por la luna.

Caroline había aprendido la lección después de su «demasiado efusiva» respuesta al beso de Coleman, así que decidió reaccionar de manera totalmente contraria.

Monteen había posado sus labios con suavidad sobre su boca rosada, una boca que permaneció cerrada a cal y canto con tanta fuerza que sus labios se habían convertido en una línea recta y rígida. Estaba tan tensa que sin darse cuenta estaba aguantando la respiración como si estuviera oliendo algo desagradable. Cuando Monteen se separó de ella, Caroline soltó el aire sonoramente como si acabara de desprenderse de unos zapatos demasiado apretados.

El joven carraspeó totalmente desconcertado, con su vanidad por los suelos.

Quién no lo estaría si la persona que besas prefiere dejar de respirar hasta la muerte en lugar de colaborar un poco en el ósculo. Después de eso, aunque había seguido siendo amable, no la había vuelto a invitar a un paseo a solas, y Caroline estaba demasiado avergonzada ante su propia reacción, por lo cual había comenzado a esquivarle.

Siguió paseando la vista con disimulo por el salón y maldijo para sus adentros.

Los Rochester tenían tres hijas no demasiado agraciadas en edad casadera, por lo que no era de extrañar que hubieran invitado a un grupo nutrido de caballeros en disposición de pedir sus manos en matrimonio. El problema era que entre ellos estaban todos los hombres que habían tenido algún tipo de relación con Caroline.

En una de las mesas de la izquierda estaba lord Sellers, el joven conde que había intentado conquistarla después de Monteen. Su rostro infantil no compaginaba para nada con su carácter más bien tosco y autoritario, y no era ningún secreto que la contundente dote de los Greenwood era lo que más le seducía. Aun así, Caroline había decidido conocerle más a fondo.

Salieron a pasear, acudieron al teatro y bailaron unas piezas.

Tras dos meses de algo parecido a un cortejo, el joven asaltó a Caroline en Hyde Park, ocultos tras un enorme árbol, mientras su doncella fingía alimentar con migas de pan imaginarias a los patos del lago Serpentine.

Esta vez Caroline optó por participar un poco en el asunto, pero no pudo evitar apartarse cuando notó la lengua demasiado húmeda del muchacho intentando abrirse paso entre sus labios. Le dio un empujón tan fuerte que Sellers trastabilló hacia atrás moviendo los brazos como si pretendiera echar a volar, hasta que cayó al suelo sobre su trasero. Caroline, lejos de avergonzarse, prorrumpió en una sonora carcajada que acabó de un plumazo con el ego del irascible muchacho. No había vuelto a visitarla.

Por suerte no se había cruzado aún con él, tendría que intentar esquivarlo durante los siguientes días.

Una risa peculiar e inconfundible atrajo la atención de Caroline desde otra de las mesas y reconoció de inmediato unos rizos pelirrojos y foscos: lord Teddson.

Caroline cerró los ojos, aquello cada vez se parecía más a una pesadilla.

El joven era bien parecido, simpático, y su familia estaba bien posicionada, pero su excesiva afición a la bebida y a gastarse la fortuna familiar en los burdeles hacía que Caroline tuviera sus reservas. Teddson la había perseguido durante semanas, hasta que había conseguido abordarla en un pasillo oscuro durante una fiesta.

Su encuentro había comenzado como un simple intercambio de cumplidos inocentes, pero cuando Caroline, incómoda por la excesiva proximidad del muchacho y por su aliento a ginebra, había querido zafarse, él se había resistido a soltarla inmediatamente. Al ver que ella quería marcharse, intentó retenerla con un beso. Pero Caroline, sin pensar en lo que hacía, le mordió el labio hasta hacerlo sangrar. Teddson la había llamado loca, histérica, asesina y unos cuantos adjetivos igual de poco galantes.

En cuanto ella dejó caer la sutil amenaza de tener que justificar ante su hermano, el conde de Hardwick, por qué la había abordado de esa manera, el joven se volatilizó, escabulléndose cada vez que coincidían en algún evento.

Caroline no se sentía bien consigo misma.

Una joven dama que se preciara de serlo no permitiría que nadie que no fuera su marido la besase, y aun en la oscuridad del dormitorio, el acto seguía siendo impropio e indecente.

Tales cosas formaban parte de la intimidad marital de la que las mujeres por norma general no gozaban en absoluto, afrontándola como un deber necesario para formar una familia como Dios manda.

Aunque su familia no fuera demasiado estricta, esas normas de conducta eran de conocimiento general y su no cumplimiento te convertía en una persona infame de moral discutible, o, en el mejor de los casos, en una fresca.

Caroline estaba preocupada por su moral, por supuesto, pero ¿qué otra forma tenía de saber si sentía algo por ellos, si debía dar un paso más en dirección al altar?

En sus novelas favoritas todo era mucho más fácil. Todo avanzaba en una misma dirección, sobre un camino lleno de curvas, eso sí. Pero, aunque tuvieran que solventar vicisitudes, duelos a espada, ataques de piratas y burlar a la muerte en numerosas ocasiones, los protagonistas sabían que estaban destinados el uno al otro desde que sus ojos se cruzaban por primera vez.

Ella no había sentido eso por ninguno de ellos.

Ni eso ni nada que se le pareciera.

Y que Dios la perdonara por pensar algo semejante, pero tenía que reconocer que la única persona que le había hecho sentir mariposas en el estómago, y en otras partes de su cuerpo más innobles, era el indeseable Thomas Sheperd.

Su beso era inevitablemente el modelo con el que comparaba todos los demás, y ninguno se acercaba ni de lejos a lo que él le había hecho sentir. Solo recordarlo hacía que la sangre pareciera correr a toda velocidad por sus venas y sus mejillas se calentaran.

Si hubiera podido, se hubiese tapado la cabeza con su primorosa servilleta con puntillas de encaje o se hubiera metido debajo de la mesa. Ante lo poco elegante de ambas opciones, se limitó a hacerse aire con la mano intentando que su sonrojo bajara.

Un suave carraspeo a su izquierda llamó su atención y giró el rostro para encontrarse con la sonrisa más encantadora que había visto jamás, y que gracias a Dios parecía estar dedicada a ella por entero.

Vincent Rhys, uno de los mayores sinvergüenzas de Londres y primo de los Rochester, la miraba intrigado arqueando una ceja.

—La sopa. Está demasiado caliente. —Se excusó ella encogiéndose ligeramente de hombros.

—Ya veo —dijo él sin disimular la sonrisa, al ver que llevaba un rato sin llevarse la cuchara a la boca. Una boca muy bonita, por cierto, que en ese momento le devolvía una sonrisa deslumbrante.

Caroline bajó al salón de desayunos canturreando alegremente y con un optimismo que hacía tiempo no sentía, después de haber pasado la mayor parte de la velada anterior siendo, para disgusto de su madre, el centro de las atenciones de Vincent Rhys.

Caroline no se llevaba a engaños y era consciente de que el hombre era un libertino y un descarado, y que con toda seguridad habría dedicado toda su batería de cumplidos a cualquier mujer que hubiera querido escucharle. Estaba descartado como posible marido, pero ella no quería casarse con el señor Rhys.

A pesar de que era un hombre fuera de lo normal.

Era más alto incluso que su hermano Andrew e igual de atlético y musculoso, por lo que dejaba entrever su más que cuidada vestimenta. Su cara rozaba la perfección.

Su pelo castaño combinaba a las mil maravillas con el tono dorado de su piel. Su sonrisa… Dios santo, Caroline no había visto jamás una sonrisa tan angelical y seductora a la vez, que contrastaba con el brillo malicioso e inteligente de sus ojos azul verdoso.

No, ella no quería casarse con él, pero no le cabía ninguna duda de que si había un hombre en la Tierra capaz de competir con los encantos de Thomas Sheperd era él.

En su mente había fraguado un plan que por su sencillez se le antojaba brillante. Estaba convencida de que el beso de Sheperd había desencadenado una especie de maldición y que hasta que no la rompiera no podría continuar con la búsqueda del amor. Hasta ahora todos sus besos después de Thomas habían sido un fiasco, pero un hombre tan versado en el tema como Rhys tendría dominio suficiente del asunto como para borrar de su memoria la huella de su primer beso.

Después de desayunar, Caroline se dispuso a abordar a Vincent, y lo localizó charlando con otros invitados. Pero cuando faltaban apenas unos metros para llegar hasta él, Eleonora apareció como un halcón, enredando su brazo con el de ella para cambiar sutilmente la dirección de sus pasos.

—Ni lo pienses, jovencita. Iremos al pícnic acompañadas de los anfitriones. Así que aparta de tu dura cabeza lo que sea que te traes entre manos con ese sinvergüenza.

—¡Madre! Cómo puedes pensar algo semejante.

Por suerte el primogénito de los Rochester apareció para acompañarlas en su paseo campestre, interrumpiendo el presumible sermón que se le avecinaba.

Una hora después, Caroline ya no encontraba ninguna característica más que poder destacar de la campiña inglesa, ante lo poco participativo en la conversación de su compañero de excursión. La matriarca de los Rochester y su madre hablaban sin descanso, ajenas al tenso silencio que amenazaba con engullirlos y que el joven solo interrumpía con breves carraspeos y algún que otro monosílabo.

Caroline se estrujó el cerebro pensando en algo que decir. Ya habían hablado parcamente de ajedrez en alguna ocasión, de música, de poesía… Nada parecía interesar a ese muchacho en exceso. Tenía que haber algo de lo que poder hablar…

—¿Palomas? —La cara de Rochester se volvió hacia ella con expresión aburrida, como si se acabara de despertar de una larga siesta.

—¿Dónde?

—Me refiero a…, ¿le gustan a usted las palomas?

Ese tema era aceptable. Al fin y al cabo, Caroline podría escribir todo un tratado al respecto gracias a John Coleman y podría servir para rellenar el silencio el resto del pícnic.

—No. No especialmente.

Y eso fue todo. Hasta ahí su apasionante conversación. Por suerte Dios se apiadó de ella y le envió al encantador Vincent Rhys para amenizar su jornada, y ni siquiera el ceño fruncido de Eleonora podría amargarle el día.

O eso pensaba ella.

Cuando volvieron a la casa pudo distinguir a varios invitados charlando animadamente en una de las terrazas que rodeaban la mansión, pero uno de ellos destacaba sobre los demás.

No podía ser. El destino se estaba esforzando en ponérselo muy difícil.

Aquella postura arrogante, aquella risa profunda e insolente. Era inconfundible. El hombre en cuestión se giró lentamente y Caroline maldijo entre dientes.

Thomas Sheperd resaltaba entre el resto de los caballeros como si estuviera hecho de otra pasta, como si su pelo fuera oro bruñido, como si irradiara una luz especial, como si el resto fueran seres opacos e insulsos que jamás podrían compararse con él.

—A mí tampoco me cae bien —dijo Vincent con tono cómplice ante su obvia mirada de desagrado.

Caroline, que había fruncido el ceño sin darse cuenta, dio un respingo al escuchar aquella voz junto a su oído. Por un momento parecía que había olvidado que había más gente en aquel recóndito rincón de Inglaterra aparte de Thomas y ella.

—¿Os conocéis?

—Sí, desde niños. Se podría decir que éramos vecinos. —Caroline se quedó un poco desconcertada.

Se dio cuenta de que no conocía nada de la vida de Thomas, más allá de lo que sabía a través de sus hermanos. Era un joven exitoso, que se había forjado un prometedor futuro gracias a su tesón y a un talento extraordinario para los negocios.

En cuanto a su vida personal, lo único que sabía era que le tenía aversión a todo lo que tuviera que ver con el matrimonio y que en sus planes no entraba la posibilidad de formar una familia. De hecho, por lo que había oído a escondidas, ni siquiera mantenía demasiado tiempo a la misma amante, por miedo a que se encariñara de él.

Tenía mil preguntas en la punta de la lengua y una extraña necesidad de saber cómo era el Thomas de la niñez, y no pudo evitar imaginar a un bello niño de rizos rubios y alborotados leyendo bajo un árbol o pescando bajo el tibio sol de verano.

Su ensoñación se esfumó cuando su versión adulta se acercó a ellos con una expresión indescifrable.

—Lady Caroline, tan bella como siempre. —Thomas depositó un beso sobre su mano enguantada y ella creyó notar el calor de su aliento en la piel, mientras sus ojos se clavaban en los suyos con intensidad. Luego, él volvió la vista hacia Vincent para saludarlo con un leve movimiento de la cabeza—. Rhys, tú también estás… como siempre.

A ninguno se le escapó el tono envenenado de su voz.

—Hago mucho ejercicio para mantener mis encantos. Tú en cambio pareces más viejo. Estás perdiendo pelo, Sheperd. Tengo un amigo que fabrica bisoñés. Son prácticos, siempre que no te importe llevar el pelo del trasero de un animal pegado a la frente.

—Parece que lo único que has ejercitado ha sido tu cuerpo. Te aconsejo que ejercites también tu cerebro, puede que así consigas que alguien se ría de tus chistes.

Rhys se tragó la réplica para no protagonizar una pelea de gallos delante de Caroline, que los observaba anonadada, intentando contener la risa.

—La veré en la cena, lady Caroline.

Vincent se marchó dedicándole una encantadora sonrisa, y en cuanto se alejó una capa de hielo pareció formarse entre ella y Thomas.

—Aléjese de él, Caroline.

—¿Cómo dice?

—Lo que ha oído. No es de fiar.

—No es el más indicado para darme consejos.

—No es un consejo. Es una orden. —Caroline no pudo evitar soltar una carcajada ante su desfachatez. Cómo se atrevía a hablarle con semejante arrogancia—. Como amigo de su familia me veo en la obligación moral…

—Ni siquiera voy a tener en cuenta su comentario, señor Sheperd. Conociendo sus hábitos, es ciertamente irónico que se haya proclamado un abanderado de la moralidad. Háganos un favor a los dos y manténgase alejado de mí.

—Mis hábitos no son de su incumbencia.

—Los míos tampoco le importan.

—No conoce a ese tipo, Caroline. No tiene experiencia para lidiar con un hombre como él.

—No me diga. Seguro que usted estaría encantado de enseñarme cómo hacerlo —le provocó con insolencia.

La voz de Eleonora los interrumpió de forma providencial, encantada de ver a Thomas, al que besó cariñosamente, y Caroline aprovechó para escabullirse y marcharse a su habitación. El día había sido magnífico hasta que había llegado él, como un nubarrón ceniciento, a empañarlo todo. Pero si pensaba que iba a hacer que se olvidara de sus intenciones, estaba muy equivocado. Ahora más que nunca estaba decidida a llevar a cabo su plan y romper la maldición de sus besos.

5

*L*a presencia de Thomas Sheperd en la casa de los Rochester había conseguido que Eleonora rebajara un poco la férrea vigilancia sobre su hija. Confiaba en él casi tanto como en sus propios hijos, y sabía que el joven velaría y protegería a Caroline con el mismo celo que ella misma.

Caroline imaginó con malicia la cara de su madre si supiera el tipo de beso que había compartido con Sheperd. Sin duda se sentiría como el pastor que mandó al lobo a vigilar a su más preciada oveja. Por suerte para ella, el principal motivo por el que él había acudido a esa fiesta era para reunirse con unos futuros inversores, por lo que se mantuvo bastante ocupado durante la mayor parte del tiempo.

Libre de ojos que la vigilaran de cerca, había conseguido dedicarle la mayor parte de su tiempo a Vincent Rhys. Vincent tenía la suficiente experiencia como para detectar a kilómetros de distancia el interés de una fémina, y era muy consciente de que la repentina amabilidad y las estudiadas sonrisas que Caroline le dedicaba no eran por casualidad.

Aunque solía huir de las jóvenes damas casaderas de la buena sociedad como de la peste, Caroline Greenwood se le antojaba un dulce y apetecible bocado. Decidió que la muchacha era lo suficientemente bella y chispeante como para darse el capricho y permitirse un par de achuchones en algún rincón oscuro del jardín. Quién sabía, puede que la visita a sus primos tuviera algo memorable que recordar después de todo.

Cuando, sentados a la mesa y rodeados por el resto de los invitados, le propuso con un susurro encontrarse en los jardines a medianoche, sabía de antemano que ella aceptaría.

Disfrutó con perversión del sonido casi imperceptible de su respiración al entrecortarse, de la súbita tensión de su espalda, del ligero rubor que tiñó sus mejillas, de su piel erizándose por la deliciosa anticipación de lo prohibido. Toda esa cadena de reacciones era casi igual de excitante que el encuentro en sí.

Los pasos de Rhys resonaron por los pasillos vacíos, con el eco lejano de las campanadas de un reloj en alguna parte de la mansión. Había visto cómo Caroline se escabullía unos minutos antes del gran salón donde los músicos amenizaban la velada, y aunque no fuera un caballero, no le gustaba hacer esperar a una mujer.

Antes de que llegara a la puerta que daba a los jardines, Thomas Sheperd salió de entre las sombras interponiéndose para cortarle el paso.

—Caramba, Sheperd. Si no fuera un tipo valiente, me habría muerto del susto.

—Lo cual sería sin duda una gran pérdida para la humanidad.

—Tus buenos deseos son conmovedores, pero, si me disculpas, llego tarde a una deliciosa cita.

La mano de Thomas se aferró a su hombro deteniéndolo, mientras lo fulminaba con la mirada.

—Siento informarte de que hay un cambio de planes. Vuelve por donde has venido, y si sabes lo que te conviene, no vuelvas a acercarte a ella —masculló con los dientes apretados.

La carcajada socarrona de Vincent hizo que Thomas tuviera que reprimir, no sin esfuerzo, el deseo de arrancarle sus perfectos dientes de un puñetazo.

—Si me hubieran dado un penique cada vez que he escuchado esa frase… —suspiró burlón fingiendo melancolía—. Si con «ella» te refieres a Caroline Greenwood, te aviso de que está más que ansiosa de que me acerque. De hecho, es justo lo que pienso hacer. Acercarme a ella todo lo que pueda y…

Thomas lo sujetó por la pechera de su nívea camisa y lo estampó con fuerza contra la pared.

—Suéltame, es la casa de mi familia y no me apetece dar ningún escándalo. —Su tono suave como la seda no disimulaba su mirada de dura advertencia. Vincent era un tipo peligroso sin nada que perder, ambos lo eran.

—Hablo en serio, Rhys. Ella no es como las mujeres que sueles frecuentar.

—No, es cierto. Ella es un soplo de aire fresco. Pero tú ya lo sabes, obviamente. Por eso la quieres para ti, ¿no es cierto? Por qué, si no, esa repentina afición a asistir a reuniones campestres llenas de debutantes.

—Estoy aquí por negocios. Ella es demasiado buena, demasiado pura para un alma tan corrompida como la nuestra.

—Bien, puede que tú tengas poca fe en tu alma, Sheperd. Pero yo estoy bastante conforme con la mía. Así que no te metas en lo que no te concierne.

—Me concierne. La lealtad para con su familia me obliga a alejarla de tus sucias garras. No voy a permitir que la toques. Si te acercas a ella, te aseguro que tendrás que rendir cuentas ante sus hermanos. Mañana a estas horas serás un hombre felizmente casado.

Vincent volvió a reír, aunque esta vez fue más bien una manera de ocultar su nerviosismo. La chica no valía tanto para él como para arriesgar su preciado estilo de vida, lleno de libertad, lujuria y vicios. En realidad, ninguna lo valía.

—La dulce Caroline en mi cama hasta la eternidad, y una generosa dote que gastar como me plazca. No parece un mal plan. —Solo quería provocarlo y estaba funcionando a la perfección. La sola idea de dirigirse al altar con ella, por muy hermosa que fuera, estaba provocando que un sudor frío le bajara por la espalda.

—No te confundas. Hardwick es uno de los hombres más poderosos de Inglaterra. Jamás permitiría que fueras otra cosa que un abnegado y devoto esposo con su hermana. Con toda probabilidad no volverías a ser recibido en ninguna mesa de juego ni en ningún antro de los que frecuentas en tu penosa vida.

—Ni tú ni Hardwick ni ningún otro pelele de vuestro círculo social va a impedir que yo actúe como me plazca.

—Ponme a prueba, Rhys.

—¿De verdad merece la pena humillarte de esta manera? Es muy triste ver cómo usas estas patéticas tretas para quitarme una dama. —Vincent fingió un bostezo—. Considérate afortunado de que solo me interese sudar por una mujer dentro del lecho. Si tanto la quieres, te la cedo galantemente.

—Piensa lo que quieras, mientras ella quede libre de tu asquerosa presencia no me importa.

—¡Qué caballerosidad, Thomas! Espero que cuando estés entre sus piernas recuerdes que estás ahí porque yo te he cedido mi lugar.

El puñetazo fue tan rápido que Rhys no tuvo tiempo de protegerse.

Se pasó el dorso de la mano por los labios y se limpió el hilo de sangre que comenzaba a brotar.

—Me lo merezco —sonrió con ironía. Estaba acostumbrado a recibir golpes, y los físicos solían doler menos que los metafóricos—. Pero si vuelves a tocarme, te mataré. Disfruta de la noche, Sheperd. A mi salud.

Rhys hizo una reverencia burlona y se marchó silbando de vuelta al salón, en busca de otra pieza que cobrarse, mientras Thomas intentaba recuperar la compostura.

Ϋ

Todo se veía de un color extraño bajo la pálida luz de la luna.

Una corriente de aire frío hizo que las hojas de los árboles sobre su cabeza se agitaran con un susurro inquietante, y Caroline se abrazó a sí misma intentando no temblar de frío. Rhys la había citado en el puente de madera que cruzaba el pequeño estanque artificial de los Rochester, pero su tardanza estaba empezando a inquietarla. Cerró los ojos al escuchar unos pasos que se acercaban y se obligó a no girarse cuando sintió un cuerpo acercándose a su espalda.

Puede que fuera la cadencia de sus pasos, su olor, el magnetismo que cada terminación nerviosa de su cuerpo reconocía, o simplemente su intuición, pero fue plenamente consciente de que la persona que se había aproximado a ella no era Vincent Rhys.

La voz de Thomas rompió el silencio y resonó en su interior con un eco casi doloroso.

—Creí que había sido lo suficientemente claro respecto a ese tipo.

—Y yo creí que también había sido clara con usted.

Thomas se aferró a la barandilla de madera intentando contener la ira incomprensible que todo aquello le provocaba.

—No siga esperándole, Caroline, no va a venir. —Caroline se volvió hacia él y resopló indignada.

—¿Lo ha espantado? —Thomas continuó con la mirada clavada en las tranquilas y plateadas aguas del estanque, y evitó contestar lo que resultaba obvio—. ¿Quién se cree que es para meterse así en mi vida? ¿Acaso me meto yo en sus continuos escarceos amorosos?

—Sus hermanos y su madre confían en mí, y no puedo quedarme de brazos cruzados sabiendo que se está exponiendo a la ruina. Rhys es un depravado. No intente ver en él a un pícaro al que redimir gracias a un amor incondicional.

—¿Amor? Apenas lo conozco. ¡Nadie ha hablado de amor!

Thomas la fulminó con la mirada.

—Entonces, ¿qué pretendías, Caroline? —Thomas se pasó las manos por el pelo completamente frustrado—. ¿Dejarte arruinar por un sinvergüenza? ¿Acaso has perdido el juicio?

—Mi reputación no es asunto tuyo —le espetó dejando de lado la formalidad.

—No te entiendo. Tienes al alcance de la mano encontrar un buen esposo y formar la familia que siempre has deseado. Y te arriesgas a perderlo todo. ¿Por qué? ¿Por otra absurda lección sobre besos?

—Para mí no es absurdo. Para vosotros todo es tan fácil que no entendéis lo frustrante que es no tener libertad, ser vigilada y juzgada constantemente. Todo lo que hace una mujer puede tener consecuencias nefastas para su reputación y en cambio vosotros podéis experimentar cuanto queráis. ¿Quién inventó esa norma? Seguro que fue algún hombre aburrido. Y no digo que quiera ser una promiscua o como se diga…, pero ¿cómo demonios voy a elegir un marido si no sé lo que voy a sentir cuando me bese? Se supone que va a ser el hombre que me bese cada día durante el resto de mi vida. ¿Y si no lo soporto? ¿Y si no siento nada?

—¿Y crees que besando a un libertino sin escrúpulos vas a resolver tus dudas?

—¡No! Yo… solo quería…, solo quería… —Caroline bufó frustrada—. Déjalo. No lo entenderías.

—Soy todo oídos. Y no pienso moverme de aquí hasta que me expliques esta majadería.

—En ese caso me marcharé yo. —Caroline no podía decirle la verdad, y con paso enérgico comenzó a alejarse de él, pero en lugar de enfilar el camino que conducía a la casa, tomó la dirección contraria para adentrarse más en la oscuridad del jardín.

Sin embargo, unas delicadas zapatillas de baile confeccionadas en seda no valían para mucho más que para ser un bonito adorno y Caroline no pudo contener un gemido de dolor cuando una aguda piedra se clavó en la fina suela.

—¿Estás bien? Déjame ver —preguntó él preocupado, arrodillándose frente a ella.

—¡Suéltame! ¿Acaso pretendes arruinar mi reputación? —preguntó con un deje burlón en la voz, ganándose una mirada reprobatoria de Thomas, que ya buscaba sus tobillos bajo el ruedo de su falda, temiendo que se hubiera provocado una torcedura.

—Nada más lejos de la realidad.

—Por supuesto, te conformas con arruinar mis citas.

Caroline siguió caminando hacia el mirador que presidía los jardines, tratando de disimular el dolor de su pie.

—Solo pretendía ayudarte.

—Ya has hecho bastante por mí. Déjame tranquila, al fin y al cabo, tú eres el culpable de todo esto —gruñó, y se tapó la boca inmediatamente en un gesto infantil, como si pretendiera borrar las palabras que ya había dicho, pero ya era tarde.

—¿Qué quieres decir?

Caroline negó con la cabeza intentando dejar la conversación ahí, pero Thomas era un hueso duro de roer y no dejaba las cosas a medias jamás.

—Caroline… —Su tono era una clara advertencia de que no lo dejaría estar.

—¡Pues que todo es por culpa de tu maldito beso! Es como una maldición que me persigue. Todos los besos que me han dado después… —Caroline se detuvo intentando encontrar la manera de explicarse sin subirle el ego.

—¿Todos los besos? Cuántos exactamente… —Thomas se frotó la frente intentando mitigar la furia que estaba calentando su sangre—. Déjalo, prefiero no saberlo.

—Todos han sido un desastre —continuó ella—. Ninguno se podía comparar con el tuyo. Pensé que alguien tan experimentado como el señor Rhys tendría la técnica suficiente para mejorarlo, o al menos igualarlo, así podría olvidarme de tu beso. Pero lo has fastidiado todo.

Thomas se había quedado totalmente paralizado y no sabía si reír, sentirse orgulloso o espantado por lo que acababa de escuchar. Debería acompañar a esta chiquilla inconsciente hasta la mansión, dejarla bajo el ala protectora de su madre y no volver a involucrarse en nada que tuviera que ver con ella jamás.

Ya había experimentado con anterioridad que su cara angelical escondía una tenacidad y una determinación un tanto peligrosas, y aun así de nuevo estaba a solas con ella en mitad de la nada y hablando de besos.

—Caroline, puede que la única razón por la que sentiste nuestro beso como algo especial fuese porque era tu primer beso. Te puedo asegurar que, si nos besáramos otra vez, descubrirías que no es para tanto. —Sonó tan convincente que casi estuvo a punto de convencerse a sí mismo. Casi.

Habría sido así si no fuera porque desde entonces no había podido dejar de imaginarse sus labios y sus manos recorriendo el cuerpo desnudo de Caroline Greenwood envuelto en sábanas de seda.

—Pues hazlo. —Entonces sí, definitivamente, la cara de Thomas fue de espanto—. Convénceme de que no es para tanto.

—Ni hablar. Y no cederé a ninguno de tus chantajes esta vez.

—Por favor, por favor. Tienes que hacer que olvide el primer beso. Es mi única opción. —Lo veía tan claro que no entendía cómo no lo había pensado antes—. Bésame. Hazlo lo peor que puedas. Así este recuerdo eclipsará el otro. Es simplemente perfecto.

—No. No lo es.

—Vamos, Sheperd, solo tienes que darme un beso horrible y después ambos nos olvidaremos de esto.

El plan hacía aguas por todas partes, principalmente porque Thomas dudaba de que pudiera borrar el recuerdo de su boca, así como así, cuando aún llevaba grabado como una huella ardiente su primer encuentro. Lo más sensato era concentrarse en lo esencial y repetírselo como un mantra hasta que no quedara en él un resquicio de duda.

Caroline Greenwood era la hermana pequeña de su socio, de su mejor amigo, hija de lady Eleonora, la mujer que a pesar de conocer su pasado lo trataba como a sus propios hijos.

Les debía lealtad, y si cedía a lo que ella le pedía, se sentiría un canalla aprovechándose de la situación.

Y sin embargo no pudo resistirse a su cercanía, a la manera en que se mordió el labio, ansiosa, esperando su respuesta, a sus hombros desnudos que resplandecían con un color indefinible bajo la luz de la luna.

A quién quería engañar. Era un canalla y de la peor especie, y aunque intentó convencerse de que lo hacía porque ella se lo pedía, la pura verdad era que no había otra cosa que deseara más que besarla en ese momento.

—Está bien, pero solo si me prometes que no volverás a pedirle lecciones sobre besos a nadie más. —Caroline asintió—. Y que no tendrás citas clandestinas con ningún hombre de dudosa reputación.

Caroline volvió a asentir.

Thomas se acercó hasta que ella fue plenamente consciente del calor que irradiaba su cuerpo. Caroline contuvo la respiración mientras él deslizaba el pulgar con enloquecedora lentitud por el borde de su mandíbula y tragó saliva mientras acariciaba su cuello con las yemas de sus dedos.

—Y por supuesto no se te ocurra decirle a nadie

que beso mal, tengo una reputación que mantener, señorita.

A Caroline casi se le escapó una risita, pero en ese momento los labios de Thomas simplemente tocaron los suyos.

Para un hombre experimentado como él no debería suponer ningún problema dar un beso desapasionado y anodino, así que procedió a concentrarse en la tarea.

Apretó los labios intentando no sucumbir al deseo de saborearla, tan quieto como pudo, con su boca inmóvil sobre la de ella.

Caroline sentía el calor de su respiración muy cerca, el tacto cálido de sus dedos posados con suavidad en su nuca, su boca que parecía hecha de brasas. Ninguno de los dos fue capaz de mantenerse impasible, tampoco sabrían decir quién había empezado, pero lo cierto es que los labios empezaron a acariciarse, las bocas se entreabrieron y sus lenguas comenzaron un lento y turbador avance, hasta que contenerse fue imposible para ambos.

Un involuntario gemido escapó de la garganta de Caroline cuando Thomas le mordisqueó con suavidad el labio inferior, y se aferró a su cuello acercándolo más a ella, temerosa de que pudiera detenerse.

Su corazón latía desbocado y se sentía aturdida por lo que estaba sintiendo.

De pronto, no notaba el aire frío sobre sus brazos desnudos, ni la tierra bajo los pies. Solo era capaz de sentir el cuerpo de Thomas pegado al suyo, y la corriente cálida que se desplazaba vertiginosa desde su boca hasta todos y cada uno de los puntos de su ser, como un volcán que acababa de estallar. Sintió que se elevaba del suelo, no por una cuestión mística, sino porque Thomas la cogió en brazos para dirigirse con ella hacia uno de los bancos de piedra que rodeaban el mirador, sentándose con ella en su regazo.

Durante unos instantes Thomas se detuvo a unos centímetros de su boca, consciente de que lo honesto sería detenerse, de que todo aquello se estaba escapando de su control, pero cuando Caroline deslizó la mano enguantada por su mejilla lo único que pasó por su mente fue que necesitaba más de ella.

Devoró su boca sin contemplaciones, sin contenerse, incapaz de saciarse, y ella le correspondió con una fiera intensidad. Caroline no sabía el porqué de lo que estaba sintiendo, pero parecía que su cuerpo se inflamaba más a cada segundo que permanecía entre sus brazos. Los guantes le estorbaban, ella quería sentir más, tocar su piel. Las ballenas del corsé se clavaban incómodas en sus costados y bajo los pechos, y el encaje de sus mangas le restaba movilidad. Quería deshacerse de todo aquello y sentirlo por completo sobre ella. Se había vuelto loca y lo peor era que no le importaba en absoluto.

Como si le hubiera leído el pensamiento, la mano masculina se deslizó por los cierres de su espalda, aflojando la presión del corpiño y el corsé sobre su pecho, y ella dejó escapar un gemido mitad alivio mitad necesidad.

Thomas le acarició los hombros arrastrando la tela, bajando las mangas por sus brazos hasta que el aire frío le erizó la piel y los pezones desnudos. Se separó unos instantes y contempló sus labios entreabiertos y su pecho agitado por la excitación.

—Creo que jamás he visto nada tan hermoso.

—¿Solo lo crees? —bromeó ella intentando no parecer insegura.

—No. Estoy seguro. Eres lo más hermoso que he visto, definitivamente —susurró con voz ronca.

Sin apartar los ojos de ella, deslizó la mano bajo el ruedo de la falda acariciando la piel suave de su tobillo sobre las medias, en un lento ascenso que amenazaba con consumirla. El aire frío de la noche apenas mitigaba el calor que los labios de Thomas dejaban grabado sobre la piel de sus hombros y sus pechos.

Caroline no sabía muchas cosas sobre el deseo, pero acababa de descubrir que el ansia podía hacerla anhelar de una manera dolorosa ser acariciada. La mano de Thomas rozó el borde de sus medias como si no se atreviera a sobrepasar ese límite, manteniéndola en vilo hasta que al fin tocó la carne desnuda de sus muslos.

Estaba a punto de suplicar que continuara, que le mostrara lo que venía después, adónde llevaba toda aquella locura, que la tocara donde su cuerpo más lo necesitaba.

Pero en ese momento Thomas recuperó el ápice de cordura necesario para detenerse, a pesar del insoportable deseo que lo apremiaba a continuar, a pesar de la erección que se marcaba contra la tela de sus pantalones y la tensión que le endurecía cada músculo de su cuerpo.

—Caroline… —Apoyó la frente sobre la de ella con la respiración entrecortada, tomándose unos instantes para recuperar el control sobre sí mismo. Enfriar su cuerpo y su mente le llevaría bastante más tiempo—. Haznos un favor a los dos. No vuelvas a permitirme besarte.

El carruaje de los Greenwood hacía el camino inverso, esta vez en dirección a Greenwood Hall, y Caroline, mientras miraba perezosamente por la ventanilla, hacía un breve repaso de todo lo que había acontecido esos días.

Lo primero y más obvio era que, debido al nulo acercamiento entre ella y el hijo de los Rochester, y a juzgar por su ceño fruncido y su inexistente conversación, Eleonora había comprendido al fin que su hija tampoco se casaría esa temporada.

Por suerte para Caroline, el año siguiente Crystal sería presentada en sociedad oficialmente y ella pasaría a un segundo plano. Siempre había disfrutado de los bailes, los vestidos y las veladas, pero ahora todo aquello se le antojaba banal.

Se pasó de manera inconsciente las yemas de los dedos por los labios, rememorando el encuentro con Sheperd, intentando entender lo que su cuerpo había sentido.

No le caía bien, ni siquiera le gustaba, al menos eso era lo que ella había pensado hasta ese momento, pero por lo visto su cuerpo se empeñaba en demostrarle que estaba equivocada.

Había pasado todo ese tiempo convencida de que la técnica y la experiencia de Thomas era lo que hacía que el resto de los besos fueran un desastre, pero había descubierto que estaba equivocada. Eso influía, por supuesto, pero su mera presencia, su voz, su olor... Todo había conseguido enardecerla incluso antes de que él la besara. Y una vez que sus labios la tocaron fue simplemente arrollador.

No sabía cómo asumir aquello, no entendía qué le estaba pasando. Pero todo eso le había enseñado una lección muy valiosa y trascendental: no podría casarse jamás con alguien que no la hiciera sentir de esa manera, tan viva, tan deseable, tan única.

No aceptaría menos que eso.

6

Febrero de 1862

$\mathcal{M}$ientras la mayoría de las jóvenes casaderas de su edad buscaban el sombrero perfecto para pasear por Hyde Park, lady Alexandra Richmond preparaba la mortaja de su hermano Steve. Durante el último año había encadenado una enfermedad tras otra, intercalando periodos de fiebres con otros de extrema debilidad, en los que apenas conseguía reponer sus fuerzas, hasta que una persistente neumonía se había aferrado a su pecho durante semanas y le había arrancado hasta el último rastro de energía. Alex se había mantenido a su lado día y noche.

Le había dado de comer, aunque su cuerpo acabara rechazando todo lo que ingería, había enjugado el sudor de su frente durante las interminables horas en las que la fiebre lo consumía, hasta que al fin Steve se cansó de luchar.

Lo miró con los ojos empañados por las lágrimas y tuvo que parpadear varias veces para enfocar la vista sobre su cuerpo inerte. Apenas era una sombra de lo que fue, pero se sorprendió al ver que en su rostro lucía una expresión tranquila en lugar de la consternación que había distorsionado sus rasgos en las últimas semanas.

Alex notó una mano en el hombro e instintivamente inclinó la cabeza para rozarla con la mejilla, buscando el calor de la única persona que le quedaba en el mundo, su hermano Thomas.

Al recibir la carta de Alex informándole del delicado estado de Steve, Thomas no dudó en cabalgar lo más rápido que pudo hasta Redmayne Manor. Cuando llegó, el cuerpo de su hermano aún conservaba un hilo de vida, pero ya estaba tan exhausto que no logró recuperar la consciencia, hasta que poco a poco se fue apagando. Al menos había estado junto a Alexandra en ese duro trance; ninguna muchacha tan joven debería pasar por tantas desgracias en la vida.

A su edad había enterrado a demasiada gente, ya había derramado demasiadas lágrimas, y desde luego había completado con creces el cupo de soledad que le correspondería para toda una vida.

Su existencia debería haber estado predestinada por nacimiento a toda suerte de placeres y alegrías, belleza, posición, dinero... Pero Alex solo podía habitar aquel pequeño y solitario rincón del mundo donde ya nadie se asustaba al verla, acostumbrados a la monstruosidad de su rostro, donde todos conocían su desgracia y no se sorprendían por su aspecto. Aquel lugar en el que yacían los restos de su madre en una tumba apartada de los demás. Los suicidas no tenían derecho a descansar en las tierras bendecidas por el Señor, ya que habían despreciado el regalo más valioso que él les había otorgado, arrebatándose la vida. El dinero de Redmayne había conseguido que al menos descansara en el cementerio familiar y no fuera de sus lindes, como solía ocurrir con los que se quitaban la vida, cansados de este mundo o incapaces de sobrellevar la carga de sus destinos.

Thomas aguantó estoicamente junto a ella mientras la gente le daba el pésame tras el sepelio.

Pocos se atrevieron a darle la mano con respeto al bastardo de Redmayne, y tanto Alex como él sabían que gran parte de los que se habían congregado para despedir a Steve lo habían hecho llevados por una morbosa curiosidad más que por mostrarle el último signo de respeto al octavo duque de Redmayne.

Ahora tendrían combustible para sus asquerosos chismorreos durante semanas, unos se compadecerían de la cara marcada de Alex, otros desaprobarían la desfachatez del bastardo que se había atrevido a posicionarse en el banco de la familia durante la misa, como si no se avergonzara de sus orígenes.

Pero en ese momento lo único que les preocupaba a ambos era que habían perdido a su hermano, demasiado joven, demasiado infeliz, y los demás se podían ir al infierno.

Thomas no podía evitar sentirse como un intruso en la mansión, pero el abogado que llevaba todos los asuntos relativos al ducado le había solicitado que se quedara hasta la lectura del testamento que tendría lugar la semana siguiente.

Además, tampoco se sentía cómodo dejando a Alex sola tan pronto, sobre todo por la asfixiante presencia en la casa de los presumiblemente nuevos herederos del título, que sobrevolaban durante todo el día sus cabezas como buitres.

Su padre había tenido un hermano que hacía años había muerto al caerse del caballo; las malas lenguas decían que su afición al vino había tenido la culpa. Pero antes del desgraciado accidente engendró dos hijos: Basil, según la línea sucesoria el legítimo heredero del ducado, y su hermana Cecile. Basil era un pusilánime, falto de carácter y sin demasiadas luces, que se dejaba guiar a pies juntillas por lo que su hermana decía, o más bien ordenaba.

Thomas no se fiaba de ellos.

Debería traerle sin cuidado que el ducado pasase a sus manos, al menos eso se empeñaba en creer. La verdad era que ver cómo el legado de los Richmond, que tantos hombres, entre ellos su hermano, se habían esforzado en conservar, pasaba a manos de gente carcomida por la avaricia lo enfermaba.

No era un secreto que sus primos siempre habían ambicionado ser los dueños y señores de Redmayne. Incluso Cecile había hecho todo lo posible para convertirse en la duquesa, intentando echarle el guante a Steve antes de que sucumbiera a la enfermedad.

Ahora que él tristemente había fallecido, acariciaba la idea de que su hermano se convirtiera en el duque, y ella, en la señora de la casa hasta que Basil desposara a alguna incauta, que por supuesto sería elegida por Cecile.

Thomas dejó el carboncillo a un lado y arrugó el papel con desgana. Estaba intentando esbozar el paisaje que se veía desde la ventana de su habitación, pero ni siquiera dibujar, que siempre tenía un efecto balsámico sobre él, conseguía templar sus nervios. Se sentía inquieto, como si algo terrible sobrevolara su futuro.

La presencia constante de los hermanos en la casa le inquietaba, y Alex estaba demasiado afectada como para tomar alguna decisión al respecto. Ni siquiera había objetado nada cuando Cecile la informó de que había decidido pasar más tiempo en la mansión para atenderla y hacerle compañía.

Eran tan avariciosos que ni siquiera podían esperar a la lectura del testamento, que proclamaría a Basil como noveno duque de Redmayne, para tomar posesión de sus dominios.

El ambiente en el oscuro despacho ducal era sofocante y Thomas sintió la necesidad de abrir la ventana, acalorado por el enorme fuego que ardía en el hogar.

Aun así, al apretar la mano de Alex entre las suyas comprobó que la tenía helada, como si la vida quisiera escaparse también de ella. Alex le sonrió, aunque su mirada reflejaba tristeza.

El señor Darwin, abogado que procedería a la lectura del testamento de Steve Richmond, preparaba los documentos con su ayudante en la enorme mesa que presidía el despacho, y a Thomas le llamó la atención un sobre que trataba con especial solemnidad y que lucía el sello de lacre rojo de su padre.

Los hermanos Richmond y Sophie, la anciana hermana del duque, una viuda con cara de rapaz que miraba a los presentes como si quisiera picotearles los ojos con su nariz hasta vaciárselos, también habían sido convocados a la reunión.

Thomas suspiró sin entender por qué se veía incapaz de mantener su templanza en el momento en el que Darwin se colocó las gafas sobre el puente de la nariz y carraspeó para comenzar su disertación.

Tras la interminable introducción y su reiterado pésame a los familiares, comenzó a desentrañar lo importante.

—… su excelencia reitera la cantidad anual asignada por el anterior duque a su hermana lady Alexandra, que irá aumentando cada año. Así mismo, recibirá los objetos personales de su hermano y un listado de bienes, joyas, obras de arte, etcétera, que no están ligados al título y que pasaremos a detallar más adelante. Sin embargo… —el abogado hizo una pausa dramática para mirar a su audiencia por encima del marco dorado de sus gafas—, para el uso de todo esto y para cualquier decisión que lady Alexandra necesite tomar, deberá contar con el beneplácito del nuevo duque, que será en última instancia quien decida lo más conveniente para ella.

Alex, que había permanecido con la cabeza gacha y los ojos clavados en sus manos entrelazadas en el regazo, levantó la vista totalmente impactada por lo que acababa de escuchar.

—¿Cómo ha dicho, señor Darwin? —Alex no podía creer que su hermano hubiera estipulado algo semejante en su testamento, era inconcebible que la hubiera privado del derecho de decisión sobre su vida—. Debe haber algún tipo de error. Voy a cumplir veintiséis años, no necesito…

—Lady Richmond, todo es correcto. El testamento se ha redactado según los términos usuales en estos casos.

Thomas apretó la mandíbula al observar la sonrisa de satisfacción mal disimulada de Cecile Richmond.

—Permítanme continuar. —El abogado sujetó de manera solemne un abrecartas dorado entre sus dedos cortos y rechonchos, mientras apartaba los papeles en busca del sobre precintado con lacre rojo—. Su padre dejó estipulada una cláusula adicional en su testamento en previsión de que este triste y luctuoso suceso tuviese lugar, debido al declive que la salud de su hermano había experimentado en los últimos años.

El señor Darwin rompió el lacre y sujetó el papel entre sus dedos, carraspeando antes de comenzar a leer.

Las palabras resonaron en el despacho, solemnes, concisas, una sentencia calculada al milímetro, sin calidez ni sentimiento. Solo verdad y crudeza.

Alex, en un acto reflejo, apretó el antebrazo de Thomas, mientras sus primos palidecían, enrojecían y abrían la boca como peces fuera del agua.

—... por consiguiente, señor Sheperd, su padre realizó todas las gestiones necesarias antes de su muerte para reconocer su legitimidad a efectos de que se convierta en el noveno duque de Redmayne. Para dicho trámite se recopilaron declaraciones juradas de testigos con la suficiente solidez y credibilidad como para que su derecho al título no pueda ser cuestionado, lo cual fue aceptado por la corona. —El joven ayudante colocó sobre la mesa un fajo de papeles rodeados por un lazo y el abogado apoyó la mano sobre ellos—. Desde el médico que atendió el parto, gente del servicio, la hermana del duque… —la anciana asintió en silencio como si ya supiera el final de un libro que los demás aún no habían empezado a leer—, un obispo, un conde amigo de la familia y su propia madre. Aunque gracias al parecido físico con la familia, y la diligencia con la que su padre le brindó la educación suficiente para desempeñar el puesto, sería impensable que alguien pueda llegar a cuestionarlo.

Noveno duque de Redmayne.

Thomas deseó con todas sus fuerzas que alguien se levantara y gritara que todo era una absurda y macabra broma.

—Señor y señorita Richmond, el duque me pidió expresamente que les manifestara que sentía que no pudieran alcanzar la posición que habían ambicionado desde siempre, con la misma fruición que su malogrado padre. Para compensarles de alguna manera y con el fin de que… —carraspeó incómodo— dejen de amamantarse de los bienes del ducado, les deja en propiedad la casa en la que viven, las tierras que la rodean y suficiente ganado para que, gestionándolo correctamente, puedan ganarse la vida.

—Qué generosidad… —musitó Cecile intentando disimular su desprecio.

—Señor Sheperd, en cuanto usted decida aceptar el título, será por derecho su excelencia el duque de Redmayne, pero el ducado lleva implícita una condición, a fin de que su continuidad esté garantizada. —Thomas aguantó el aire sin darse cuenta, con el cuerpo tan tenso como las cuerdas de un violín—.

En el momento de ser nombrado oficialmente duque, debe haber contraído matrimonio con una dama de su elección, que sea adecuada para ostentar el título de duquesa con orgullo y honor. El plazo para cumplir esa condición y aceptar el título finalizará dentro de un año a partir de hoy. En caso contrario, el ducado pasaría al siguiente en la línea sucesoria, el señor Basil Richmond.

Cecile casi gritó de alivio. No estaba todo perdido, quién sabe, puede que ella pudiera convertirse en la nueva duquesa, al fin y al cabo, Thomas era un hombre joven, atractivo y saludable. Aunque a juzgar por lo impactado que se había mostrado con el anuncio, todo indicaba que sería Basil quien al fin conseguiría hacerse con el ansiado título.

Hacía horas que el abogado se había marchado y Thomas aún seguía dando vueltas por el despacho como un león enjaulado, con las palabras resonando en sus oídos y los nervios a flor de piel.

—Si sigues así, vas a desgastar el dibujo de la alfombra.

Thomas se detuvo en seco al escuchar la voz de Alexandra en la puerta del despacho, que entró sin esperar a que él la invitara. Al fin y al cabo, aquella era su casa más que la de él. Thomas se apretó el puente de la nariz con los dedos y suspiró.

—Solo trato de entender por qué lo ha hecho.

—Supongo que no te reconoció antes para que Steve tuviera su lugar. Pero, siendo tú su hijo, es lógico que no quisiera que un inútil como Basil destruya todo lo que construyó durante toda su vida. Lo que sus antepasados construyeron antes que él.

—Y para ello tengo que destruir todo lo que yo soy.

Alex sintió que la sangre se le iba a los pies y su cuerpo parecía quedarse sin fuerzas en respuesta.

—No te estarás planteando rechazar el título, dime que no lo vas a hacer, Thomas.

—No me lo estoy planteando, tengo claro que no debo aceptarlo. —Su hermana abrió los ojos espantada como si acabara de ver a un fantasma, aunque lo único que veía con claridad delante de sus narices era que alguien en quien confiaba la defraudaba de nuevo—. Alex…, lo siento… Yo…, yo no puedo hacerlo.

Unas lágrimas de rabia asomaron a sus ojos color avellana, pero fue lo suficientemente fuerte para contenerlas. Siempre lo era.

—Eres un maldito cobarde, pensé que eras alguien íntegro y valiente, pero no lo eres.

—¡Alex, entiéndelo! Este título representa todo lo que odio. No lo hizo para otorgarme un reconocimiento, sino para dominarme desde su tumba. Aceptar implica doblegarme ante los últimos deseos de un hombre frío y cruel. Convertirme en lo que desprecio y he despreciado siempre.

—¡Este título también me representa a mí! ¡Y a Steve! ¿Acaso no te importamos? ¿Y los arrendatarios y los trabajadores? ¿Vas a abandonarme a mí y a todos los que dependen de Redmayne en las incapaces manos de esos dos malnacidos?

—Aunque quisiera aceptarlo, no podría, no cumplo las condiciones. Jamás me casaré. Hasta en eso ha intentado hacerme claudicar. Obligándome a contraer matrimonio. ¿Y tú aún sigues queriendo ver bondad en su gesto?

—Tienes un año para encontrar una esposa que te satisfaga. No te atrevas a quejarte de tu destino. —En un acto reflejo tocó la cicatriz de su cara, que se había puesto más roja por la indignación que no podía contener.

—Eso no es negociable. Podría plantearme ser duque. Pero ¿casarme? Jamás. El matrimonio, el amor, los hijos…, todo lo que tenga algo que ver con eso me enferma. Es la perdición y la destrucción del ser humano y no caeré en esa trampa. —Thomas se detuvo, impresionado por la vehemencia de sus propias palabras. Admiraba a la gente que era capaz de entregarse sin reservas a sus sentimientos, incluso había animado a su amigo Andrew a ser valiente y asumir que estaba enamorado de su mujer en los difíciles comienzos de su matrimonio. Pero él no estaba hecho para amar; había sufrido demasiado siendo un niño por culpa del amor no correspondido de su madre y se negaba a que algo así lo destruyera a él también—. Tu padre debería haber previsto que, si me elegía a mí, su estirpe moriría. No pienso engendrar hijos, nunca. Seré el último descendiente varón de su sangre. Su valiosa estirpe morirá conmigo.

Alexandra se limitó a asentir con la cabeza y a marcharse sin añadir nada más, qué podía decir ante una declaración tan contundente. Sabía que intentar forzarlo para que cambiase de opinión solo haría que se cerrara aún más sobre sí mismo. Durante los siguientes días apenas se hablaron y se evitaron todo lo posible, hasta el punto de que a Alex le resultó un alivio que la siempre solícita Cecile decidiera mudarse indefinidamente a la casa para hacerle compañía en esos días tan aciagos. Todos sabían que su motivación real era estar al tanto de todo lo que ocurriera dentro de los muros de la mansión, pero Alex no tenía fuerzas para oponerse, así que lo dejó estar.

Thomas, en cambio, no se veía con ánimos de soportar la presencia de sus primos ni la tristeza que impregnaba cada pared, cada ladrillo, ni la mirada —acusatoria a veces, suplicante otras— de su hermana. Habló con Alex y ambos entendieron que lo más sensato para él era marcharse de Redmayne, al menos durante un tiempo, hasta que todo se serenara.

Lady Eleonora Greenwood organizaba una de sus famosas fiestas campestres en Greenwood Hall con motivo de la presentación de su hija pequeña en sociedad. Aunque solía huir de las reuniones en las que estuvieran presentes jóvenes casaderas y madres ansiosas, pensó que le sentarían bien unos días en el campo rodeado de gente optimista, un ambiente festivo, música y comida en abundancia.

Al fin y al cabo, los Greenwood siempre lo habían acogido en su casa como si fuera de la familia, todos a excepción de Caroline, pero no tenía pensado interactuar con ella.

Después de su último encuentro, lo que menos deseaba era tener una nueva batalla dialéctica con ella, y mucho menos arriesgarse a que el deseo nublara su razón de nuevo. Quizá fuera una insensatez ir hasta allí, pero necesitaba la camaradería de Andrew y de Richard, tomar una copa, reírse de todo y engañarse, aunque solo fuera durante unas horas, pensando que el mundo fuera de esas paredes no era algo podrido e imperfecto.

Cecile había traído de su casa unos cojines confeccionados por ella misma con un bordado espantoso para darle a la salita del té un ambiente más hogareño. Alex estaba convencida de que su intención era colonizar la casa poco a poco. Primero se había trasladado ella con la excusa de acompañarla por las noches, después había mandado traer unos enormes baúles con su ropa y, por último, los horribles cojines y mantas bordadas que olían a madera enmohecida.

El día había amanecido soleado y cálido, y Alex aprovechó que su prima andaba discutiendo con las doncellas por una cofia mal planchada para escabullirse de la mansión. Subió la colina con paso brioso, el sombrero de paja teñida de oscuro cogido de los lazos y ondulando al viento, y el cabello escapándose de su austero recogido.

No contaba con encontrarse a nadie, así que había prescindido del velo de gasa que usaba para ocultar su rostro cuando salía.

Se paró frente al viejo torreón medio destruido del antiguo castillo Redmayne, y levantó la vista hacia las almenas, desde donde su madre se había precipitado una noche cuando ella era una niña. Ya casi no podía recordar sus rasgos. Apenas conservaba momentos difusos en su mente, y a veces dudaba si los recuerdos se ajustaban a la realidad o era su imaginación la que rellenaba los huecos inconexos de su memoria.

A pesar de que cualquiera en su situación habría evitado un lugar donde había sucedido algo tan trágico, Alex se sentía allí más cerca de su madre, más protegida y con una extraña sensación de paz interior.

Se sentó en el suelo, con la espalda apoyada en una de las paredes de piedra, y cerró los ojos dejando que el sol le caldeara la piel, con el libro que había llevado consigo cerrado en su regazo. Le encantaba acudir allí a leer, alejada del ruido y de las miradas indiscretas de lástima o, en algunos casos, de repulsión. Perdió la noción del tiempo y estaba tan relajada que estaba a punto de dormirse.

—Daría un año de mi vida por saber qué sueño es capaz de arrancarte esa sonrisa tan misteriosa. —La voz masculina y profunda la hizo dar un respingo y abrir los ojos de golpe, para encontrarse con la mirada burlona de Vincent Rhys.

En un acto reflejo giró la cara y se pasó la mano por el pelo, como siempre hacía, como si así pudiera desviar la atención de la marca rojiza que le cruzaba el rostro.

—Vaya, has vuelto. ¿Has venido a saquear las arcas de tu abuela? —preguntó con aspereza.

—Por supuesto, ¿a qué otra cosa iba a venir? Pero la vieja está cada vez más imposible, apenas me ha provisto de fondos para aguantar un par de meses.

Rhys se había criado en la finca que lindaba con las tierras de los Redmayne con sus abuelos maternos, los Stone, después de que su padre desapareciera y su madre muriera en extrañas circunstancias. Alex sospechaba que su madre, al igual que la suya, no había sido capaz de soportar los envites de la vida y había decidido abandonar este mundo antes de tiempo, y por eso los Stone no hablaban jamás de ella.

Vincent S. Stone había sido un alto mando del Ejército que había intentado imponer mano dura sobre su nieto. Su intransigencia y su excesiva crueldad, unidas al nulo cariño que Rhys había recibido en su infancia, habían conseguido convertirlo en un ser totalmente insoportable, cínico y carente de bondad o empatía. Simplemente era odioso y cruel. Y demasiado guapo, por qué no decirlo.

—¿Has pensado alguna vez en la posibilidad de trabajar?

—No, prefiero esperar pacientemente a que la anciana mujer se vaya al otro barrio a hacerle compañía a su difunto esposo para quedarme con todo lo que tiene.

—Eres horrible.

—Gracias, aunque al menos soy guapo. No se puede tener todo en la vida.

Rhys paseó la puntera de la bota por una mancha oscura que teñía la desgastada piedra de los muros.

—Recuerdo cuando éramos unos críos y te decía que estas manchas eran la sangre de tu madre.

—Sí, y yo recuerdo que Thomas casi te arranca los dientes a puñetazos por ello.

—Thomas siempre ha tenido tendencia a atizarme. —Se encogió de hombros recordando el puñetazo que le había propinado en casa de los Rochester y saltó desde el muro donde estaba subido para plantarse imponente y hermoso ante ella, en toda su estatura.

—Será mejor que me marche, no deberíamos estar aquí a solas. No es correcto. —Alex se levantó y se sacudió las briznas de hierba de su vestido negro, intentando no cruzar la mirada con él. Era imposible no sentirse intimidada por su angelical belleza y su lengua despiadada.

—A no ser que tus pechos o tu dote hayan aumentado considerablemente en los últimos tiempos, no corres ningún peligro junto a mí, Alexandra. —Ella levantó la barbilla indignada para mirarle a los ojos. Siempre había sido igual de hiriente y grosero. Según él, lo hacía para prepararla para la crueldad del mundo; si se acostumbraba a los insultos, podría enfrentarse a la realidad más segura de sí misma, sin agachar la cabeza, aunque en realidad lo único que había conseguido era minar aún más su escasa autoestima—. Y por lo que veo tu escote sigue siendo igual de insignificante, cariño. Eres un caso perdido.

—Y tú sigues siendo un cerdo. —Alex se levantó el bajo de la falda para marcharse airadamente, sujetando el libro con la otra mano, resistiendo el impulso de lanzárselo a la cabeza.

—¿Ya te vas? En fin, recuerda avisarme si tu hermanito, el bastardo, dobla tu dote, podré hacer un sacrificio y consumar el matrimonio con la luz apagada.

Alex se volvió y abrió la boca para insultarle, pero no encontraba nada a la altura de su desfachatez. Se limitó a lanzar un resoplido de desdén y emprendió el camino de vuelta por el sendero de tierra.

—Alexandra. —-Su voz la detuvo en seco, para su desgracia tenía ese extraño poder sobre ella. Odiaba que la llamara así, pronunciando las sílabas de esa manera lenta. Todo el mundo la llamaba por su título formal o, los más cercanos, Alex. Pero él siempre utilizaba el nombre completo con ese tono profundo, algo perezoso, que la hacía desear ser otra persona. Permaneció inmóvil, de espaldas a él, esperando a que continuara hablando—. Siento lo de Steve, se merecía una vida plena y feliz.

Alex permaneció unos segundos inmóvil, intentando encontrar su propia voz, pero no lo hizo. Le dirigió una última mirada y lo vio allí, impávido, con una de sus botas apoyada en lo que quedaba del muro, como si se proclamara el legítimo dueño del castillo, su legítimo rey, y una expresión seria que pocas veces se reflejaba en su rostro.

No pudo hacer más que asentir y bajar la colina tratando de olvidar la mezcla de cosas horribles que Rhys la hacía sentir siempre que se encontraban, deseando llegar a su hogar, un hogar que cada día que pasaba le pertenecía un poquito menos.

7

Caroline observó, desde su posición junto a su madre, cómo su hermana Crystal entraba por primera vez en el gran salón convertida en la gran protagonista de la velada del brazo de su hermano Andrew.

No pudo evitar sentir un pellizco de emoción al verla llegar con aquel vestido azul claro y las mejillas sonrojadas por la timidez. Suspiró, nostálgica, al recordar su presentación, cuando su mundo era de color de rosa y aún aspiraba a tener una gloriosa historia de amor.

Había soñado con encontrar a su enamorado al final de su primera temporada, puede que de la segunda. Pero, ya en la cuarta temporada, todos sus fracasos la llevaban a pensar que era incapaz de sentir algo especial, y, lo que era aún peor, incapaz de conformarse.

Se dirigió hacia donde se encontraba Marian sentada con su prominente barriguita, negándose a que el embarazo la privara de disfrutar de la vida y de apoyar a su cuñada en ese día tan importante. Andrew se dirigió al centro de la pista con Crystal para inaugurar el baile, pero a Caroline no se le escapó que al pasar le había dirigido una sonrisa cariñosa y un guiño cómplice a su mujer. No hacía falta ser una eminencia para entender que entre ellos había un amor incondicional, puro e indestructible.

Ese era el tipo de amor que Caroline anhelaba.

Eleonora aspiraba a que se casara al fin con alguno de los fantásticos candidatos que ella se encargaba de escoger para sus fiestas, pero ninguno conseguía despertar en Caroline ningún interés. Ni siquiera el suficiente como para prestarle atención durante el tiempo que duraba un vals.

Si su vida dependiera de recordar una sola frase de lo que su pareja de baile, un lord de mediana edad que vivía a pocas millas de su propiedad, le había dicho durante los últimos minutos, podría darse por muerta. Sus ojos se dirigían una y otra vez hacia donde se encontraba Thomas Sheperd, hablando animadamente con su madre y su hermano Richard.

Odiaba que ellos lo adorasen y no supieran ver el carácter presuntuoso y arrogante que escondía. Le caía mal, por supuesto. No podría ser de otra manera siendo tan vanidoso y prepotente. Él sabía que era atractivo y se vanagloriaba de ello, con cada gesto, con cada sonrisa.

Y ella podría haberlo soportado, o incluso ignorado, si no hubiera interceptado una inapropiada conversación entre varias damas cuando había ido a refrescarse en un momento de descanso. Antes de entrar a la habitación había escuchado que pronunciaban su nombre y se había detenido de manera furtiva en el pasillo, consciente de que nadie mantendría una conversación de ese tipo delante de una joven soltera.

Dos mujeres, presumiblemente casadas, reían mientras alababan de manera soez su bello cuerpo, fuerte y ágil, y ensalzaban sus habilidades para proporcionar placer a una dama. Caroline se ruborizó y comenzó a notar un extraño zumbido en los oídos cuando los comentarios se convirtieron en insinuaciones y metáforas sobre actos y posturas que ella desconocía.

Se sorprendió al darse cuenta de que estaba totalmente indignada y decepcionada, aunque sabía que no tenía ningún derecho a estarlo.

Aunque no quisiera reconocerlo, en su fértil imaginación había llegado a creer que su manera de besarla, la forma de venerar y acariciar sus pechos era algo único. Muy a pesar suyo, había creído que esos besos solo podían suceder con alguien especial. Y no era que ella estuviera enamorada, ni tampoco intrigada por Thomas, ni siquiera un poco interesada en él. No, en absoluto. Pero pensar que se entregaba con la misma pasión y dedicación a todas las mujeres hacía que se sintiera usada.

Volvió al salón intentando disimular la ira que bullía en su interior dispuesta a disfrutar de la velada.

Se dio cuenta de que la pieza había terminado al notar que su pareja se detenía y se dejó acompañar sumida en sus pensamientos hasta el borde de la pista. Se percató demasiado tarde de que el sitio al que se dirigía era directamente el abismo. Su madre le sonrió al verla llegar e inclinó la cabeza para despedir eficazmente a su acompañante. Thomas se giró en ese momento para mirarla y sus ojos se encontraron con intensidad.

Solo ella percibió que, durante unas décimas de segundo, la perfecta y ensayada sonrisa de Thomas se congeló, perdiendo su intensidad, como si el mundo se hubiera saltado un latido, para comenzar a brillar un momento después como si nada hubiera ocurrido.

—Lady Caroline, es un placer verla tan radiante esta noche —la saludó cortésmente sin variar su expresión.

Esa sonrisa no era real, Caroline lo sabía, probablemente nada en él lo era.

Cómo podría serlo en alguien tan superficial, alguien a quien no le importaba quién se colara en su cama, alguien que se entregaba de igual manera a todo el mundo.

Era un encantador de serpientes, tanto en los negocios como en su vida amorosa. Puede que adorase a los Greenwood, pero ¿y si no era tan leal como parecía?

Thomas la miró intrigado, como si intentara averiguar el motivo por el que ella lo miraba como si quisiera asesinarle con un tenedor. Sabiendo que no podría negarse delante de Eleonora, se arriesgó a pedirle un baile.

Mientras se desplazaban por la pista, Caroline tenía la espalda tan tensa que parecía que se partiría si giraban demasiado rápido.

—No suelo bailar con frecuencia, pero había olvidado lo encantador que resulta compartir estos instantes con una pareja dispuesta a disfrutar del momento —le espetó Thomas con sarcasmo.

Caroline, que mantenía los ojos clavados en un punto imaginario en la distancia, volvió la cabeza hacia él como si hubiera saltado un resorte.

Thomas arqueó una ceja, intrigado, al ver que sus ojos azules llameaban.

Apenas habían coincidido en un par de fugaces encuentros tras lo ocurrido en la casa de los Rochester, pero entre ellos parecía haberse instalado una fría neutralidad. No entendía qué podía haber desatado semejante enfado.

—Por lo que he oído, tus parejas suelen estar encantadas con tu presencia y tus habilidades, pero este no es el caso. Yo no disfruto en absoluto, bailas de manera bastante anodina.

Thomas estuvo a punto de perder el paso desconcertado por la acusación, no queriendo creer que la inocente Caroline estuviera realmente hablando con ese doble sentido.

—Anodina… —repitió él mirando al infinito—. Jamás he sido anodino en ninguno de los aspectos de mi vida, cariño. Tú deberías saberlo. De hecho, suelo ser bastante inolvidable.

El inevitable e instintivo tirón de la mano femenina intentando soltarse no tardó en llegar, pero Thomas estaba preparado y apretó más su agarre sobre ella.

—Para ti no significa nada, ¿verdad? Para ti cualquier mujer es válida para tus… obscenos fines.

—¿A qué viene eso? No entiendo por qué demonios…

—He escuchado a varias damas hablar de sus fantásticas experiencias amorosas contigo, de tu… ensayada técnica. —Caroline hubiera dado todo lo que tenía por haber podido controlar su lengua, por haberse ahorrado ese absurdo bochorno, pero las palabras parecían salir de ella a borbotones y sin control—. Te comportas igual con todas; solo placer, lujuria, y nada de sentimientos. No tienes el más mínimo respeto ni por ellas ni por ti mismo.

Thomas soltó una amarga carcajada, sin pararse a analizar por qué su vida sentimental debería de ser de la incumbencia de una joven dama, que en esos momentos debería andar ocupada en la caza de un buen marido.

—¿Acaso debería esperar a que aparezca el amor verdadero para compartir tales dones? Lo haría encantado, de no ser porque dudo de su existencia, pequeña.

Caroline no supo por qué le dolía tanto su cinismo.

—Que tú no seas merecedor de tal cosa no significa que no exista.

—Tú sí lo eres, por supuesto. Pero explícame algo: ¿por qué el tuyo tarda tanto en aparecer, entonces?

Ella abrió la boca para contestar y la volvió a cerrar, indignada, sin saber qué decir.

—La dulce Caroline cree que sabe algo de la vida y del amor solo porque lo ha leído en unos libros absurdos. Y lo que es peor, cree que sabe algo del placer porque se ha dejado besar un par de veces en un jardín o tras una cortina. Te diré algo que espero que te ayude: quien escribió esas estupideces sobre enamoramientos fantásticos probablemente fuera alguien amargado y solitario sin fe en el amor y en la supuesta magia que provoca. Y los que consiguieron besarte ni siquiera…

Thomas se mordió la lengua para no continuar.

—Termina la frase, Sheperd. Ten agallas para hacerlo, maldito cobarde.

La mandíbula de Caroline jamás había estado tan apretada y su mirada nunca había sido tan dura como en aquel momento.

—El vals se ha acabado —sentenció Thomas con tono frío y autoritario. Faltaban aún varios compases, pero necesitaba alejarse de allí.

La acompañó hasta el borde de la pista, sin importarle que el resto de las parejas siguieran girando a su alrededor, e intentó controlar la sensación de odio que sentía hacia sí mismo en ese momento. Definitivamente había sido una pésima idea ir a Greenwood Hall.

Tras la muerte de Steve tenía los nervios a flor de piel y la sensación de pérdida, el dolor y la intranquilidad le hacían difícil controlar sus sentimientos, y mucho menos su comportamiento, sobre todo si Caroline Greenwood andaba por medio.

Ni siquiera había sido capaz de sincerarse del todo con Andrew y con Richard, a pesar de que sabía que no lo juzgarían. Ellos conocían su procedencia, pero solo había podido contarles que su hermano había fallecido. No había tenido valor para ponerlos al tanto del contenido del testamento. Al fin y al cabo, los Greenwood pertenecían a la nobleza, y con seguridad le aconsejarían que se replanteara la decisión, y en esos momentos no se sentía con ánimos para aguantar sermones.

Salió del salón en busca de la soledad que necesitaba, encontrándola en una de las salas privadas, donde se sirvió una copa tras otra mientras observaba cómo las llamas rojizas lamían con imperturbable lentitud los troncos de la chimenea.

Caroline no estaba de humor para aguantar ni un baile ni una conversación estúpida ni un falso halago más. Buscó con la vista a sus amigas y vio cómo Maysie Sheldon salía del salón del brazo de su cuñada Marian, y se dispuso a seguirlas.

Necesitaba una conversación de verdad, una muestra de cariño sincero y, por qué no, unas cuantas risas. Y seguro que podría encontrarlas donde ellas estuvieran. Cruzó los pasillos intentando dar con ellas y la contagiosa risa de Marian llegó desde la cocina. Se detuvo en la puerta y Mary, la cocinera, le guiñó un ojo al verla, mientras rellenaba una bandeja con suculentos pasteles y los colocaba en la mesa donde estaban sentadas sus cuñadas, Marian y Elisabeth, y Maysie, la melliza de Elisabeth.

Marian puso los pies sobre uno de los taburetes, mientras el servicio continuaba con sus quehaceres a su alrededor para que los invitados estuvieran perfectamente atendidos.

—¿Hay una fiesta privada y no me avisáis?

—irrumpió Caroline con los brazos en jarras desde la entrada.

Se sentó junto a ellas y la cocinera sirvió varios platos más.

—¿Y tú de qué huyes? —le preguntó una de ellas al verla refugiarse en la cocina.

—Supongo que he cubierto el cupo de sapos con los que bailar esperando que se convirtieran en príncipes por esta noche —contestó encogiéndose de hombros.

—Se supone que a los sapos hay que besarlos, no bailar con ellos, Carol. Aunque, si por sapo te refieres a Thomas Sheperd, te advierto que tiene más pinta de príncipe que la mayoría —apuntó su cuñada.

—Se os veía muy compenetrados mientras bailabais juntos —añadió Maysie.

—¿Bromeas? Ese es el peor sapo de todos. Es insufrible, vanidoso, cínico, presuntuoso y para nada atractivo. No lo soporto. —El resto de las jóvenes se miraron entre sí sorprendidas por la sospechosa vehemencia de su tono.

Su hermana Crystal, la homenajeada de la noche, apareció en el umbral para unirse a la reunión de féminas.

—¿Qué hacéis todas aquí? He visto salir a Caroline y la he seguido, pero no sabía que había un aquelarre en marcha.

—¿Con quién demonios van a bailar los hombres de la fiesta si las damas más hermosas se esconden en mi cocina? —preguntó Mary, colocando otra bandeja de pastelitos delante de ellas.

—Sinceramente, los hombres me importan un pimiento —intervino Elisabeth engullendo un pastel—. En especial el mío.

—Mientes fatal —se burló Marian, y todas rieron.

Mary colocó varios vasos y una botella de licor de cerezas, su especialidad, y Marian fingió cara de espanto.

Elisabeth cogió la botella y la movió delante de sus ojos, observando con atención las frutas oscuras sumergidas en el líquido rojizo.

—No, gracias, aún recuerdo sus efectos. Y créeme, ya he tenido suficiente dosis de náuseas durante el embarazo. ¡No me lo acerques! —bromeó Marian.

—Pues yo sí tomaré una —dijo Caroline con decisión vertiendo un buen vaso. Las mellizas la imitaron y Crystal se sirvió apenas un dedo de licor.

Brindaron por ellas y tomaron un buen trago. Todas carraspearon y cerraron los ojos haciendo muecas ante la sensación ardiente del licor en la garganta. Pasaron el resto de la velada alejadas de la fiesta que discurría en el salón, bromeando y compartiendo confidencias.

Elisabeth y su hermana Maysie habían decidido que no les apetecía volver a reunirse con los invitados, así que acordaron con Caroline ir a su habitación para charlar, y de paso acabarse lo que quedaba en la botella.

Caroline se despertó con la cabeza un poco aturdida por el licor y con el cuello dolorido por la imposible postura en la que se había quedado dormida en el sillón de su habitación. Miró la botella vacía sobre la mesa y se apretó la frente con la convicción de que al día siguiente el dolor de cabeza sería terrible.

En su cama, entre un revuelo de enaguas y telas de colores, las mellizas dormían plácidamente, anestesiadas por el licor de cerezas. Avanzó hacia el centro de la habitación y tras tambalearse un poco decidió que no despertaría a Elisabeth y a Maysie.

Necesitaba otro sitio para dormir, pero aún estaba un poco ebria y su mente funcionaba con lentitud. Intentó recordar si había alguna habitación libre, pero todas estarían ocupadas, dada la multitud de invitados.

Entre ellos el desagradable y pretencioso Thomas Sheperd.

De pronto un irrefrenable impulso la hizo querer ir a decirle a ese estúpido engreído todo lo que pensaba de él, de las desafortunadas palabras que le había dicho esa noche y de ese maldito beso suyo, que aún la perseguía como una maldición.

Y de paso podía ser que le hiciera un hueco en su mullida y calentita cama hasta el día siguiente.

Caroline caminó a oscuras rozando la pared con una mano para guiarse en la oscuridad del pasillo, contando las puertas para sus adentros.

Tras rozar la madera de la tercera puerta de la izquierda, se detuvo y respiró hondo varias veces, hasta que llegó a la conclusión de que lo que estaba haciendo era la mayor estupidez que se le hubiera ocurrido jamás. Movió la cabeza para ver si recuperaba un poco la lucidez, y decidió volver al refugio seguro de su habitación.

El sonido de una puerta cerrándose en el piso de abajo la hizo quedarse paralizada por el miedo y se pegó de manera instintiva a la puerta, con todos los sentidos centrados en los ruidos que poco a poco se intensificaban.

El sonido de unos pasos seguros subiendo las escaleras le aceleró la respiración.

No debería estar allí, y si la descubrían con apenas un camisón y una bata en mitad del pasillo, frente a la habitación de un hombre soltero, se produciría un escándalo de dimensiones épicas. Se maldijo a sí misma por aquella estúpida ocurrencia de abandonar la cálida seguridad de su dormitorio de esa guisa.

Temió que los desbocados latidos de su corazón alertaran de su presencia, y, sin pensarlo demasiado, giró el picaporte y se adentró en la penumbra de la habitación de Thomas.

Gracias a Dios, él no estaba allí.

Se tragó una blasfemia cuando una malvada vocecita le sugirió en su cabeza que a esas horas se encontraría en brazos de alguna de esas frescas que alababan sus aptitudes como amante.

La chimenea encendida caldeaba la lujosa habitación e iluminaba la estancia con una tenue luz anaranjada.

Se acercó al tocador donde se encontraban los utensilios para afeitar de Thomas y un frasco de su colonia. Deslizó las yemas de los dedos por el mango de marfil de la brocha imaginando cómo aquellas cerdas resbalaban por su cuello, extendiendo la espuma del jabón de afeitar, trazando círculos por su mandíbula, su barbilla… Sintió el deseo casi doloroso de seguir con la lengua el mismo recorrido. Alargó la mano para coger el frasco de colonia y aspirar su olor, y estuvo a punto de dejarlo caer cuando la puerta de la habitación se abrió tras ella.

Thomas apareció en el umbral y se quedó paralizado al percatarse de su presencia; cerró la puerta mascullando una maldición.

8

—*E*n el nombre de Dios… —Thomas se pasó los dedos por el pelo completamente anonadado. A pesar del sobresalto inicial al verse sorprendida, Caroline sonrió con satisfacción al ver su cara de estupor.

—¿Dónde estabas?

—Estaba en… —Thomas se sintió como un idiota, había estado a punto de explicarle que se había quedado dormido en un sillón en una de las salas del primer piso, torturado por sus propios demonios—. ¿Qué diablos te importa a ti dónde estaba? La pregunta importante es qué haces tú aquí.

¿Qué podía decirle? ¿Que lo odiaba? ¿Que lo deseaba? ¿Que se sentía intrigada por todo lo que había escuchado decir a esas mujeres sobre él?

—Mi cama está ocupada. —Su cara de incredulidad la hizo seguir buscando una justificación un poco más razonable—. Por las mellizas. No quería despertarlas. —Su voz sonó algo pastosa, y él levantó las cejas intrigado, acercándose más a ella para observarla.

—¿Has bebido?

—Solo un poco. Pero eso no es revelant…, reble…, relevante.

—Vaya si lo es. Escúchame, vas a salir en silencio y con mucho cuidado de aquí y vas a volver a tu habitación o, en su defecto, a la de tu hermana o a la de tu madre, o a cualquier otra menos a esta.

—¿Tienes miedo, Thomas?

—Sí, si soy sincero, estoy aterrado. Aterrado porque no sé qué demonios te ha poseído para aventurarte a entrar aquí. Pero créeme, prefiero no saberlo.

—Pero yo quiero decírtelo. —Caroline no sabía de dónde surgía ese repentino ataque de valor, o de inconsciencia, y dedujo que probablemente el licor tendría mucho que ver.

—Me lo temía —suspiró resignado—. Bien, Caroline, dilo y márchate. Adelante.

—No me caes bien. —Él arqueó las cejas por la sorpresa, pero aun así consideró más prudente dejarla acabar con su disertación—. Eres vanidoso. Y prepotente.

Thomas se cruzó de brazos observando como ella retorcía los bordes de su bata con los dedos, en un gesto nervioso.

—Y además eres muy poco caballeroso. Un sinvergüenza, posiblemente —añadió arrastrando las palabras.

—Y toda esta emotiva confesión no podía esperar a mañana por alguna ineludible razón que a mí, sinceramente, se me escapa.

—¡Aún no he terminado!

—Pues yo sí he terminado de escucharte. Me imagino que lo que sigue es otra lista interminable de insultos que no estoy de humor para tolerar, te lo aseguro. Soy odioso. Te lo concedo. Y aun así tus pensamientos negativos hacia mi persona te parecen tan importantes como para tener que compartirlos conmigo en mitad de la noche.

Caroline meditó durante unos instantes interminables qué contestar a eso mientras se balanceaba sobre los talones. Cientos de réplicas ingeniosas acudieron a su mente, pero no supo trasladarlas hasta su lengua, que en ese momento parecía de trapo.

—Sí —fue lo más brillante que se le ocurrió decir—. Sí —repitió con más énfasis.

Thomas soltó el aire exasperado.

—Tenía que decírtelo. Al fin y al cabo, tú me has dicho que soy una ignorante.

—¿Qué? Yo no he dicho tal cosa. Jamás.

—Mientras bailábamos. Me has dicho que no sé nada de nada ni de la vida ni de… el resto de las cosas. Pero óyeme bien. —Caroline se había acercado hasta él y le daba golpecitos en el pecho para enfatizar lo que decía.

Cada golpecito, cada toque de su dedo índice parecía taladrarle la tela de la ropa y clavarse sobre su piel como si fuera una brasa. Pero no la detuvo.

Lo único que quería era que concluyera lo que fuera que tenía que decirle y que la maldita tentación que suponía tenerla tan cerca desapareciera.

—Sé que soy una afortunada. Tengo una familia que me quiere y un porvenir prácticamente asegurado. Pero eso no quiere decir que sea imbécil o que ignore lo que pasa a mi alrededor.

—No pienso que lo seas.

—Pues lo parece. Yo no tengo la culpa de haber nacido donde lo he hecho y no conseguirás que me sienta culpable por ello. Me han criado para convertirme en lo que soy, en lo que debo ser.

—La esposa abnegada y discreta, buena anfitriona, madre ejemplar… Un dechado de virtudes. Dudo que entrar a hurtadillas en la habitación de un libertino reconocido formara parte de tus lecciones.

—Exactamente. Así que no sé si seré capaz de estar a la altura, pero es lo que se espera de mí. —De pronto Caroline se dio cuenta de cuánta verdad, cuánta inseguridad encerraban esas palabras dichas con tanta ligereza.

—Pues en ese caso deberías actuar en consecuencia, lady Caroline. —No sabía por qué, pero a ella le molestó que utilizara su título de cortesía estando a solas, como si quisiera marcar una distancia invisible entre ellos—. Busca un noble bien posicionado con quien casarte, que te dé todo lo que esperas de la vida, y deja de escabullirte en la oscuridad buscando emociones que solo te traerán problemas. Haz lo que se espera de ti.

—Lo que se espera de mí es que sea un mero accesorio de mi futuro esposo. —Thomas parpadeó sorprendido por su franqueza y por el giro que estaba dando la conversación—. Que no haya pasión, ni excesiva emotividad en mi hipotética vida de casada. Que no cuestione, que no desobedezca, que no haga preguntas incómodas.

Él no sabía qué contestar, realmente odiaba imaginarla en una vida como la que acababa de describir.

—Dudo que dejes de hacer preguntas incómodas alguna vez. A la vista está que tu curiosidad acabará trayéndonos problemas a los dos.

—¿Acaso es malo ser curiosa?

—Depende de adónde te lleve esa curiosidad. —Observó el ligero y encantador rubor que tiñó sus mejillas y tuvo que contenerse para no deslizar los nudillos por su rostro.

—Y hablando de «eso»... Lo que escuché sobre ti... —Se mordió el labio inferior con los dientes y Thomas se quedó prendado de ese gesto, sintiendo la dolorosa necesidad de liberar el labio con su lengua y apresarlo para sí.

El rubor de Caroline se hizo más intenso al recordar lo que la dama había insinuado sobre las cosas que Thomas hacía con su boca, aunque no había entendido exactamente a lo que se refería.

—No. —Sheperd se puso tenso y alerta y dio dos pasos para alejarse de ella todo lo posible. Bastante difícil le estaba resultando ignorar los latidos de su sangre, que bullía frenética por culpa de su presencia en la intimidad de su habitación, como para enfrentarse a una de esas conversaciones, llenas de inocentes dudas, que acabarían torturándolo durante días, o más bien semanas—. No habrá ninguna conversación sobre «eso», Caroline. Como he dicho, encontrarás un marido, y Dios quiera que sea pronto, y él podrá explicarte todo lo que necesites saber.

Sheperd ignoraba qué dama en concreto había sido la culpable de que él estuviera en esa situación tan desesperante en esos momentos, pero entre los invitados solo había visto a una de sus fugaces amantes, por lo que deducía que, o Caroline no había escuchado bien, o la mujer estaba adornando en exceso su encuentro.

—Por supuesto, y mi marido, como la dama decente que soy, esperará a que me quede tumbada y quietecita, aguardando pacientemente a que él cumpla con su obligación.

Thomas maldijo entre dientes al imaginarse a una Caroline desnuda y tendida en el lecho, esperando lánguidamente a que él le diera todo el placer del mundo, pero no una Caroline sumisa, sino una mujer entregada a cada nueva sensación de su magnífico cuerpo, a cada roce de su lengua, que dibujaría sus contornos como un pincel. Solo pensar que fuera otro el que la tocara lo hacía enloquecer, con un sentimiento posesivo que estaba completamente fuera de lugar.

—¿Eso es lo que te han dicho que debes hacer?

—No, aún no ha llegado el momento de que me instruyan sobre eso, pero a muchas de mis amigas de la ciudad sus madres les han inculcado esa idea.

Thomas no pudo evitar acercarse un paso hacia ella, otro más, hasta que sus cuerpos estuvieron peligrosamente cerca, hasta que el aire se convirtió en una masa espesa y caliente que a duras penas entraba y salía de sus pulmones con fluidez. Estiró los dedos hasta que atrapó entre ellos un mechón de color caoba y lo acarició unos instantes.

—Hemos hecho algo más que besarnos, ya sabes qué puedes esperar. —Sí, el problema es que ambos lo sabían, y nombrarlo solo hacía que las sensaciones y el ansia de repetirlas se hicieran más presentes—. Ningún hombre que se precie de serlo te tratará de esa manera tan indigna, Caroline.

Si alguien la valorara tan poco como para tratarla

así, se merecería la muerte, y él estaría gustoso de proporcionársela con sus propias manos.

De pronto la idea de dejarla a merced de otro hombre se le hizo insoportable. Si la trataba mal, si le hacía daño, si simplemente la hacía infeliz, no sería de su incumbencia, no podría hacer nada. Caroline Greenwood jamás volvería a ser su problema, y su seguridad residiría en las manos del hombre que eligiese como marido. Asumir esa obviedad era más duro aún que saber que sería otro el que la acariciara cada noche.

—Quiero saber qué viene después, Thomas.

Su nombre sonó tan musical, tan sensual en su voz, que se sintió como un estúpido, con el pecho caldeado por una absurda sensación de felicidad.

—¿Después de qué? —preguntó arqueando las cejas, aunque sabía perfectamente a lo que ella se refería.

—Después de los besos.

—Sabes lo que viene después de eso.

—No, no lo sé —Caroline titubeó—. Yo... Yo... quiero saber, quiero conocer el placer. El placer de verdad. Quiero ser como las mujeres con las que has estado.

«Tú nunca serás como ellas, nunca serás como nadie más. Eres única, inocente y pura, y yo no soy más que un auténtico miserable que debería arrastrarte a un lugar seguro, en vez de plantearme siquiera darte lo que me pides. Te mereces algo mejor, a alguien mejor.»

La conciencia de Thomas era como un hervidero, pero no podía darles voz a sus pensamientos.

Tragó saliva ante lo hermosa que se veía con la cara sonrojada por el pudor, puede que también por el licor que había tomado, y solo pudo negar con la cabeza.

—No. Debes volver a tu habitación y ambos nos olvidaremos de lo que se ha hablado aquí.

—Por favor…

Thomas se sentó en una de las sillas de estilo Luis XV que había junto a la chimenea, para poner más distancia entre ellos, e intentó serenarse, y sobre todo luchó consigo mismo para no ceder ante lo que ella le pedía, y él tanto anhelaba. Algo que no podía concederle, ya que le haría desear lo que no estaba dispuesto a tener.

Caroline no era una más. Jamás podría tenerla por completo, y eso lo torturaría para siempre.

—Esta vez no me vas a hacer caer en tus enredos. Márchate.

—¿Es tu última palabra? —Ante el gesto afirmativo de su cabeza, se limitó a encogerse de hombros y se giró para salir de la habitación, ocultando su decepción—. En ese caso me marcharé y probaré suerte en otra habitación.

—Caroline… —Su tono de advertencia hizo que se detuviera a mirarlo—. No hagas locuras.

—¿Por qué? ¿Por qué no puedo actuar como tú? —preguntó, encarándolo furiosa—. Le regalas tus…, tus… Lo que sea que le hagas a cualquier dama. ¿Acaso yo no soy lo suficientemente atractiva?

La observó en silencio durante unos instantes, que a ella le parecieron interminables. Él no era alguien que regalara sus favores, como lo había llamado, a cualquiera. Pero no era un tema que le apeteciera tratar con Caroline. Y en cuanto a ella, cómo podía haber alguien en el mundo que no la encontrase atractiva. Era la mujer más bella que había visto jamás, además de brillante y ocurrente. Se moría por darle justo lo que ella le estaba exigiendo, lo deseaba antes de que ella se lo pidiera, lo anhelaba desde que la había besado por primera vez. Pero se había prometido a sí mismo que por la lealtad que les debía a los Greenwood no la tocaría. Jamás.

Thomas se reclinó más en su asiento como si el mundo fuera una carga demasiado pesada, y Caroline se maravilló observando las sombras que el fuego de la chimenea marcaba en su perfil y el contorno de su garganta, otorgándole a sus rasgos afilados el peligroso aspecto de un bello demonio.

Su postura evocaba algo bastante parecido a la rendición, a la resignación ante lo inevitable, y Caroline decidió dar un nuevo giro de tuerca desatándose el cordón de la bata y permitiendo que la prenda se deslizara despacio hasta sus pies, dejando a la vista la fina tela del camisón que transparentaba cada una de las curvas de su cuerpo. Era todo o nada, si quería ganar tendría que arriesgarse.

Observó con satisfacción el leve movimiento de su garganta al tragar saliva y la manera en la que Thomas deslizó el dorso de su dedo índice sobre sus labios, como si estuviera calibrando el alcance de su próxima decisión, igual que en una partida de ajedrez. Se mantuvo inmóvil y en silencio cuando ella soltó la cinta de seda que sujetaba su pelo oscuro, que cayó como una brillante cascada de color caoba sobre sus hombros.

Caroline no se atrevía a continuar. Si la rechazaba, si no era capaz de tentarlo lo suficiente, no podría soportar la humillación.

—Desnúdate. —La voz profunda de Thomas resonó en la habitación, y él mismo se sorprendió al escucharla.

Estaba condenado.

Durante unos segundos interminables el silencio les rodeó como un pesado manto, solo interrumpido por el crepitar del fuego de la chimenea y sus propias respiraciones.

Los dedos de Caroline temblaron ligeramente mientras tiraba de los lazos de color malva que cerraban el camisón. No era el momento de flaquear, así que movió los hombros hasta que los tirantes de encaje se deslizaron por su piel. La prenda cayó con un susurro, retenida por un instante en la redondez de sus caderas, hasta que la tela quedó arrugada alrededor de sus tobillos. Resistió la tentación de taparse con las manos ante la intensa mirada de los ojos azules de Sheperd.

Él no se movió durante lo que parecieron horas, como si hubiera dejado de respirar ante la visión de su cuerpo desnudo, hasta que, al fin, con un sonoro suspiro, se levantó de la silla con el movimiento controlado de un felino.

Thomas se desprendió de su chaqueta, de su chaleco y de su corbata con movimientos lentos, mientras ella intentaba no marearse por el frenético ritmo de su pulso, permaneciendo totalmente inmóvil en el centro de la habitación. Cerró los ojos cuando al fin lo sintió aproximarse y su cuerpo se estremeció esperando su contacto. Un contacto que no llegó.

—¿Qué quieres de mí? —La voz masculina cerca de su oído la taladró por completo—. Solo soy un hombre. Y sin embargo vienes aquí, te sumerges en mi vida, me tientas y me pides cosas que… ¿Y si no pudiera parar, Caroline? ¿Y si la tentación de tenerte fuera más fuerte que yo? ¿Y si fuera un canalla después de todo?

—Pero sé que no lo eres.

—Tu fe en mí es conmovedora, pero infundada. —Su susurro era tan ronco que casi parecía la voz de otra persona, pero su presencia, la sensación que despertaba en su piel, era inconfundible.

—Thomas, yo…

—Shhhh…, basta, Caroline. Quieres saber lo que viene después. ¿Tu curiosidad es tan grande como para arriesgarte a esto? ¿A la ruina? —Caroline abrió los ojos para clavarlos en los suyos, necesitaba mirarlo de frente, demostrarle que no había dudas ni titubeos en su respuesta.

Asintió, un solo movimiento que bien podía marcar un antes y un después. Sintió la calidez de su aliento sobre la piel desnuda de sus hombros, cuando él soltó el aire despacio.

Thomas no dijo nada más, incapaz de luchar contra su convicción y contra su propia debilidad. Simplemente le tendió la mano para conducirla varios pasos más allá, justo delante de un espejo de cuerpo entero enmarcado en metal dorado.

La tenue luz anaranjada le daba a su piel un aspecto irreal, etéreo. Caroline miró la imagen que el espejo le devolvía y no se reconoció en la mujer sensual y poderosa que la observaba desde allí. Thomas se situó detrás de ella sin llegar a tocarla y sus ojos se encontraron en el reflejo del cristal; apartó el pelo que caía en cascada por su espalda, dejando que reposara sobre uno de los hombros, y se acercó a su cuello para aspirar su olor.

No quería tocarla, no podía.

Se había prometido a sí mismo que no volvería a hacerlo, que no sobrepasaría los límites, y sin embargo ahí estaba, a solas en la intimidad de su habitación, ardiendo ante la visión de su cuerpo desnudo y tenso como las cuerdas de un violín por la necesidad de hacerla suya.

—Mi dulce Caroline… —La vibración de su voz junto a su cuello hizo que ella se estremeciera—. ¿Qué sentiste cuando te acaricié?

Cómo podía ella describir algo que no entendía, algo para lo que no la habían preparado.

—No sé cómo explicarlo —titubeó.

—Inténtalo.

—Sentí… que mi piel ardía.

Thomas asintió instándola a continuar.

—¿Qué más?

—Algunas partes de mí… parecían doler —susurró luchando contra su pudor.

—¿Sentiste que mis caricias podían calmar ese dolor? —Ella asintió, percibiendo que de nuevo esas partes dolían por la necesidad de sentir sus manos. Vio su diabólica sonrisa, medio oculta por las sombras, reflejada en el espejo, y supo que él le había leído el pensamiento—. Y ahora, Carol, dímelo. También sientes ese dolor, ¿verdad? Dime dónde lo sientes. Muéstramelo.

Como si careciera de voluntad, ella levantó su mano despacio y la llevó hasta su cuello, para bajarla con lentitud hasta su pecho. Los ojos de Thomas brillaron como los de un depredador.

A Caroline le ardía la piel y le costaba respirar, pero era incapaz de sentir vergüenza ante lo que estaba haciendo. Las sensaciones que la poseían en ese momento eran mucho más fuertes que el pudor o cualquier otra cosa.

—Enséñame cómo deseas que te toque, cielo.

Cerró los ojos al escuchar su petición. En esos momentos todo su universo se reducía a la voz ronca que la guiaba a un mundo desconocido y fascinante, y no se planteó no obedecerle.

Era perturbador ver cómo sus propias manos acunaban sus pechos, acariciándolos en círculos, entreteniéndose en la dureza de sus pezones, mientras él se limitaba a permanecer de pie detrás de ella, como si fuera su conciencia, su dueño o más bien un lado oscuro de sí misma que desconocía. No sentía mortificación ni arrepentimiento, pero deseaba que fueran los largos dedos masculinos los que trazaran ese camino.

Dejó de mirarse a sí misma para concentrarse en el rostro de Thomas reflejado en el espejo, que surgía como un espectro sobre su hombro, en sus reacciones cuando ella se tocaba.

Memorizó cada pequeña variación de su mirada, cada movimiento de sus labios, disfrutando al ver cómo su respiración se entrecortaba, cada vez más superficial mientras ella se pellizcaba sus pezones entre los dedos. Descubrió que su placer era el placer de ambos, y eso la enardecía y la envalentonaba cada vez más.

Caroline se recostó contra él, su espalda apoyada contra el duro pecho masculino, haciendo que Thomas dejara escapar el aire con un siseo, sumergiendo su cara en los bucles oscuros de su melena.

—Continúa, por favor —susurró, sonando más como una plegaria que como una orden.

—Hazlo tú—suplicó Caroline.

—No, no lo haré. No puedo traspasar esa barrera, amor. No puedo arruinarte. —Su voz sonó tan atormentada, tan afectada por su propio deseo que Caroline intentó volverse hacia él. Necesitaba besarle, demostrarle que ella lo deseaba, pero él detuvo su movimiento apoyando una de sus manos sobre su vientre, recostándola más contra él—. Me juré a mí mismo que no pasaría ese límite contigo, pero te prometo que voy a enseñarte lo que es el placer.

Thomas apoyó su mano libre sobre la de Caroline, instándola a que continuara acariciándose, guiándola por su costado y sus caderas.

—Quiero que imagines que tus manos son las mías, que soy yo quien te acaricia, quien despierta tu carne. —Caroline no pudo evitar jadear cuando los labios de Thomas rozaron su cuello mientras hablaba y se arqueó un poco más contra él.

Estaban tan cerca que estuvo segura de que, si él no llevara ropa, sus cuerpos se habrían fundido en uno solo, compartiendo la misma piel, con sus corazones latiendo desenfrenados a la par.

La mano de Thomas guio la suya hasta la unión entre sus muslos, y estuvo a punto de rendirse a la tentación al notar el calor de su piel tan cerca, tan invitador.

—¿Sientes la humedad del deseo invitándote a entrar en tu cuerpo, a descubrir sus secretos? Sé que lo sientes.

—Lo siento —jadeó Caroline incapaz de controlar el torbellino de sensaciones extrañas que se apoderaba de ella.

Thomas la dirigió con sus manos, enseñándole a encontrar su propio placer, sintiendo cómo su cuerpo febril se arqueaba contra el suyo.

La sostenía mientras ella exploraba las sensaciones nuevas que descubría con cada roce. Su respiración estaba tan agitada como la suya y no podía entender cómo podía resistirse a la necesidad de ser él quien le arrancara esos enloquecedores jadeos, quien la llenara con sus dedos y la saciara con sus caricias. Tuvo que hacer un esfuerzo devastador para reprimir su cuerpo excitado, empapado en sudor, y resistirse a la petición de Caroline y devorarla en ese mismo instante.

Ardía.

Thomas ardía en un fuego que ella había prendido y él, como un estúpido, se había encargado de avivar. Nunca había visto nada más excitante, jamás había sentido nada tan potente, y sabía que aquello lo mataría por dentro.

Sintió que Caroline se acercaba al orgasmo en el momento en el que su cuerpo se apretó contra el suyo, quedándose paralizado por unas décimas de segundo, para volver a la vida con una explosión de sensaciones vibrantes que la dejó exhausta entre sus brazos. Se sorprendió al comprobar que estaba tan jadeante como ella y a punto estuvo de dejarse llevar manchando sus pantalones como si fuera un colegial inexperto.

Aquella noche Thomas Sheperd había cometido muchos errores, infinidad de ellos, como cada vez que esa mujer estaba cerca. El primero, haberla dejado desnudarse ante él. Pero ese no fue el peor. La había llevado hasta su cama donde ella se había acurrucado satisfecha y somnolienta contra su cuerpo. Había vencido la tentación de hacerla suya, pero no pudo vencer otra más simple y básica.

Sus cabezas se habían recostado sobre la almohada y, como si estuvieran predestinados a ello, sus labios se habían unido en un beso largo y sensual que había durado una eternidad, para acabar durmiendo abrazados envueltos en su calor. Ese beso había sido como una traición a sí mismo. Había descubierto que había algo mucho peor que la tentación: la esperanza.

Cuando Thomas despertó, toda la crudeza de lo que estaba pasando lo golpeó con fuerza y los remordimientos hicieron su aparición. Él no iba a casarse con Caroline, no podría condenarla a un futuro con alguien que no creía en el amor, que por decisión propia no tendría hijos jamás, alguien egoísta que no movería un dedo para hacerla feliz. Ella se merecía un hombre bueno, alguien sin demonios con quien poder formar la familia que tanto deseaba. El hombre que él nunca sería.

Y aun así se había dejado llevar faltándole el respeto tanto a ella como a la confianza que los Greenwood siempre habían depositado en él.

—Caroline, despierta. —Su voz sonó áspera en el silencio de la habitación y ella abrió los ojos confundida aún por el sueño—. Tienes que marcharte, pronto amanecerá.

Parpadeó varias veces intentando espabilarse y bostezó de manera poco elegante. Aceptó la bata y el camisón que él le tendía y comenzó a ponérselos, intentando no mostrarse demasiado, recuperando un pudor que unas horas antes parecía extinto.

Fue entonces cuando se percató de que Thomas estaba perfectamente vestido con su ropa de montar y que estaba guardando sus objetos personales en una pequeña bolsa de cuero marrón.

—¿Te marchas?

—Sí. —Ni siquiera se dignó a levantar la vista para mirarla, ya había sufrido bastante durante toda la noche con la visión de su cuerpo desnudo como para seguir torturándose.

—Creí que no te irías hasta dentro de…

—Pues he cambiado de idea. Me marcho inmediatamente.

—¿Es por mí? ¿Por… esto?

—Me tranquiliza ver que estás tan aguda recién levantada, milady.

—No hace falta que seas grosero —se quejó, levantándose de la cama indignada.

—Pues a juzgar por lo mal que entiendes las negativas, creo que sí es necesario. Quizá así comprendas cuándo debes dejar en paz a alguien.

—Eres un cretino, Sheperd.

Caroline cruzó los brazos sobre su cuerpo para protegerse del frío de la habitación donde el fuego parecía haberse apagado hacía horas, pero nada podría haberla protegido de la mirada gélida y cortante de Thomas.

—Cierto, un cretino y un miserable. Espero que al fin lo asimiles. Un hombre honesto hubiera pedido tu mano por mucho menos de lo que ha pasado entre nosotros esta noche. Pero, ya ves, has estado desnuda en mi habitación, en mi cama, pegada a mi cuerpo, y aun así tu reputación, o tu falta de ella, no me produce ningún remordimiento. Deberías elegir mejor la próxima vez.

—Insinúas que pretendo…, que quiero…, que tú… —Caroline gruñó de frustración—. ¿Piensas que lo he hecho para que te cases conmigo?

—No pienso que lo hayas hecho por eso, solo te informo de que no lo vas a conseguir. —Thomas cogió su abrigo y su sombrero y se dirigió hacia la puerta. Antes de abrirla se giró y tragó saliva ante la visión de Caroline con el pelo cayendo desordenado sobre sus hombros, el camisón a medio abrochar y la cara sonrojada por la furia, una imagen de una belleza tan pura que con seguridad lo atormentaría durante mucho tiempo.

—Sé discreta cuando salgas, por el bien de tu honor.

Thomas se escabulló de la mansión de los Greenwood entre las brumas y las sombras de un amanecer que se resistía a despertar. Preparó él mismo su propio caballo y dejó orden para que sus cosas fueran enviadas a Londres, a la neutra seguridad de su casa. Cabalgó con el aire frío y húmedo cortando su cara y entumeciendo sus músculos, con el gélido y desapacible viento de la mañana azotando sus ropas, pero ni todo el hielo de los casquetes polares hubiera sido capaz de apaciguar el ardor hiriente que castigaba su pecho.

Lo único que podría hacerlo era la distancia, y estaba dispuesto a alejarse todo lo que pudiera de esa endemoniada mujer que lo consumía desde dentro. Por lo visto aquella noche Caroline Greenwood no fue la única en aprender una lección sobre el placer y la tentación.

9

Londres, verano de 1862

La temporada social de 1862 había sido algo convulsa para los Greenwood y todos estaban agradecidos de que aquella fuera la última semana que estaban en la ciudad antes de volver al campo para pasar el verano.

Por suerte, la parte masculina de la familia gozaba de una buena salud en el terreno amoroso. Andrew había sido padre de nuevo y había tenido una hermosa hija, y Richard, después de una serie de situaciones límites, con secuestro incluido, había conseguido encontrar la armonía junto a su esposa Elisabeth.

Eran sus dos hijas las que traían de cabeza a lady Eleonora Greenwood.

Crystal no había mostrado demasiado interés en la búsqueda de marido en su primera temporada y había preferido mantenerse en un discreto segundo plano. Aunque lo que verdaderamente preocupaba a lady Eleonora era que Caroline hubiera desperdiciado de nuevo otra temporada sin encontrar esposo. Si bien era cierto que uno de los candidatos parecía mostrar más empeño que los demás, no se había decidido aún a hacer ninguna petición.

Los rumores mal intencionados ya comenzaban a propagarse con velocidad por los corrillos y, además de solterona, la tildaban con otros calificativos igual de poco agradables. Caprichosa, voluble, frívola y con tendencia a creerse mejor que los demás. Poco importaba que nada de aquello fuera cierto. No se trataba de que Caroline fuera excesivamente selectiva, ella solo quería encontrar el amor.

Andrew había ido unos días a Londres para atender sus negocios y habían decidido acudir a una de las exposiciones de arte del Museo Británico, intentando que la salida calmara la tirantez existente entre la madre y las hijas por culpa de la infructuosa temporada.

—No puedo creer que no pueda leer en la sala de lectura —se quejó Crystal en un susurro indignado mientras paseaban por las salas—. Seguro que en toda la ciudad no hay suficientes hombres inteligentes e instruidos como para llenarla.

—No me extraña que sigas soltera con la poca fe que tienes en nuestro género —bromeó Andrew en su oído para que su madre no los oyera. Caroline, que paseaba a su lado, no pudo evitar que se le escapara una pequeña carcajada, y se tapó la boca, avergonzada, ante las miradas ceñudas de la gente que les rodeaba.

—Lo que yo no puedo entender es qué tiene de malo que las mujeres puedan acudir solas a ese tipo de lugares, santo Dios, es todo tan ridículo. Nos tratáis como si fuéramos de porcelana o, lo que es peor, como si fuéramos más tontas que una tetera —se quejó Caroline. Esta vez fue el turno de reír de Crystal, y Andrew carraspeó para disimular.

—Como conde eres uno de ellos, deberías de asistir a una de esas tediosas sesiones del Parlamento que tanto detestas y promulgar algo útil. Estás rodeado de mujeres inteligentes, deberías hacer algo por nuestros derechos.

—Tienes razón, pero por desgracia yo solo no puedo cambiar el mundo. Aunque cuando se retomen las sesiones buscaré la forma de sugerir algunas ideas a los miembros más influyentes.

Crystal apretó el brazo de su hermano en un gesto de cariño y se adentraron en una de las salas donde estaba expuesta, entre una gran cantidad de objetos de incalculable valor, la célebre piedra de Rossetta, la cual había facilitado la clave para descifrar los jeroglíficos egipcios.

La menor de los Greenwood parecía haberse quedado hipnotizada delante de la enorme piedra oscura que, en su parte superior, presentaba jeroglíficos del antiguo Egipto, en la parte central, escritura demótica, de la que Caroline no había oído hablar en su vida, y, en la inferior, inscripciones en griego antiguo.

Había paseado por la sala durante largo rato, al menos los sarcófagos resultaban bastante interesantes, pero Caroline no llegaba a verse contagiada del todo por el entusiasmo que aquellas letras ininteligibles despertaban en sus hermanos, que charlaban animadamente sobre cada punto y cada surco labrado en la roca.

Miró a su alrededor y no localizó a su madre, que se había entretenido con una vieja amiga a su llegada, y decidió salir a buscarla. No la encontró, así que se adentró en la siguiente sala con un extraño sentimiento de libertad, sin que nadie dirigiera sus pasos en un acto tan sencillo como observar una vasija o un friso de mármol tallado.

Era absurdo e infantil cuando su familia estaba a solo unos metros, pero se sentía bien en aquella sala donde apenas había nadie y donde el único sonido que se escuchaba era el de sus propios pasos sobre el suelo brillante.

De pronto el eco de una voz conocida resonó lejano y le hizo dar un respingo.

Desconcertada, miró a su alrededor y se acercó despacio para no llamar la atención del resto de los visitantes hacia un estrecho pasillo que no había visto al entrar en la sala.

Dos peanas metálicas unidas por un cordón de terciopelo granate impedían el paso, pero qué era un minúsculo cordón de un metro y medio en comparación con la inmensidad de la curiosidad femenina. Al final del corredor, una puerta abierta filtraba un poco de luz en el espacio en penumbra y la risa de Thomas Sheperd sonó claramente, aunque amortiguada por la distancia.

Caroline miró a su alrededor y comprobó que los hombres habían abandonado la sala, y al volver a mirar hacia el pasillo vio de refilón la alta figura de Sheperd perdiéndose al fondo. El corazón le latía tan fuerte que se miró el escote del vestido, pensando absurdamente que podría ver su movimiento a través de la tela. No podía entender qué demonios haría alguien como Sheperd en el museo, y no solo eso, qué haría en los pasillos que conducían a las zonas reservadas solo para el personal que trabajaba allí. Por lo que ella conocía de él, era un hombre hedonista, poco interesado en nada que tuviera que ver ni remotamente con el arte, y concentraba todas sus energías en gastar en placeres mundanos el dinero que con tanto éxito lograba amasar.

Y sin embargo, allí estaba, adentrándose en las entrañas del museo, en el santuario de las antigüedades y las artes.

Separó la peana con cuidado y avanzó por el pasillo, maldiciendo el ruido que hacían sus tacones en el silencioso espacio y sin pensar muy bien qué haría o qué diría si llegaba a encontrar a Thomas allí. O, peor aún, si él o cualquier otra persona la encontraba a ella.

No había vuelto a hablar con él desde hacía al menos tres meses, desde la fiesta de presentación de Crystal en Greenwood Hall, la noche en la que se había colado en su habitación para entregarse a ese peligroso juego de caricias prohibidas.

Se sonrojaba cada vez que recordaba su voz y su cuerpo hormigueaba con algo que ella había aprendido a reconocer como deseo.

Después de eso habían coincidido de vez en cuando en Londres, pero ambos habían mantenido las distancias.

Para su disgusto, la presencia de Thomas nunca le pasaba inadvertida, siempre la observaba desde la distancia, con su mirada inteligente y burlona, como si estuviera juzgando cada uno de sus movimientos.

Cada vez que la veía bailar con un posible candidato, cuando se cruzaban paseando por Hyde Park, cuando se encontraban en el teatro… sus ojos siempre parecían actuar como una especie de catalizador, mostrándole con un gesto casi imperceptible lo equivocado de la persona que la acompañaba en cada ocasión.

Cada vez le caía peor, o eso se esforzaba en creer.

Y sin embargo, en ese momento, su presencia allí la atraía como un imán, resultándole imposible resistirse, a pesar de lo bochornoso que resultaría admitir que lo había seguido.

Se sujetó las faldas para andar con más rapidez y giró a la derecha, como había visto hacer a Sheperd. No había rastro de él por ningún sitio y se orientó por el eco de unos pasos firmes que se alejaban. Giró por intuición más que por convencimiento a la izquierda hasta llegar a un pasillo lleno de puertas cerradas. Se detuvo al no escuchar ningún sonido más, dudando qué dirección tomar. Quizá fuera buena idea renunciar a saciar su curiosidad. Avanzó despacio por un corredor que desembocaba en una sala iluminada por enormes ventanas de cristal esmerilado, donde unos paneles de madera delimitaban lo que parecían ser distintas zonas de trabajo.

—Quién sino la dulce Caroline Greenwood podría perseguirme hasta los confines de un sitio como este.

Caroline se giró tan rápido al oír su voz profunda a sus espaldas que casi pierde el equilibrio.

Los rayos de sol que entraban por las ventanas arrancaban reflejos dorados a sus rizos del color del oro viejo, que luchaban rebeldes por escaparse de su pulcro peinado. Sus ojos azules se veían casi plateados bajo la intensa luz y parecían estar leyendo cada uno de sus pensamientos. El traje gris claro y la camisa blanca que lucía hacían resaltar la piel ligeramente bronceada y ella estuvo a punto de dejar escapar un suspiro ante semejante visión.

Qué podía decirle que no la dejara en evidencia, probablemente nada. Si no se delataba reconociendo haberlo perseguido llevada por una inconfesable obsesión, quedaría como una imprudente y una entrometida, y a saber qué cosas aún peores, al haberse aventurado a traspasar una zona prohibida al público.

—Supongo que me equivoqué al buscar la salida.

—¿Eso es lo más convincente que se te ocurre? Antes solías mentir mejor, pequeña chismosa.

Caroline sonrió aliviada al comprobar que no se había enfadado por su intromisión y por primera vez se fijó con atención en lo que la rodeaba.

—Está bien, lo admito. Solo sentí curiosidad al verte aquí.

—Tú y tu maldita curiosidad algún día nos traerán un serio problema, Caroline.

—Es el último lugar donde esperaba encontrarte. No pensé que tuvieras ninguna sensibilidad artística o que apreciaras las antigüedades —reconoció, volviéndose para curiosear por las estanterías que recubrían la pared lateral.

Thomas la siguió con la mirada, observando cómo la luz que entraba por el ventanal jugaba con los pliegues de su vestido color rosa claro, con los rizos ondulantes de su pelo castaño. Su mirada se detuvo más tiempo del que consideró prudente en los pequeños lacitos de color crema que adornaban su corpiño y en el sencillo encaje que enmarcaba su recatado escote. Rectificó para sí mismo…, no era que la luz jugara a sacar sombras de ella, ella era la luz, y lo que la rodeaba solo un mero escenario creado para hacerla brillar. Tuvo que carraspear para recuperar el ritmo de la conversación y alejarse de aquellos edulcorados pensamientos.

—Me ofendes. Además de mi atractivo físico y mi insultante capacidad para destacar en los negocios, poseo otras cualidades. Tu hermano me dijo que vendríais a visitar el museo, y recordé que llevaba mucho tiempo debiéndole una visita a un buen amigo que trabaja aquí.

Ella se giró a mirarlo como si le fuera imposible concebir que pudiera tener como amigo a alguien con una vida dedicada a la cultura, como si no se lo imaginara teniendo una conversación inteligente e interesante con alguien así. Cultivaba con demasiado empeño su imagen de hombre desenfadado, frívolo y superficial, no era de extrañar que nadie supiera su verdadera afición al arte. No era algo de lo que soliera presumir.

Pero ese día, viendo cómo Caroline Greenwood iluminaba la estancia fascinada por lo que la rodeaba, deseó gritar a los cuatro vientos que el cuadro que colgaba en el despacho de su casa y que ella tanto admiraba había salido de sus pinceles, y que guardaba a buen recaudo cientos de bocetos que su mano pintaba por voluntad propia en las noches de insomnio. Bocetos de ella, de su perfil, de su boca, de su pelo ondulante reposando sobre sus hombros, de sus manos…, pero antes ardería en los infiernos que confesar algo semejante.

—¿Qué es esta sala? ¿Aquí es donde se restauran las obras?

—En parte. También es donde guardan los verdaderos tesoros del museo, las piezas que esta arcaica sociedad sería incapaz de valorar por culpa de sus prejuicios: verdaderas maravillas que solo unos pocos pueden contemplar.

La mirada de Caroline se iluminó indicándole que había dado en el clavo.

—¿Quieres que te muestre el placer del arte? —Por unos instantes, los ojos azules de Caroline se clavaron en su sonrisa lobuna, y ella, incapaz de obviar el tono pecaminoso de su frase, solo pudo asentir con determinación.

Thomas la acompañó hasta el extremo de la sala, pasando por diversas mesas donde se acumulaban trozos de cerámica esparcidos, algunas estatuas a las que les faltaba alguna parte de su anatomía y otros tantos objetos que estaban tan maltrechos que no pudo identificar.

Se detuvo y la hizo pasar a una de las estancias, donde la majestuosa figura de una mujer tallada en bronce dorado, con una de las manos extendida hacia quien la miraba, se erguía sobre una peana. Sus pechos exuberantes estaban desnudos y su cuerpo curvilíneo solo aparecía cubierto de cintura para abajo por una especie de falda.

Caroline se acercó boquiabierta y realmente fascinada ante la figura de metal brillante, casi tan alta como ella.

—Jamás había visto nada semejante.

—Y puede que nunca más lo veas. Es la diosa Tara, fue encontrada en Sri Lanka, aunque las circunstancias de su hallazgo y la forma de obtenerla siempre varían según quién sea el que relate la historia. Lleva aquí desde 1830 y, aunque probablemente su finalidad fuese religiosa, la consideran demasiado provocativa para mostrarla al público. Por motivos evidentes. —Caroline rio por lo bajo y sintió que se sonrojaba ligeramente sin poder dejar de admirar los detalles, en los que para ella la desnudez solo era algo anecdótico—. Incluso un iluminado propuso exponerla con una especie de túnica de tela que la cubriera. Ignorantes.

Caroline lo siguió mientras le enseñaba algunas estatuas griegas con mayor o menor grado de desnudez, un capitel y unos pergaminos enrollados que prefirieron no tocar. Le relataba con exactitud datos, anécdotas y cualquier cosa interesante que se le pudiera ocurrir.

—Aunque parezca mentira, este friso estaba expuesto en el salón de una casa, donde con toda probabilidad tomaba la cena la familia —bromeó Thomas apoyando las manos sobre la superficie de madera donde descansaban los pedazos de lo que había sido un hermoso mosaico. Faltaban bastantes trozos y la mayoría de las partes estaban demasiado deterioradas por el tiempo, pero las que quedaban resultaban realmente fascinantes.

Una serie de figuras humanas ataviadas con una especie de túnicas se colocaban unas junto a otras haciendo algo que ella no conseguía descifrar.

Caroline torció el cuello para obtener un mejor ángulo de lo que tenía delante de sus ojos, intentando averiguar qué demonios significaban las extrañas posiciones que adoptaban, pero, o bien carecía de los datos suficientes sobre las costumbres de las culturas antiguas, o aquello se salía de lo convencional.

Una figura de un hombre arrodillado frente a otro, otra figura en una postura antinatural mientras que otro… Santo Dios, ¡aquello debía ser lo que llamaban una orgía! Ahora sí que sintió el rubor subir por sus mejillas en todo su esplendor, mientras Thomas la observaba como si nada y se limitaba a suspirar.

—Creo que esto es demasiado para asimilarlo en un solo día, Caroline —sonrió con una mirada indescifrable.

—Creo que podré soportarlo.

Thomas estaba seguro de que ella podría, pero no tenía tan claro si él mismo lo conseguiría.

—Sígueme, hay algo que quiero enseñarte.

Al ver cómo sus ojos se iluminaron con un brillo expectante, Caroline comenzó a prepararse para encontrarse algo mucho más depravado y escandaloso que el mosaico que acababa de mostrarle.

—Tiene algunos desperfectos que aún no han sido reparados, pero aun así merece la pena. —Thomas levantó el brazo y descorrió una cortina de paño marrón para dejarla pasar a la estancia y sintió cómo sus faldas rozaron sus piernas al pasar.

Ese simple roce inofensivo, su olor a limpio y a flores, y su expresión maravillada al ver lo que contenía ese cubículo consiguieron excitarlo hasta el límite del dolor, y no solo en el plano físico. Entre ellos vibraba una especie de corriente magnética que le erizaba la piel y que lo instaba a buscar constantemente un roce, que firmemente se obstinaba en evitar. Caroline parpadeó ante las esculturas más bellas que jamás había contemplado y miró a Thomas con la boca abierta.

En el centro de la habitación, dos figuras de mármol blanco a tamaño natural se entrelazaban de una manera tan exquisita que era casi imposible apartar los ojos de ellas.

—Es…, es… sobrecogedor, fascinante.

—Donde el mosaico era lujuria, esta obra es sensualidad. —Las palabras pronunciadas en apenas un susurro, demasiado cerca de su cuello, la hicieron desear que la abrazara de la misma manera en que los amantes que observaban lo hacían.

Ella, con una belleza capaz de traspasar el mármol blanco, yacía recostada de lado con los brazos elevados hacia su amante, enredando las manos en su pelo para atraerlo hacia sí, como si estuviera pidiéndole un beso. Él, un bello ser alado, de rodillas detrás de ella, la sostenía con delicadeza, inclinado sobre su cuerpo, con una mano también enredada en su melena rizada y la otra acariciando uno de sus pechos desnudos.

Caroline no pudo evitar caminar despacio alrededor de la composición, con Thomas siguiéndola como si fuera un satélite carente de voluntad, totalmente cegado por la expresión de su cara. La piedra estaba tan perfectamente tallada que el sentimiento vencía la barrera del material inerte.

Thomas tenía razón, sus cuerpos desnudos entrelazados clamando por entregarse el uno al otro eran pura sensualidad, y, aunque ella no conocía de manera práctica lo que significaba la palabra, podía sentir perfectamente la opresión cálida en su pecho.

Los pliegues de la tela que cubría en parte sus cuerpos estaban esculpidos tan finamente que uno tenía la impresión de que podría tirar de ella y librar a los amantes de esa indeseada barrera. La expresión de sus caras era tan real que no cabía duda de que no había nada más importante para ellos que su rendición mutua.

—La original está en Francia, se desconoce quién fue el autor de esta copia, puede que fuera algún alumno o que el mismo autor…

—Copia o no, es bellísima.

Durante un instante Thomas se sintió terrible y absurdamente celoso de la manera en la que ella admiraba la piedra.

—Son Psique y Eros. ¿Conoces la leyenda? —Necesitaba llenar el silencio y ocupar su cerebro en algo que no fuera Caroline, con su angelical vestido de día de color rosa, con su pequeño bonete de paja adornado con flores de tela, con sus ojos tan enormes, tan expresivos, con su absoluta e inconveniente fe en el amor.

—Cuéntamela —sonrió ella girándose para mirarlo y destrozándolo con su radiante sonrisa.

Durante unos segundos, Thomas no dijo nada y permaneció con los brazos cruzados y el hombro apoyado descuidadamente en una de las estanterías, observándola.

—Psique era la menor de las hijas del rey de Anatolia, conocida por su increíble belleza. Afrodita, que la observaba repantingada en su trono... —La risa de Caroline lo interrumpió.

—La palabra «repantingada» no es muy apropiada para una diosa, ¿no crees? —Thomas sonrió, y el día pareció volverse aún más soleado.

—Eres demasiado quisquillosa. Te pierdes en los detalles.

—Los detalles son fundamentales en una buena historia.

Thomas suspiró, fingiendo rendirse a la evidencia.

—«Yacía elegantemente aposentada», ¿mejor? —Caroline asintió conteniendo la risa—. El caso es que Afrodita era una envidiosa, pero, como era una diosa, nadie se atrevía a contradecirla. Envió a su hijo Eros, aquí presente, a clavar una flecha en el trasero de Psique con una terrible maldición.

—Oh, dudo que quien escribiera la leyenda usara la palabra «trasero».

—Ya has visto el mosaico, seguro que escribió algo bastante más obsceno. —Ambos rieron, era maravilloso estar, puede que por primera vez en su vida, hablando de esa manera distendida—. Ciñámonos a lo importante, Carol. La maldición consistía en que ella se enamoraría del peor partido posible, un hombre ruin, despreciable y, lo peor de todo, pobre.

—Qué cruel —añadió ella en tono sarcástico.

—Ajá. Pero cuando Eros llegó a la Tierra y la vio… —Thomas se acercó a la figura de Psique observándola con detenimiento, y tras unos instantes de silencio siguió con su relato, pero su tono ya no era jocoso, sino más ronco y cargado de algo que Caroline no sabía identificar, pero que le erizó la piel—. Eros nunca había visto nada semejante, tanta dulzura, tanta belleza contenida en un solo ser. Se enamoró de ella hasta la médula y se deshizo de la flecha maldita, tirándola al mar. Aprovechando que ella dormía, se la llevó volando hasta su palacio, a escondidas, para evitar la ira de su madre.

Ahora ambos miraban a Eros, que, totalmente entregado a la pasión, acariciaba el pecho desnudo de su novia y enredaba sus dedos en su cabello. Thomas observó el perfil de Caroline recortado contra la luz de la ventana y los rizos caoba que se escapaban de su recogido. Deseó poder tener un palacio, unas alas, y esos rizos entre sus dedos. Deseó convertirse en piedra y que su abrazo fuera eterno.

—Pero Eros no las tenía todas consigo. No podía desvelar a su amada su identidad. Se presentaba durante la noche para amar a Psique en la oscuridad, haciéndole prometer que no intentaría averiguar quién era, por miedo a desatar la furia de Afrodita. Noche tras noche, se entregaban a la pasión, sin verse, solo sintiéndose. Eros le enseñó lo que era el amor, algo sutil e invisible, que no necesitaba de los ojos para ser vivido.

Caroline acercó la mano y la posó con delicadeza sobre el brazo de la joven, y por un momento esperó sentir la tibieza de la piel en lugar de la yerma sensación del mármol.

La mano de Thomas se posó junto a la suya, tan próxima que podía sentirla, pero sin llegar a rozarse. Su cuerpo estaba tan cerca que Caroline casi podía escuchar sus latidos pegados a su espalda, cerró los ojos imaginando que estaban de nuevo en la habitación de Greenwood Hall y que él dirigía sus caricias, enseñándole dónde encontrar el placer de su propio cuerpo.

Cuando él habló de nuevo para proseguir con la historia, su aliento cálido le hizo cosquillas en la nuca, lo que le hizo sentir un estremecimiento casi doloroso, casi tanto como la necesidad de ser acariciada.

—Psique solicitó encontrarse con sus hermanas para cuchichear con ellas sobre las virtudes de su nuevo esposo, pero ellas sembraron en la feliz muchacha la incertidumbre. ¿Quién sino alguien monstruoso ocultaría su rostro a su amada, quién sería tan depravado como para tomarla en la oscuridad?

—Un cobarde.

Él ignoró la interrupción y tras tragar saliva continuó.

—Esa noche, tras amarse con pasión, Psique se vio vencida por su curiosidad mientras Eros dormía.

—¡No es curiosidad! ¡Tiene derecho a saber quién es! La curiosidad no tiene nada de malo en este caso.

La carcajada cantarina y espontánea de Thomas pareció resonar dentro de ella.

—Tranquila, dulce Caroline. No estamos hablando de ti. Puede que algún día contemos tu historia, pero hoy es el turno de la pobre Psique.

Ella sonrió y asintió instándolo a continuar, sin poder apartar los ojos de sus manos, que se habían acercado un poco más mientras ambos acariciaban descuidadamente el brazo de Psique, como si quisieran infundirle valor para lo que le esperaba. El meñique de Caroline se desplazó ligeramente en busca de su contacto como si tuviera vida propia, pero Thomas retiró la mano como si se hubiera quemado, fingiendo que nada había ocurrido.

—Su curiosidad… —hizo especial énfasis en la palabra— hizo que encendiera una lámpara mientras él dormía, con tan mala suerte que una gota de aceite hirviendo cayó sobre su rostro, despertándolo. Y menudo despertar. Eros, furioso y traicionado por su desconfianza, la abandonó.

—Solo un hombre sería capaz de darle la vuelta a la situación de esa manera, para encima quedar él como el traicionado.

Thomas sonrió y con lentitud se desplazó por la habitación para posicionarse junto a Eros. Quizá poniendo frío mármol de por medio ambos estarían más seguros.

—Él le impuso esa condición, ella debería haberlo respetado, o al menos haber intentado convencerlo de lo contrario, en lugar de traicionarlo en la oscuridad. Psique desconfió del amor, lo que sentía no fue suficiente, permitió que la duda se instalara en ella.

Ella había querido ver el amor con los ojos, ignorando que el amor solo puede verse con el alma.

Para ser un cínico sin remedio sus palabras habían conseguido conmoverla más de lo que estaba dispuesta a reconocer.

—Él le impuso la oscuridad y hasta su propia presencia. ¿Acaso eso no es también un signo de desconfianza? Si pretendía ser correspondido, Eros también debería haber amado sin miedos.

—Nadie dice que fueran almas de la caridad, eran dioses, tenían poder y lo usaban, así de simple. ¿Continuamos?

—Sí, por favor.

—Psique acudió a su suegra para rogarle una nueva oportunidad de estar con su amado; supongo que descubrir que era un bello ser alado en lugar de un monstruo debió motivarla bastante.

—Las mujeres somos más complejas que todo eso. —Thomas se mordió la lengua. Al igual que los hombres, algunas eran sencillas, otras complejas, y luego estaba ella, un auténtico jeroglífico indescifrable hasta con la ayuda de la piedra de Rosetta.

—Resumiendo, Afrodita le impuso varias pruebas que ella sorteó con éxito. Al llegar a la última, la cosa se tornó más complicada. Debía viajar al inframundo y pedir a Perséfone algo de belleza para ella, ya que ver a su retoño sufrir por amor la había desmejorado bastante.

—Y por supuesto lo logró. El amor suele ser motor suficiente para lograr cualquier gesta.

Thomas sonrió acercándose de nuevo a ella y le apartó un mechón de pelo que se había escapado de su recogido, pasándoselo con delicadeza por detrás de la oreja.

El roce fue tan sutil como el aleteo de una mariposa, pero provocó que sus latidos alcanzaran una velocidad vertiginosa.

—Cuando volvía del inframundo, con la dosis de belleza que Afrodita esperaba guardar en una caja, sintió de nuevo que una terrible curiosidad aguijoneaba su ánimo. —Caroline puso los ojos en blanco y él rio mientras se acercaba un poco más a ella, sin poder resistirse, como una polilla perdida ante una luz cegadora, haciéndola retroceder—. Eso, y la tentación de volverse aún más bella para reconquistar a Eros. No sabía que él ya estaba irremediablemente perdido en ella, en su incontrolable deseo de volver a besarla, de hacerla suya en la oscuridad y a plena luz del sol.

Caroline notó la pared de madera pegada a su espalda y solo entonces se dio cuenta de que él la había hecho retroceder acorralándola con su cuerpo. Thomas apoyó la palma de la mano sobre el panel a la altura de su rostro, limitando su mundo al pequeño espacio que compartían.

—Para su desgracia, infringir las reglas a menudo tiene nefastas consecuencias, y de la caja brotó una espesa nube de vapor que la sumió en un profundo sueño, un sopor parecido al de la muerte. Por suerte el valiente y oportuno Eros apareció para salvarla y conseguir así compartir sus vidas, juntos hasta la eternidad.

—¿Cómo? ¿Cómo la salvó? —preguntó intrigada, deseando conocer hasta el último detalle.

—Unos dicen que con un toque de sus flechas, otros dicen que con un largo beso.

—¿Y tú? ¿Qué versión prefieres?

Thomas se quedó atrapado durante un instante en la visión de sus labios, del color de las cerezas maduras, sabiendo que no era juicioso contestar, y aun así lo hizo.

—Yo creo que jamás el toque de una flecha podrá conseguir logros tan fascinantes como el roce de unos labios…

10

*E*l aire parecía haber alcanzado una temperatura infernal en aquel reducido espacio, y la respiración de Caroline se había vuelto tan superficial que temía desmayarse en cualquier momento mientras milímetro a milímetro sus cuerpos se acercaban inexorablemente.

Una lucha tan fuerte como la de Psique queriendo resistirse a abrir la maldita caja se libraba dentro de Thomas, que ardía en deseos de besarla hasta la locura, tumbarla en el suelo y hacerle el amor allí mismo, bañados por la cálida luz que entraba por los ventanales.

Ese Eros no sabía lo que se perdía.

—¿Tom? —Una suave voz masculina, seguida de un carraspeo, los interrumpió en el momento justo y Thomas se interpuso entre el intruso y Caroline, para evitar que la viera. Aunque, para ser realistas, aquel era su lugar de trabajo y ellos los que lo habían invadido—. Lo siento, ya sabes que no puedes traer visitas aquí.

—Ella no es una visita, está aquí bajo mi responsabilidad. No te preocupes. —Carol no pudo evitar sentirse ilusionada al escuchar aquellas palabras, de alguna manera había un pequeño, insignificante y diminuto lazo que los unía.

La curiosidad, como siempre, le ganó la partida y asomó la cabeza desde detrás del cuerpo de Thomas.

El hombre que la miró divertido al otro lado era más joven de lo que había pensado y lucía un enorme delantal de cuero y unas gafas metálicas que se escurrían constantemente hasta la punta de su nariz. Su expresión era agradable y pensó que, si no fuera por lo desaliñado de su aspecto, su camisa arrugada y su pelo desordenado, se podría decir que tenía cierto atractivo.

—Disculpe, mi descortesía es imperdonable —dijo alargando su mano hacia ella, inclinándose hacia un lado imitando su gesto, para esquivar la barrera infranqueable del cuerpo de su amigo—. Soy Phyneas Cook, trabajo en la catalogación y conservación de gran parte de lo que ve por aquí.

—Caroline Greenwood. —Le tendió la mano y él la estrechó con brío, sin formalismos ni reverencias, en un gesto de sincera cordialidad que a ella le gustó.

—¿Greenwood? ¿Pariente de lord Hardwick?

—Su hermana. Es lady Caroline Greenwood —corrigió Thomas añadiendo la formalidad de su título, visiblemente molesto ante las sonrisas que se dedicaban ambos.

—Y bien, lady Caroline, ya ha conocido nuestra cueva del tesoro. ¿Qué le ha parecido?

—Es realmente fascinante. Aunque creo que aún me quedan muchas cosas por ver.

—Pues yo creo que por hoy hemos tenido suficiente —cortó Sheperd, ansioso por llevársela de allí.

—Siendo hermana de ese viejo zorro de Hardwick, es usted bienvenida, y seré su guía encantado. Aunque ciertamente no se me ocurre nadie más instruido que Sheperd para tal fin. Su don innato es la pintura, pero su sensibilidad se plasma en todo lo que…

—Nos marchamos ya, tu familia debe estar buscándote.

Caroline, tremendamente intrigada por lo que acababa de escuchar, apenas tuvo tiempo de despedirse de Cook, al sentir la mano firme de Thomas asiéndola por el codo y arrastrándola prácticamente de allí por los pasillos.

—Thomas, para. ¿Puedes ir más despacio? —Él aminoró el paso, temeroso de que al recuperar el aliento ella lo acribillara a preguntas.

Estaba en lo cierto, ya que en cuanto pararon ella lo miró con el ceño un poco fruncido, la típica expresión de su cara cuando algo la intrigaba de verdad.

—¿Qué ha querido decir con eso de tu «don»?

—Tengo dinero y buen gusto. Eso es todo lo que se necesita para tener un don a la hora de escoger un buen cuadro. Tengo algunos en mi casa, eso es todo.
—Su manera excesivamente rápida de hablar, sin dejar lugar a la réplica, le indicaba que no le estaba diciendo la verdad. Lo que otros llamaban «don», para él era el reflejo de su misma alma, y no estaba dispuesto a exponerla ante nadie. Solo los hermanos Greenwood, Phyneas y unos pocos más sabían de su pasión por la pintura y prefería que siguiera siendo así.

El ruido de puertas abriéndose y voces masculinas en el extremo del pasillo indicaron que tenía que cambiar de dirección, y sin pensarlo la cogió de la mano y tiró de ella para conducirla hacia el lado opuesto. Aquel maldito laberinto estaba demasiado concurrido a esas horas y ella no podía ser vista allí, y menos aún en su compañía.

—No soy idiota, no ha dicho eso. Ha dicho que tú tienes…

Las preguntas lo estaban poniendo nervioso, no quería que ella se adentrase en esa parcela de su intimidad, o quedaría totalmente expuesto ante ella.

Estaba desesperado por salir de aquel espacio demasiado angosto, donde su presencia era imposible de obviar, sobre todo cuando caminaba sintiendo el calor de sus dedos apretados entre los de él, con sus manos entrelazadas como si fuera lo más normal del mundo, enviándole una corriente magnética que le hacía arder la sangre.

—Thomas, ¿puedes hacerme caso un momento?

Thomas se detuvo abruptamente y se quedó mirándola sin soltarle la mano.

—Puedo. —Y sin mediar más palabras le hizo todo el caso que pudo.

La apretó contra la pared y atrapó sus labios en un beso suave y lento, y aun así tan intenso que sería capaz de abrasar hasta los cimientos del edificio… ¡Qué diablos, de todo Londres!

Deslizó la lengua sobre sus labios recorriendo todo su contorno, aventurándose en el interior de su boca para descubrirla de nuevo. Caroline no pudo contener un gemido ahogado, como tampoco pudo resistir la tentación de enterrar los dedos entre sus rizos dorados para desordenarlos, igual que había hecho la Psique de piedra.

Thomas dio por finalizado el beso y apoyó los labios en su frente, en un gesto dulce, puede que demasiado, para alguien que se empeñaba en matar su propio corazón.

—Sigue este pasillo, conduce a un descansillo desde el que accederás de nuevo a las salas.

Giró sobre sus talones y, con las manos en los bolsillos, reemprendió el camino de vuelta como si tal cosa, esperando que ella tuviera la sensatez de obedecer por una vez en su vida.

—¡Thomas! —Él se volvió para mirarla, pero siguió alejándose de ella caminando de espaldas—. Gracias.

Y la dulce Caroline se recogió sus faldas rosadas para alejarse corriendo de él, para escapar de aquel inframundo lleno de cosas que no entendía y para las que aún no estaba preparada, aunque él se empeñara en mostrárselas, llevándose con ella toda la luz.

Solo le costó unos minutos encontrar a su familia entre las salas que a esa hora ya comenzaban a abarrotarse de gente. Parecía que había hecho un viaje en el tiempo que la había devuelto al mismo lugar, al mismo instante de su partida, donde nadie parecía haber notado su ausencia.

Su madre seguía charlando con esa amiga que tan afortunadamente había encontrado, sin hacerle demasiado caso a las vitrinas ni a los expositores, pero sin alejarse de lo verdaderamente importante, ver y ser vista. Crystal seguía observando concienzudamente cada pieza expuesta, cada inscripción, cada reseña, y comentándolo todo con Andrew.

En cambio, para ella parecía haber transcurrido toda una vida en su interior, como si algo trascendental hubiera transformado una parte esencial de su ser.

Los siguió como un autómata sin ser muy consciente de lo que sucedía en el resto del mundo, escuchando el murmullo de las conversaciones que sucedían a su alrededor sin prestarles atención. Su cuerpo ansioso parecía no pertenecerle, algo muy parecido al revoloteo de mil mariposas aleteaba en su estómago y su boca aún ardía con el sabor de la lengua de Thomas en la suya.

Aquello no podía estar pasándole a ella, seguro que estaba malinterpretando los síntomas. En las novelas que leía aquello lo definían como amor, pero bien podía ser una gripe de verano. O puede que algunas de esas piezas antiguas que había tocado portaran alguna terrible maldición, como la cajita de Psique.

Estuvo a punto de gemir por la desesperación, y que Dios la ayudara, porque, si se había enamorado de Thomas Sheperd, estaba absolutamente perdida.

Comenzó a transpirar y la tela de su vestido empezó a pesar demasiado y a pegársele a la espalda.

Dios santo, ¿por qué no abrían las ventanas? ¿Acaso nadie notaba que hacía demasiado calor allí?

Los colores comenzaron a mezclarse y ya no era capaz de ver ni oír otra cosa que no fuera la sonrisa de Thomas, los ojos de Thomas, la voz susurrante de Thomas y el rugido de su propia sangre en los oídos.

Una mano fuerte se apoyó en su cintura sacándola del trance, y al abrir los ojos vio la mirada preocupada de su hermano Andrew, siempre reconfortante, siempre cuidándola.

—¿Te encuentras bien? —Posó el dorso de su mano sobre su frente calibrando la temperatura en un gesto paternal—. Pareces muy acalorada, quizá deberíamos salir a que te diera el aire. Dejaremos el resto de la visita para otro día.

Caroline asintió deseando marcharse de allí cuanto antes.

Thomas esperaba que, tras cruzar el umbral y salir a la calle, el aire fresco pudiese calmar la sensación ardiente que bullía dentro de él, pero ni toda una tormenta de granizo podría acallar, ni siquiera disimular, lo que le consumía desde dentro.

Mucho menos lo haría la excesivamente cálida y húmeda brisa de verano que lo recibió.

Se sentía como un maldito idiota. Sabía lo que tenía que hacer, era solo cuestión de disciplina y fuerza de voluntad, pero cuando se trataba de Caroline no encontraba ni una brizna de la una ni de la otra.

Distancia o, en su defecto, indiferencia. Eso era todo.

Pero después de resistirse durante toda la visita había caído en el último momento, besándola como un descerebrado, en un lugar donde corrían el riesgo de ser descubiertos. Quizá por eso el beso había sido tan apabullante, sin duda. Aquello no tenía nada que ver con los sentimientos, ni con el deseo.

Caroline era su fruta prohibida, y por esa razón

cada roce de sus labios era tan especial, por eso aspirar su aroma era tan adictivo, por eso beberse su aliento lo volvía loco.

Era solo y exclusivamente por eso, ¿verdad? La responsabilidad de que todo ese asunto se estuviera complicando era solo suya, por supuesto. Era culpa suya acudir a fiestas donde no le apetecía estar solo por la curiosidad de observarla desde lejos.

Curiosidad, qué peligrosa sensación…

La misma curiosidad que le había llevado a dirigirse al museo y adentrarse en él, con la excusa de visitar a su amigo Phyneas ese día, y no cualquier otro, tras enterarse por Andrew que esa mañana ella estaría allí.

La curiosidad, o puede que otra cosa indefinible, guiaba sus pasos con una frecuencia cada vez más alarmante. Y esa misma curiosidad había hecho que ella se atreviera a perseguirlo por pasillos oscuros, hasta que él había escuchado unos pasos claramente femeninos siguiéndole y se había escondido en una esquina para descubrir a quién pertenecían.

Pero, para ser sinceros, no era curiosidad lo que había golpeado su pecho robándole el aliento al descubrir que la pequeña chismosa que seguía su rastro era su dulce Caroline, su tentación. A duras penas había conseguido contenerse y no devorarla en ese mismo instante, con ropa y todo.

Sabía que ella se merecía algo mejor que un revolcón en una sala polvorienta llena de antiguallas y retazos de un pasado vivido por otros, se merecía mucho más que un beso furtivo en un pasillo oscuro. Se merecía algo mucho mejor que él, se merecía alguien capaz de amarla, y no un ser con el corazón convertido en una piedra inerte, como las antigüedades que le había mostrado.

Se colocó el sombrero dispuesto a ir en busca de su caballo y marcharse de allí, cuando una figura inconfundible llamó su atención al otro lado de la calle. Ella hizo un gesto casi imperceptible con la mano en la que apretaba su discreto bolsito negro y Thomas se apresuró a acercarse hasta allí.

Lady Alexandra Richmond había decidido salir de su retiro autoimpuesto y eso solo podía indicar que tenía que estar pasando algo grave. Su atuendo de riguroso luto, sombrero y velo incluidos, atrajeron la curiosidad de los que los rodeaban, especialmente cuando Thomas la besó en la mejilla, ganándose una mirada de amonestación de su hermana.

—Siempre es un placer que te alegres de verme, pero besar a una mujer de luto delante de medio Londres no debe ser muy bueno para tu reputación.

—Al cuerno con todos ellos, ¿qué haces aquí? ¿Estás bien? ¿Ha ocurrido algo? ¿Y cómo demonios me has encontrado?

—Fui a tu oficina y un tal Philips me dijo que estarías aquí.

—Deberías haber ido a mi casa y haberme mandado llamar. Estarás agotada del viaje.

—Estoy bien. Mi carruaje es bastante cómodo, es el que usaba Steve. Mi visita será breve. De hecho, solo me refrescaré un poco y me marcharé. Sabes que la ciudad me inquieta bastante.

Thomas hubiera estado encantado de ser, por una

vez, su anfitrión, hacer que se sintiera cómoda y protegida, y no como el bicho raro al que todo el mundo esquivaba.

—Solo he venido para preguntarte si te has replanteado tu decisión. Preferí hacerlo en persona.

Thomas soltó el aire despacio.

—No hay nada que replantearse, Alex. Lo siento.

Ni siquiera el velo pudo ocultar que la expresión siempre serena de su cara se había transformado, como si algo dentro de ella se hubiera retorcido causándole un dolor insoportable.

—Thomas, por favor, los fundamentos en los que basas una decisión tan trascendental son absurdos. Todo es diferente ahora. Hay mucha gente que depende de ti. Yo dependo de ti, maldita sea.

—Ambos sabemos que no te faltará nada, aunque yo no sea el duque. —Estaba seguro de que su decisión era la correcta, pero aun así no podía mirar a su hermana a los ojos sin sentirse culpable.

—No se trata de un trozo de pan que llevarse a la boca, ni de cera para hacer velas o tela para una cortina. Se trata de mi libertad. Mis dichosos primos ya se frotan las manos pensando que el día en que se adueñen de nuestra casa está cada vez más cerca.

—No es «nuestra casa». Es tuya.

—No, si no cambias de idea. Pero eso no es lo más aberrante. Hay algo aún peor. Basil ha decidido convertirme en su esposa en cuanto sea nombrado duque. Seguro que ha sido una de las brillantes ideas de Cecile. Siendo mi esposo, podría acceder absolutamente a todo, incluido lo que yo heredé. La avaricia les corroe las entrañas. Y de paso se asegura de que ella podrá actuar como la verdadera anfitriona mientras yo me pudro en mis habitaciones.

Thomas cogió sus manos entre las suyas intentando infundirle una esperanza que estaba muy lejos de sentir.

—Deberías escuchar cómo habla de las suntuosas fiestas que organizará, parece un gato relamiéndose ante un tazón de nata.

—No pueden obligarte a que te cases, hablaré con mis abogados y…

—Sí pueden, Thomas, he buscado con el señor Darwin cualquier pequeño punto que poder impugnar y no es posible. Tiene potestad para decidir sobre mi matrimonio, sobre mis decisiones. Y lo hará, a no ser que tú…

—Sabes que no es posible. Aunque aceptara ser duque, está ese maldito asunto de casarme. No lo haré. No hay nada ni nadie que me haga planteármelo siquiera, ninguna mujer va a despertar ese tipo de interés en mí, debe haber otra solución. Y te prometo que no descansaré hasta encontrarla.

Alexandra negó con la cabeza, desesperada. Su mundo caía en picado desde que tenía uso de razón, pero ahora sabía que la destrucción de todo estaba más cerca que nunca. Estar en manos de sus primos la anularía por completo. ¿Qué le quedaba a esas alturas?

La posibilidad que coger algunas de sus cosas y huir antes de que la situación fuera insoportable sonaba muy apetecible, pero adónde iría. No le importaba trabajar, aunque no lo había hecho nunca. Pero su cara marcada le cerraría muchas puertas, nadie la contrataría en un horno de pan o como niñera. Muchos ni siquiera permitirían que limpiara la porcelana horrorizados por la marca de su cara y por su aspecto siniestro. Estaba más perdida que nunca. Intentó alejarse de Thomas, agradecida por que la red oscura que la cubría ocultara las lágrimas que resbalaban por sus mejillas.

Pero la mano de su hermano aferró la suya impidiendo que se alejara.

Caroline respiró hondo al bajar los escalones que conducían a la calle y la bocanada de aire, aunque cálido, pareció devolverla un poco a la vida.

Giró la cabeza para ver si su familia la seguía y vio cómo su madre seguía hablando con su amiga animadamente, involucrando a Andrew y a Crystal en la conversación.

Sería mejor hacerse la despistada, aun a riesgo de parecer descortés, y esperarlos en su carruaje, que se le antojaba un apetecible oasis bajo la sombra de un árbol.

Dio un par de pasos en aquella dirección cuando un movimiento a su derecha atrajo su atención: una figura enlutada, demasiado tapada y oscura para un día tan soleado, discordante en aquel ambiente bullicioso y distendido, como una sombra dispuesta a imponer silencio sobre las conversaciones animadas de la gente que paseaba alrededor. Pero lo que impactó a Caroline no fue la mujer pequeña e invisible escondida bajo aquellas capas de tela negra, sino la mano de Thomas aferrándose a la suya, intentando retenerla.

Ambos hablaban acaloradamente, sin importarles que medio Londres revoloteara a su alrededor, dirigiéndoles miradas curiosas. Su actitud denotaba que entre ellos había suficiente confianza para ello y Caroline fue rápida en sacar sus propias conclusiones.

Era su amante.

Una joven viuda, elegante y rica. Una mujer que no le daría complicaciones y sí los placeres que la experiencia otorgaba. Caroline siguió caminando despacio, como si estuviera hipnotizada, sin poder apartar la mirada de él y totalmente ajena al rumbo de sus pasos. Se sentía como una estúpida.

Había llegado a pensar que lo que acababa de pasar en el museo había sido una conexión especial entre ellos, no tanto por el beso, sino por la forma en que la miraba mientras le hablaba de amor. Pero aquello solo había sido el relato exquisito de una leyenda, un cuento antiguo que no merecía el esfuerzo de ser recordado.

«Psique había querido ver el amor con los ojos, ignorando que el amor solo puede verse con el alma.»

Y el alma de Caroline era demasiado ingenua, queriendo ver algo donde solo existía vacío, indiferencia, mezquindad…

Los carruajes desfilaban a su alrededor, damas hermosas paseaban con sus vestidos color pastel y sus parasoles a juego. Pero ella solo podía ver a la dama de negro que acaparaba toda la atención de Thomas, sin poder evitar que su ánimo se contagiara de esa misma negrura.

En alguna parte, uno de los muchachos que portaban unas enormes cajas en dirección a la entrada de servicio del museo perdió las fuerzas, haciendo que todo cayera con un gran estruendo, pero Caroline apenas lo notó y siguió su camino, atravesando la calle lentamente como si estuviera sumida en un trance. Permaneció absorta en el bullicio de sus propios pensamientos mientras unos caballos que se habían espantado por el ruido conducían un carruaje a toda velocidad y sin control en su dirección.

Todo sucedió tan rápido que fue consciente del peligro demasiado tarde, cuando los gritos de la gente intentaron alertarla, cuando vio reflejado el horror en la cara de Thomas Sheperd.

Se giró en el momento en que el carruaje estaba casi encima de ella con un traqueteo atronador y los caballos resoplando tan cerca que casi pudo percibir su aliento caliente en el rostro. El impacto de un cuerpo sobre el suyo la dejó sin aliento y la lanzó rodando por el suelo justo unos segundos antes de ser aplastada por las pezuñas de los enormes animales.

Sheperd apenas podía respirar.

Había corrido sin dudarlo al ver que Caroline estaba a punto de ser arrollada por el carruaje, sin pensar en su propia integridad, y se había lanzado sobre ella para alejarla de la trayectoria mortal, intentando absorber con su cuerpo el impacto del golpe. Por suerte había conseguido esquivarlo acabando ambos enredados en el suelo.

Caroline, en un acto reflejo, se había aferrado a él, clavando los dedos en su cintura y con la cabeza enterrada en su pecho. Aterrorizada al tomar conciencia de lo que había estado a punto de ocurrir, apenas podía controlar la respiración. Lo único que importaba era que él la rodeaba con sus brazos acercándola a la seguridad de su cuerpo.

Thomas reaccionó al fin y rompió el abrazo. Apenas podía hablar, dominado por el pánico, y, con movimientos frenéticos, comenzó a palpar su cabeza, sus brazos y sus piernas buscando alguna herida. Caroline gimió cuando le tocó el codo izquierdo, pero, salvo eso, ambos parecían estar bien.

—Durante un instante… —pronunció con voz estrangulada.

Durante un instante Thomas había sentido que su corazón dejaba de latir, temiendo no llegar a tiempo, y solo podía agradecer que el miedo no lo hubiera paralizado. Ella lo miró a los ojos perdiéndose en el azul claro que la miraba como nunca lo había hecho. Ambos estaban sobrecogidos y con la respiración agitada, perdidos el uno en el otro sin querer entender y sin poder hacerlo.

—Sheperd. —La voz profunda y asustada de Andrew, que ya se estaba arrodillando a su lado, apenas sirvió para sacarlos del trance—. Ya es suficiente. Suéltala —dijo con suavidad.

Andrew apoyó una mano en el hombro de Thomas haciendo que por fin fuera consciente de la situación. Caroline estaba entre sus brazos, mientras él palpaba su cuerpo en busca de fracturas con total familiaridad y le apartaba el pelo desordenado del rostro con ternura. Un gesto dulce que no pasó inadvertido para las decenas de ojos ávidos de chismorreo que los observaban.

—Cariño, ¿estás bien? —Caroline asintió echando los brazos al cuello de su hermano, que había conseguido apartar a Sheperd y cogerla en brazos para llevarla hasta el carruaje, mientras su madre y su hermana, totalmente impactadas, se acercaban hasta ellos entre lágrimas.

Thomas vio cómo se alejaban, impresionado por el incontrolable pánico que le había provocado el incidente, sintiendo que algo había cambiado en su interior.

Se sacudió el polvo de su ropa y de sus manos y se dio cuenta de que temblaba como una hoja.

—Lo siento, señor. Yo…, el freno falló. Los animales son así. Asustadizos. Les castigaré como merecen.

La mirada de Sheperd se clavó con asco en los ojos y la nariz enrojecidos del cochero. Llevado por la indignación, agarró al hombre de las solapas hasta que sus pies casi se despegaron del suelo y lo zarandeó como si fuera un muñeco.

—Maldito borracho. Apestas a ginebra a una milla de distancia. Olvidaste ponerle el freno, no culpes a los animales de tu incompetencia. Tienes suerte de que no le haya pasado nada o no habría lugar entre el cielo y la Tierra donde pudieras esconderte de mí.

Lo soltó con tanta fuerza que el hombre trastabilló y estuvo a punto de caer.

—Thomas, por favor. —La voz suave de Alex lo calmó un poco. Solo un poco—. Señores, vuelvan a sus quehaceres. Por suerte, la cosa ha quedado en un susto.

La gente, que parecía estar conteniendo la respiración hasta ese instante, comenzó a circular de nuevo, comentando cada detalle y añadiendo algo de su cosecha, como si los demás no hubiesen sido testigos del mismo hecho.

Alexandra miró de soslayo a su hermano y ni siquiera la redecilla de su velo pudo evitar que Thomas viera la sonrisa condescendiente que parecía no poder quitarse de la boca.

—Así que ninguna mujer despierta ese tipo de interés en ti.

Un gruñido y una maldición entre dientes fueron su única respuesta.

11

Greenwood Hall, Navidad de 1862

La matriarca de los Greenwood adoraba la Navidad, sobre todo ese año que su hogar estaba repleto de parejas enamoradas y niños alegres y traviesos haciendo de las suyas. Greenwood Hall bullía de actividad con la llegada de los invitados para la ocasión y todos coincidían en que esta vez la anfitriona se había superado con los preparativos. La mansión estaba preciosa, cada rincón se había decorado con un gusto exquisito y tanto la comida como las actividades habían sido planificadas con esmero.

El ambiente familiar era inmejorable para pasar unas Navidades maravillosas: Andrew y Marian estaban pletóricos de alegría. Sus hijos crecían fuertes y sanos, y, a juzgar por las evidentes muestras de ardoroso cariño que se profesaban, nadie se asombraría de que volvieran a ser padres en un futuro no muy lejano.

Richard y Elisabeth estaban a punto de ser padres y todos hacían apuestas sobre si sería un bebé o, como todos sospechaban, serían mellizos. Entre ellos había desaparecido cualquier rastro de dudas y solo había que mirarlos para ver que estaban enamorados hasta la médula.

La melliza de Elisabeth, Maysie, acababa de establecerse en la propiedad que su esposo, el marqués de Langdon, había adquirido al otro lado del lago que cruzaba Greenwood Hall, y acababa de descubrir que pronto le daría un hermanito a su hija Aura.

Los Pryce completaban el grupo de parejas enamoradas, amigos de su hermano Andrew, que también tenían dos hijos.

Caroline, por supuesto, se alegraba por la felicidad de todos ellos, especialmente por sus hermanos, que difícilmente se podían borrar la sonrisa de la boca mientras miraban a sus esposas. Por supuesto que se alegraba, pero no podía evitar sentirse fuera de lugar en ocasiones, como si todos hubieran madurado y ella se hubiera quedado atrapada en el mundo irreal de los bailes, las veladas y los innumerables pretendientes que nunca resultaban ser la persona correcta.

Ya solo quedaba su hermana Crystal en el club de las solteras. Ah…, y el desagradable Thomas Sheperd, que había aceptado la invitación para pasar la Navidad en Greenwood Hall en el último momento.

No había vuelto a hablar con él desde que le había salvado la vida en la puerta del museo, básicamente porque había desaparecido del mapa. Su acción había sido maravillosa, tanto que por un momento Caroline le había adjudicado una heroicidad y una caballerosidad que claramente no poseía. Había arriesgado su integridad por salvarla de morir aplastada y ella habría jurado que era preocupación sincera y un miedo

atroz lo que había descubierto en su mirada un instante después, mientras la abrazaba intentando tran-
quilizarla, mientras era él y nadie más quien se cer-
cioraba de que no hubiese sufrido ningún daño. Pero
debió ser un mero producto de su imaginación, ya que
después de eso ni siquiera tuvo la decencia de visitarla
para ver cómo se encontraba o molestarse en mandar-
le al menos una nota interesándose por su estado.

Se negaba a sentirse decepcionada, eso implica-
ría que tenía algún tipo de sentimiento hacia él, y
no estaba dispuesta a reconocer tal cosa. Así que
había decidido ignorarlo, pagarle con la misma moneda, saludarlo de manera fría y con la misma cortés indiferencia que destilaba él. Aunque para ser
sinceros, si la indiferencia hacia Thomas era algo
impostado, la que sentía hacia los demás posibles
candidatos que encontraba en su camino fluía con
toda naturalidad.

Quizá por eso su madre había invitado para las
fiestas navideñas, además de a los amigos más cercanos de la familia, a varios de los jóvenes que solían
agasajarla en Londres, entre ellos sir Arthur Nate.
Nate era un joven de físico agradable, aunque no excesivamente atractivo, de modales impecables, aunque no demasiado amables, futuro vizconde y proce-
dente de una familia de rancio abolengo. Casi tan
rancio como su propio carácter. Un ser estricto, gaz-
moño y puritano, que se atrevía a juzgar duramente
a todo aquel que se saliera un poco del camino de lo
que él consideraba moral.

Caroline no supo en qué momento y por qué razón Nate se había convertido en su principal candi-

dato, pero todos, incluido el propio Arthur, daban por sentado que el compromiso era inminente.

Simplemente había aceptado su presencia sin más durante los últimos meses, aunque le resultaba difícil imaginarse junto a un hombre que jamás sonreía, que la amonestaba con la mirada cuando levantaba un poco la voz o que consideraba una ordinariez reírse en público. Alguien tan decoroso que probablemente rezaría tres avemarías si llegaba a rozarle la mano por error. Alguien gris, opaco, taciturno. Aburrido. Un digno sustituto para el ya olvidado John Coleman.

No le apetecía gastar energías en formarse una opinión, ni darle más importancia de la debida a su presencia, pero tarde o temprano tendría que espantarlo como a los demás, y Nate pasaría a engrosar la generosa lista de candidatos despechados por la caprichosa Caroline Greenwood.

Tras la cena, las conversaciones femeninas giraron de nuevo en torno a las bondades de la maternidad y las ocurrencias y travesuras de los niños, por lo que Caroline se escabulló para dar un paseo por los jardines. Se envolvió en su echarpe de lana y paseó por los intrincados caminos de grava hasta llegar a una de las terrazas del jardín, parándose junto a la fuente que la presidía.

Suspiró, y su aliento se transformó en una nube blanca de vapor, mientras observaba la luz temblorosa de las estrellas en el frío cielo despejado.

—Tu casto pretendiente se escandalizará terriblemente si descubre que te dedicas a pasear sola por los jardines. —Caroline se sobresaltó al escuchar la profunda voz de Thomas Sheperd a sus espaldas. Se giró para ver cómo se acercaba hasta ella, con las manos en los bolsillos y aquella mirada azul tan intensa e insolente como siempre—. Suerte que la fuente está adornada con un par de inocentes pececillos y no con esas pecaminosas y lascivas estatuas de piedra que él tanto detesta —continuó.

Nate se había pasado la mayor parte de la cena despotricando contra una exposición de estatuas griegas por considerarlas ejemplo de una carnalidad tan explícita que mostrarlas en público resultaba obsceno y totalmente inapropiado, sobre todo a ojos del débil género femenino. Caroline había evitado levantar la cabeza de su plato, sabiendo que Thomas estaría observándola atentamente esperando cualquier reacción por su parte, sin poder apartar de su mente la imagen de Psique y Eros entregados a la pasión.

—Son delfines, no «pececillos». Y no es mi pretendiente. Aunque eso no es de tu incumbencia.

—Tranquila, no voy a ponerme celoso porque al fin hayas encontrado a tu príncipe enamorado. Me alegro por ti. ¿O acaso piensas pisotear su corazón con tus escarpines de baile, como has hecho con todos los demás?

Caroline, de pronto, había olvidado el frío de la noche y lo inapropiado de estar allí a solas con él. Solo podía concentrarse en los sentimientos viscerales y contradictorios que siempre despertaba Thomas en ella. Y él, en cambio, solo podía centrarse en el color rosado que el aire frío les daba a sus mejillas y a la punta de su insolente nariz y en el tono oscuro de sus labios, que se moría por besar de nuevo.

Por costumbre o por supervivencia, o porque sabía que era una temeridad haberla seguido hasta allí, continuó provocándola.

Era mucho más seguro sentirse odiado por ella que deseado.

Caroline detestaba que se anticipara a sus decisiones como si la conociera mejor que nadie, incluso que ella misma. Con cada nueva decepción, con cada nuevo pretendiente desechado, Thomas Sheperd siempre estaba ahí como si fuera la voz de su conciencia para burlarse de ella con algún comentario mordaz. A veces ni siquiera hacían falta palabras y una sola mirada burlona lanzada desde lejos bastaba para plantearse si la persona que la acompañaba en ese momento era la idónea o no, como si así sacara a flote todas las razones por las que debía rechazarlo.

Como siempre, la única defensa contra él era mostrarle el desprecio y el hiriente desapego que despertaba en ella. No volvería a caer en sus falsos encantos. No podía permitirse volver a bajar la guardia ante Sheperd.

—Puede que esta vez haya encontrado al candidato definitivo. —Ella misma se estremeció ante sus propias palabras y la idea de convertirse en la esposa de ese hombre gélido.

Sheperd bufó incrédulo.

—Permíteme que me compadezca por ello. Ese hombre no es solo un beato aburrido e intransigente, sus ideas son demasiados extremistas. Ten cuidado con él.

—No te atrevas a juzgarlo. Puede que para ti la decencia sea algo a lo que no estés acostumbrado, pero la mayoría de las personas la consideramos una virtud.

—No seas tan ingenua, Caroline. A tu edad ya deberías saber que ir a misa los domingos y vigilar con celo los pecados ajenos no es sinónimo de ser buena persona.

Caroline apretó los labios y tensó la espalda ante su ataque.

—Y tú deberías saber que dedicarse a autocomplacerse con todos los pecados disponibles a tu alcance no es precisamente el camino hacia la respetabilidad.

—«Respetabilidad», qué palabra tan larga y bonita. Pero yo me guío por la lealtad y la honradez. Menos letras, pero más fiables.

—¿Esos son los principios que te mueven? —Caroline no se dio cuenta de que se había acercado a él más de lo necesario, más de lo conveniente—. ¿Les prometes lealtad a todas esas mujeres de las que te aprovechas para tu propio placer?

—Según el decálogo de virtudes por el que se rige sir Arthur Nate, la palabra placer debería estar extinta del vocabulario de una dama de bien.

Thomas se acercó unos centímetros más a su cara, hasta que fue plenamente consciente del calor de su respiración en contraste con el aire frío y húmedo que los rodeaba. La tensión entre ellos se convirtió en un animal voluble que les arañaba las entrañas.

—Lady Caroline, no necesito justificarme de ninguna forma. Soy leal con las personas a las que quiero, las cuales se pueden contar con los dedos de una mano.

Jamás he prometido algo que no tenga intención de cumplir, y en consecuencia jamás prometeré nada a ninguna mujer. Las utilizo, como bien dices, para mi placer y ellas me utilizan para conseguir el suyo.

Caroline no pudo evitar recordar el cuerpo delgado envuelto en ropas negras de aquella viuda, la que ella había identificado como su amante, preguntándose qué tipo de placeres le habría prometido a ella.

Un ruido entre los arbustos, ahora casi sin hojas, los hizo mirar en esa dirección, pero no había nada, probablemente el viento filtrándose entre sus ramas desnudas, apenas una pequeña distracción que no sirvió para disipar la tensión que crepitaba entre ellos.

—Eres un cínico y un libertino sin escrúpulos, en serio, no puedes querer convencerte a ti mismo de que no haces daño a nadie con tu actitud. Seguro que podría hacer una lista con las damas a las que les has roto el corazón.

Thomas se mordió la lengua para no preguntarle si su nombre estaba escrito en esa lista, sin entender lo ansioso que estaba por conocer la respuesta. En cambio, su carcajada sarcástica resonó en el espacio vacío.

—Qué halagador que lleves la cuenta de los cadáveres que dejo tras la contienda. Sería un cínico si prometiera amor o dedicación. Pero solo les prometo sexo, y del bueno. Y por norma general, son ellas las que vienen a buscarme a mí, no creo que sea necesario que te lo recuerde. —La alusión la hizo enrojecer y desear borrarle su sonrisa llena de sarcasmo de la cara de un bofetón.

—Es muy triste que eso sea lo único que puedas ofrecer. Eres solo una cáscara vacía, incapaz de sentir nada mínimamente humano. Eres digno de lástima, Sheperd. Me das mucha pena.

Un músculo tenso palpitó en su mandíbula unos instantes y sus ojos se oscurecieron. Caroline escuchó de nuevo un ligero movimiento entre los parterres, pero no permitió que el sonido la distrajera de la mirada retadora y furiosa de su contrincante.

—No desperdicies tu pena conmigo, preciosa. Guárdala para ti misma si realmente llegas a casarte con ese tipo. —Caroline jadeó indignada—. Aunque no pierdas la esperanza, puede que cuando seas una esposa amargada y resignada te permita visitar de vez en cuando mi alcoba, para que puedas fingir que aún queda algo vivo dentro de ti.

Caroline apretó las manos en puños a sus costados intentando controlar los deseos de estrangularle. Pero no le daría el placer de demostrarle que lo había conseguido, que había herido su orgullo y la confianza en sí misma de nuevo.

—Crees que eres un regalo, finges que tu vida de excesos te hace feliz, pero en realidad… —El sonido entre los arbustos resultó más desconcertante y en esta ocasión les fue imposible ignorarlo. Caroline se volvió justo en el momento en que algo oscuro y peludo corría hacia ellos con un alarido agudo de ultratumba.

Era Pelusa, el orondo gato de la cocinera que siempre andaba por la propiedad haciendo de las suyas, con sus ojos amarillos brillando en la oscuridad como si fuera el mismísimo Lucifer. El felino se abalanzó hacia ellos a toda velocidad con cara de pocos amigos.

Caroline, con un grito de sorpresa, intentó apartarse de su trayectoria con un rápido movimiento.

El único inconveniente fue que dicho movimiento se produjo en la dirección en la que estaba Thomas Sheperd, con su aire distinguido, su traje obscenamente caro y sus botas de fina piel hechas a medida. Aunque eso no hubiera sido un problema, puede que incluso se hubiera podido sacar algún provecho del roce de sus cuerpos, si no fuera por el hecho de que el impacto pilló a Thomas desprevenido. Dio un paso hacia atrás, y perdió un poco el equilibrio, nada que alguien con su cuerpo ágil y atlético no hubiera podido subsanar, de no ser porque estaba demasiado cerca de la fuente de los «pececillos», como él la llamaba. Tan cerca que la parte trasera de sus piernas chocó con el borde de piedra y no pudo evitar precipitarse con un sonoro chapoteo en el interior de las gélidas aguas de la fuente.

Caroline se tapó la boca con la mano ahogando un grito de espanto y se quedó congelada en el lugar, aunque no tan congelada como las elegantes y bien proporcionadas posaderas de Thomas. Su expresión era una colorida mezcla de furia, sorpresa, indignación y frío. Mucho frío.

Tras el primer impacto, Caroline no pudo evitar que una traicionera e inoportuna carcajada sacudiera su cuerpo menudo.

—¡Maldita sea! ¡Estás loca! Eres tan, tan… molesta como una urticaria en el trasero, Caroline.

Ella controló durante un fugaz momento la risa, pero no pudo evitar doblarse con una nueva carcajada más fuerte que la anterior.

—Bueno, Sheperd, probablemente el agua fresca consiga aliviar la comezón de esa parte concreta de tu cuerpo.

Thomas alargó la mano con cara de pocos amigos hacia ella, solicitándole ayuda para levantarse y salir de tan indigna situación. Su mirada era tan intensa que por un momento Caroline casi sintió que le recorría la piel. Al final cedió, acortó la distancia hasta él y le tendió su mano enguantada.

Él fingía que no era un caballero en el sentido romántico y cursi de la palabra, ambos lo sabían. Pero tenía sus propios códigos morales y, como había dicho momentos antes, era leal, honrado y, en general, buena persona.

Pero en ese momento, con lady Caroline Greenwood burlándose de una situación que ella misma había provocado, con su cuerpo doblado hacia él como una flexible hoja y su mano enguantada atrapada entre la suya, el pequeño demonio que habitaba en su interior tomó posesión de su voluntad.

Con un rápido y certero tirón de su brazo, Caroline acabó precipitándose dentro del agua junto a él, más bien sobre él, a decir verdad, enredada en él, con sus faldas y enaguas revueltas y empapadas. Solo el calor insoportable y abrasador que siempre desprendían sus cuerpos cuando respiraban el mismo aire pudo evitar que se convirtieran en dos témpanos de hielo aquella noche.

12

$\mathcal{N}$i la corriente siberiana más helada podría haber mitigado la furia ardiente que consumía a Caroline Greenwood mientras luchaba con el peso de sus voluminosas faldas de terciopelo empapadas, tratando de ponerse de pie.

Dignamente, se negó a aceptar la ayuda que Thomas le ofrecía para salir de la fuente, pero el vestido, de por sí pesado, más las capas de enaguas le hacían imposible salir de aquel atolladero por sí misma.

—Vas a pagarme esto con creces, maldito imbécil. —El castañeteo de sus dientes hizo que la amenaza perdiera parte de su efectividad.

—¡Tú me empujaste primero! —contestó él estrujando el paño de su levita.

—¡Fue un accidente! —se defendió.

Thomas se estaba cansando de esperar a que ella entrara en razón y se dejase ayudar, sobre todo porque sus ojos instintivamente se desviaban a las curvas mojadas de su cuerpo, que la gruesa tela no hacía más que potenciar.

Caroline gruñó frustrada cuando la cogió por la cintura y no sin esfuerzo la sacó al fin del agua.

—Déjate de lamentaciones de niña pequeña y dime cómo se supone que vamos a volver a la mansión de esta manera —dijo arrodillándose para ayudarla a escurrir el agua de sus faldas, que parecían haber absorbido todo el contenido de la fuente.

—¿Yo? Ha sido tu brillante mente la que ha creado este problema. Tú y ese maldito gato sois los culpables. Si solo hubieras caído tú al agua, podríamos haber inventado una excusa, pero ¿puedes decirme cómo justificar esto? Ya era lo bastante malo estar a solas contigo en el jardín…, pero esto…, esto… ¡es imperdonable! —Caroline gimió frustrada mientras tiritaba de frío.

—No nos desesperemos —intentó calmarla, aunque él también era consciente de que tenían motivos de sobra para desesperarse—. Debe haber alguna manera de entrar sin ser vistos, al menos sin que tú seas vista. Quizá por la cocina. Entraré por la parte delantera e intentaré distraerlos diciendo que he tenido un aparatoso accidente y eso te dará tiempo de subir hasta tu cuarto.

Caroline trató de andar unos pasos y se tapó la cara con las manos al ver el reguero de agua que dejaban sus faldas a su paso.

—Qué plan tan brillante, Sheperd. Seguro que el río que se formará hasta desembocar en mi habitación no les hará sospechar nada. —Fingió una sonrisa ingenua y señaló el enorme charco que se estaba formando a su alrededor.

—Al menos yo estoy aportando algo. ¿Cuál es tu idea? ¿Que nos encuentren mañana juntos y románticamente muertos por congelación? ¡Dios!, parece el final de una de esas novelas que lees.

Caroline dio varios tirones de la tela intentando avanzar con dificultad.

—Lo que está claro es que tengo que deshacerme de esto —dijo más para sí misma que para él. Era imposible avanzar arrastrando un vestido que parecía pesar una tonelada.

—Oh, eso sí es brillante. Entrar desnuda en la mansión es mucho menos arriesgado —se burló.

—Cállate y déjame pensar. Debe haber algún sitio… —Debía haber ropa o algo con lo que cubrirse en alguna parte. Algo pareció iluminarse en su cabeza y Thomas cabeceó sabiendo que iba a proponerle algún disparate. Pero la situación ya era disparatada de por sí, así que la solución combinaría a la perfección—. ¡Los carruajes! Debe haber algo que pueda usar. ¿Llevas algo en el tuyo? ¿Un abrigo, algo de ropa?

—Puede que un par de mantas.

—Bien, mejor eso que nada. Me quitaré esto y me envolveré con ellas —sugirió, decidida.

—¿Estás segura? Es muy arriesgado.

—¿Acaso quedarse aquí no lo es? Algo tenemos que hacer. No puede ser peor que este frío insoportable.

Las manos de Thomas temblaban tanto por el frío que le costó dos intentos abrir el cerrojo de la enorme puerta de madera del edificio donde se guardaban los carruajes. Ambos se quedaron paralizados unos segundos al escuchar el chirrido de los goznes, esperando que alguien gritara que les habían atrapado. Pero no fue así. Caminaron por uno de los pasillos hasta llegar al elegante y reluciente vehículo de Thomas. Subió al interior y sacó dos mantas de color marrón, que, a Caroline, que temblaba como una hoja, se le antojaron una bendición.

No tenían tiempo que perder, así que empezó a forcejear con los botones de la espalda de su vestido. Necesitaba deshacerse de toda esa tela mojada y helada que se adhería a su piel o acabaría enfermando. Pero sus dedos entumecidos no eran de demasiada ayuda y terminó dándose la vuelta para que fuera él quien la ayudara.

—Quizá esto no sea buena idea…

—Si vas a decirme algo evidente, ahórratelo. Es una idea pésima, pero es la única que tenemos. Desnúdame antes de que muramos de una pulmonía.

Cuando soñaba que ella le pedía que la desnudara, lo imaginaba de mil formas distintas; cuando ella temblaba entre sus brazos, era de placer, no de hipotermia, pero aun así no pudo evitar que inexplicablemente su miembro se calentara peligrosamente en contraste con todo el frío que les rodeaba hasta provocarle una sensación bastante parecida al dolor. Las prendas cayeron pesadas a sus pies y dejó de preocuparse por el entumecimiento de sus propios músculos, sintiéndose culpable del temblor que sacudía el cuerpo de ella. La camisola apenas era una película transparente que dejaba ver cada pulgada de la piel de su espalda, de sus nalgas, de sus increíbles piernas. Pero creyó más prudente mantenerla en su lugar.

Cogió una de las mantas y la envolvió frotando sus brazos y sus piernas enérgicamente para hacerla entrar en calor.

—Ya estás envuelta en esta cosa. ¿Ahora cuál es el siguiente punto de tu plan?

—Rezar.

Thomas detuvo su movimiento y la miró sorprendido al ver que ella apenas podía contener la risa.

—Reza todo lo que sepas, si es que aún recuerdas cómo se hace, para que pueda entrar por la cocina y subir las escaleras de servicio sin ser vista. Después ya subirás tú. O al revés, como prefieras.

—¿Y eso te resulta gracioso? ¿La posibilidad de que nos pillen? —refunfuñó Thomas haciendo una bola con toda la ropa femenina y escondiéndola debajo de los asientos.

—Sería gracioso que por culpa de una situación tan absurda perdieras tu adorada soltería. Deberías culpar a Pelusa. Ese gato es Satanás.

—No le veo la gracia. Tú deberías estar tan preocupada como yo —masculló entre dientes.

Ambos se dirigieron hacia la casa pegados al edificio intentando no hacer ruido. Thomas se había preparado para cruzar el patio a la carrera cuando la mano de Caroline en su hombro lo detuvo.

Un hombre enorme bostezaba y se desperezaba en la puerta de la cocina con una escopeta colgada de su hombro.

—¿Quién es ese? —susurró volviendo a pegarse a la pared.

—Es uno de los hombres de la finca. Había olvidado que siempre hace una ronda para comprobar que todo esté en orden.

—¿Armado hasta los dientes?

—Hay furtivos —contestó ella con un susurro intentando que no le castañetearan los dientes.

—¿En el jardín?

—Yo ahora mismo tengo uno delante de las narices —bromeó ella, haciendo que él pusiera los ojos en blanco.

—Me encanta que encuentres esto tan divertido, pero lo único que me falta esta noche es que ese tipo me pegue un tiro.

Ambos contuvieron la respiración cobijados por la oscuridad mientras el hombretón se marchaba por el camino, silbando una tonada. Caroline se ajustó la manta y tomó aire intentando contener la desagradable sensación de histeria que, junto con el frío, le atenazaba los músculos. Nunca su habitación y su cálida cama se le habían antojado tan apetecibles. Ni tan lejanas.

—Vamos allá.

—Espera. —Entonces fue Thomas quien la detuvo antes de que empezara siquiera a moverse—. Si me estoy arriesgando a condenarme hasta la eternidad, al menos que sea con motivo.

Atrapó sus labios en un beso salvaje y apasionado que la pilló tan de sorpresa que no pudo evitar dar un gritito, rápidamente amortiguado por la hábil boca de Thomas. El contraste entre su boca caliente y su piel fría era abrumador y fue incapaz de no entregarse a él, sin importarle que la manta comenzara a resbalarle peligrosamente por los hombros.

Cuando se separó de ella, la temperatura de su interior parecía haberse disparado hasta el punto de haberle derretido el cerebro, ¿cómo si no se explicaría haber reaccionado de esa manera en semejante situación? Cada vez le resultaba más difícil controlar sus impulsos cuando ella estaba delante y, lo que era peor, tampoco deseaba controlarlos. Observó desde su posición cómo Caroline se alejaba envuelta en la manta y llegaba corriendo a la cocina, desde donde le dedicó una sonrisa pletórica al comprobar que el vigilante no había cerrado la puerta con llave. Esperó un tiempo prudencial antes de hacer ningún movimiento.

Una luz solitaria se encendió en una de las ventanas de la planta superior. Caroline había alcanzado la soledad y la seguridad de su habitación, al fin. Se acercó, sigiloso, hasta la puerta de la cocina, confiado y aliviado, ya que la parte primordial del plan había salido bien, y giró la manivela para entrar a la agradable calidez del hogar.

Solo que al abrir la puerta no lo recibió ninguna sensación reconfortante, sino todo lo contrario. Un alarido fantasmal erizó todo el vello de su piel. No tuvo tiempo de reaccionar antes de que la terrible bola de pelo gris se abalanzara sobre él, en actitud amenazadora. Thomas reculó y dio dos pasos atrás huyendo del fiero felino, mientras gritaba para espantarlo, pero más parecía un puma que un dulce gatito en esos momentos. La suela mojada de sus botas y la resbaladiza superficie de los escalones le jugó una mala pasada y, al bajar, se le torció el pie en una postura imposible, haciéndolo caer sin remedio.

Para colmo de males, fue a parar contra una fila de baldes de zinc perfectamente apilados, causando un alboroto que, con toda seguridad, habría llegado a cada uno de los rincones de la mansión y puede que del pueblo vecino. Thomas, tirado sobre la espalda, no pudo hacer otra cosa más que gemir de dolor e intentar apartar al dichoso gato que ahora lo observaba atentamente subido a su pecho, con el ataque de furia ya disipado.

La voz preocupada de Caroline le llegó desde una de las ventanas del piso de arriba preguntándole si estaba bien, pero, antes de que pudiera contestar, la cabeza del guardia apareció en su campo de visión.

—¿Señor? Es usted uno de los invitados, supongo.

—¿Qué ha pasado? ¿Estás bien, Sheperd?

Fue la voz de Richard la que les interrumpió, acercándose preocupado, seguido de otras muchas personas que, entre exclamaciones de sorpresa y murmuraciones de extrañeza, se iban agolpando en las puertas y ventanas que daban al patio.

El médico fue tajante. Tanto el golpe en la espalda como la torcedura de tobillo se curarían sin ningún tipo de problema, siempre y cuando fuera escrupuloso a la hora de guardar reposo, como mínimo un mes.

Thomas gimió totalmente desesperado. No podía permanecer un mes bajo el mismo techo que esa hechicera que amenazaba con volverle loco.

Lady Eleonora había dejado momentáneamente

de lado a sus invitados para asegurar su comodidad. Al no poder subir al piso superior, donde estaban los dormitorios, se adaptaron para él unas habitaciones en la planta baja en un santiamén, allí dispondría de todas las comodidades necesarias. Thomas miró a su alrededor, observando lo que sería su cárcel en las próximas cuatro semanas como mínimo. Habían habilitado como dormitorio un saloncito, donde habían colocado una pequeña cama y todo lo necesario para que no le faltase de nada, además, la estancia se comunicaba con otra que se usaba como sala de lectura. Esta última era un poco más grande y acogedora, con una enorme chimenea, un confortable sillón de piel y varias estanterías llenas de libros. Asimismo, disfrutaría de una pequeña terraza con vistas a los jardines.

Los primeros días las visitas de los invitados y de la familia lo mantuvieron distraído, aunque no podía quitarse de la cabeza que Caroline era la única que no había acudido a interesarse por él. Al principio supuso que sería su pequeña venganza por no haber ido a verla después del incidente del carruaje, pero la culpabilidad lo invadió al enterarse de que estaba en cama por culpa de un leve catarro.

Dejó a un lado el libro que estaba tratando de leer, sin éxito, y se levantó con ayuda de la muleta para acercarse hasta la ventana, necesitado de aire fresco. Unos golpes en la puerta anunciaron una visita y la sonriente cara de Richard apareció en el umbral.

—Si mi madre se entera de que estás dando saltitos por la habitación, vendrá a tirarte de las orejas.

—No puedo quedarme sentado todo el día, siento el trasero entumecido. Pensé que estarías de caza con los demás.

—No quiero dejar a Elisabeth sola, se encuentra cansada. Puede dar a luz en cualquier momento y me siento más tranquilo si la tengo cerca. ¿Cómo te encuentras hoy?

—Aburrido.

—Bueno, creo que tengo el entretenimiento perfecto para ti. Aunque puede que no sea tan divertido como lo que estabas haciendo la otra noche. Sea lo que fuere tuvo que ser memorable si te hizo despistarte hasta el punto de caer a la fuente.

Ahí estaba la acusación poco disimulada de Richard. No había demasiadas damas disponibles en la reunión para tener un *affaire*, aparte de las de su familia, así que sería mejor andar con pies de plomo.

—Simplemente, me despisté.

—Aun así, me hubiese gustado verlo. ¿Sabes?, en una ocasión tuve que rescatar a Caroline en unas circunstancias más bien delicadas de aquella misma fuente. Se había pasado con el licor de cerezas que prepara la cocinera y se le ocurrió que nadar allí sería una buena idea. —Richard se rio al recordar a su hermana borracha como una cuba metida en la fuente. Thomas sintió que se ruborizaba un poco y se entretuvo quitándose una inexistente pelusa de la manga de la camisa—. En fin, tengo un encargo para ti.

Salió al pasillo y volvió con una caja de madera y un caballete.

—Son las pinturas de Crystal. No se le da demasiado bien, así que abandonó la afición pronto. Si aceptas, te traeré todo lo que necesites.

Thomas se sentía un tanto indefenso en una casa que no era la suya. Pero si había algo que podía relajarle y ayudarle a evadirse era eso. Aceptó y le indicó a Richard una lista con el resto de los materiales que necesitaba. El encargo consistía en un paisaje del lago que cruzaba la propiedad, donde una sensual sirena flotaba en sus frías aguas. Una sirena de agua dulce, tentadora e insinuante, con unas características físicas sospechosamente similares a las de su esposa Elisabeth.

Como si fuera un bálsamo, la preparación de los óleos, el olor del aceite de trementina, el tacto de los pinceles parecieron obrar un milagro en su estado de ánimo, hasta hacerle olvidar el dolor que palpitaba en su tobillo, el hambre y el pasar de las horas.

Unos golpes suaves sonaron en la puerta de la sala y sin girarse dio permiso para entrar, pensando que sería la cocinera que vendría a recoger la bandeja y a asegurarse de que hubiera tomado las medicinas. Esa mujer era de lo más perseverante.

Miró los platos de la cena, aún sin tocar, y el pequeño bote de cristal con las gotas que había dejado el médico para el dolor. Esa tozuda mujer sería capaz de azotarle por no haber cenado. Se dispuso a inventarse alguna excusa, como cuando era un niño y su madre le regañaba por desvelarse con los pinceles hasta la madrugada. Pero en la puerta no estaba la vieja Mary, sino la bella y dulce Caroline Greenwood, envuelta en una bata de terciopelo color azul real y con el pelo suelto cayendo sobre los hombros.

No pudo evitar tartamudear un poco cuando habló, puede que por lo inesperado de su presencia, o por lo arrebatadoramente hermosa que se la veía.

—No sé si deberías estar aquí. Y mucho menos pasearte así por la casa llena de invitados.

—Es la una de la madrugada. Hace rato que todos duermen; todos menos tú.

Thomas miró el reloj de encima de la chimenea, había perdido la noción del tiempo.

—Me alegro de que estés mejor del catarro. Siento que por mi culpa...

—No te preocupes, me encuentro bien. ¿No deberías estar sentado con la pierna en alto? Ese taburete no debe ser demasiado cómodo.

—Estoy bien, gracias.

Caroline cerró la puerta y se adentró en la habitación observando atentamente todo lo que la rodeaba. Acarició las hojas de papel con el boceto a carboncillo de la sirena de Richard, con una expresión serena y a la vez maravillada. Thomas tragó saliva intentando que no se notara su nerviosismo, sin poder quitar la vista de sus manos. Sobre la mesa, debajo de los bocetos, en una carpeta de piel marrón cerrada con un lazo rojo, decenas de dibujos a carboncillo esperaban su turno a ser descubiertos.

Esbozos de la cara de Caroline, de su sonrisa, de sus manos sosteniendo un libro, de su mirada soñadora mientras observaba los bailarines durante una velada, de sus labios entreabiertos por el placer en la intimidad de su habitación.

Las manos de Caroline acariciaron la tapa de piel y Thomas contuvo la respiración.

—¿Qué haces aquí, Caroline? —preguntó abruptamente para desviar su atención y que ella dejara de curiosear.

—Teniendo en cuenta que esta es mi casa, resulta un tanto descortés que te moleste que esté aquí. Solo quería saber cómo estabas.

—Estoy bien. Vuelve a tu habitación. No era necesario que vinieras. —Desvió los ojos de ella. La quería lo más cerca posible, fundida con él. Y precisamente por eso necesitaba con urgencia que se alejara, antes de sucumbir a la tentación.

—No intentes desviar mi atención con un desplante. Así que este es tu don… Ese que finges no tener. Son muy buenos.

Caroline se fijó en ese momento en las iniciales de la esquina del dibujo y lo miró con una expresión de total asombro en la cara.

—Eres tú. ¡El cuadro del despacho de Andrew, y el de la ciudad, y el de su oficina! T. S. ¿Cómo he podido ser tan obtusa? ¡Tú los pintaste!

Thomas suspiró visiblemente incómodo.

—Esto es algo más que una habilidad. Son realmente buenos. ¿Por qué te empeñas en ocultar que eres capaz de hacer algo así?

—No lo oculto, simplemente no alardeo de ello. Es solo un pasatiempo.

—Odio la falsa modestia. Y jamás pensé que tú tuvieras ni una pizca de ella.

Thomas rio.

—Y no la tengo. La modestia es para los mediocres.

—Y tú no lo eres, me atrevería a decir que en ninguno de los aspectos de tu vida.

El inesperado halago pilló a Thomas desprevenido y no pudo poner una de sus habituales expresiones de condescendencia. Durante unos instantes el silencio se volvió una pesada y aplastante losa hasta que Caroline carraspeó incómoda y se dirigió hacia la puerta. Antes de salir, se volvió resueltamente.

—Yo espanté a Pelusa. Lo encontré en la escalera y lo asusté haciendo que bajara hasta la cocina. Creo que por eso te atacó. —Se mordió el labio, preocupada, y él no pudo evitar que se le escapara una sonrisa—. Me siento culpable. Así que me veo en la obligación de hacerte el encierro un poco más llevadero. Mañana vendré a tomar el té, si no tienes un plan mejor, claro.

—No se me ocurre que exista un plan mejor.

Y lo dijo con sinceridad, a pesar de su tono irónico. Caroline cerró la puerta y se marchó corriendo hacia sus habitaciones, sonrojada y con el revoloteo de mil mariposas en el pecho. Verlo allí, con sus rizos dorados cayendo sobre la frente, las mangas de la camisa remangadas de manera desenfadada y varios botones abiertos mostrando la piel de su pecho, había despertado algo en su interior. Algo que debía olvidar cuanto antes.

Thomas cogió la muleta y se fue cojeando hasta el sillón, donde se dejó caer, recuperando al fin el ritmo constante de sus latidos. Tomar el té a solas con Caroline Greenwood. Si alguien le hubiera dicho hace unos meses que eso le iba a parecer un buen plan, se hubiera desternillado de la risa. Y, sin embargo, ahora esperaba ansioso que pasaran las horas para verla sentada frente a él en su improvisado alojamiento, como si fueran dos simples conocidos en una reunión cordial y distendida, como si no se estuviera muriendo por hundir sus manos en sus rizos castaños, por devorar su boca y por tumbarse con ella en ese mismo sofá para enseñarle todas aquellas cosas que ella tanto ansiaba conocer sobre el placer.

13

Ni sus pinceles, ni las visitas de los hijos de Andrew, ni las constantes atenciones de Mary pudieron hacer que las horas pasaran más rápido ese día. Había comido y había intentado descansar un rato, pero la falta de ejercicio le hacía difícil conciliar el sueño, por lo que había retomado su trabajo con la pintura de la sirena, expectante y ansioso por que llegara la hora del té.

Pero Caroline no acudió a la cita, y cuando trajeron la bandeja con el té y algunas galletas fue incapaz de tocarla. Dejó la paleta y estiró los brazos y los contraídos músculos de la espalda para destensarlos un poco, antes de ir cojeando hasta la ventana. En los jardines, aprovechando la tarde excepcionalmente soleada, un grupo de personas paseaba entre los cuidados parterres. Apretó la mandíbula al reconocer la figura de Caroline paseando sonriente con sir Arthur Nate, su exquisito pretendiente, y la madre de este, charlando con una perpetua sonrisa en sus labios, esos labios mentirosos que le habían prometido acompañarlo aquella tarde.

Su cuadro avanzaba a buen ritmo y no podía ser

de otra manera, ya que empleaba casi todo el día y parte de la noche en ello. Se dispuso a limpiar sus pinceles y marcharse a la cama cuando unos suaves golpes en la puerta lo sacaron de sus pensamientos. Miró el reloj. La una y media de la madrugada.

Caroline contó hasta sesenta arrugando la tela de terciopelo de su bata entre los dedos. La luz se filtraba bajo la puerta del improvisado taller de pintura, pero no se escuchaba ningún sonido. Levantó el puño, indecisa, dispuesta a volver a llamar cuando la clara voz de Thomas le indicó que pasara.

Él intentó no mirarla demasiado, fingir una indiferencia que no se parecía en nada a su verdadero estado de ánimo. Llevaba la misma bata que el día anterior, pero esta vez se había recogido el pelo en una trenza que caía sobre su hombro derecho y que ella no dejaba de acariciar en un gesto nervioso.

—Vuelve a tu cuarto. No suelo tomar el té después de las siete —dijo cortante, mientras guardaba el material.

—Lo siento, me fue imposible venir.

—Tranquila, lo entiendo. Es lógico que tengas tus preferencias. Un paseo con tu almidonado novio y tu futura suegra es algo con lo que jamás podré competir.

—No es mi novio.

—Pronto lo será, ¿qué diferencia hay? Al menos, él no tiene ninguna duda al respecto.

—No me importa lo que él piense, no es mi novio y no va a serlo. Jamás.

—Y aun así le has dedicado la tarde, qué anfitriona tan atenta. —Caroline lo miró, perpleja.

—Si no te conociera, pensaría que estás...

—No estoy celoso, no seas absurda. —Esta vez ella tuvo que morderse el labio para que no se le escapara una risa nerviosa.

—No se me ocurriría pensar tal cosa, iba a decir enfadado.

—No importa, dejemos las clases de lengua para otro día. No es hora de visitas.

—Pues creo que es la hora perfecta. Nadie nos molestará, ni nos juzgará, ni establecerá los temas que resulta adecuado tratar. —Caroline se sentó cómodamente en el sofá como si fuera lo más común visitar a un soltero en su habitación de madrugada.

—¿Ese es el tipo de conversación que tienes con Nate? —La pregunta era innecesaria, por supuesto sabía que él solo trataría temas correctos y diplomáticos. Ella movió la mano, como si quisiera espantar de una vez por todas ese molesto nombre.

—Cuéntame, ¿qué has hecho hoy?

Thomas se debatió entre ignorarla o mandarla de vuelta a su habitación, pero se sorprendió al notar cuánto le agradaba que ella estuviera interesada en escucharle, y sobre todo cuántas ganas tenía él de que lo hiciera.

—Pues esta mañana ha sido bastante productiva. He recibido la visita de tus sobrinos y de los niños de los Pryce. Alguien les había chivado que estaba pintando un cuadro.

—A mí no me mires. No he dicho una palabra.

—El caso es que he tenido que darles una clase rápida de dibujo y han pasado la mañana pintando aquí conmigo. Tengo todo un surtido de margaritas, caracoles, soles… Ah, uno de ellos ha dibujado un gato. Puede que sea Pelusa. Te lo he guardado para ti. —Caroline rio con ganas—. Por cierto, a Ralph no se le da nada mal, la verdad.

Caroline sonrió al imaginarlo rodeado de críos intentando poner orden entre ellos, y, sobre todo, al imaginarse a su sobrino absorbiendo cada explicación que él le daba con atención. Ralph y su hermana habían sido adoptados por Andrew y Marian. Desde el principio había demostrado una madurez difícil de encontrar en un niño de su edad, probablemente debido a sus orígenes, y mostraba una perseverancia admirable en todo lo que hacía, incluyendo el cuidado de sus hermanos, tanto de su hermana biológica como de los otros dos hijos de Andrew.

—Ralph es un genio, conseguirá todo lo que se proponga en la vida. ¿Y cuándo será la próxima clase? Me encantaría ser una de tus alumnas, aunque te advierto que puede que te acabes rindiendo ante mi torpeza.

Se levantó y se acercó hasta donde él estaba, curioseando entre los tubos y los aceites.

—Parece el cofre de un alquimista o un brujo, más que el de un pintor.

—La pintura tiene un poco de lo uno y de lo otro. —Ella lo miró intrigada—. Cada pintor tiene sus fórmulas secretas para mezclar los colores y pocos las comparten.

—He oído que hasta hace poco cada pintor molía los pigmentos para hacer sus propias pinturas.

—Sí, estos tubos de estaño comenzaron a fabricarse hace relativamente poco. Es más cómodo y rápido, la verdad, y se conservan mejor. Si te asaltan las musas en mitad de la noche, es más fácil abrir un tubo que ponerte a buscar el botecito de las cochinillas para triturarlas y conseguir el color carmesí. —Caroline exageró una cara de asco ante el destino de los pobres bichitos—. Pero fabricar tus propias mezclas también tiene su encanto. ¿Sabes que el azul ultramar se obtenía del lapislázuli? Se solía usar para los cuadros religiosos, para pintar los mantos de las vírgenes. —La miró a los ojos y pensó que si había algo que se mereciera semejante color eran sus ojos, sin duda.

—¿Me dejas que vea el cuadro?

Si había algo que Thomas odiaba era que la gente viera sus cuadros sin terminar. Pero no pudo negarse, y con una seña la instó a rodear el caballete para ver la obra. La expresión de admiración de su rostro le sobrecogió.

—Es…, es… No encuentro ninguna palabra lo bastante potente para describir esto. —Thomas se situó a su lado, apoyado en el taburete para no forzar la pierna lesionada—. ¿Cómo se consigue plasmar las sensaciones?

—Ahí es donde entra la brujería. Cuando pintas, sobre todo cuando haces un retrato, llega un momento en que no solo pintas lo que ves, también se plasma otra parte difícil de definir. Es como si robaras un poco del alma de la persona que pintas para encerrarla en el lienzo hasta la eternidad. En los paisajes no solo debes plasmar los colores, sino todo lo demás, el resto de los sentidos. El calor de la luz que acaricia tu cara, el agua fresca rozando la piel, el sonido del viento meciendo las ramas de los árboles.

Lo sentía. Allí de pie, demasiado cerca de él, su voz profunda la transportaba a ese rincón del campo, a una tarde estival en la que refrescarse en el agua del lago mientras alguien desde la orilla la observaría embelesado. Puede que fuera su propia sugestión, pero imaginarlo la hizo sentirse deseada, amada.

—¿Quieres intentarlo?

Caroline le sonrió cuando él le tendió el pincel.

—No, arruinaría todo tu trabajo.

—Si haces algo mal, solo tendré que esperar a que se seque para volver a pintar encima.

Cogió el pincel que le tendía y se colocó entre él y el lienzo, reduciendo el espacio vital de ambos a esos pocos centímetros de aire, un lugar íntimo en el que solo la bella sirena del cuadro podía acompañarlos.

Thomas respiró hondo al notar el calor de Caroline y hasta él llegó el olor a limpio de su cabello. Estaban tan cerca que por un momento creyó que no vencería la tentación de deslizar sus dedos por la curva de su cuello, por su nuca, por el nacimiento de su pelo. Pero no lo hizo, aunque sus dedos hormiguearon de necesidad.

—Una de las cosas más importantes de un cuadro es la luz, si no la que más. Tienes que saber de dónde viene y cómo toca cada objeto, cómo consigue dar volumen a la piel, cómo da brillo a un mechón de pelo o a la superficie del agua. —Mientras hablaba en un tono bajo y profundo, sujetó la mano de Caroline entre sus dedos y la llevó hasta la paleta para impregnar el pincel con un tono rosa pálido—. No toda la luz es blanca, ni todas las sombras son negras.

El tema de conversación no podía ser más inofensivo, pero mientras conducía la mano de Caroline, ayudándola a deslizar el pincel por el torso que emergía tímidamente del lago, ella tuvo la impresión de que todo lo que decía escondía un oscuro secreto. Se sorprendió al notar cómo su cuerpo despertaba al escuchar sus palabras, como si en lugar de describir la trayectoria de un rayo de luz entibiando un cuerpo, fuera una metáfora sobre caricias furtivas. Su presencia detrás de ella era tan difícil de ignorar que podía percibir la tensión en sus músculos, aunque la única parte de sus cuerpos que estaba en contacto fueran las manos.

—… el contraste es fundamental. A veces la mejor forma de que algo brille es potenciar la oscuridad que lo rodea. El choque entre ambas cosas es lo que define el todo. —Thomas impregnó el pincel en el óleo azul oscuro y después creó una sombra en el pliegue del brazo, junto a su pecho—. Esa armonía es lo que produce la magia en el cuadro. Si lo haces bien, quien lo mire podrá sentir y no solo ver, podrás transformar su estado de ánimo, sus emociones.

Ella asintió absorta, convencida de que, si estiraba los dedos, la sirena rubia deslizaría su mano fuera del agua para devolverle el gesto.

—¿Lo ves?

Caroline giró el rostro hacia él y se percató de lo peligrosamente cerca que estaban sus caras.

—Lo veo, haces que parezca fácil transmitir algo así. —Le devolvió el pincel y puso distancia entre los dos—. Será mejor que me marche. Mañana volveré —se despidió dirigiéndose a la salida.

—Siempre que tus compromisos sociales con Nate te lo permitan, claro.

—Si sigues diciendo eso, pensaré que estás celoso.

—No lo estoy…

Caroline le sacó la lengua y cerró la puerta antes de que pudiera terminar la frase. Puede que después de todo esa fugaz visita le hubiera alegrado el día, puede que ese rayo de luz fuera el contraste que necesitaba ante la oscuridad que habitaba en él.

14

$\mathcal{U}$nos días después, Thomas había abandonado la muleta y se servía de un bastón para caminar, ya que la lesión había mejorado bastante. Daba cortos paseos por la casa y acudía a algunas de las comidas en el gran comedor, con la familia y los invitados que habían decidido prolongar la visita después de las fiestas.

Ya no veía su convalecencia como un indeseado encierro y prefería quedarse en sus habitaciones a la espera de que Caroline se escapara de la vigilancia de los demás y dedicara su tiempo solo a él. No quería pararse a analizar lo que aquello implicaba, simplemente aprovechaba esos raros momentos en los que la intimidad entre ellos resultaba cómoda y acogedora.

Durante los últimos días, ella se había escabullido siempre que tenía ocasión para tomar el té con él, la única peculiaridad era que muchas de esas visitas ocurrían de madrugada, cuando el resto de la casa dormía. Lo que no sospechaba era que, en cuanto ella se marchaba, dedicaba horas a pintar otro lienzo, uno mucho más íntimo, uno que jamás vería la luz, ya que era solo para él, y en el que ella era la protagonista. Un acto egoísta, en el que él sería el único espectador de tanta belleza. En la tela plasmaba las tonalidades de cada retazo de su cuerpo, la expresión de su cara, sus labios sensuales, cada minúsculo detalle que la hacía única. Y mientras ella estaba presente, se dedicaba a imaginar cada nueva pincelada, cada nuevo trazo que recrearía otro trocito de piel.

—En serio, Caroline. No es necesario.

—Oh, vamos… Ya hemos hablado de pintura, hemos criticado a los invitados, y, puesto que te cierras en banda cada vez que intento preguntarte algo sobre tu familia, esta es la mejor opción. Me niego a pasarme las horas mirándote en silencio como un pasmarote.

Sin embargo, a Thomas no le desagradaba pasarse horas mirándola en silencio.

—Ya he perdido el hilo, ahora tengo que empezar de nuevo —se quejó Caroline, que llevaba días acudiendo con una de sus novelas favoritas para leerla en voz alta, mientras Thomas daba los últimos retoques al cuadro de la sirena.

—¡No, por Dios! Apiádate de este pobre lisiado —dijo de forma teatral recostándose en el enorme sofá, mientras ella, sentada frente a él, fingía no escuchar sus quejas.

—Ya lo tengo, por aquí. —Carraspeó exageradamente antes de reanudar la lectura—: «El gallardo capitán se asomó por estribor y, si no hubiera sido

un aguerrido marino, habría gritado de espanto...»
—Caroline ignoró la risita de Thomas, que se había
tumbado en el sofá con las manos detrás de la nuca y
los pies cruzados a la altura de los tobillos, una postura nada reverente y mucho menos gallarda.

—«Cientos, puede que miles de gaviotas ham-
brientas rodeaban el barco, en un vuelo que presagiaba una muerte segura, como si fueran buitres ávidos de carroña...»

—En primer lugar, se supone que el barco está
perdido mar adentro. Las gaviotas suelen estar cerca de tierra firme, con lo cual eso sería imposible.
Y, en segundo lugar, ¿es necesario que siempre se
refieran a ese tipo con la palabra «gallardo»? Es
agotador.

—Es una pequeña licencia para darle dramatismo
a la escena. Y, si quieres, puedo obviar el adjetivo
«gallardo», me lo saltaré si así dejas de quejarte.

—¿No tenían suficiente drama con los sanguina-
rios tiburones que les perseguían, ni con las picadu-
ras de abeja, ni con el ataque pirata? ¡Jesús!, si yo
fuera esa pobre chica, huiría, aunque fuese a nado,
no he visto a nadie con tan mala suerte como ese
«gallardo» infeliz.

Caroline se mordió el labio tratando de aguantar-
se la risa.

—«Josefina se abrazó a su cintura tratando de infundirse valor ante el nefasto sino que tenían delante, pero el "gallardo" capitán Roderick la miró con
sus penetrantes ojos color avellana y...»

—Creía que ibas a obviar ese pretencioso adjetivo.

—Es que esta vez iba muy acorde con la escena…

—Ya. ¿Sabes lo que he pensado? La próxima vez seré yo quien lea.

—Por mí, perfecto, puedes obviar todos los adjetivos pretenciosos que desees. Pero reconoce que estás intrigadísimo por saber cómo van a escapar de esta.

Thomas no podía negarlo.

Esperaba ansioso cada día a que llegara el momento de escuchar el siguiente capítulo, pero, más que por saber qué tipo de animal salvaje amenazaría con devorarlos en esa ocasión, por observar a placer sus gestos cuando estaba distraída.

Podía prever cuándo enrollaría de nuevo aquel tirabuzón que tendía a escaparse de su recogido en el dedo índice, cuándo deslizaría de nuevo los dedos por la nuca en un gesto ausente o cuándo se mordería el labio para no reír ante una escena inverosímil. Observar cada nueva arista de Caroline Greenwood era fascinante y se había convertido en su pasatiempo favorito. Al menos cuando estaban a solas. Sin embargo, era una auténtica tortura mirarla mientras estaban rodeados de gente. Esa noche Thomas había decidido cenar con los demás en el comedor, pero si hubiera sabido que Nate iba a sentarse junto a ella, se hubiera quedado en la confortable ignorancia de su habitación.

El estirado caballero había monopolizado por completo a Caroline, que apenas levantaba la vista del plato para asentir con la cabeza o decir un par de palabras. Se la veía totalmente absorbida y, lo que era peor, anulada por él. Ni una sola vez había sonreído. Eso no era lo que Thomas quería para ella, no era lo que se merecía. Intentó imaginarla con alguien distinto, con un buen hombre, atento y sonriente, y para su sorpresa sintió el mismo nudo impregnado de bilis en el estómago.

—Parece que el futuro vizconde no te cae demasiado bien —comentó Anthony Pryce sentado a su lado, al captar la intensa mueca de disgusto que Thomas no se molestaba en disimular.

Thomas dio un trago a su copa para deshacerse de la aguda mirada de Pryce, que había decidido ampliar su estancia junto con su familia unas semanas más en Greenwood Hall.

—¿A ti sí?

—La verdad es que no. Pero intuyo que por motivos distintos.

Thomas lo miró con las cejas arqueadas no queriendo entender la insinuación. Anthony se limitó a reír y le dio una palmada en el hombro para quitarle hierro al asunto.

Vació su copa de vino de un trago, ansiando volver a su habitación y que las horas pasasen rápidamente para que ella apareciera de nuevo en el umbral de su puerta.

Si la bata de terciopelo azul que ella había usado esos días le había quitado el sueño, no sabía cómo iba a digerir la visión de Carol envuelta en satén carmesí. La prenda era tan casta que no dejaba entrever ni un solo centímetro de piel más del necesario, pero la tela se amoldaba a su cuerpo tan perfectamente que era inevitable que la imaginación volara. Por eso Thomas estuvo más que agradecido de intercambiar sus papeles, siendo él quien leyera y ella quien se acomodara en el sofá como aplicada oyente.

Al menos, si se centraba en los renglones del libro, sus ojos no vagarían por su cuerpo. Los días de encierro tenían la culpa, estaba seguro. Eso y que ya casi no podía recordar cuándo fue la última vez que estuvo con una mujer. En su mente solo podía recordar los labios de Caroline, los pechos de Caroline y sus dulces gemidos de placer. Y lo peor es que no le apetecía que ese recuerdo fuera reemplazado por el de ninguna otra mujer.

Carraspeó al darse cuenta de que ella esperaba pacientemente que continuara leyendo.

—… eh, lo siento, me he despistado. «La luna se reflejaba en su pelo negro azabache, y cuando el ga… "osado" capitán trepó a su balcón supo que no podría hallar visión más bella que esa.»

La carcajada cantarina de Caroline le hizo levantar la vista del libro.

—No mientas. Sé que ponía «gallardo».

Thomas le sonrió de manera traviesa y continuó con la lectura.

—«…acarició la piel lechosa de su mejilla…» Santo cielo, ¿en serio? ¿Lechosa? Esto corta de raíz todo el romanticismo de la escena.

—Oh, vamos. Sigue leyendo de una vez —se quejó.

Suspiró resignado y continuó.

—«… se acercó lentamente hasta ella ansioso por saborear el dulce almíbar de sus labios consciente de que nada en el cielo ni en la Tierra podría hacerlo desistir de…»

—¿Por qué no me deseas?

La pregunta cayó sobre él como un mazazo, haciendo que perdiera la capacidad de hablar. Si la pregunta no fuera tan trascendental, Caroline hubiera encontrado divertida la cara de auténtica confusión de Thomas. Volvió la mirada de nuevo a la página como si fuera posible ignorar una interrupción así.

Al final desistió y cerró el libro con un golpe seco, dejándolo sobre la mesita.

—Déjame adivinar, es tu maldita curiosidad de nuevo. —Caroline asintió lentamente—. Pues te diré algo, es absurdo que hayas pensado que voy a contestar a eso.

—Sé que no eres un cobarde, y lo más sincero es que me digas la razón.

—¿Sincero? ¿En serio? Creo que ya he consentido demasiadas transgresiones por tu parte en estos asuntos. No es adecuado, no es decente y no te responderé.

—Merezco saber la respuesta. Dime por qué.

—Para empezar, das por supuesto que es una verdad incontestable. No puedo razonar contigo sobre algo que…, que no es cierto.

Thomas se puso de pie e intentó alejarse de ella, pero la necesidad de responderle, de no defraudarla, era demasiado fuerte. Se pasó las manos por el pelo luchando contra las ansias de demostrarle lo que sentía. De reconocérselo a sí mismo.

—He escuchado a las doncellas hablar, sé que

cuando un hombre desea a una mujer… Y sin embargo, tú… no quisiste tocarme cuando fui a tu habitación, me echaste de tu lado sin titubear.

Negó incrédulo, ojalá ella supiera la verdadera tortura que le había supuesto cada ocasión en que había tenido que resistirse a sus caricias.

—Tendría que estar muerto para no desearte.

Esta vez fue ella la que se negó a creerle y quizá lo más sensato fuera dejarla pensar que esa era la verdad.

—No puedo creerte. Dime, ¿cuál es el problema? Quiero saber si hay algo malo en mí.

Ante su silencio, Caroline se levantó dispuesta a marcharse. Quizá no debería haber sido tan osada.

Thomas la sujetó, evitando que se alejara, y la pegó a su cuerpo. La temperatura entre los dos parecía haberse disparado, sus respiraciones de pronto se volvieron entrecortadas y los latidos de sus corazones se aceleraron, latiendo igual de frenéticos.

—¿En serio crees que no te deseo? —La voz de Thomas había cambiado, ahora no era más que un susurro ronco lleno de necesidad.

Sus rostros estaban demasiado cerca, sus pechos se rozaban y la mano masculina la aferraba por la cintura atrayéndola.

—Demuéstramelo. —Y con esa simple palabra ella lo sentenció.

Thomas cogió su mano y se la llevó hasta el abultamiento tenso y caliente que llenaba sus pantalones.

—¿Qué crees que significa esto, Caroline? —Ella abrió la boca para hablar, pero no pudo emitir ni una sola palabra, mientras él la instaba a deslizar la mano sobre la tela—. Te deseo tanto que ni siquiera necesito besarte o tocarte para perder la cabeza. Tanto que estoy empezando a dudar de todos mis principios, de todo aquello que me prometí que no haría. No te imaginas lo difícil que me resulta tenerte al alcance de mis dedos y resistirme a acariciarte, a sentir tu olor, tu cuerpo cálido tan próximo y a la vez tan lejano. ¿Cómo te atreves a decir que no te deseo?

Le soltó la mano intentando recuperar el control, aunque a estas alturas se le antojaba imposible.

—¿Y por qué te resistes? Tú me enseñaste a acariciarme. Lo hice mientras tú me mirabas. ¿Puede haber algo más íntimo que eso? No tiene sentido que te niegues si es lo que deseas. Solo quiero…

—Lo sé. Quieres saber lo que viene después. Pero no seré yo quien te lo muestre —dijo dándole la espalda.

—Quiero saber lo que sientes tú. Enséñame a darte placer. —Caroline no podía creer lo que acababa de pedirle. Ni siquiera pensaba preguntarle al respecto, pero él provocaba un sentimiento en su interior que la hacía atreverse con todo, sentirse poderosa, y, además, ¿qué podía perder?

Caroline había traspasado los límites una vez tras otra, un beso tras otro, con su osadía, con su valentía, con su puñetera curiosidad. Había pulverizado su resistencia, su dominio, su control, era un peligro para él y para sí misma. Thomas apoyó las manos en el respaldo de la silla con fuerza y cerró los ojos, como si pudiera extraer de la madera aquello que necesitaba para contenerse.

Pero, cuando sintió el cuerpo de Caroline pegado a su espalda y ella le deslizó las manos por la cintura, supo que sería imposible superar esa prueba. Había caído en sus redes sin remedio y esa noche no iba a ser diferente. Solo temía que después de eso ella también quisiera averiguar el siguiente paso, porque Dios sabía que no habría nada entre el cielo y la Tierra que le impidiera poseer a Caroline Greenwood si ella se lo pedía.

La cogió de la mano y la llevó hasta el sofá sin añadir una palabra más, no hacía falta decir nada. Enredó su mano en los mechones oscuros de su pelo y la atrajo hacia él para darle el beso que llevaba deseando todos esos días, que ambos anhelaban. Caroline se aferró a su cuello como si temiera que escapase, como si el sueño pudiera desvanecerse en cualquier momento. Pero aquello no se desvanecería, todo era demasiado real. Su cuerpo duro estaba allí, sus besos, su sabor, todo era algo que ya conocía, y sin embargo algo nuevo a la vez, impregnado de un trasfondo cada vez más peligroso.

El chaleco y la camisa de Thomas cayeron de manera descuidada sobre una silla y ella deslizó con reverencia las manos por cada músculo, por cada desnivel de su cuerpo, sin poder evitar perder la valentía al llegar a donde comenzaban los pantalones. Pero, si pensaba que Thomas se limitaría a dejarse acariciar, estaba más que equivocada. Aquel encuentro era para los dos. Había sufrido lo indecible resistiéndose a tocarla, y esta vez no iba a ser así.

Apoyó la mano en su hombro haciéndola recostarse sobre los cojines al tiempo que se arrodillaba entre sus piernas. Deslizó la tela del camisón y la suave bata hasta sus caderas dejándola expuesta ante él. Era tan bella que ningún artista podría captar jamás todo su encanto, pero él tendría el privilegio de intentarlo. Le acarició los muslos mientras la besaba de manera casi salvaje, queriendo beber de ella hasta su último suspiro.

Caroline apenas podía asimilar lo que estaba sintiendo, si acariciarse guiada por él había sido increíble, notar sus manos expertas era mucho más intenso de lo que había podido imaginar.

Thomas la acarició hasta que sus jadeos se hicieron incontenibles, hasta que su sexo húmedo le pidió más, y él se lo dio, jugando con los dedos en su interior con una cadencia que la hizo arquearse desesperada por sentir. Estuvo a punto de olvidar que lo que realmente deseaba era el placer de él y no el suyo propio. Con manos ansiosas lo liberó de sus pantalones y le acarició el miembro sintiéndose satisfecha al notar el efecto que sus manos tenían en él. Pronto la curiosidad se evaporó y ya solo quedó una necesidad más primaria. Guiada por sus jadeos y por las pocas palabras que fue capaz de pronunciar, Caroline lo tocó de una manera tan entregada que le hizo perder el juicio. Enredados en el reducido espacio del sofá, sus pieles se rozaron, sus manos continuaron con caricias cada vez más urgentes hasta que ambos alcanzaron un placer que los dejó exhaustos y rendidos. Y por qué no admitirlo, asustados por la fuerza de lo que sentían cuando se tocaban.

Mucho tiempo después de que Caroline hubiese abandonado su habitación, Thomas permanecía plantado delante del lienzo en el que había intentado plasmar toda su alma, con el olor de su perfume aún impregnado en su piel, con la huella de sus caricias inexpertas grabadas en su cuerpo. Había saciado momentáneamente su deseo, pero ahora sabía que jamás tendría bastante. Deseaba con renovada fuerza sus besos, quería ser el poseedor de ellos, de todos ellos, de su piel, de su risa, de toda Caroline. Y cuanto más cerca estaba de ella, más lejana e imposible veía esa posibilidad.

15

*D*os días. Dos interminables días sin tenerla cerca, sin hablarle, cruzando apenas alguna mirada furtiva y un seco saludo. Pero, sin duda, era lo mejor y ambos lo sabían. Por suerte Thomas ya casi no sentía dolor en el tobillo, por lo que no tenía ninguna excusa para recluirse en su habitación, e intentaba mantenerse ocupado con los demás hombres de la mansión.

Aunque no podía quitarse su imagen de la cabeza. Habían compartido un desahogo efímero y puramente físico destinado a saciar la curiosidad de Caroline, y eso era todo lo que Thomas estaba dispuesto a dar y a recibir. Tenía que olvidar que sus besos y sus caricias inexpertas lo habían estremecido hasta rincones de su alma que creía muertos. Ni siquiera habían hecho el amor, solo se habían acariciado, y sin embargo ese contacto sencillo lo había marcado más que ninguno de los encuentros que hubiera tenido antes con ninguna otra mujer. Caroline lo intrigaba, lo desarmaba y lo enardecía a partes iguales. Con ella siempre existía la promesa de algo más por descubrir, una tentación constante contra la que no sabía cómo defenderse. Aunque nada de eso era relevante. Solo la deseaba porque estaba prohibida.

Lo único importante para él era que su corazón permaneciera sumergido en el cofre de hielo que tan esmeradamente le había fabricado desde que tenía uso de razón, que su determinación se mantuviera intacta.

Por suerte, como si de un acuerdo tácito se tratase, Caroline también había decidido no volver a acercarse a él. Aunque en su caso los motivos fueran bien distintos. O puede que en el fondo fueran los mismos. Quería protegerse, no podía permitir que su corazón anhelara lo que no podía tener. Le había pedido a Thomas demasiadas veces que la deseara, había reclamado y hasta exigido sus atenciones, excusándose en una curiosidad y unas ansias de saber que no sentía por nadie más.

De nada servía intentar camuflar lo que sentía, fingiendo que no lo soportaba. En la intimidad de su cuarto había sido testigo pasiva de cómo caían ante sus ojos cada una de sus barreras. Había adorado el tono de su voz, su sonrisa torcida, sus intensos ojos azules que eran capaces de clavarla en el sofá, la visión de sus largos dedos mientras sujetaba con maestría sus pinceles. Sus manos. Adoraba sus manos y lo que le hacían sentir. Pero adoraba mucho más. Lo quería todo de él y el descubrimiento la había noqueado y aturdido. Deseaba a Thomas, pero no solo su cuerpo y el placer que podría brindarle. Deseaba el alma de Thomas, su carácter, siempre provocador, su sentido del humor, cortante y cínico, la manera en la que la hacía estar siempre alerta despertando su ingenio y esa parte misteriosa de él que parecía encerrar algún oscuro secreto. Caroline se transformaba en una persona distinta y atrevida cuando estaba con él, y eso la fascinaba. Tenía que asumirlo.

Estaba enamorada de un hombre del que jamás obtendría nada más allá de un encuentro furtivo en los jardines. Puede que Thomas tuviera razón. Puede que estuviera destinada a ser la esposa de alguien muy distinto a él, pero, aun después de eso, seguiría deseándolo, anhelando en secreto meterse en su cama. Ella no quería ser ese tipo de mujer, y más le valía comenzar a desintoxicarse de lo que sentía cuanto antes, o la batalla estaría perdida.

Durante los últimos días la lluvia había sido incesante, y si para los adultos había resultado tedioso no poder hacer actividades al aire libre, para los niños era aún peor. Mantenerlos distraídos, con toda su energía intacta, era bastante difícil, y los padres y las niñeras inventaban juegos y aventuras para que estuvieran entretenidos.

Así fue como Ralph, el hijo mayor de Andrew, y los hijos de los Pryce encontraron un pequeño tesoro que explorar jugando al escondite. Esa tarde, tras patearse la mansión, se habían adentrado en la sala que servía de improvisado estudio de pintura para Sheperd y se habían quedado fascinados por los botes, los pinceles y los bocetos que había apilados sobre una mesa. Ya habían estado allí antes, pero no era lo mismo ser instruidos para hacer dibujos infantiles que poder curiosear a gusto y tocar todas aquellas maravillas secretas. Como niños que eran, no había nada que les fascinara más que lo prohibido y su atención se desvió inmediatamente hacia el lienzo situado sobre un caballete, tapado por una tela. Justo cuando se acercaban hasta él para saciar su curiosidad, la voz de la niñera llamándolos al otro lado del pasillo para merendar los hizo salir rápidamente de la habitación. Pero ser interrumpidos en el momento culminante de su aventura no había hecho más que acicatear su interés por el asunto.

Aquella noche, Ralph y Víctor Pryce planearon investigar. Aprovechando el ambiente distendido que reinaba en la mansión por ser los últimos días de su visita, se escabulleron de la vigilancia de los mayores tras la cena. Víctor tenía sus reservas, no le hacía demasiada gracia andar deambulando por una mansión ajena, pero la determinación de Ralph, unos años mayor que él, le impulsó a seguirlo. Debajo de aquella tela debía haber algo lo bastante interesante para estar oculto. Puede que fuera el mapa de un tesoro. Ellos, en su inocencia, no sabían que para quien lo había pintado en realidad lo era, el mayor tesoro del mundo, y plasmarlo en ese cuadro, la única forma de retenerlo a su lado eternamente.

Avanzaron en silencio por el pasillo con una solitaria vela encendida, hasta llegar a la puerta de la estancia. Titubearon unos segundos, pero decidieron continuar, sabiendo que Thomas estaba reunido con los demás. Entraron sigilosamente, un poco encorvados, como si así pudieran evitar ser descubiertos, con la emoción atenazándoles el estómago y la adrenalina bullendo en su interior. Ralph dejó la vela en una mesilla y se acercó solemne hasta el caballete, confiando en que aquello fuera un descubrimiento trascendental, y no un bodegón con unas manzanas y un par de perdices. Sujetó la tela por un extremo para asomarse un poco, pero por su propio peso esta se deslizó como un telón hasta el suelo, dejando el cuadro a la vista de todo aquel que quisiera mirar.

Los ojos de los muchachos se abrieron como platos, a juego con sus bocas que estaban a punto de llegar al suelo.

—Ella es…, es… —Víctor sentía las mejillas ardiendo y su lengua se volvió de trapo ante el impacto que le produjo la visión de partes de la anatomía femenina que a su edad aún ni imaginaba.

—Es… la tía Caroline. —Ralph se giró, al contrario que su amigo, terriblemente pálido, y le tapó los ojos con la mano intentando preservar la intimidad de su tía intacta—. ¡Vámonos de aquí!

Sabía de manera certera que no deberían haber entrado en un sitio tan privado y que, si los pillaban, estarían en problemas.

—Déjalo como estaba, ¡venga! —Víctor se fue hasta la puerta con el mismo presentimiento que Ralph: más les valía salir de allí cuanto antes o se les caería el pelo.

Ralph luchó por volver a tapar el lienzo, pero absurdamente le daba vergüenza acercarse demasiado a él, y lo colocó de manera tan precaria que, antes de que llegara a la salida, la tela había vuelto a caer al suelo. Ambos trataron de serenar sus respiraciones y se marcharon directamente a sus habitaciones, sin poder deshacerse del sentimiento de culpabilidad.

ϒ

Sir Arthur Nate había acompañado, solícito, a su madre hasta el piso de arriba, ya que la anciana mujer necesitaba un firme apoyo para subir las enormes escaleras que conducían a su habitación. Se dirigía de vuelta al salón con los demás cuando unos susurros seguidos de unos pasos a la carrera llamaron su atención. Giró por el corredor a tiempo de ver cómo los dos niños que llevaban todo el día armando demasiado jaleo para su gusto se perdían al fondo del pasillo. Cabeceó sin poder evitar torcer el gesto. Había esperado que Hardwick tuviera más mano dura con sus hijos, pero sin duda esa mujer rebelde e irreverente que tenía por esposa había ablandado su sesera y también su carácter. Los niños no debían molestar a los mayores ni interrumpir sus reuniones o deambular de noche por los pasillos, él jamás consentiría un comportamiento semejante. Sus hijos estarían atados con la soga bien corta, nada de concesiones.

Se preguntó qué harían en aquel lugar a esas horas de la noche y por qué habrían salido corriendo de esa manera. Al aproximarse al lugar donde habían estado los molestos críos, se percató de que, por la puerta entreabierta, se filtraba un haz de luz. Se acercó y con un dedo empujó levemente la madera. Se trataba de la habitación que le habían asignado tras su accidente a ese estúpido, engreído y necio de Thomas Sheperd. Ni siquiera entendía cómo alguien con un título tan importante como lord Hardwick se podía relacionar con un ser de tan baja estofa como

Sheperd, alguien sin clase, prestigio ni estatus social. Un nuevo rico demasiado zafio y vulgar como para permitirle la entrada a una casa decente. Dio un paso para alejarse de allí, pero el olor de los aceites y la pintura llamó poderosamente su atención. Asomó un poco la cabeza por la rendija de la puerta entreabierta y vio vela que se consumía lentamente sobre una mesita y que con toda probabilidad habría sido dejada allí por esos dos tunantes.

Nadie vería con malos ojos que hubiera entrado para apagar el cirio en previsión de que un desafortunado accidente hiciera arder la casa. Se adentró despacio en la estancia intentando que sus zapatos no hicieran demasiado ruido. Sorprendido, curioseó entre los papeles, revisando los trazos limpios y perfectos de bocetos de varias partes de la finca y otros de algunos miembros de la familia.

Su mirada pasó de las hojas al caballete que se encontraba cerca de la ventana y, al llegar hasta él, una mezcla de estupefacción, rabia y asco le sacudió hasta los cimientos. Intentó ignorar el pequeño pellizco de satisfacción que intentaba emerger desde el fondo de todo aquello, la confirmación de que no había errado su juicio, de que la mezquindad que intuía en Thomas Sheperd era real. Lo sabía, lo había sabido siempre. Apretando la mandíbula, cogió el lienzo, dispuesto a que todo el mundo se enterara de la depravación y la indignidad que estaba teniendo lugar ante las ingenuas narices de todos.

Mientras todo eran risas y actitudes relajadas, ese demonio estaba pervirtiendo a la que hasta ahora había considerado digna de convertirse en su esposa.

Υ

La puerta del salón se abrió, pero nadie pareció notar la entrada de Nate hasta que se paró en el centro de la habitación, donde todos pudieran verlo. Su actitud y su postura resultaban un tanto ridículas: paralizado como una estatua mostraba el lienzo a los ojos de todos, con la mirada llena de ira y desprecio clavada en Caroline.

Los hombres estaban sentados alrededor de una mesa junto a la chimenea con una animada conversación, que se fue desvaneciendo a medida que se iban percatando de la presencia de Nate. De espaldas a la puerta, Caroline bromeaba con Marian, pero la sonrisa se congeló en su cara cuando la vio palidecer con la vista fija en un punto a su espalda y los murmullos y las exclamaciones a su alrededor se hicieron imposibles de obviar.

Giró el rostro siguiendo las miradas de espanto de las demás damas que la rodeaban, hasta que sus ojos se clavaron en el lienzo que Arthur mostraba, señalando su pecado y su desvergüenza en una acusación silenciosa. Al reconocerse en la pintura, su sangre pareció bajarle a los pies a una velocidad de vértigo, y por un instante pensó que las piernas no la sostendrían.

—Lady Caroline, me siento profundamente decepcionado. —Arthur rompió el silencio con el rostro enrojecido y las aletas de la nariz abiertas, como las de un toro enfurecido.

Thomas reaccionó, al fin, lanzándose hacia Nate con la fiereza de un animal herido, haciendo que soltara el cuadro en un inútil intento de defenderse. El puñetazo de Sheperd lo lanzó contra la pared, haciéndolo gemir por el doloroso impacto. Estaba totalmente enloquecido, se sentía ultrajado y furioso, y, solo cuando varios caballeros consiguieron separar sus manos del cuello de Nate, tomó conciencia de lo que acababa de ocurrir a su alrededor. Caroline estaba totalmente arruinada sin remedio, no solo ante su familia, sino ante un número nada despreciable de invitados que los observaban entre mortificados y asombrados.

Su visión de una Caroline abstraída en la lujuria y la complacencia estaba expuesta sin censuras ante todos los presentes. Sus ojos se clavaron en el lienzo que había quedado tendido en el suelo, como prueba palpable de una espantosa inmoralidad. Caroline recostada y desnuda sobre unos almohadones, tan real que casi parecía que su pecho subía y bajaba con cada respiración. Solo una prenda de color rosado hacía un vano esfuerzo por esconder su desnudez, sin conseguirlo, dejando expuestos unos hermosos senos y unos pezones enhiestos y atrevidos. Una de sus manos descansaba olvidada sobre uno de sus pechos, lánguida y perezosa, mientras otra se perdía entre sus muslos, en los deliciosos rincones secretos de su sexo. Pero, sin duda, lo que más le dolía a Thomas, era que toda esa gente conociera la íntima expresión de su cara: sus ojos entrecerrados, sus labios separados como si exhalaran un suspiro, el rubor de sus mejillas y su cuello… Todo en ella anunciaba descaradamente el placer y el éxtasis que se acercaba.

Todos guardaban un espeso silencio, mirando alternativamente a Thomas, al cuadro y a una Caroline que sentía que la sangre jamás volvería a circular por sus venas con normalidad y que, abochornada como nunca en su vida, era incapaz de mirar a nadie a la cara.

—Sabía que tendría que pulir su temperamento, pero jamás pensé que su atrevimiento llegara a esto, lady Caroline. Posar en semejante actitud…, y solo Dios sabe hasta dónde habrán llegado. Ni que decir tiene que doy por muertas y enterradas mis pretensiones hacia usted. Por suerte su máscara ha caído antes de haber sucumbido a su trampa. —La acusatoria voz de Nate, que veía sus pretensiones matrimoniales y sociales destrozadas, rompió el tenso momento. Le habían humillado, pero al menos se iría con la satisfacción de avergonzar a los infames pecadores.

Solo el firme agarre de la mano de Richard sobre el hombro de Sheperd evitó que terminara de estrangularlo en ese mismo instante. No iba a consentir que la insultara. Pero alguien se adelantó a su defensa.

—Sir Nate, no se exceda en sus juicios. No permitiré ninguna ofensa a mi familia.

La voz cortante de Andrew hizo que Nate no fuese el único en estremecerse en aquella habitación. Arthur abrió la boca para seguir despotricando, pero la intimidante presencia del conde le hizo desistir. Indignado, salió de la habitación para preparar sus maletas y abandonar aquella casa de moral laxa cuanto antes.

Andrew se paró delante del cuadro y Caroline sintió que el nudo en su estómago se apretaba aún más ante la furia contenida que reflejaba el rostro de su hermano. La rigidez en sus músculos y la oscuridad de su mirada hacían que el aire vibrara alrededor, asemejándose a la atmósfera enrarecida que presagiaba el estallido de una tormenta. Marian se levantó intentando frenar a su marido, pero de nada sirvió ni su suplica ni su mano aferrándose a la manga de su chaqueta. Giró sobre sus talones, acortó la distancia que lo separaba de Thomas y de un solo puñetazo lo lanzó contra el suelo, donde quedó aturdido y con la nariz sangrando.

Él no se resistió. Sabía que se lo merecía, incluso deseó que no se detuviera, que lo pateara, que lo golpeara hasta hacerle perder el conocimiento, en un vano intento de pagar con dolor el daño que con su estupidez había causado. Pero no había golpes ni penitencias que arreglaran lo que acababa de pasar. Habían jugado con fuego demasiadas veces y la llama acababa de consumirlos a los dos.

Caroline Greenwood sería pasto de los rumores, las malas lenguas la despedazarían, destrozando su reputación, y él era el único culpable.

16

*L*ealtad, confianza, sinceridad.

Esas eran las bases de la relación que Andrew había mantenido con Sheperd desde que se conocieron, siendo apenas unos críos. Thomas siempre había estado a su lado y al de Richard en los malos momentos, aun a riesgo de comprometer su propia seguridad. Nunca había cuestionado su amistad, jamás había dudado de él. Y, sin embargo, ahora sentía que lo había apuñalado por la espalda. La venda que él mismo había atado fuertemente sobre sus ojos se había caído, dejando expuesta una realidad que no podía aceptar.

La reputación de Caroline estaba destrozada porque Sheperd había actuado como un descerebrado, plasmando su belleza desnuda en un lienzo: un cuadro tan realista que, por más que él se esforzara en creerlo, difícilmente podría ser fruto solamente de su imaginación. Thomas era una buena persona, o eso le había demostrado siempre, pero ni creía en su propia capacidad de sentir amor ni tenía intención de casarse nunca. Andrew jamás había intentado convencerle de lo contrario y había respetado su elección de vida. Pero ahora, con la reputación de su hermana hecha añicos, Thomas tendría que ser muy convincente para salir de su casa con la cabeza aún unida a su cuerpo.

Unos ligeros golpes en la puerta anunciaron su llegada. Andrew no se molestó en saludarle ni levantarse de su asiento y continuó dando pequeños sorbos a su copa, a pesar de la temprana hora de la mañana. Frunció el ceño casi imperceptiblemente al ver las marcas violáceas bajo los ojos y la nariz de su amigo, consecuencia del incontrolable puñetazo que le había asestado la noche anterior.

—Cuando se fue esta mañana, Nate tenía bastante mejor aspecto que tú —dijo Andrew, sin pizca de humor en su tono.

—Nunca se me dio bien el boxeo. Tú tampoco tienes muy buen aspecto.

—No he dormido demasiado bien, el puñal que tenía clavado en la espalda me ha impedido descansar —contestó con sarcasmo.

Thomas suspiró asumiendo la merecida pulla, sin saber por dónde empezar. Un simple «lo siento» no arreglaría nada.

—Hace tiempo que sospechaba que podía haber algo entre vosotros dos, pero me negué a darle importancia. Supongo que en el fondo mantenía la esperanza de que pudieras actuar de manera honorable, o que al menos cambiaras de parecer con respecto al matrimonio. Y ahora, Thomas, dime cuál de las dos opciones es la correcta.

—Ella se merece algo mejor que un matrimonio por imposición.

—Haberlo pensado antes de..., de... —Los ojos de Andrew parecían dos llamas capaces de fulminarlo en un parpadeo y el nudo del estómago de Thomas se apretó un poco más. No había nada que le doliera más que haber traicionado a su mejor amigo—. ¿Qué hay entre vosotros, demonios? —masculló con los dientes apretados.

—No la he deshonrado. —Thomas eligió bien las palabras para no mentir descaradamente.

Fue solo una mentira a medias. O una verdad incompleta. Le había descubierto los misterios del sexo, la había tentado y, a la vez, había sucumbido a la tentación que ella suponía. Puede que no hubieran llegado hasta el final, pero habían traspasado suficientes límites como para considerar que merecía una reparación.

—¿Crees que soy imbécil? No pretendas hacerme creer que no ha ocurrido nada. Vi la confianza con la que la tratabas frente al museo, cuando la salvaste de ese carruaje. ¡Vi vuestras miradas, maldita sea! ¡Las he visto desde siempre!

—No hemos rebasado ningún límite que pueda considerarse irreparable, Andrew.

El puñetazo sobre la mesa de madera le hizo dar un respingo.

—Es mi hermana, maldito cabrón. ¡¡Quieres decir que no vas a afrontar la situación?! Ahora mismo ese malnacido de Nate va con su madre camino de Londres, acompañados de dos de las familias más influyentes de la ciudad. Antes de la hora del té, la mitad de esas hienas de la aristocracia sabrán que mi hermana es una indecente que se acaricia desnuda para que tú la pintes. ¿Vas a decirme que eso no es un límite irreparable?

—¿Y qué es lo que quieres? ¿Arrancarme una proposición de matrimonio a la fuerza? Si crees que eso la hará feliz, lo haré. Pero sabes perfectamente que yo no seré jamás el marido que ella necesita. Ella se merece alguien mejor.

—Pues más vale que te esfuerces con toda tu alma para serlo, Sheperd. Yo no seré tan indulgente como Andrew.

La dura voz de Richard sonó a sus espaldas, incorporándose a la discusión. Tras entrar al despacho cerró la puerta con llave y Thomas no tuvo dudas de que lo había hecho para intimidarle. Le temblaban las manos y el frío se había asentado en su espalda como una daga que lo atravesaba. Estaba seguro de que no era miedo, era algo para lo que no tenía nombre.

Matrimonio.

Había pasado la noche en vela, consciente de que esa era la única opción que tenía para resolver aquella situación. Su destino lo acuciaba implacable. Pero no era justo para Caroline, él no sería un buen marido, él no la amaría como se merecía, no le daría los hijos que ella anhelaba. No podría transigir en eso.

—No vamos a obligarlos a casarse, Richard. Tanto ella como Thomas tendrán la última palabra —sentenció el conde.

—¿Qué estás diciendo, hermano? —gritó Richard exasperado—. ¿Hay otra solución acaso? Carol será vilipendiada y arrastrada por el fango por su culpa, ¡por ese maldito retrato! Todo el mundo dará por sentado que es su amante.

—No voy a obligar a nuestra hermana a que comparta su vida con alguien que no está dispuesto a cuidarla y amarla como merece.

—No, claro. Cuidarla es demasiado laborioso. Pero sí que estaba dispuesto a desnudarla e inmortalizar el momento. ¡Solo pensar que ha traicionado a nuestra familia de esa manera me enferma! —Richard se paseó por el despacho como un león enjaulado, a punto de perder los nervios.

—No cargaré sobre mi conciencia con la infelicidad de Caroline —aseveró Andrew de manera tajante.

—Ambos deben asumir las consecuencias de sus actos. Tú lo hiciste en su momento con Marian, yo también lo hice con mi mujer. Si ellos han traspasado los límites, tendrán que aceptarlo.

—Pero ¡no sabemos si lo han hecho! Estamos juzgándolos antes de tiempo, no nos estamos comportando mejor que esos chacales de los que queremos defenderla.

—¿Acaso importa si lo han hecho o no? Todos lo creen. No seas hipócrita y admite que tú también lo piensas.

—¡¿Podríais dejar de hablar como si yo no estuviera presente?! —gritó Thomas poniéndose de pie, airado, harto de no tener ni voz ni voto en la conversación más trascendental de su vida.

Los dos hermanos Greenwood lo miraron como si no recordaran que él seguía allí. Andrew se frotó la frente con los dedos.

—Habla, Thomas. Di lo que tengas que decir.

—Reconozco que ha sido culpa mía. Fue una insensatez y un descuido imperdonable haber pintado ese cuadro. Negar la atracción evidente que siento por ella sería absurdo. —Ambos hermanos emitieron algo parecido a un gruñido—. No estoy seguro de que yo sea el hombre adecuado para Caroline y estaréis de acuerdo conmigo en que se merece a alguien mucho mejor que yo. Ese es el motivo de mi reticencia a casarme con ella para reparar su reputación. Solo y exclusivamente ese. Me duele que penséis que no me dejaría la piel para cuidarla. —Tragó saliva y durante unos segundos se mantuvo en silencio con los ojos clavados en la alfombra, tan concentrado que ellos pensaban que ya no iba a continuar hablando.

—¿Qué piensas hacer?

—Creo que solo hay una solución viable ante esta situación. Si me acepta, Caroline se convertirá en la duquesa de Redmayne.

La cara de perplejidad de Richard y Andrew resultaba casi cómica, pero el humor no estaba entre los sentimientos que acribillaban el corazón de Thomas Sheperd en esos trascendentales momentos. Les hizo un breve resumen sobre la última cláusula del testamento de su padre, pero ninguno de los hermanos fue capaz de decir nada, demasiado impactados por los increíbles cambios que estaban por venir. Thomas llevaría a Caroline al altar y aceptaría el ducado de Redmayne, salvando de paso el destino de su hermana Alexandra. El camino que tantas veces había esquivado a lo largo de su vida se abría ante él y algo le decía que más que un camino de rosas le esperaba uno plagado de espinas.

Ese día Thomas Sheperd descubrió que no se podía huir del destino.

Υ

No le importaba el aire helado que enredaba los mechones de su pelo suelto, ni la humedad que se filtraba por sus ropas. Sentada en el suelo, Caroline abrazaba sus rodillas intentando no temblar, observando, ausente, el lago que cruzaba la propiedad. Hacía horas que había salido de la casa intentando escapar del ambiente opresivo, los murmullos y las negociaciones que se tramaban a sus espaldas. Sus hermanos la habían llamado al despacho para exponerle la nueva situación y las pocas opciones que tenía.

Básicamente eran dos: casarse con Thomas o asumir el escarnio público y la ruina.

Como siempre, las cosas importantes de su vida no sucedían como ella esperaba. No hubo flores, anillo, rodilla en tierra ni un romántico soneto. Ni siquiera fue el futuro novio quien le comunicó la propuesta. Solo había un maldito lienzo y una mujer desnuda: ella. Y un escándalo en ciernes que estaba a punto de hacer que todo saltara por los aires. No podía negarse a aceptar ese matrimonio y había descubierto espantada que lo que más anhelaba del mundo era a su vez lo que más temía. Thomas iba a convertirse en su esposo y ahora más que nunca se daba cuenta de que no lo conocía en absoluto.

Sabía el color exacto de sus ojos, el sabor de sus besos, la manera en la que gemía de placer cuando ella le devolvía alguna atrevida caricia… Pero no sabía nada más. Enterarse de que iba a convertirse en duque, en parte gracias a ese matrimonio, la desconcertaba sobremanera, y no podía dejar de sentir una ligera incertidumbre al respecto. Jamás sabría si lo que le había llevado a hacer finalmente la propuesta era poder hacerse con el título.

Unos pasos sobre la gravilla la avisaron de que alguien se acercaba y no necesitó girarse para intuir que era su futuro esposo.

—Lo siento. —La voz de Thomas sonó más débil de lo que ella había esperado, como si no le quedaran fuerzas.

—Como declaración de amor es un asco —contestó ella cortante, sin apartar la vista de las ondas brillantes del agua.

—No pretendía que fuera una declaración de amor, solo una disculpa.

—¿Y qué es lo que sientes exactamente, excelencia? ¿Haberme expuesto al ridículo más absoluto, a la ruina pública? ¿Haberte dejado llevar por mis locuras? ¿Tener que casarte conmigo por obligación? Hay un buen surtido de cosas que sentir.

—Siento que te veas obligada a aceptar mi petición de matrimonio.

Caroline se volvió al fin para clavarle una mirada furiosa. Se levantó y comenzó a caminar hacia la orilla del lago, con la imperiosa necesidad de alejarse de él. Thomas la alcanzó y la cogió del brazo para obligarla a mirarlo.

—Caroline, escúchame. Carezco de todo lo que un hombre debe tener para hacerte feliz. No puedo ofrecerte lo que necesitas. Has aceptado ser mi esposa y deberás asumir eso, solo espero que seas consciente de ello antes de que esto sea irreversible.

—¿Me estás sugiriendo que me replantee tu miserable propuesta? ¿No tienes los suficientes arrestos para romperla tú mismo? —Caroline forcejeó hasta que se libró del agarre de sus manos, que parecían quemarle a través de la ropa.

—Jamás rompería mi palabra, mi lealtad...

—Tu famosa y puñetera lealtad —le interrumpió ella sin poder contener su frustración—. No has accedido a casarte conmigo porque me valores lo más mínimo, ¿verdad? Lo has hecho por Andrew y por Richard. Te casas con los Greenwood, no conmigo. Lo haces por ellos y porque así podrás acceder a ese asqueroso ducado.

—Jamás he querido ser duque.

—Tampoco has deseado ser un esposo. Qué cruel destino el tuyo, duque y marido el mismo día. Eres digno de lástima.

El tono cínico y las lágrimas que amenazaban con derramarse por las pálidas mejillas de Caroline estaban minando la poca calma que quedaba en su interior. Cualquier hombre envidiaría su sino. Más aún cuando en él estaba Caroline y la promesa de una vida en común. Pero era consciente de que para ella sus pretensiones de un destino diferente morían allí. La incertidumbre de no saber si podría hacerla feliz no le permitía ver más allá de sus narices, ni aceptar que la idea no le desagradaba tanto como se había esforzado en creer hasta ese día. Estaba aterrorizado y su mente se bloqueaba, incapaz de expresar lo que verdaderamente sentía. Quería verla alegre y sonriente, y no resignada a un futuro que ella no había podido elegir.

—Es inútil continuar con esta discusión, los dos estamos demasiado ofuscados en este momento.

—Thomas retorció compulsivamente los guantes de piel entre sus manos y acabó guardándolos en el bolsillo de la levita para no terminar arruinándolos—. Me marcho. Debo arreglar los asuntos del ducado cuanto antes. Andrew y yo hemos pensado que la boda debería ser dentro de un mes. Él te mantendrá informada de…

—Por supuesto, excelencia. Hablar directamente con la novia de temas tan mundanos e insignificantes como su destino sería excesivamente vulgar para un duque.

Thomas se revolvió, incapaz de aguantar más pullas y, consciente de que la conversación no llegaría a buen puerto, enredó las manos en su pelo atrayéndola hasta él para atraparla en un beso feroz que ella correspondió con la misma energía furiosa.

—No vuelvas a llamarme excelencia, su gracia.

Caroline se apartó y lo vio alejarse por el camino con largas zancadas, totalmente confundida, enfadada, desconcertada y, muy a su pesar, excitada por el calor que su boca había dejado sobre la de ella.

17

*L*a modista había enviado esa misma tarde su vestido de novia con los complementos, una preciosa creación de color amarillo pálido que contrastaba de forma espectacular con sus ojos azules y su pelo oscuro. Ya estaban terminando de preparar la corona de flores de azahar que adornaría su recogido y los pendientes de zafiros que Thomas le había regalado la noche anterior aguardaban en el tocador.

La boda sería a la mañana siguiente, y Caroline solo deseaba salir corriendo con lo que llevaba puesto y no detenerse hasta que se le hubiesen deshecho las botas. Desde el día del compromiso se habían trasladado a Londres para preparar el enlace. Eleonora no podía dejar pasar la ocasión de organizar la gran boda de la que sus hijos mayores la habían privado. Contra el deseo de Thomas y Caroline, ella quería una celebración fastuosa, una ceremonia inolvidable y un centenar de invitados ilustres. No todos los días una se convertía en madre de la duquesa de Redmayne.

Tras una ardua negociación, y una generosa dosis del encanto de Thomas, consiguieron hacerla entrar en razón para que redujera el número de invitados y se conformara con unos fastos más sencillos y una discreta ceremonia en la iglesia de Saint Martin. Al menos en eso el futuro matrimonio estaba de acuerdo.

En eso y en que ninguno de los dos parecía estar particularmente ilusionado con el enlace. Caroline se sentía agobiada por los preparativos y el constante ir y venir de su madre, que fingía pedirle opinión respecto a cualquier minúsculo detalle, aunque al final decidía lo que a ella se le antojaba. El color de las flores de los centros de mesa, el postre y el vino que servirían en la celebración, todo parecía brotar de la mente de Eleonora como si llevara años planificándolo.

Caroline contestaba a su madre con un sencillo asentimiento de cabeza o un monosílabo. Solo quería que la dejaran en paz y que la inminente boda no fuera un recordatorio constante. Lo único que la consolaba era que Thomas parecía tan angustiado como ella, aunque al menos él estaba al mando de todo lo que iba a suceder. Apenas hablaban en las contadas ocasiones en las que él había visitado la mansión Greenwood, pero las pocas veces que lo habían hecho había sido para discutir.

El nuevo duque había decidido que, una vez aceptado el título, debía tomar las riendas del ducado cuanto antes, devolverles el brillo y esplendor de antaño a sus tierras y sus mansiones, y, sin duda, si alguien podía convertir lo que tocaba en oro, ese era Thomas Sheperd. En consecuencia, se trasladarían a Redmayne Manor unos meses hasta que la mansión fuera renovada, las cuentas puestas al día y las fincas comenzaran a producir con la rentabilidad que se esperaba. Y mientras tanto la abnegada nueva duquesa tendría que pudrirse en mitad de Berkshire, rodeada de boñigas de oveja, paredes húmedas y a saber qué más sorpresas, en una mansión que, por lo que el mismo Thomas admitía, no estaba en las mejores condiciones.

No entendía por qué no podía quedarse en Londres y continuar viviendo como hasta ahora, si estaba más que claro que él se casaba con ella contra su voluntad. Estar a su lado solo haría que lo que sentía por Thomas se intensificara, idiotizándola, volviéndola aún más patética de lo que ya se sentía. Se resignó, pensando que, cuando pasaran un tiempo juntos, con toda probabilidad él se cansaría de su presencia y no pondría objeción a que ella volviera a Londres o a Greenwood Hall.

Thomas tragó saliva cuando vio, desde su posición junto al altar, cómo su novia avanzaba por el pasillo de la iglesia del brazo de Richard, iluminada por la claridad que entraba por las vidrieras.

Un leve codazo de Andrew, que ejercía como su padrino, lo hizo volver a la Tierra.

—Si no la cuidas como se merece, te arrancaré los brazos y te daré una paliza con ellos. —Thomas lo miró de soslayo arqueando una ceja. Entre ellos las cosas no habían vuelto a ser igual de fluidas, pero esperaba que con el tiempo todo volviera a la normalidad.

—Tus buenos deseos están a punto de hacerme llorar de emoción, hermano —enfatizó la última palabra, y Andrew gruñó, intentando no reír.

El carraspeo del cura los hizo guardar silencio y Thomas volvió a concentrarse en su novia, su mujer, que avanzaba hasta él con cara de mártir. A pesar de la seriedad de su rostro, estaba radiante, fresca, hermosa hasta el punto de no encontrar adjetivos que pudieran definirla. Y era suya. Y a cambio ella solo recibiría un hombre con un alma incompleta que no era capaz de entregarse con sinceridad ni honestidad.

Ella era toda luz, capaz de iluminar toda la iglesia, toda la ciudad con su presencia. Caroline era un tibio rayo de sol en mitad de la oscuridad que siempre lo había rodeado.

Richard llegó hasta su altura y, antes de cederle la mano de su hermana, se acercó discretamente hasta su oído.

—Te entrego un tesoro. Hazla feliz o te arrancaré cierta parte de tu anatomía y me haré un colgante con ella.

Thomas apretó los labios intentando aguantar una sonrisa nerviosa, pero ni la amenaza más feroz hubiera podido hacerlo desistir de tomar las manos de Caroline entre las suyas en ese momento, con todo lo que ese gesto llevaba implícito. Sus ojos se quedaron enganchados en los de ella; los de Thomas, de un azul claro casi gris, los de ella, profundos e intensos como los zafiros que lucía en sus preciosas orejas. No sabría decir cuánto tiempo duró la ceremonia, ni podría repetir ni una sola palabra de las que dijo el sacerdote. Toda su mente estaba inundada por ella, por la luz que caldeaba su pecho de una manera que lo aterrorizaba y que se parecía peligrosamente a algo que se había jurado no sentir jamás. Ella era tan inteligente, tan audaz, tan divertida, tan dulce, tan perfecta que se sentía como un miserable por encadenarla a él.

Allí, en el altar de la iglesia, a la vista de los setenta y seis invitados meticulosamente elegidos por Eleonora, delante de Dios, mientras juraba sus votos matrimoniales, Thomas tuvo que reconocerse que la amaba más de lo que podía digerir, tanto que no sabía cómo la trataría a partir de ese momento para que ese sentimiento no acabara engulléndolo a él y a todo lo que se había propuesto ser.

Tras ponerle el anillo en el dedo, se inclinó hacia ella para besarla como mandaba la tradición y sellar así su unión, un beso que duró más de lo necesario, desde luego mucho más de lo que el decoro consideraría decente frente a un clérigo. Sentir de nuevo sus labios suaves, el cálido aliento caldeando su mejilla, el olor del azahar que adornaba su pelo le hizo imaginar que el mundo era un lugar mucho mejor y más amable que el que había amanecido esa mañana. Caroline era primavera, vida, amor, y él, un maldito egoísta que la quería solo para él.

Los recién casados estaban tan absortos el uno en el otro que parecían haber olvidado que el resto del mundo los observaba. Una suave tos de Andrew hizo reaccionar a los sonrojados novios, que se separaron inmediatamente, ante la ceñuda mirada del sacerdote y unos cuantos murmullos del público presente.

Y

La celebración tuvo lugar en la mansión que Thomas tenía en Mayfair, una casa de nueva construcción, lujosa sin caer en el exceso, decorada con buen gusto y sofisticación. Solo llevaba un par de semanas ostentando el título y le chirriaba sobremanera que todos aquellos aduladores, en su mayoría hipócritas e ignorantes, le llamaran por su título formal e intentaran ganarse su favor, haciéndole ver que lo habían aceptado dentro de su clan sin restricciones. Todos simulaban adorarle, aunque estaba seguro de que tras la adulación venía la consiguiente censura por sus orígenes. Detestaba a la aristocracia. Y ahora se había convertido en uno de ellos. Y lo que más odiaba era que, en esos momentos, toda aquella panda de damas emperifolladas y caballeros almidonados se interponía entre él y lo que estaba desesperadamente ansioso por tener.

Quería echarlos de su casa, desnudar a su mujer y devorarla a conciencia, hasta que no quedara ni un solo átomo de curiosidad con respecto a la consumación matrimonial en su cuerpo. Caroline, en el otro extremo del salón, pareció sentir su mirada de deseo sobre sus hombros desnudos, e interrumpió la conversación para girar la cabeza hacia donde él estaba durante un instante, volviendo casi de inmediato la atención a las damas que la acompañaban.

Hacía rato que la ansiedad y la anticipación por todo lo que la esperaba mantenían a Caroline en vilo y la hacían incapaz de concentrarse en otra cosa que no fuera la presencia de Thomas. Le ardía la piel de la nuca, recordándole que si se giraba encontraría sus ojos fijos en ella de nuevo. La piel le hormigueaba bajo el precioso vestido amarillo pálido, ansiosa por liberarse de la presión de la tela, y sus pechos parecían haberse hinchado, clamando por escapar de la cárcel del apretado corsé.

Una vez a solas en una habitación extraña para ella, todos los miedos e inseguridades que ignoraba tener se materializaron. Miró a su alrededor, la decoración de la estancia era acogedora y agradable. El papel de la pared de un tono azul claro hacía un elegante contraste con las molduras blancas y los muebles de madera clara. Caroline intentó no mirar demasiado hacia la cama, aunque tenía que reconocer que la artesanía labrada en sus postes y el cabecero era exquisita. Su vista se detuvo en un cuadro que adornaba la pared sobre la chimenea, una mujer que permanecía de espaldas observando las aguas de un lago. Los trazos eran delicados y la gama de colores tan suave que uno no podía evitar dejarse llevar por la calma. Y eso era justo lo que necesitaba en esos momentos, sobre todo al ver que la puerta que comunicaba con la habitación de su esposo se abría y él aparecía en el umbral, más bello de lo que cualquier mortal merecía ser.

Thomas caminó despacio hasta ella, con los pies descalzos sobre el suelo de madera y en mangas de camisa. Se colocó detrás de su silla observándola a través del espejo y se avergonzó de que hiciera falta tan poco para excitarlo hasta límites irracionales. Cogió el cepillo con mango de plata del tocador y comenzó a cepillarle el pelo lentamente, observando maravillado cómo las cerdas alisaban los mechones brillantes y cómo estos volvían a encogerse en un bucle perfecto tras su paso. Había soñado mil veces con hacer eso, un capricho sencillo que, sin embargo, le resultó tan potente que le provocó una descarga de excitación en todo el cuerpo. Dejó el cepillo y apartó el pelo hacia un lado para dejar expuesta la piel de su cuello y se inclinó para depositar un reguero de besos desde la nuca hasta sus hombros. Caroline no pudo evitar estremecerse y los nervios hicieron que se levantara de golpe para alejarse de él.

Thomas sonrió.

—No puedo creer que en este preciso instante te vuelvas tímida conmigo.

Caroline utilizó la silla como barrera protectora entre ellos. Sus cuñadas le habían dicho que tanto Andrew como Richard habían esperado y no las habían presionado para consumar su matrimonio. Absurdamente había llegado a la conclusión de que Thomas no tendría ningún deseo de aparecer por sus habitaciones la primera noche, más aún cuando parecía haberse visto abocado a aquel matrimonio a la fuerza.

—No pensé… Creía que no vendrías esta noche.

Thomas se sorprendió de que toda la voluntad que había empleado con él hasta ese momento hubiese desaparecido tan repentinamente, cuando por fin tenían de verdad la libertad de explorarse sin restricciones.

—¿Sigues pensando que no te deseo?

Definitivamente debería estar muerto o ciego para no desfallecer de deseo por ella.

Caroline no sabía qué responder, se sentía paralizada por los nervios y se limitó a hacer un leve movimiento de negación con la cabeza.

—Entonces, ¿debo pensar que eres tú quien no me desea a mí? —volvió a preguntar en apenas un susurro, retirando la silla que se interponía entre ellos mientras obtenía la misma respuesta silenciosa.

Alargó la mano hasta ella y deslizó el dorso de los dedos por su mejilla y ella, en un acto reflejo, se inclinó hacia la caricia.

—Sé que estás nerviosa. No va a pasar nada que tú no desees. Lo sabes, ¿verdad?

Caroline frotó la cara contra el leve roce de sus dedos y cerró los ojos disfrutando de la sensación.

—Caroline… —La voz de Thomas sonaba suplicante—. ¿Quieres que me marche y te deje descansar?

Ella abrió los ojos de golpe. Apretó su mano contra la de Thomas para que no se alejara de su rostro y giró la cara para depositar un beso en su palma, sin saber el intenso efecto que el inocente gesto tenía en él.

—Dime qué quieres y yo te obedeceré.

—Quiero que te quedes. —Thomas soltó el aire aliviado. La deseaba tanto que su rechazo lo hubiera aniquilado.

La llevó de la mano despacio hasta pararse cerca de la cama, como si no tuviera ninguna prisa por tenerla entre sus brazos. Thomas desató los lazos que ajustaban la etérea bata y el camisón casi con reverencia, con adoración, observando de nuevo el cuerpo que no conseguía apartar de su mente. Notó cómo ella temblaba.

—Podrías... Podrías... Hay demasiada luz. —Caroline hizo un gesto hacia los candelabros, sintiéndose demasiado expuesta. Puede que resultara irónico, pero en los otros encuentros ella había estado segura de que él no traspasaría los límites, que no intentaría llegar más allá de las caricias. Pero las cosas habían cambiado, sería suya por completo, recorrería su cuerpo, la poseería y no habría nada que se interpusiera entre ellos. Se sentía asustada y vulnerable.

—¿Quieres que te ame en la oscuridad? ¿Como Eros?

—El amor se ve con el alma, ¿no? No necesitamos velas. —Caroline sonrió al recordar la leyenda de Eros y Psique. Puede que aún no fuera apropiado hablar de sentimientos entre ellos, era demasiado pronto y no quería tensar demasiado la situación, pero una vez dichas las palabras no podían ser retiradas.

La sonrisa de Thomas se tensó de manera casi imperceptible ante su comentario. Aun así, ella lo notó. Thomas entendió su petición, su inseguridad y, una a una, fue apagando todas las velas de la habitación hasta que solo los iluminó la luz tenue y anaranjada de la chimenea, que proyectaba luces y sombras que danzaban sobre sus cuerpos.

—¿Mejor? —Caroline asintió abrazándose a sí misma mientras él se acercaba de nuevo hasta ella. Era curioso cómo podía desearlo de manera tan insoportable y en cambio temer el momento de aquella manera irracional.

Thomas comenzó a desabrocharse la camisa y los dedos de Caroline lo detuvieron sujetando los suyos por unos instantes. Pensó que iba a detenerlo, pero en cambio comenzó a desnudarlo ella misma, sin poder evitar que sus manos temblaran. Deslizó los dedos sobre su pecho, entre el vello castaño claro que lo cubría, hasta llegar a sus hombros, arrastrando la tela a su paso y dejándola caer sobre la alfombra.

La respiración de Thomas era como un caballo desbocado imposible de controlar. Se moría por besarla, pero si ella quería marcar el ritmo, él no se lo impediría. Caroline deslizó los dedos por la cinturilla de los pantalones observando cómo su nuez subía y bajaba al tragar saliva, y pareció un poco más calmada al comprobar que ella tenía el control. Le desabrochó la prenda dejando que sus manos se perdieran en su interior en busca de los músculos, las caderas estrechas, la palpitante erección. Apenas le quedaba autocontrol cuando ella acercó el rostro al suyo.

—Bésame. —Y él le obedeció dejándose la vida en ello, volcando todas sus ansias, sus ganas, su necesidad.

Sus cuerpos se amoldaron el uno al otro, notando cómo al tocarse una poderosa corriente los conectaba. Thomas la sujetó por los muslos elevándola del suelo, haciendo que le rodeara con las piernas. La dureza de él en contraste con su suavidad, calor con calor, deseo y ansia. Avanzó los pocos pasos

que los separaban de la cama y la depositó con suavidad sobre el colchón recostándose a su lado. La
observó durante unos instantes haciendo que las
mejillas se le calentaran.

—Sigo pensando que ese pobre Eros era un necio.
—La carcajada cantarina de Caroline se le clavó en
un lugar recóndito de su pecho—. No pienso dejar de
admirarte hasta que me aprenda cada uno de los rincones de tu cuerpo, hasta los más ocultos.

Caroline jadeó cuando él se inclinó para deslizar
la lengua por uno de sus pezones.

—¿Vas a pintarlos todos?

Levantó la cabeza, ella siempre conseguía sor-
prenderlo con esa dualidad de su carácter, a veces tímida y curiosa, otras tan atrevida que le robaba el
aliento.

—¿Te gustaría? Posarás para mí y pintaré cada
rincón de tu cuerpo y colgaré los cuadros en mi despacho, para que todo el mundo pueda admirar tu belleza secreta. —Caroline se rio de nuevo.

—Te mataré si haces algo semejante.

—Dime la verdad. ¿Qué sentiste al ver el cuadro?
—Thomas dedicó sus atenciones al otro pecho, mordisqueando suavemente su pezón, esperando expectante su respuesta.

—¿Aparte de un bochorno espantoso? —jadeó
mientras enterraba los dedos en su pelo para evitar
que se alejara—. Me sentí deseada.

La boca de Thomas continuó descendiendo entre
sus pechos, bajando lentamente, para recorrer con
calma la suave ondulación alrededor de su ombligo.

—¿Qué más sentiste, mi dulce Caroline?

Le mordisqueó con suavidad el costado y le rozó con los dientes las costillas, arrancándole un nuevo gemido.

—Me sentí… poderosa.

—¿Por qué? —susurró, mientras recorría con su boca la zona de piel sensible bajo el ombligo, la suave ondulación de los huesos de sus caderas, haciendo que se estremeciera con cada toque de la lengua.

—Porque tú pensaste en mí, porque me imaginaste tocándome, porque sentí que mientras lo pintabas tú… —Un nuevo gemido al sentir los dedos de Thomas acariciando su intimidad la hizo interrumpir la frase.

—Mientras lo pintaba me sentí loco de deseo. —Tal y como se sentía ahora. Thomas estaba febril, con la sangre ardiente y viva como nunca.

Su boca continuó avanzando hasta llegar a su sexo. Separó su carne caliente con los dedos para besarla, para saborear su esencia, recorriéndola con paciencia infinita con los labios, la lengua, los dientes, consiguiendo que sus caricias la enloquecieran hasta hacerla gritar de placer.

Caroline aún no había recuperado el latido normal de su corazón cuando sintió cómo Thomas se situaba sobre ella, entre sus piernas.

—Vivo loco de deseo desde que te besé la primera vez. Necesito estar dentro de ti. Te necesito. —La urgencia desesperada en su voz la sorprendió.

Ella también lo necesitaba. Pero, a pesar de que su cuerpo lo anhelaba con desesperación, la nube de excitación no era suficiente para mitigar el dolor intenso que su invasión le estaba provocando. Thomas notó cómo se tensaba, cómo los nervios apretaban su interior haciéndole difícil continuar, y se detuvo de inmediato. Deslizó las manos por su pelo y le dio suaves besos por las sienes, por el cuello, intentando que se tranquilizara.

—Cariño, pararé cuando tú me lo pidas. No puedo evitar que te duela un poco, pero intentaré que sea lo más leve posible.

Caroline vio la tensión en sus músculos, el esfuerzo que estaba haciendo por contenerse, pensando más en ella que en él mismo. Volvieron a entregarse a los besos, haciendo que el ardiente calor volviera a surgir más vivo y vibrante si cabe. Caroline arqueó las caderas mientras Thomas deslizaba la erección contra la húmeda entrada de su sexo, en una tortura insoportable y deliciosa. La necesidad de sumergirse en ella era cada vez más imperiosa. Esta vez, cuando Thomas comenzó a penetrarla, ella no se resistió, su interior lo acogió cediendo a la necesidad, sintiendo apenas una punzada de dolor que desapareció tan rápido como había venido.

Durante unos instantes, él no se movió, temeroso de que la magia del momento desapareciera. Pero la naturaleza exigente empujó a sus cuerpos por voluntad propia, haciendo que se mecieran uno contra otro hasta que se dejaron llevar cada vez con más intensidad.

El deseo y la pasión que habían alimentado durante cada uno de sus encuentros habían crecido, envolviéndolos, hasta que sus cuerpos se abandonaron al desbordante placer que los sacudió hasta los mismos cimientos. Por suerte, Thomas recuperó el dominio de sí mismo en el momento justo, consiguiendo salir de ella antes de derramarse en su interior.

Por un momento había estado a punto de dejarse llevar y olvidar la última parcela de su venganza que podía mantener. No habría hijos. La estirpe de su padre desaparecería con él y el ducado pasaría a Basil o a su futura prole, como debería haber sido desde el principio.

Y más le valía recordarlo cuando volviera a sumergirse en los hechizantes encantos de su esposa.

18

$\mathcal{A}$ medida que se acercaban a Redmayne Manor, el tiempo y el paisaje se volvían más inhóspitos. Incluso Thomas parecía más arisco de lo habitual. Durante el largo trayecto había intentado ponerla al día de todo lo que se suponía que debía saber acerca de su familia, la mansión y las circunstancias que los rodeaban. Una cantidad imposible de recordar de cifras, datos y observaciones que, en ningún caso, incluyeron una valoración personal o algún tipo de sentimiento. Daba la impresión de que se encontraban en una reunión de negocios y estaba enumerando el balance de los productos que debían vender ese semestre.

Una madre, un padre y un hermano fallecidos. Una hermana solitaria y unos primos que se aferraban a la mansión como el moho se adhería a los muros. Unos sirvientes acomodados en su puesto, demasiado ancianos y mal pagados como para desempeñarlo con eficiencia, y una mansión que necesitaba reformas urgentes, al igual que la desastrosa gestión de las fincas.

Tenían trabajo por delante y necesitaba que ella

se implicara también, al menos en la administración de la casa. Pero, con dos féminas en la mansión, Caroline se sentía un poco insegura a la hora de llevar a cabo la función que le estaba encomendando. Se sentía como si les estuviera usurpando su lugar.

Nada más bajarse del carruaje pudo ver la figura oscura de una mujer en la escalera, a la que reconoció inmediatamente como la persona que había visto hablando con Thomas frente al museo. No era una viuda, ni su amante, sino su taciturna hermana Alexandra. Caroline se acercó afable a saludarla y no pudo evitar mirar su mejilla izquierda y la cicatriz que la surcaba sin misericordia.

Puede que Alexandra notara su titubeante mirada o simplemente fuera un acto reflejo, pero bajó la cabeza y musitó una excusa para girarse y perderse en el interior de la mansión.

Caroline entró al vestíbulo, aún impactada por la súbita espantada de su cuñada, cuando una joven apareció sonriente con los brazos extendidos para abrazarla, seguida de un hombre que obviamente debía ser su pariente por el gran parecido físico. Cecile y Basil Richmond.

Al menos su recibimiento fue bastante más cordial y agradable, aunque había algo que a Caroline le chirriaba de Cecile. Una leve discordancia entre su amplia sonrisa y la mirada fría de sus ojos casi transparentes, un leve temblor en la comisura de sus labios como si tuviera que esforzarse por elevar sus extremos.

Caroline comenzó a odiar la mansión en el mismo instante en que puso un pie en su interior. Todo estaba cubierto de una lóbrega capa de algo oscuro e indefinible, como si todos los que habían habitado el lugar hubieran dejado una parte de su dolor impregnando las paredes, los tapices y los muebles.

Odió el aire helado que corría por los pasillos, el olor a cerrado de cada estancia, el frío sobrecogedor de las habitaciones. Estaba segura de que ni todo el fuego del mundo podría dotar a aquel mausoleo de calor humano y luz acogedora.

Había cenado cada noche una comida insípida en una mesa demasiado grande, en un comedor con unos techos impresionantemente altos, con un marido y unos familiares que ahora, a la luz de las insuficientes velas, se le antojaban extraños. Thomas la había dejado en las habitaciones de la duquesa desde su llegada, con apenas un beso en la frente, sin preocuparse de si sentía frío, miedo o inseguridad.

Aquel lugar causaba un extraño efecto en él, hasta el punto de ser incapaz de reconocer a Thomas en el hombre serio que parecía esquivarla desde que habían llegado.

Caroline no podía dormir. Las sábanas estaban tan heladas que era imposible conciliar el sueño. Los árboles azotaban sus ramas contra los cristales y el fuego de la chimenea era insuficiente para caldear la enorme estancia. Para colmo, toda la casa parecía emitir unos extraños crujidos, como un enorme monstruo desperezándose después de un largo letargo, o como si estuviera a punto de desmoronarse sobre sus cimientos. Su mente excesivamente imaginativa le estaba jugando una mala pasada, sin duda. Harta de dar vueltas en la cama, Caroline se envolvió en su echarpe de lana dispuesta a encontrar a Thomas donde quiera que estuviera.

Salió al pasillo y la recibió una oscuridad tan intimidante que estuvo a punto de volver a su habitación y cerrar con llave. Pero necesitaba un poco de calor humano, una conversación; a estas alturas hasta aceptaría una discusión con tal de tenerlo cerca. El viento parecía filtrarse por los muros de piedra y las puertas y ventanas mal selladas, con un aullido que le ponía los pelos de punta. Caroline caminó por los pasillos mirando de vez en cuando hacia atrás con la desagradable sensación de que alguien o algo la seguía. Al pasar delante de la enorme puerta del vestíbulo que daba a la calle, una bocanada de viento hizo que esta temblara y la madera crujiera, y Caroline estuvo a punto de echar a correr.

El sonido de unas voces apagadas y una carcajada femenina llegó hasta ella, amortiguadas por la distancia, y se dirigió despacio hasta el final del pasillo, donde la luz se filtraba por la puerta entreabierta del despacho del duque. Un pellizco desagradable se aferró a su estómago mientras su imaginación creaba el peor escenario posible. Abrió la puerta despacio y, aunque lo que vio no era tan grave como la tórrida escena que había creado en su cabeza, la imagen no era lo que se dice agradable.

Thomas estaba sin chaleco ni corbata sentado de manera relajada en su enorme sillón de cuero, bebiéndose una copa, y al otro lado de la mesa estaba Cecile, en actitud igualmente resuelta, con el pelo suelto y una vestimenta mucho menos estricta que la que solía llevar durante el día. Ambos mantenían una conversación distendida, muy alejada del trato formal y seco que parecían tener en público. La joven se volvió hacia la puerta al ver que Thomas se levantaba y clavó en ella sus ojos tan claros como la nada, pareciendo molesta por la interrupción.

Caroline sintió como si la hubiera apuñalado con la mirada, pero casi instantáneamente su dulce sonrisa la recibió como si su expresión anterior no hubiese existido.

—Oh, querida. Este maldito viento del norte no te deja dormir, ¿verdad? ¿Quieres una infusión? ¿Quieres que te prepare una a ti también, primo?

—No, gracias.

—Entonces me retiro. Se me ha pasado el tiempo volando. Os dejo a solas, feliz pareja —se despidió cerrando la puerta tras de sí.

Caroline no sabía si había sido un comentario irónico, pero desde luego no eran la viva imagen de un matrimonio feliz en esos momentos.

—Siento haberos interrumpido. Pensé que estabas solo —dijo Caroline cortante con intención de volver a su habitación.

—Espera.

Thomas rodeó la mesa para acercarse hasta ella y sin decir nada más la abrazó. Caroline cerró los ojos y aspiró el olor de su camisa, sintiéndose en casa por primera vez desde que había llegado. Anhelaba tanto su contacto que estuvo a punto de llorar de alivio.

—No has interrumpido nada. Estaba trabajando y Cecile ha venido a hablarme de Alexandra.

—Y supongo que de todas las horas que tiene el día ha tenido que escoger esta para plantarse en tu despacho. A solas. En mitad de la noche. Y con ese aspecto tan… desvergonzado. —Su tono no escondía ningún reproche, tal vez un poco de ironía, o puede que inseguridad.

La breve carcajada de Thomas resonó en su pecho.

—¿Estás celosa, duquesa?

—¿Debería, excelencia? —Caroline se separó de su pecho para ver su rostro. Estaba ahí, su sonrisa, la luz traviesa que bailaba en sus ojos claros, su insolencia de siempre. Thomas seguía ahí.

—Jamás. —Encerró sus mejillas entre las manos y la besó muy despacio, como si ella estuviera hecha de un cristal frágil y no quisiera ni siquiera empañarla.

La llevó hasta el sofá situado frente a la chimenea y apartó un tomo de papeles, dejándolos apilados en una mesita baja, para sentarse con ella en el regazo.

—Todo esto es un puto desastre, Carol. —Mientras hablaba le acarició las manos jugueteando con sus dedos—. El dinero se ha escurrido entre las manos de alguien por incompetencia o por algo peor que tengo que averiguar. Mi hermano Steve no estaba en condiciones de prestar atención a nada de lo que ocurría a su alrededor. Creo que las cuentas están falseadas, infladas, y el dinero que se invirtió ha desaparecido.

—¿Quieres decir que alguien ha estado robando? —Thomas asintió mientras sus manos continuaban acariciando sus brazos y su espalda, consiguiendo mitigar al fin la sensación de frío.

—Necesito saber más. Tengo mucho trabajo, por eso no te he prestado la atención que debería. Solo te pido un poco de paciencia.

—¿Quieres que me vaya y te deje continuar con lo que estabas haciendo?

—Debería decirte que sí. —Caroline intentó incorporarse, pero Thomas, con una carcajada, tiró de ella para que no se alejara, pegándola de nuevo a su cuerpo—. Pero soy un hombre débil, qué se le va a hacer.

Antes de que ella pudiera reaccionar, Thomas la tumbó contra los cojines y se colocó sobre ella.

—Eres una distracción bienvenida. —Intentó besarla, pero Caroline giró la cara para torturarle un poco, y, no dándose por vencido, comenzó a mordisquearle el lóbulo de la oreja.

—Debería decirle a tu solícita prima que volviera para terminar con vuestra interesante reunión de medianoche, no quiero perturbar tu plan de trabajo —dijo con sarcasmo, sin poder evitar que se le escapara un jadeo cuando su marido le acarició el muslo por debajo del camisón.

—Al cuerno mi prima. —Ella rio mientras Thomas deslizaba la boca por su garganta, mordisqueando la suave piel.

—¿Estás seguro?

—Ajá.

—No te noto muy convencido.

—Tendré que esmerarme, entonces.

Se apoderó de su boca con ansias y ya no hubo más preguntas, solo un beso salvaje seguido de otro y otro más, hasta que sus jadeos y sus susurros entrecortados llenaron la estancia. No había mesura posible cuando la necesitaba de aquella manera tan intensa, cuando, a pesar del millón de problemas que lo mantenían ocupado durante todo el día y en vela durante la noche, no había un momento en que ella no estuviera presente en su cabeza. Las caricias se volvieron tan urgentes como respirar y sus ropas acabaron arrugadas sobre la alfombra, mientas sus manos le apretaban y le rozaban cada pedazo de piel.

Caroline se arqueó contra él cuando su boca se entretuvo en sus pechos, torturándola con el roce de sus dientes, succionando, lamiendo, volviéndola loca de deseo. El frío de la mansión se había convertido en un vago recuerdo ante la sensación que le ardía bajo la piel, entre sus muslos, en cada retazo de su ser que Thomas tocaba. Sin poder aguantar ni un segundo más, la penetró hasta quedar totalmente sumergido en ella, con las apretadas y calientes paredes obrando su íntima magia sobre él.

Caroline no podía quedarse inmóvil ante lo que estaba sintiendo y comenzó a moverse acompasando su cuerpo al de Thomas, en una cadencia perfecta, cada vez más atrapante, cada vez más intensa, hasta que su interior se estremeció dejándola exhausta. Thomas, incapaz de contenerse más, salió de ella derramándose sobre la piel de sus muslos.

La sensación de tenerla entre sus brazos, reconfortado por sus caricias y su entrega, le hacía sentirse diferente, como si ninguna de las preocupaciones mundanas que lo acuciaban tuviese importancia. Caroline se acurrucó contra él y suspiró satisfecha. Todo sería perfecto si no fuera porque se sentía como un miserable. Puede que Caroline fuese demasiado inocente e inexperta todavía como para comprender los misterios del sexo, pero más pronto que tarde entendería lo que estaba ocurriendo. Por suerte para él, no tenía nadie cerca con quien pudiera consultar sus dudas. Al menos así tendría tiempo para prepararla y buscar el momento adecuado para explicarle la verdad, que solo serían dos en su matrimonio, que entre ellos no habría jamás descendencia, y en ese momento tendría que aceptar la decisión que ella tomara. Se dio cuenta de que le aterrorizaba que ella llegara a odiarlo, pero sería algo con lo que tendría que aprender a vivir si llegaba a ocurrir.

19

Con los muestrarios de telas en la mano, Caroline caminó decidida hasta la enorme y helada biblioteca donde lady Alexandra pasaba la mayor parte de su tiempo, cuando no estaba bordando o escondida debajo de una piedra o a saber en qué otro tétrico lugar lejos de cualquier humano. Apenas habían cruzado unas pocas palabras, y siempre que Carol intentaba buscar algún tema de conversación, ella se marchaba inventando alguna excusa, o a veces sin ni siquiera molestarse en ello.

—¿Puedo robarle un minuto de su tiempo? —Alex levantó la vista del libro y no pudo evitar una pequeña punzada de envidia al ver el hermoso vestido color azul cielo, la piel rosada de sus mejillas y el pelo perfectamente ondulado de Caroline. Todo en Caroline desprendía vida.

En cambio, ella era como una rama seca y yerma que se iba marchitando antes de llegar a florecer. Aún no había abandonado el luto y, aunque decidiera hacerlo, no se notaría la diferencia, ya que la mayoría de sus vestidos eran oscuros y sin gracia. Alex estaba a punto de cumplir los veintiséis, una edad bastante considerable en una dama, pero incluso así alguien normal podría sacar partido a lo que le quedaba de juventud. Solo que ella no era normal. Era prisionera de sus circunstancias y de aquella casa enorme que la había engullido hacía tiempo. Pero sobre todo era prisionera de ella misma y de la marca de su cara, que como una pesada coraza la instaba a ocultarse de todo y de todos. Suspiró dispuesta a prestarle algo de atención a aquella muchacha vital que desentonaba en aquel lugar tan lúgubre y de repente se sintió terriblemente vieja.

—Dígame, excelencia.

Caroline bufó en un gesto muy poco apropiado para alguien de su nueva posición.

—Por el amor de Dios, deje de llamarme de esa manera. No veo necesidad de esos formalismos. Si quiere, la seguiré tratando con el debido protocolo, pero yo definitivamente lo detesto. Llámeme Caroline, por favor.

Se sentó a su lado y extendió las muestras sobre el libro abierto, delante de sus narices, aun sabiendo que la estaba molestando. Sentía una perversa satisfacción en perturbar su obstinado silencio.

—Necesito su ayuda. Hay mil cosas que hacer aquí. Thomas quiere convertir esto en un sitio… No se ofenda, pero algo un poco más acogedor. He echado un vistazo a los jardines y tengo algunas ideas que me gustaría compartir. Aunque ahora lo que necesito es que eche un vistazo a esto. Hay que arreglar las ventanas para que haga menos frío dentro que a la intemperie y después tapizar los sillones del salón y cambiar las cortinas de varias de las estancias. Son muchas y será mejor que las encarguemos cuanto antes. Me gustaría tener su opinión.

Alex apartó los pequeños trozos de tela como si no hubiera prestado atención a nada de lo que había dicho Caroline y pasó molesta la página del libro, ignorándola por completo.

—No es necesario, es usted la señora de la casa, lady Caroline. Haga lo que crea conveniente.

Caroline la miró escrutando la expresión de su cara pálida. Había intentado ser amable, pero odiaba que la trataran con esa fría indiferencia. Esa mujer necesitaba que le pusieran las cosas claras, un buen zarandeo y sol, mucho sol.

—Eso es justo lo que hago. Lo conveniente es que la persona que lleva toda su vida aquí dé su opinión sobre qué maldito color quiere ver colgando de las ventanas todos y cada uno de los días de los próximos años.

Alex parpadeó sorprendida por el exabrupto y miró los trozos de tela que Caroline acababa de extender de nuevo sobre el libro con una mirada desafiante.

—¿Y bien, lady Alexandra?

Antes de que ella pudiera siquiera distinguir los colores, una mano pálida se plantó entre ellas señalando un retal de color ocre con arabescos brillantes, justo el que menos le gustaba a Caroline.

—Este será perfecto para el salón. —Carol levantó la cara hacia ella y arqueó las cejas ante la poco diplomática intervención de Cecile.

Nadie le había pedido su opinión, desde luego, y también dudaba de que alguien le hubiera pedido que permaneciera en esa casa, cuando la suya estaba apenas a unos kilómetros de distancia. Al menos, su hermano Basil tenía la deferencia de venir solo de visita. Pero Cecile permanecía allí estoicamente como si fuera parte del mobiliario. Tenía el inquietante don de aparecer siempre en cualquier parte a la que Caroline fuera. No había nada que pudiera reprocharle, jamás decía una palabra más alta que otra, nunca hacía un mal gesto, nunca le llevaba la contraria, con esa perpetua y desconcertante sonrisa en el rostro. La joven se afanaba en encontrar tema de conversación y había tomado la costumbre de buscarla después de cenar para tomar una infusión de hierbas y hacerle compañía antes de irse a dormir.

Caroline lo agradecía, al menos no se sentía tan sola, pero Cecile estaba convirtiendo el hecho en algo de obligado cumplimiento y parecía irritarse cuando Caroline rechazaba su compañía con algún pretexto, aunque pronto componía una expresión neutra para disimular. Lo que más molestaba a Caroline era que tras sus conversaciones vacías acababa demasiado agotada para mantenerse despierta, como si le robara la energía, cuando lo que en realidad le apetecía era ir en busca de su marido y compartir con él esas escasas horas de tranquilidad.

Thomas seguía absorto en su trabajo la mayor parte del día, aunque, en honor a la verdad, había encontrado una perversa satisfacción en despertar a su mujer en mitad de la noche para hacerle el amor de forma apasionada. Caroline disfrutaba de esos encuentros, adoraba que se quedara en su cama hasta el amanecer abrazándola, enredados entre sus

sábanas, pero el resto del día se encontraba terriblemente sola.

El nuevo duque andaba muy cerca de saber la
verdad de lo que estaba pasando y ya no podía dejar
el asunto. Ya tendrían su momento. Cada nuevo
trabajador con el que hablaba, cada arrendatario, le
daba un nuevo dato para seguir tirando del hilo. El
capataz era el encargado de administrar los gastos
para los trabajos que había que acometer, contrata-
ba a los trabajadores y buscaba el material. El problema era que en los libros de cuentas aparecían
partidas invertidas en materiales, reformas y otros
gastos que no habían llegado a donde más se necesitaban. La maquinaria y las herramientas estaban
obsoletas y maltrechas por el uso, los almacenes de
grano habían sido reparados de forma chapucera y
las grietas en la estructura eran más que preocu-
pantes. Pero, sin duda, lo peor eran las condiciones
lamentables de los arrendatarios.

El capataz, John Carter, era un hombre sin demasiadas luces, manejable y con poca iniciativa, un peón
puesto ahí por alguien bastante más listo, que sin
duda se estaría llevando la mayor parte del pastel.
Alguien capaz de falsificar una factura, un libro de
cuentas, un presupuesto. La letra era siempre la misma, alargada y pulcra, y ese pobre hombre apenas
sabía escribir. Y eso era lo que necesitaba averiguar,
aunque sus sospechas estaban bastante encaminadas.
Pero necesitaba pruebas. Por lo pronto la única baza
del duque era mostrarse terriblemente encantador y
estúpido para que todos lo encontraran inofensivo,
y tarde o temprano alguien metiera la pata.

Mientras las semanas pasaban, Caroline había encontrado una especie de aliada en Cecile, en contra de lo que había imaginado, y la ayudaba a marcar una hoja de ruta con todos los arreglos que se necesitaban en la mansión. Aunque Caroline dudaba de que aquello pudiera llegar a llamarse hogar alguna vez, al menos la ayudaba a mantenerse entretenida. Deambulaban aquí y allá tomando notas sobre los desperfectos, pero eran tantos que decidieron limitarse a las habitaciones que solían usar, o Thomas acabaría arruinándose con la reforma. Lo verdaderamente desconcertante era que, fueran donde fueran, Alexandra siempre aparecía como una sombra, observándolas desde una prudente distancia.

En la mansión, en el jardín, en el antiguo torreón de los Redmayne… Alexandra aparecía sin disimular que las había seguido, plantándose con su mirada inquisitiva y su aire silencioso.

Caroline se quitó los guantes de trabajo y el sombrero de paja, agotada después de patearse el jardín con el jardinero y con la incombustible e inalterable Cecile. Era curioso cómo la expresión de sus ojos no variaba nunca, independientemente de que estuviera sorprendida, alegre o triste, su expresión se mantenía pétrea, como si estuvieran vacíos de vida, tan claros que a veces parecían del más puro cristal. Era desconcertante y su sexto sentido luchaba por decirle que había algo raro en ella, pero Caroline seguía sin poder achacarle ninguna tara a su carácter. Carol se sentó en las descoloridas sillas de la terraza mientras la solícita prima iba a la cocina a por una jarra de limonada.

—Verde. —La voz de Alex a su espalda la sobresaltó, y se volvió sorprendida—. Me gusta el verde para las cortinas de la biblioteca. El clarito no, el tono intermedio.

Caroline asintió perpleja mientras Alex se marchaba.

Thomas había tenido que marcharse a Londres durante unos días y la estancia en Redmayne Manor comenzó a volverse aún más desoladora. Sin sus visitas nocturnas y sus breves conversaciones, todo era un poco más oscuro. Puede que fuera por su ausencia, pero Caroline empezó a sentir que perdía las fuerzas. Se encontraba más cansada de lo habitual a pesar de dormir más horas de las acostumbradas, puede que fuera debido a que sus sueños se habían vuelto inquietos y poco reparadores. Se despertaba en mitad de la noche creyendo haber escuchado un golpe o con la sensación de que alguien la observaba. En alguna ocasión tuvo que sofocar un grito al ver una sombra junto a su cama que se disipaba de inmediato cuando sus ojos se acostumbraban a la realidad. Por las mañanas, su cerebro se encontraba embotado, incapaz de hilar un pensamiento coherente hasta que no pasaba un buen rato. Todo esto hacía que se encontrara en un estado continuo de nerviosismo durante el día. Cecile le recomendó una infusión de hierbas relajantes, pero el resultado era el mismo, o incluso peor.

Aquella mañana el día había amanecido con una niebla espesa, igual que la que se había instalado en su cerebro de forma persistente. Se vistió para bajar a desayunar, pero antes de salir de la habitación se sintió agotada y tuvo que sentarse en la cama de nuevo. Se preguntó qué estaría haciendo Thomas en ese momento, seguramente estaría con Andrew en alguna reunión con los accionistas. Recordar a Andrew y a Thomas en su oficina y en su antigua vida la removió por dentro.

Echaba tanto de menos a su familia que de pronto, sin previo aviso, un sollozo le cortó la respiración y las lágrimas corrieron sin control por sus mejillas. Odiaba aquel lugar, y, en cuanto Thomas volviera, tendrían que hablar. Saltaba a la vista que él tampoco era feliz allí, aquel sitio los estaba cambiando a los dos, apagándolos poco a poco. Se levantó para bajar a desayunar cuando un golpe y el sonido de algo arrastrándose en el techo sobre su cabeza la paralizaron. Era el mismo ruido familiar que por las noches la hacía sobresaltarse y que ella achacaba a un mal sueño.

Si no recordaba mal, arriba solo había un desván, pero cuando subió con Cecile para revisar la casa unas semanas antes, estaba cerrado con llave. Escuchó de nuevo el exasperante sonido y se armó de valor para descubrir de qué se trataba. Subió al piso de arriba y sus pasos decididos fueron menguando de velocidad conforme se acercaban a la entrada de la pequeña habitación. La puerta estaba abierta apenas unos centímetros, pero cuando ella se acercó, la hoja de madera se abrió un poco más con un chirrido que le puso la piel de gallina e hizo que su estómago se redujera a un amasijo de nervios.

—Solo ha sido el viento, ha sido el viento, Caroline —susurró para sí misma intentando tranquilizarse. Miró hacia atrás para asegurarse de que seguía sola en el oscuro pasillo.

Un nuevo golpe se escuchó en el interior de la habitación. Con todo el coraje del que fue capaz, abrió la puerta y miró en su interior. Una pequeña ventana redonda por la que apenas cabría un gato debía haberse abierto con el viento y golpeaba el marco con cada nueva corriente de aire. Esos debían ser los golpes que había escuchado. Soltó el aire intentando tranquilizarse y se adentró en el reducido espacio, sin querer mirar demasiado a su alrededor, para cerrar la ventana.

La madera estaba un poco hinchada, tal vez por la lluvia de las últimas semanas, y tuvo que apretar con toda su fuerza para que encajara. Un sonoro portazo a sus espaldas la hizo dar un grito. Se abalanzó hacia la puerta cerrada y tiró de la manivela con desesperación con la imperiosa necesidad de salir de aquel espacio tétrico y opresivo. Toda la sangre de sus venas se congeló al comprobar que la puerta estaba cerrada con llave.

Golpeó, frenética, la madera, gritó y lloró desesperada, pero durante unos minutos interminables no se oyó nada al otro lado del pasillo. Apoyó la espalda contra la puerta con los ojos anegados de lágrimas, rozando la histeria, y se permitió mirar lo que había detrás de ella. Todo resultaba amenazante, todo estaba demasiado oscuro. Una mecedora que se movía levemente, un perchero con ropas informes colgadas, telarañas por doquier, baúles y cajas apiladas. Caroline sabía que era producto de su imaginación, que nada de aquello iba a cobrar vida para atacarla, pero el pánico era irracional y estaba totalmente fuera de control.

Volvió a pedir ayuda gritando más fuerte, más frenética, hasta que un chasquido detrás de ella la hizo reaccionar. La puerta se abrió de golpe y estuvo a punto de caer de espaldas al perder el apoyo. Salió al pasillo y Alexandra la sujetó de los hombros con los ojos abiertos como platos.

—¿Qué ha pasado? ¿Estás bien? —Caroline se soltó de su agarre bruscamente y la empujó para salir de allí cuanto antes.

Alguien la había encerrado en aquel desván, estaba segura de que no había sido un accidente.

Y casualmente había sido Alexandra, la siniestra, silenciosa y extraña Alexandra, quien la había encontrado, en un piso al que nunca subía nadie.

20

*P*or fin había amanecido un día soleado y Caroline decidió salir a dar un paseo.

Esa noche había tenido un sueño más reparador y se había levantado descansada, puede que fuera porque había olvidado tomarse ese espantoso té que Cecile, con su mejor intención, insistía en prepararle. Por mucho que fuera una receta de su abuela, sabía a rayos, y a ella no le sentaba del todo bien. Pero no quería ser descortés, ya que la muchacha parecía estar siempre tan preocupada y pendiente de ella.

Se había alejado de la mansión para dar un paseo y el ambiente parecía haber cambiado por completo: aire puro, sol, pájaros cantando… La vida parecía renovada y limpia alejada de aquellas paredes de piedra ennegrecida. Se paró en una bifurcación del camino. A la izquierda, una senda bien cuidada delimitada por altos cipreses que se ensanchaba en dirección a las propiedades del capitán Stone, o, mejor dicho, de su viuda, la abuela de Vincent Rhys. Se amonestó mentalmente por no haber encontrado aún un hueco para visitar a sus vecinos.

En dirección contraria, entre las copas de los árboles emergía a lo lejos el torreón, único vestigio de lo que había sido el castillo de los Redmayne.

—¡Espera! —La voz de Cecile, que se acercaba por el camino, la detuvo. Caroline no sabría decir por qué, pero la invadió una sensación desagradable al verla.

—Te he visto salir a pasear y decidí acompañarte.

—Hace un día estupendo, no podía quedarme en casa. —Caroline no consiguió que su sonrisa fuera algo más que una mueca rígida, pero Cecile fingió no notarlo.

—Yo tampoco, prima. —Su familiaridad le resultó chocante, pero de nuevo intentó sonreír—. Vamos, te enseñaré la torre de los Redmayne. Es un sitio un tanto macabro. Pero al fin y al cabo también eres la señora de ese lugar, debes conocerlo.

Caroline la siguió ascendiendo la ligera pendiente hasta que la edificación apareció ante sus ojos. Apenas quedaba una torre medio destruida y una parte de las murallas, pero debía haber resultado impresionante en su época.

—Subamos. Desde arriba hay unas vistas inmejorables de todo lo que te pertenece.

Carol dudó.

—¿Es seguro?

—Sí. ¿Acaso no te fías de mí? —La sonrisa de Cecile resultó tan escalofriante como una ráfaga de viento helado.

Aun así, Caroline se sintió obligada a subir los tres pisos por los escalones desgastados y medio derrumbados, esquivando los trozos donde las piedras se habían comenzado a desmoronar. Al llegar a una puerta estrecha, Cecile se apartó para dejar pasar a Caroline.

Salió a un espacio abierto, una azotea que comunicaba con lo que parecía otra torre y de la que ahora solo quedaban unos desmoronados escalones hasta el suelo. La sensación de vértigo la hizo recular. En el espacio, de apenas unos pocos metros de ancho, solo quedaban algunas piedras del muro de protección. No había nada que se interpusiera entre ella y el vacío. Estaba totalmente expuesta y un resbalón o un despiste podían ser mortales. Un leve empujón también. El viento, casi imperceptible desde el suelo, allí arriba traspasaba las ropas impunemente.

Sin vacilar, Cecile se acercó hasta el borde, hasta que sus pies se pararon justo en el filo de la desgastada piedra, dando la impresión de que las punteras de sus botas ya no estaban en contacto con nada material.

En algo tenía razón. Las vistas desde allí eran impresionantes, y alcanzaba a divisar el camino que llegaba hasta el pueblo, las casas y los prados que se extendían a sus pies. Caroline miró su perfil tan falto de expresión, carente de emociones, mientras el aire movía sus mechones rojizos desordenando su austero peinado. Durante unos instantes interminables solo se escuchó el ulular del aire que se filtraba entre las desvencijadas ruinas y agitaba los árboles del bosquecillo cercano, únicamente interrumpido por el graznido de algún ave.

—Ella se tiró desde aquí. ¿Conoces la historia de la duquesa que te precedió? —Carol negó con la cabeza lentamente—. La madre de Alexandra y Steve. Estaba harta de que el duque la engañara. Entre otras, con la madre de tu esposo. La infelicidad la volvió loca.

Caroline había enmudecido completamente impactada por lo que, con tanta frialdad, Cecile acababa de relatarle. Sabía que la madre de Alex había muerto, pero no de esa forma tan dramática. Ahora podía entender un poco más el carácter de su cuñada.

—Ven, mujer, acércate. No verás todo el paisaje pegada como un insecto a esa pared.

—No, gracias. Desde aquí se ve bastante bien —contestó intentando recuperarse de lo que acababa de oír.

—No me hagas pensar que eres una cobarde. —La mirada y el tono gélido de Cecile la hicieron avanzar unos pasos titubeantes, como si en lugar de una sugerencia fuera una orden ineludible.

Sus pies se colocaron apenas a unos centímetros del borde de la piedra.

—A menudo intento imaginar qué le pasaría por la cabeza en esos últimos instantes. Pena, alivio… —Caroline miró hacia abajo advirtiendo la impresionante altura y su estómago se hizo un nudo.

Las palabras de Cecile resonaban en sus oídos como una lejana letanía, como si no estuviera allí realmente, a pocos centímetros de ella, ambas al borde de un precipicio en el que cualquier descuido podía acabar con sus vidas. Su campo de visión se redujo al pequeño trozo de hierba donde la antigua duquesa habría yacido sin vida, y por un momento la imaginó, de manera macabra, con su cuerpo roto y sus ropas extendidas a su alrededor, bella e inerte. La realidad seguramente no habría sido una imagen tan bucólica como la que su mente había recreado. Todo a su alrededor pareció volverse oscuro y desenfocado, excepto esa pequeña porción de terreno donde aquella desconocida mujer había exhalado su último aliento, y de repente su corazón pudo percibir su inmensa pena.

Cecile continuó hablando con el mismo tono lóbrego.

—Un momento de duda en el postrero instante, quizá. Un pequeño movimiento hacia delante y luego ya no hay marcha atrás. El aire que te azota la cara, una absurda y efímera sensación de libertad. —Una bocanada de viento movió las faldas de Caroline enredándolas entre sus piernas y su cuerpo se inclinó un poco hacia delante con un ligero vaivén—. Y luego, el tremendo y rápido impacto. Y la nada. No más sufrimiento, ni dudas ni pesar. Tuvo que ser liberador, ¿verdad, duquesa? —Cecile parecía masticar las palabras demasiado cerca de su oído, peligrosamente cerca.

Los ojos transparentes y muertos se clavaron en los de Caroline con algo que se asemejaba bastante al odio, un odio injustificado y sin sentido.

Caroline movió uno de los pies para alejarse y un trozo de piedra se desprendió de la cornisa, cayendo hasta el lejano suelo. Echó el cuerpo hacia atrás con la respiración entrecortada, hasta pegar la espalda a la seguridad de la pared de piedra, con el corazón a punto de salirse de su pecho. Su prima política la miró con su sonrisa impostada y las manos pulcramente entrelazadas a la altura del regazo, como si fuera un dulce angelito caído del cielo.

—¿Volvemos? Es hora del té.

A última hora de la tarde, por suerte, todo pareció mejorar notablemente con el regreso de Thomas a la propiedad, y con la ausencia de Cecile, que se había marchado a su casa para comprobar que todo marchaba bien, aunque el respiro era efímero, ya que pensaba volver al día siguiente.

Thomas había traído correspondencia para Caroline de parte de su familia, libros para ella y Alexandra, y un regalo envuelto en papel de seda de color azul que le pidió que guardara para abrirlo en privado. Llevaba el emblema de Madame Claire, una de las mejores y más atrevidas modistas de Londres, y Caroline se imaginó que, fuera lo que fuera, seguro que no estaba pensado para abrigar.

Thomas les había contado algunas anécdotas sobre su viaje y, por primera vez, el ambiente entre Caroline y su cuñada se había vuelto más distendido, como si la presencia de Thomas pudiera aliviar cualquier fricción entre ambas. Incluso había comenzado a ver a esa misteriosa mujer con otros ojos. Viéndola allí sonriente, hablando de manera afable, se dio cuenta de que no era tan mayor como pensaba. Cuando sonreía era simplemente una mujer joven, guapa y culta, y uno apenas reparaba en su cicatriz, pues el resto de su carácter eclipsaba el defecto de su piel. Pero entendió su recelo. No había tenido una vida fácil, y quién no intentaría protegerse de los demás en su lugar.

Alexandra decidió cenar en su habitación, y cuando Caroline bajó al majestuoso y gélido comedor encontró a Thomas esperándola junto a la chimenea. Él levantó la cabeza para mirarla cuando se percató de su presencia y su corazón se saltó un latido al notar su mirada ardiente sobre ella.

La deseaba, no tenía ninguna duda, igual que ella lo deseaba a él. Aunque no sabía si tendría suficiente con eso para mantener su matrimonio o empezaría a necesitar más de él. Todo, a decir verdad. De buena gana se hubiera saltado la cena y hubiera arrastrado al duque hasta sus habitaciones para mostrarle de manera desvergonzada lo agradecida que estaba por el poco sutil camisón que le había regalado. Pero él, sin apartar la vista de sus ojos, la besó galantemente en la mano y la acompañó hasta la silla dispuesta en el centro de la enorme mesa, para irse después al extremo donde el diligente lacayo había dispuesto el otro cubierto. Apenas podían hablar de esa manera y, para colmo, habían colocado un candelabro más grande que su cabeza sobre la mesa, obstaculizándole la visión.

—En estos casos es cuando echo de menos tener una paloma mensajera.

—¿Decías algo, cariño? —Thomas inclinó la cabeza para esquivar el candelabro y poder así verle la cara.

—No, nada importante, excelencia. —Caroline era nieta, hija y hermana de un conde, pero en su casa no se dejaban llevar por esos formalismos excesivos, al menos cuando estaban en familia—. Es solo que supongo que los techos son tan altos para poder escucharse a través del eco que producen.

Thomas se rio para sus adentros sabiendo que Caroline estaba igual de molesta que él por la disposición de los cubiertos, más aún cuando lo único que quería era tenerla cuanto más cerca mejor, a ser posible sentada sobre su regazo. Se metió una cucharada de sopa en la boca y solo su exquisita educación evitó que la escupiera.

—Que no sirvan nada más —ordenó, haciendo una seña a los lacayos para que empezaran a retirar la comida.

—No te enfades con ellos, la cocinera se marchó hace unos días y la sustituye por turnos el resto del servicio hasta que encontremos otra.

Se levantó dejando la servilleta sobre la mesa y se situó tras la silla de su mujer, colocando las manos sobre sus hombros.

—Pues este turno es nefasto. —Thomas se acercó lo suficiente como para que su esposa sintiera su aliento en el cuello—. No he cabalgado sin descanso desde Londres para cenar una sopa insípida en un comedor helado con mi esposa a kilómetros de distancia.

Aquello sonaba a algo prometedor y Caroline se mordió el labio conteniendo la sonrisa.

—Vamos, dulce Caroline. Cenaremos como Dios manda en un sitio acogedor y peligrosamente cerca el uno del otro.

Cuando entraron en la posada del pueblo, el ambiente festivo sorprendió a la duquesa, que nunca había estado en un lugar así. Estaba a rebosar de gente, el salón era cálido y el aroma de la comida recién hecha llegó hasta sus fosas nasales provocando que sus tripas se quejaran ruidosamente.

Thomas le quitó la capa y le guiñó el ojo al verla sonriente y entusiasmada como una niña pequeña. Era imposible no contagiarse de la alegría reinante. Había varias mesas largas repletas de comida y jarras de barro rebosantes de vino y cerveza. Encima de una tarima, un joven pelirrojo con la cara redonda y sonrosada tocaba alegremente un violín mientras el resto le acompañaba con las palmas. Pronto otro muchacho provisto de un pífano se unió a la pegadiza tonada entre vítores y Caroline no pudo evitar seguir el ritmo con los pies.

—Por los mismísimos cuernos de Satanás, mira a quién tenemos aquí. —Un hombre enorme, que por lo que dedujo era el posadero, se acercó hasta ellos. Dejó las jarras que llevaba sobre una mesa y se limpió las manos en el delantal para saludar a Thomas.

Los ojos del posadero se clavaron en la bonita joven vestida elegantemente que lo acompañaba y que desentonaba en aquel ambiente rural. El hombre enrojeció profusamente al darse cuenta de que Thomas ya no era el chico simpático que había conocido, sino el mismísimo y poderoso duque de Redmayne, y ella, su duquesa.

—Oh, discúlpeme…, excelencia. —La palabra pareció enredarse en la punta de su lengua, pues, aunque en el pueblo todos sabían su ascendencia, para la gente que lo conocía desde niño había sido un muchacho más.

—¡Oh, vamos, Tobías! ¡Déjate de ceremonias!

—Thomas le dio una fuerte palmada fraternal en la espalda y el posadero volvió a respirar con normalidad, saludándolo entre risas—. Mi esposa y yo estamos hambrientos. —Miró a su alrededor. Unos pocos los miraban intrigados, pero la mayoría estaban demasiado inmersos en el jolgorio como para darse cuenta de su presencia.

—¿Qué se celebra?

—Uno de los chicos se ha casado. Si les molesta la música, puedo pedirles que aflojen un poco o puedo preparar una mesa en los comedores privados.

—No te preocupes —lo interrumpió con una sonrisa—. Un poco de algarabía es justo lo que necesitan nuestros espíritus. Y mi cochero además necesita una buena jarra de cerveza, encárgate de él.

Tobías los condujo hasta una de las mesas del fondo, desde donde se contemplaba toda la estancia, pero en la que disponían de la intimidad suficiente para poder charlar.

Con el estómago lleno, la vida se veía de otra manera, no había duda. La comida era sencilla: pan con mantequilla, empanada de carne, puré de verduras y ave guisada, la especialidad de la casa, pero todo estaba tan jugoso, crujiente y bien guisado que Caroline no recordaba haber comido nunca manjares tan exquisitos.

Aunque quizá influyera en su ánimo que su esposo la entretuviera relatándole las nuevas travesuras de sus sobrinos que Andrew le había contado, o que, de vez en cuando, extendiera la mano sobre la mesa para entrelazar los dedos con los suyos, mientras no dejaba de devorarla con los ojos.

Era inevitable contagiarse de la alegría y el optimismo de los recién casados, que habían retirado varias mesas para bailar en el centro del comedor. Thomas y ella se unieron a los presentes entre vítores y palmas, y para la nueva duquesa esa sin duda fue una de las noches más impredecibles y divertidas de su vida.

Después de transmitirles los mejores deseos a los novios y despedirse de ellos, Thomas pidió una habitación para ellos y otra para su cochero, que dormitaba como un angelito apoyado en la barra, gracias a las generosas cervezas de las que había dado cuenta. Caroline lo agradeció, no sentía ningunas ganas de volver a meterse en el carruaje, por muy lujoso que fuera, y emprender un camino de baches para llegar a la oscura mansión.

La habitación, aunque espartana, estaba caldeada por el fuego de la chimenea y parecía pulcramente limpia y acogedora. Apenas había una mesa con un par de sillas, un mueble con un espejo y una jofaina y una cama que se le antojaba demasiado pequeña para ambos. A pesar de la confianza que había entre ellos, no pudo evitar sonrojarse un poco al mirar el lecho e imaginarse allí compartiendo caricias con su marido.

Thomas se pegó a su espalda, la abrazó por la cintura y dejó en su cuello un reguero de besos cálidos que la hicieron recostarse contra él con un ronroneo.

—Mi dulce duquesa, me temo que no hay ninguna doncella disponible para usted en este humilde castillo. ¿Tendría a bien conformarse con este torpe caballero?

Caroline rio mientras Thomas comenzaba a desabrocharle con rapidez los botones de madre-perla de la espalda.

—Me parece que este pobre caballero tiene demasiada experiencia en desabotonar espaldas femeninas. —Ahogó un gritito de sorpresa cuando de un tirón le bajó el vestido hasta abajo.

—No es posible deshacerse del pasado de uno. Lo único que debe importarte es que desde ahora los únicos botones que desabrocharé serán los tuyos. —Thomas la mordió en el cuello mientras deslizaba las manos por sus senos que sobresalían tentadores sobre las prendas que aún llevaba puestas.

Le tocó el turno al corsé, que, con la misma rapidez, fue a parar al suelo junto al vestido, seguido de las enaguas, las medias y la camisola. Se alejó de ella para contemplarla, como si fuera una obra de arte a la que acababa de darle las últimas pinceladas.

Caroline tiró de las pequeñas peinetas plateadas que sujetaban su peinado y los bucles cayeron en una cascada oscura sobre sus hombros.

—Ahora sí. Perfecta. —Caroline se sintió sobrecogida por su mirada de admiración.

Con manos ansiosas, Thomas se quitó la chaqueta y la lanzó sobre la silla. Se señaló su ropa con las manos en un gesto teatral.

—Te toca, no pretenderás que haga yo todo el trabajo.

—Le advierto que yo no tengo tanta experiencia en esas lides, su gracia. —Thomas gruñó a medias, cuánto odiaba que lo llamara de esa manera. Ella lo sabía, por supuesto, pero sentía un perverso placer en provocarle—. No sé si me dará bien ser ayuda de cámara.

—No te preocupes, puedes practicar conmigo siempre que quieras. —La voz de Thomas se entrecortó cuando ella se deshizo de su chaleco y deslizó las palmas de las manos por su pecho. Intentó abrazarla, tenerla desnuda tan cerca de su cuerpo era una tentación irresistible para él, pero ella se lo impidió sujetándolo de las muñecas.

—Oh, no… Debes dejar que realice mi trabajo diligentemente. Yo no te he molestado a ti mientras me desnudabas.

—Dios, pues hubiera agradecido la interrupción —jadeó cuando ella le retiró la camisa desde atrás deslizando los dedos por su columna vertebral.

Era increíble cómo cualquier mínimo roce, cualquier ínfima atención que le prodigara le llevaba al límite. Thomas se quitó él mismo las botas y las medias para facilitarle el trabajo y ella lo torturó, entreteniéndose más de lo necesario con el cierre de los pantalones. Deslizó la tela por sus piernas con lentitud, agachándose para retirar la prenda, y Thomas casi muere cuando su cara pasó peligrosamente cerca de su miembro excitado.

Al límite de su paciencia, la sujetó de los hombros y la pegó a la pared más cercana, donde la besó con auténtica y verdadera desesperación. Sus cuerpos desprendían tanto calor que parecía que iban a fundirse el uno con el otro. Sus manos ansiosas parecían estar en todas partes y Caroline le correspondía con la misma vehemencia. Thomas se pegó a su cuerpo y rozó su abultado miembro contra su entrepierna. Estaba tan húmeda que no podía esperar más a estar en su interior.

Le pasó las manos por debajo de los muslos instándola a rodearle las caderas con las piernas y la penetró con un solo movimiento. Caroline jadeó sorprendida. Se aferró a su espalda, mientras Thomas empujaba en su interior con intensidad, llevándola al límite de un placer que la dejaba sin fuerzas. Se detuvo para besarla de nuevo y la llevó hasta la cama con idea de prolongar un poco más aquel dulce tormento. No quería terminar tan pronto, quería que aquella sensación nueva e indefinible durara toda la noche, toda la vida. Sentía algo que no había sentido jamás: que ella le pertenecía, que él le pertenecía a ella, que todas las caricias, que todos los besos no serían suficientes para calmar su deseo.

Indefinible. Aunque sabía perfectamente que eso no era cierto, que había una palabra perfecta para aquello.

Pero, dejando al margen los problemas semánticos, la única verdad incontestable era que ambos ardían consumidos por una pasión que no podían controlar. Continuó besándola y se sumergió de nuevo en su interior con un ronco gemido de placer. El cuerpo flexible de Caroline se arqueó contra el suyo, amoldándose a cada nueva penetración con la misma devastadora necesidad que él demostraba. Ella le rogó que continuara un poco más con aquella deliciosa tortura y no pudo hacer otra cosa que obedecerla, mientras sentía que sus paredes se apretaban cálidas y vibrantes con un potente orgasmo. La sensación de proporcionarle placer era abrumadora, dejarse atrapar por sus jadeos, por el sabor salado de su piel perlada de sudor, por su olor… Era tan cautivador que él también se dejó llevar por el intenso clímax, derramándose en su interior, olvidándose de cualquier cosa que no fuera ella.

No importaba que el mundo se desmoronara fuera de las paredes de aquella sencilla habitación, mientras ella estuviera entre sus brazos no habría nada que temer.

21

Su respiración formaba pequeñas nubecitas de vaho mientras esperaba en el frío patio de la posada a que su mujer bajara para volver a casa.

Thomas había pedido que subieran para ella una bandeja con el desayuno, y había salido casi a la carrera de aquella habitación que de repente se le antojaba demasiado pequeña para los dos. Había perdido la cuenta de cuántas veces había recorrido en una y otra dirección el empedrado dándose pequeños golpecitos en el muslo con sus guantes.

Pero la ansiedad y la velocidad de sus pensamientos le impedían quedarse quieto. Había sido un estúpido. Un inconsciente.

Se había dejado atrapar por aquella nube de lujuria y absurda euforia y no había sido capaz de contenerse. Y no solo se había dejado llevar una vez, sino dos.

Al filo del amanecer, los besos juguetones de Caroline le habían traído de vuelta de un sueño profundo y reconfortante, para sumirlo de nuevo en el placer más exquisito. Sus manos pequeñas y calientes habían acariciado todo su cuerpo desnudo bajo las sábanas, que había reaccionado desmesuradamente ante su roce.

Ella había besado su pecho, sus hombros, su cuello, y él simplemente se había dejado querer con una sonrisa extasiada y somnolienta. Había bajado por su abdomen hasta llegar a una zona que emanaba peligro. Thomas aguantó la respiración mientras ella improvisaba caricias con su lengua sobre su miembro.

Con una mano apretó las sábanas, absorbiendo la indescriptible sensación de su aliento cálido sobre la piel satinada. Su otra mano, como si tuviera vida propia, se enredó en su pelo, mientras ella lo tomaba en su boca privándolo totalmente de voluntad. No recordaba haber estado tan duro jamás, tan excitado, tan subyugado ante un placer al que era incapaz de negarse. Caroline se colocó a horcajadas sobre él sintiéndose poderosa, sabiendo que era ella la que dirigía la dicha de ambos.

Su humedad palpitaba ansiosa por sentirlo dentro y apenas pudo contener el grito de placer cuando él la penetró.

Thomas elevó las caderas para recibir sus envites mientras ella se mecía contra su cuerpo, apretándose contra él, al borde de un abismo al que no se podía resistir, hasta que se tensó y se entregó a la fuerza de un orgasmo que parecía barrerlo todo. Él notó cómo el cuerpo poderoso de Caroline se estremecía a su alrededor, cómo su interior convulsionaba arrastrándolo también a él. Fue consciente del preciso instante en que su resistencia se desmoronó, en que su mente dejó de funcionar para dedicarse únicamente a sentir.

Se elevó una vez más al encuentro de su cuerpo fundiéndose con ella, cuando el intenso clímax lo golpeó con fuerza dejándolo aturdido y exhausto.

Había vuelto a pasar.

Su venganza, o más bien sus principios, se tambaleaba escapando de su control.

Porque de eso se trataba, de los férreos principios que él mismo se había impuesto para no dejarse dominar por la pasión ni el sentimentalismo, no permitir que lo que sentía gobernase su vida.

Y más aún y sobre todas las cosas, no podía permitir que su padre se saliese con la suya.

El gran duque no había reconocido a Thomas por amor o porque fuera lo correcto o lo justo. No había podido soportar que su heredero, Steve, fuera un eslabón débil en la cadena de su estirpe, y mucho menos que por su endeblez su preciado título pasara a manos de un sobrino incompetente, hijo de su aún más incompetente hermano, perdiéndose así su propia huella.

Thomas era el elemento que usaría para restituir el orden correcto de las cosas. Su sangre se perpetuaría descendiente tras descendiente en una línea directa y sin taras. Thomas no quería ser su cómplice. Todo el sufrimiento que su padre había provocado en los demás quedaría impune si lograba su objetivo y Thomas le daba unos nietos fuertes y vigorosos que perpetuaran el ducado de Redmayne.

La puerta que daba al patio se abrió con un chirrido y Thomas detuvo sus movimientos, aunque bien parecía que todo su cuerpo se había paralizado también, incluyendo su cerebro y su corazón.

Caroline levantó la vista hacia él sonriéndole un poco tímida, quizá recordando una reciente intimidad compartida a la que todavía no se había acostumbrado del todo.

Su peinado era más que sencillo, apenas dos horquillas apartando el pelo de la cara, y el vestido, más propio para la noche, se veía bastante arrugado.

Y aun así su belleza había sido capaz de disipar la sensación de frío de sus huesos y estaba seguro de que, si ella se lo proponía, sería capaz de hacer que la niebla se levantara abandonando la tierra húmeda.

Thomas la dejó en la mansión y volvió a marcharse rápidamente con la excusa de reunirse con el nuevo administrador que había contratado.

Caroline miró desde la enorme ventana del salón cómo su marido, después de cambiarse de ropa, se alejaba velozmente a caballo. Thomas echó una última mirada hacia la casa, como si instintivamente supiera exactamente que sus ojos lo observaban.

La vio allí, tan quieta, tan pequeña, asomada a ese enorme ventanal, y le pareció que era Jonás engullido por una monstruosa ballena asomándose al cristal de sus ojos, haciéndole saber al mundo que aún seguía allí.

Caroline se encontraba sumergida en un mar de dudas.

No entendía por qué su esposo había pasado de ser alegre, atento y simplemente maravilloso a frío y distante en unas cuantas horas. Apenas la había mirado ni dirigido la palabra en el carruaje de vuelta a casa y su despedida había sido tan gélida como los pasillos de Redmayne.

Pero, si bien esa cuestión la intrigaba, sabía que devanarse los sesos tratando de entender su actitud taciturna no la llevaría a ninguna parte.

En cambio, había otra duda bastante más terrenal y mundana que azuzaba su imaginación.

Se dirigió a la biblioteca para intentar encontrar una respuesta a todo aquello.

Miró las estanterías con ojo crítico. Teología, tratados sobre temas diversos, clásicos griegos…, en algún lugar de aquella enorme biblioteca debía haber algo que resolviera su dilema, pero se le antojó tan complicado como encontrar una aguja en un pajar.

La noche anterior la intimidad entre ellos había sido diferente, pero se negaba a relacionar eso con la actitud esquiva de Thomas esa mañana. Ella no era ninguna ingenua, pero la verdad es que sus conocimientos sobre las relaciones maritales se reducían básicamente a lo que Thomas le había enseñado, que no era poco. Aunque sus lecciones se habían limitado a mostrarle cómo alcanzar el placer mutuo.

Conocía los rudimentos básicos y un poco de teoría sobre cómo funcionaba el asunto de la procreación, y, aunque confiaba en que, obviamente, su esposo sabía cómo proceder a tal efecto, seguía teniendo lagunas al respecto. El fin último y digno de la relación entre un hombre y una mujer era continuar con el ciclo de la vida, el hombre depositaba su semilla en el fértil vientre de la mujer y… he aquí que se obraba el milagro.

Pero desconocía cuándo, cómo y en qué cantidad se distribuía esa simiente. Si se guiaba por el ejemplo de la naturaleza, a veces una simple y solitaria semilla bastaba para que un fuerte árbol se abriera paso, y sin embargo en otros casos había que utilizar más cantidad para optimizar los resultados. Aunque había deducido lo básico en la intimidad del dormitorio, lo que había ocurrido la noche anterior la había desconcertado.

Las preguntas danzaban en su cabeza y era consciente de que tarde o temprano su impertinente lengua no tardaría en formulárselas a Thomas. Le daba miedo que se burlara de ella, pero no tenía a nadie más a quien preguntarle. Y quién mejor que él para sacarla de dudas.

Continuó rebuscando entre los tomos de ciencias naturales, sacándolos y dejándolos amontonados sobre la mesa. Estornudó por el polvo acumulado que impregnaba la piel oscurecida de los lomos y continuó deslizando los dedos sobre las letras grabadas, con curiosidad.

Si al menos su amiga Marian estuviera allí, ella seguro que sabría cómo contestar a sus cuestiones…, pero ese no era el tipo de tema que se podía tratar por carta. «Hola, querida: cuando vaya a la ciudad me compraré un nuevo sombrero con guantes a juego. Y, por cierto, podrías explicarme si eso…, cuando el hombre culmina…, si exactamente eso es…, si es normal que quede afuera o…, cuánta cantidad es necesaria para que una mujer…» Oh, Dios santo, le daba pudor hasta formularse la pregunta en su cabeza.

Se le escapó una risita al imaginar la cara que pondría su cuñada si llegaba a plantearle el tema.

—Creía que la única persona capaz de encontrar divertido sumergirse en esas antiguallas era mi prima Alex.

Caroline jadeó y se sobresaltó, dejando que el enorme libro que ojeaba cayera al suelo con un ruido sordo. Cecile la observaba con su imperturbable rictus cetrino y las manos entrelazadas en actitud sumisa.

—Cecile, no te oí entrar. Pensaba que aún seguirías en tu casa.

—No vi necesidad de prolongar la visita. Todo allí funciona con la precisión de una maquinaria perfectamente engrasada.

A Caroline no se le escapó la ironía de que considerara que ir a su propia casa fuera una «visita», como si ya hubiera tomado posesión de la mansión Redmayne y ella fuera la legítima dueña del lugar.

—Sí, no lo dudo. Pero me pongo en tu lugar, querida. Es muy loable que hayas sacrificado tu propia comodidad para ayudar a Alex en el duro trance vivido. —Caroline dudó si seguir hablando por miedo a ofenderla, pero realmente su presencia allí, como un fantasma vigilante, cada día la desconcertaba e incomodaba más—. Pero ella parece encontrarse cada día mejor. Thomas y yo estaremos a su lado. Quizá haya llegado el momento de que recuperes tu propia vida, Cecile.

Durante lo que pareció un momento interminable, el rostro de Cecile fue apenas una máscara fría e inerte, con su sonrisa tan tensa que parecía pintada sobre un trozo de madera.

Sus dientes estaban tan apretados que Caroline habría jurado que los había oído crujir.

Al fin soltó con lentitud el aire que parecía haber mantenido retenido demasiado tiempo en sus pulmones y un músculo en la comisura de sus labios comenzó a temblar levemente.

—Supongo que tienes razón, querida duquesa. Tu interés en mi bienestar me conmueve.

Caroline sonrió, nerviosa, y se giró para devolver los libros a sus estantes. La enorme habitación se había vuelto de repente un lugar opresivo.

Cecile clavó sus ojos inexpresivos en la espalda de Caroline. Su postura era perfecta y grácil, su cintura fina y su cuerpo esbelto, a pesar de no ser demasiado alta. Llevaba el pelo suelto, solo retirado de la cara con dos pequeñas peinetas de carey que pasaban desapercibidas entre sus mechones castaños y brillantes. Sus sedosos rizos llegaban prácticamente hasta el final de su espalda y parecían flotar como si tuvieran vida propia con cada movimiento.

Pensó en su propio pelo raquítico, apagado, de un color indefinible, demasiado oscuro para ser rubio, demasiado apagado para ser pelirrojo. Sin brillo, sin gracia, solo unos cuantos mechones lacios que apenas alcanzaban para hacerse un recogido decente y que cada día parecían más endebles.

El día había amanecido nublado y las altas ventanas no eran suficientes para leer con claridad los títulos de aquella alejada estantería, por lo que Caroline había llevado consigo una vela. La mirada de Cecile abandonó la espalda de la duquesa, que seguía afanándose en colocar los libros en su lugar en un orden más o menos lógico, para clavarse en el candelabro de plata oscurecida por el tiempo que sostenía la solitaria vela.

Apretó sus pálidos y rígidos dedos alrededor de la base torneada y fría del soporte y lo elevó sin apartar la vista de la llama.

—Está muy oscuro aquí, ¿no crees? —Observó el lento movimiento de su propia mano como si no le perteneciera, mientras la pequeña y titilante luz se acercaba a los rizos de color caoba, hasta que ya no hubo marcha atrás.

Todo ocurrió tan rápido que Caroline apenas pudo darse cuenta de lo que estaba ocurriendo.

El grito de alarma de Alexandra, que había salido como de la nada, el insoportable calor en su espalda y un golpe que la lanzó contra el suelo dejándola sin respiración.

Lo siguiente de lo que fue consciente fue del nauseabundo olor a quemado y de Alexandra golpeándole con su propio chal intentando sofocar la llama en la que se había convertido su cabello.

Levantó la vista, aturdida, para encontrarse directamente con la mirada vacía de Cecile, que sin mucho éxito intentaba fingir consternación.

Su doncella, Sophie, moqueaba sin descanso mientras recogía los mechones chamuscados que acababa de cortarle y los depositaba con reverencia en la palangana, como si de un funeral se tratase. Salió de la habitación llevándose los restos de lo que había sido su lustrosa melena, tras dedicarle a la consternada Caroline una última mirada.

No había dicho una palabra desde que se había sentado en su tocador para que Sophie intentara remediar el desastre, manteniéndose extrañamente tranquila, como si no acabara de asimilar lo que había ocurrido.

Aún estaba impactada y ahora era plenamente consciente de que, si Alexandra no hubiera entrado en ese momento en la biblioteca y hubiera visto el accidente, podría haberse convertido en una pira viviente, con un resultado bastante más funesto.

Cecile había sufrido un ataque de nervios al ver el resultado que su descuido había provocado.

Según su versión, se había despistado un momento leyendo los títulos de una de las estanterías, su mano había relajado el agarre sobre el candelabro y Caroline había retrocedido un poco hacia atrás, hasta que su pelo se había prendido rápidamente y de manera inevitable.

Todo el universo parecía haberse confabulado para que aquel desgraciado incidente sucediera.

Parpadeó como si despertara de un mal sueño al escuchar unos suaves golpes en la puerta y esta se abrió para dejar entrar a su cuñada.

—Te he traído un poco más de ungüento. —Caroline cogió el tarro y aspiró el dulce aroma.

—Es aceite de rosa, es lo que yo uso para…, para las cicatrices. —Alex suspiró sin saber muy bien qué más decir, o si debía continuar hablando o dejarla pasar el mal trago en soledad.

—Gracias. Por todo. Si no llegas a aparecer…

Por suerte, había llegado antes de que su ropa prendiera, lo cual hubiera sido realmente dramático, y no una simple irritación en el cuello por la cercanía del fuego, como ahora.

—No le des más vueltas. Aparecí y eso es lo que importa. Además, el pelo así te queda muy bien. Puede que crees tendencia cuando vuelvas a Londres.

Ambas rieron tímidamente intentando quitarle hierro a la desagradable situación y tratando de olvidar el enorme susto que les había ocasionado.

Caroline deslizó los dedos entre los mechones, que se habían rizado un poco más al cortarlos. Se sentía extraña.

Había tenido el pelo largo desde que era una cría y ahora apenas rozaba sus hombros, y aun así podía considerarse afortunada. Se preguntó si Thomas la seguiría encontrando atractiva y Alex pareció leerle el pensamiento.

—Mi hermano ha mandado una nota. Tiene que hacer unas gestiones en Sevenbridges y volverá en un par de días.

Se había mantenido estoica hasta ese momento, pero necesitaba que su marido la abrazara y la tranquilizara, que le dijera que no pasaba nada malo entre ellos, que todo estaría bien. Sus ojos se humedecieron sin que pudiera evitarlo y, cuando sintió la mano de Alex apretando la suya, las lágrimas corrieron sin control por sus mejillas.

—Caroline, si quieres mandaré a alguien para que le avise de lo ocurrido, seguro que lo que sea que esté haciendo puede esperar.

Caroline negó con la cabeza y simplemente dejó que todos los nervios y la incertidumbre de su interior fueran limpiados por un llanto reconfortante y sanador, mientras Alex se mantenía allí a su lado, firme como un faro durante la tormenta.

Υ

Cecile se tapó la boca con la almohada para ahogar su grito de indignación y rabia.

Cómo se atrevía aquella pequeña y miserable rata vanidosa a sugerir que ella debía marcharse de allí.

«Es hora de recuperar tu vida, Cecile», repitió mentalmente las palabras de Caroline haciendo muecas burlonas. Estaba tan furiosa que apenas podía contenerse. Necesitaba chillar, romper algo, a ser posible la nariz de aquella asquerosa arpía usurpadora. Si pudiera, le sacaría los ojos y se los echaría de comer a los perros. Se clavó las uñas con tanta fuerza en los muslos que las marcas violáceas, con seguridad, no tardarían en aparecer. Gruñó y se mordió el labio con fuerza hasta que sintió el regusto metálico de su propia sangre, enloquecida, con la ira bullendo de manera insoportable y salvaje en su interior.

Cuando el odio llegaba a esos extremos, solo el dolor conseguía aliviar su comezón. Se paró delante del espejo con la cara desencajada y los ojos enrojecidos a punto de salirse de sus órbitas.

—Estás dejando que esa zorra idiota te gane la partida, Cecile —se escupió con furia a sí misma—. Ya deberías estar a punto de quitarla de en medio. ¿Y qué has conseguido? ¡Nada!

Cecile se abofeteó con fuerza, una, dos, tres veces… hasta que sus dedos se marcaron rojos y acusatorios en su cara pálida.

—«Me sienta mal el té.» —La imitó de forma burlona—. Si hubieras sido considerada, ahora tendrías un bonito cadáver con la cabellera intacta. Pero no vas a arruinar mis planes. Fui demasiado permisiva con Steve y esta vez no va a ocurrir lo mismo. Aunque al menos el desgraciado era más obediente y se tomaba las infusiones.

Frustrada, volvió a gritar con la garganta ronca y la cara enterrada en el mullido cojín.

—Él es el único culpable, y ojalá esté pudriéndose en el mismísimo infierno. Si hubiera accedido al matrimonio, yo ahora sería la duquesa y puede que él siguiera vivo. Nada de esto habría pasado. Debí meterme en su cama, pero el infeliz ni siquiera tenía sangre en sus venas para tomar a una mujer. Siempre tienen que hacerlo todo tan difícil…

Volvió a sentarse frente al espejo, respirando con fuerza por la nariz, con las señales de sus propias bofetadas marcando su rostro y el pelo desordenado cayendo sin vida sobre sus ojos. Una carcajada hueca y extraña sacudió su enjuto cuerpo.

—Pero no me impediréis llegar a mi objetivo. Seré la señora de Redmayne, de uno u otro modo lo seré, y ninguno de vosotros podréis detenerme.

22

Lo que en principio iban a ser un par de días de viaje se convirtió para Thomas en un periplo de cinco jornadas a través de todos los pueblos alrededor de Redmayne Manor. Cada vez que llegaban a algún nuevo lugar en busca de alguna pista sobre los tejemanejes de Carter, encontraban un nuevo cabo del que seguir tirando un poco más. El viejo había sido astuto y cada vez se había ido alejando un poco más para contratar trabajadores o comprar material con el fin de hacer más difícil de rastrear su estafa. La mayoría de la gente con la que contactaban no guardaba registros de las transacciones, pero al menos había conseguido, con la ayuda de su nuevo administrador, unos cuantos datos con los que seguir investigando.

Lo que estaba claro era que la suma que se estaba falseando era tan importante como para acabar con los huesos en la cárcel toda su vida. Pero ni la firma ni la descripción que habían dado de la persona que realizaba los tratos coincidía con la tosca apariencia de Carter, y Thomas tenía bastante claro de quién sospechar. Pero quería hacer las cosas bien, así que antes de dar cualquier paso en falso interrogaría al hombre.

Se bajó del caballo delante de la casa del capataz, una vivienda de piedra oscura, no demasiado lejos de la mansión. Estiró los músculos de la espalda y se dio cuenta en ese momento de lo agotado que estaba. Había cabalgado sin descanso, pateado todos los pueblos de alrededor, discutido con hombres a los que el nombre de Redmayne les hacía sacar los dientes, ya que a la mayoría se les había pagado mal y a otros aún se les adeudaba un monto considerable.

Apenas había descansado y la ropa que había tenido que adquirir sobre la marcha era incómoda, no se ajustaba a su altura y amenazaba con producirle urticaria. Estaba desesperado por llegar a casa, darse un buen baño y abrazar a su mujer hasta el amanecer. Pero no podía posponer eso.

Carter abrió la puerta de su casa, sorprendido por la visita a horas tan intempestivas, y palideció al ver al mismísimo duque de Redmayne en su puerta ya entrada la noche.

Thomas fue directo al grano. Con los papeles y los datos con los que contaba comenzó a acribillarlo a preguntas sobre obras, materiales y jornales, hasta que el hombre comenzó a balbucear sin poder dar una respuesta coherente al visible descuadre que había entre el gasto real y lo que había apuntado en el libro de cuentas.

El duque se levantó de la silla que ocupaba y se plantó delante del asustado hombre en toda su envergadura.

—Seamos claros, John. —Miró a su alrededor, estudiando la austera y sencilla decoración de la casa—. Dudo que tú hayas ideado este plan. Así como también dudo que tú te hayas quedado con esa cantidad de dinero.

El hombre asintió de forma vehemente, con la esperanza de que el duque hubiera creído sus pobres escusas.

—Pero hay algo de lo que no tengo ninguna duda. Y es que, aunque no tengas ese dinero, serás tú quien pague por ese delito. ¿Acaso crees que quien quiera que haya manipulado las cuentas saldrá en tu defensa? Esa persona se sentará en su mullido sofá de piel saboreando un oporto mientras las ratas devoran tu cuerpo en una celda.

John abrió la boca varias veces, Thomas no supo si para hablar o para que el aire le pasara por la tráquea. A pesar del frío de la habitación, una solitaria gota de sudor recorrió su cara grasienta para perderse en el cuello de la camisa. Apretó la boca en una fina línea tensa mientras parpadeaba rápidamente y Thomas supo que no iba a confesar. El miedo a las represalias que recibiría por quien estuviera dirigiéndolo era mayor que un hipotético castigo de la ley.

Aún habría que demostrar el delito, aunque estaba bastante claro, pero lo primordial era que Carter delatara al cerebro de todo. Carter solo era un instrumento, un tonto útil para hacer el trabajo sucio.

El viejo negó con la cabeza.

—No sé de qué está hablando, su excelencia. Lamento que los balances no sean satisfactorios, pero solo puedo alegar torpeza. No soy un hombre de números.

Thomas se dirigió airado hacia la puerta.

—Piénsalo bien, Carter. Puedo ser benevolente a cambio de tu cooperación. De lo contrario, que Dios se apiade de ti.

La mansión estaba sumida en la oscuridad y el silencio, y cuando Thomas entró se le antojó que era engullido por un animal tenebroso y dormido. Suspiró, agotado, y dejó el sombrero y los guantes sobre uno de los muebles del recibidor. Había puesto el pie sobre el primer escalón para subir a sus habitaciones cuando se dio cuenta de que al final del pasillo una luz se filtraba por debajo de la puerta de la biblioteca. Se acercó hasta allí con la esperanza de que fuera su esposa y, en los breves pasos que duró su recorrido, fantaseó con una calurosa bienvenida, con besos, caricias y un cuerpo acogedor con el que fundirse.

Durante esos días que habían estado separados, había tenido que hacer acopio de toda su fuerza de voluntad para no volver a casa en su busca y olvidarse de toda esa maldita investigación que lo estaba volviendo loco. No había imaginado que alejarse de ella le resultase más y más difícil con el paso de los días, hasta el punto de no poder conciliar el sueño y dedicar sus horas de vigilia a recordar cada uno de sus besos, como si fuera un adolescente enamorado. Adolescente o no, aunque le costara reconocérselo a sí mismo, lo que sentía por ella cada vez era más intenso, y ya no era capaz de imaginarse su vida sin Caroline.

O, peor aún, la idea de imaginarse su vida sin ella resultaba desoladora.

Alexandra levantó la vista al oírlo entrar en la biblioteca y dejó el libro en el sillón para recibirlo.

Thomas le dio un rápido beso en la coronilla intentando disimular la punzada de ilógica decepción que sintió al ver que no era su bella esposa quien se mantenía despierta.

—Mi incansable lectora. Me pregunto si alguna vez… —Thomas enmudeció al ver la tensión en la cara de Alexandra.

—Gracias a Dios que has vuelto.

Thomas subió los escalones de dos en dos e intentó serenarse antes de abrir la puerta de la habitación de Caroline para no sobresaltarla. Su hermana le había contado todo lo ocurrido y su estómago había dado un vuelco.

La habitación estaba en penumbra y por un momento dudó si debía despertarla o no, pero cuando se acercó a su lecho Caroline abrió los ojos, somnolienta, incorporándose rápidamente al reconocerlo. Se sentó junto a ella en el borde de la cama y la abrazó contra su pecho intentando serenar los frenéticos latidos de su corazón.

Pensar que el accidente podría haber tenido consecuencias dramáticas lo había aterrorizado. Si Alexandra no hubiera entrado en ese momento, era imposible calibrar lo que hubiera ocurrido, podría haberse quemado, demonios, incluso podría haber muerto. Sintió cómo el llanto hacía temblar el pequeño cuerpo de Caroline entre sus brazos y cómo sus manos se aferraban a él.

Se separó de ella lo justo para poder mirarla a los ojos. Caroline intentó taparse el pelo con las manos en un incontenible gesto de pudor. Él se lo impidió, sujetándolas y llevándoselas hasta sus labios para besarlas.

—Mi vida, estás preciosa. Eres preciosa. Y eso no puede cambiarlo la largura de tu pelo.

—No es verdad.

—Sí, sí que lo es. ¿Te he mentido yo alguna vez? —Thomas no le dio tiempo a contestar y la besó en los labios con dulzura—. Lo único que me importa es que estés bien.

Caroline lo creyó, porque no había nada que deseara más que eso, que a él le importara su bienestar, y que algún día llegara a corresponder los sentimientos tan fuertes que ella sentía por él. Thomas permaneció la mayor parte de la noche en vela, simplemente abrazándola, vigilando sus sueños, sin poder evitar los remordimientos que le producía no haber estado junto a ella en ese momento para consolarla.

Tendría que volver a visitar a Carter para presionarlo un poco más si quería conseguir sonsacarle la información. Thomas guardó los documentos que había conseguido en el cajón de su escritorio y lo cerró con llave. Se presionó con los dedos el puente de la nariz intentando amainar el dolor de cabeza que martilleaba incesante desde la noche anterior.

Unos golpes en la puerta lo sacaron de sus pensamientos.

—Adelante.

—Querido primo, bienvenido a casa. —Desde luego que esa no era la visita que él hubiera deseado para comenzar la mañana. Cecile se adentró en el despacho y cerró la puerta tras ella, mientras el duque salía de detrás de su escritorio para recibirla—. Estaba deseando que volvieras. Lo he pasado verdaderamente mal, este incidente con la duquesa ha sido tan duro…

—Supongo que sobre todo ha sido duro para Caroline —dijo cortante apretando la mandíbula.

La cara compungida de Cecile hizo que se le revolviera el estómago. Sus ojos casi transparentes se humedecieron y se llevó un pañuelo a los labios para ahogar un sollozo.

—Sí. Pero yo me asusté tanto como ella, si no más. —Una nueva tanda de sollozos ahogó su voz—. Fue todo tan horrible. Si eso solucionara algo, yo misma me arrancaría mi cabello. No he dormido bien desde entonces.

—Explícame qué pasó exactamente.

Cecile dio varios pasos hacia él y su perfume demasiado dulzón hizo que Thomas hiciera un esfuerzo por no arrugar la nariz.

—Caroline estaba colocando unos libros en una estantería y yo estaba junto a ella, acerqué una vela para que pudiera ver mejor. Fue todo muy rápido. Lo único que recuerdo es que sentí un golpe en mi espalda cuando Alexandra me empujó y entonces las llamas prendieron el maravilloso pelo de la duquesa.

Thomas frunció el ceño ante ese ligero cambio en el orden de los hechos que lo transformaba todo.

—¿Insinúas que fue culpa de Alex?

—¡No, por Dios! ¿Crees que ella le haría algo así a tu propia esposa adrede? —Nadie había sugerido tal cosa, pero Cecile pensaba aprovechar cada minúsculo detalle en su beneficio. Se tapó la boca fingiendo estupor y sorpresa—. Puede que ella esté un poco afectada por todas las desgracias que le han sucedido en la vida y puede que también le haya costado digerir que ya no es la señora de Redmayne.

Las ganas de echarla a patadas del despacho y de su casa ante sus veladas insinuaciones estuvieron a punto de imponerse a cualquier pensamiento racional, pero dejó que siguiera hablando. Puede que todo hubiera sido un desgraciado accidente y ella no hubiera podido evitar que la vela prendiera el cabello de Caroline, pero no pensaba ni por un momento que Alex fuera capaz de provocar algo así, ni que le mintiera respecto a lo que había sucedido.

—Aún no ha superado el periodo de luto, estaba muy unida a Steve.

—Quizá. No sé cómo decirte esto, Thomas. Pero últimamente la he visto comportarse de manera extraña. Está siempre vigilando a tu esposa. Caroline me contó que se había quedado encerrada en el desván. Alguien había cerrado con llave desde fuera y puede que fuera casualidad, pero fue Alex quien abrió la puerta.

Cecile guardó silencio para que Thomas sacara sus propias conclusiones. Se acercó un poco más a él hasta que sus faldas rozaron sus pantalones y deslizó la mano por su brazo, subiendo lentamente hasta el hombro de su levita.

—Pero no quiero que te preocupes. Ya tienes demasiados problemas ocupándote de todo esto. —Su voz se volvió melosa y bajó varios tonos, como si estuviera amansando a un animal salvaje—. Yo te ayudaré y cuidaré de ella. Estaré a tu lado siempre que me necesites.

El cuerpo de Thomas se tensó como si en lugar de una mujer hermosa estuviera acechándolo una víbora cargada de veneno a punto de atacar. Cecile deslizó sus dedos fríos por su mandíbula recién afeitada, acercándose cada vez más a sus labios.

—Cecile, creo que será mejor que te marches. —La voz cortante de Thomas la hizo separarse de golpe, dándose cuenta de que su táctica no había funcionado. Al menos aún no.

Salió y cerró la puerta suavemente, tratando de contener la oleada de rabia que hacía que todo su cuerpo temblara.

No importaba que ahora la rechazara, cuando se encontrara solo y con el corazón destrozado se aferraría a ella como a una tabla en mitad del océano. Conseguiría que la amara y lo doblegaría, lo pondría de rodillas ante ella. Y, si no aceptaba su destino, lo haría desaparecer como a todos los que se interponían.

Nadie, ni el mismísimo duque, impedirían que todo Redmayne le perteneciera.

23

La presencia de Thomas durante esa semana en la mansión había conseguido que el ánimo de Caroline mejorara bastante, aunque tenía la desagradable sensación de que no se abría del todo a ella. Cuando estaban a solas, él siempre parecía ansioso por entablar temas de conversación insustanciales, intentando llenar el vacío o, simplemente, se marchaba en cuanto estaban demasiado tiempo solos.

Cuando acudía a su cama, aunque se mostraba apasionado y cariñoso, Caroline notaba que no terminaba de relajarse, pues se mantenía controlado y a la defensiva, como si no llegara a entregarse del todo a ella. Pero no había nada que pudiera reprocharle, toda su desazón se basaba en intuiciones y percepciones que bien podían ser fruto de su inseguridad y de las largas horas que pasaba en soledad con la única compañía de su exagerada imaginación.

De cualquier forma, Caroline tenía la sensación de que su relación pendía de un hilo invisible y que, si lo tensaba demasiado, podría romperse.

Se apartó uno de los rebeldes mechones rizados que se escapó de su sombrero de paja, mientras arrancaba las malas hierbas que rodeaban los rosales. El trabajo al aire libre parecía devolverla a la vida y aprovechaba cualquier rayo de sol para salir al exterior. Estaba tan concentrada en sus pensamientos que no se dio cuenta de que alguien se acercaba hasta que vio una sombra alargada frente a ella, tapándole el sol.

Levantó la vista hacia las lustrosas botas hechas a medida que enfundaban las piernas más largas que había visto nunca. Continuó subiendo hasta encontrarse con un traje igualmente lujoso y con la sonrisa cálida y la mirada pícara de Vincent Rhys, que le tendía una mano para ayudarla a levantarse.

Se quitó los guantes llenos de tierra y le sonrió aceptando su mano.

—Lady Caroline, no esperaba encontrarla tan ocupada.

—Señor Rhys, no sabe cuánto me alegro de verle. —La sonrisa de Caroline fue realmente radiante por primera vez en mucho tiempo. La frivolidad que emanaba de ese hombre era bien recibida, en contraste con la amargura perpetua que se respiraba en la mansión.

—Su gracia, me complace ver que este lúgubre lugar no ha apagado su luz en absoluto.

—Vamos, Rhys. No me llame por el título, me hace sentir como una anciana.

Rhys rio, y su risa profunda resultó un sonido realmente placentero en aquel lugar tan falto de alegría.

—Está más bella de lo que recordaba. Perdone el atrevimiento, pero su pelo…, realmente le favorece. Cuando vuelva a Londres todas las damas querrán imitarla.

Caroline acarició los rizos que apenas rozaban sus hombros y bajó la cabeza con un ramalazo de timidez.

—Es curioso. Alex dijo exactamente lo mismo. —Rhys enarcó una ceja con una expresión indescifrable, pero no dijo nada—. Aunque no ha sido por mi elección, fue un accidente sin mayores consecuencias. Una vela demasiado cerca.

—Lo siento, espero que todo quedara en un susto. —Caroline asintió sonriendo, tener a Rhys allí era una especie de soplo de aire limpio, como cuando uno abre una ventana y deja entrar la brisa fresca después de una tormenta en una habitación viciada.

—¿Y qué le trae por aquí?

—Ya sabe que mis tierras, las de mi abuela, en realidad, lindan con Redmayne Manor.

—Sí, soy una vecina horrible, aún no he ido a visitarla y presentarme como es debido.

—No se preocupe, no se pierde nada. Vivirá más feliz sin conocerla, créame. —Caroline puso cara de espanto, pero no pudo evitar que se le escapara una risita—. La vieja me ha advertido que va a abandonar este mundo de forma inminente y me he visto en la obligación de venir a ver si esta vez es la definitiva.

—¡Señor Rhys! No sea cruel.

Él rio de nuevo.

—Mi abuela amenaza con morirse al menos una vez al mes y me envía una carta de despedida instándome a que prepare mi biblia y mi traje de luto. Supongo que alguna vez acertará, obviamente. Pero después de diez años así, permítame que le haya quitado dramatismo al asunto.

—Siendo así… Venga, pasemos a tomar el té. Seguro que podrá ponerme al día de los chismes más jugosos y escandalosos de Londres.

—Oh, lo siento, lady Caroline. Me temo que eso sería inapropiado. Yo soy el protagonista sin duda de los más escandalosos. De todos ellos. Sería una falta de modestia reproducir todas las gestas que me atribuyen.

Ambos rieron y Caroline aceptó su brazo mientras la acompañaba hasta la terraza, donde lady Alexandra leía plácidamente hasta que ellos llegaron. Le sorprendió que Alex rehusara acompañarlos, ya que ella y Rhys se conocían desde que eran niños, y con Caroline la relación era bastante cordial en las últimas semanas. Casi se podía decir que entre ellas estaba surgiendo una incipiente amistad.

Estaba tan enfrascada en la chispeante y entretenida conversación de Vincent Rhys que prefirió no perder energías analizando el comportamiento de su cuñada. Lo que no le sorprendió tanto fue la cara de pocos amigos de Thomas cuando llegó y los encontró sentados a solas, charlando amigablemente mientras tomaban el té.

Los hombres se saludaron de manera cortés, pero fría, y Rhys casi de inmediato inventó una excusa para volver a casa, con la promesa de volver a visitarla.

Si Rhys hubiera sido un poco más pusilánime, probablemente hubiese aceptado la advertencia tácita que impregnaba la mirada asesina que el nuevo duque le dedicó al encontrarlo de nuevo con su esposa al día siguiente tomando el té. O puede que su orgullo hubiese resultado herido por el comentario mordaz que lady Alexandra le dedicó al cruzarse con él en el vestíbulo, el tercer día que acudió a visitar a Caroline. Pero, muy al contrario, sus toscos recibimientos y sus miradas hostiles le divertían.

Y, por otra parte, disfrutaba enormemente de la compañía de Caroline, de su ingenio y de sus amenas conversaciones, y tenía la impresión de que esas pequeñas visitas a ella le hacían mucho bien. Puede que por primera vez en su vida hubiera conocido a una mujer con la que poder hablar sin fingir ser un pícaro, sin el ritual de cortejo de por medio o simplemente sin tener que protegerse. Ambos se apreciaban mutuamente, sin dobles intenciones.

Thomas subió las escaleras hasta su habitación a través de la oscuridad, con la sensación de que en los últimos meses había envejecido al menos un lustro.

En la finca todo eran problemas y más problemas. Reparar todo lo que se había descuidado durante años era una tarea titánica y extremadamente cara. Las reparaciones en el interior de la mansión avanzaban a paso lento, pero tenía el pleno convencimiento de que cuando todo estuviera encauzado aquello seguiría sin poder ser considerado un hogar.

En cuanto al desfalco que se había producido en las arcas, todas las pistas apuntaban en una clara dirección: Basil y Cecile Richmond, lo cual dejaba la línea sucesoria en la cuerda floja. Y la verdad era que eso le traía sin cuidado. Pero, mientras Carter se negase a confesar y él no consiguiera ninguna prueba contundente, debía seguir disimulando y soportando su presencia bajo su techo si quería atraparlos.

Debían actuar con normalidad y por eso había decidido que lo mejor sería no comentar nada sobre sus sospechas a su hermana y a su esposa. Al fin y al cabo, no los consideraba peligrosos, solo pobres diablos avariciosos. Abrió la puerta de su habitación y lo que vio le devolvió a la vida de inmediato.

Caroline yacía tumbada en su cama, con solo un liviano camisón que hacía muy poco por ocultarla, mientras leía un libro.

El contraste entre su piel clara y la manta de terciopelo rojo oscuro era fascinante, y dudaba de que ella fuera consciente de lo erótica que resultaba su postura relajada.

—Estaba a punto de desistir y volverme a mi habitación —dijo Caroline dirigiéndole una mirada inocente.

—Si tenías tanta prisa por verme, podías haberme mandado llamar. —Thomas comenzó a desnudarse con parsimonia como si estuviera solo en la habitación, a pesar de que era muy consciente de los ojos de Caroline clavados en él.

—¿Qué pensarías de mí si muestro mi debilidad de esa manera tan evidente, urgiéndote a que vengas al lecho a buscarme? —Su voz juguetona fue como una caricia que lo endureció de inmediato.

—Dudaría de que eso fuera cierto. No parece que me eches de menos. Desde que Rhys apareció, dedicas más tiempo a entretenerlo que a estar con tu propio marido.

—Te recuerdo que mi marido hace semanas que parece evitarme. Desde que fuimos a la posada casi no hablamos.

—¿Y por eso te consuelas con él? —Thomas lanzó su camisa hecha un ovillo al suelo, frustrado y más celoso de lo que le gustaba reconocer. Se quitó las botas y se dirigió hacia la cama para enfrentar a Caroline. Pero cuando vio sus ojos ardientes sobre él, las ganas de discutir se esfumaron.

Su mirada reflejaba un deseo que no se molestaba en disimular. Sus ojos se veían más oscuros, con las pupilas dilatadas y una expresión felina, y Thomas supo que su voluntad había perdido la batalla. Caroline se quitó el camisón y lo arrojó al suelo junto a la cama y le tendió la mano para que la acompañara.

—Con él solo tomo el té. Esto es solo para ti.

Sin decir una palabra más, Thomas terminó de desnudarse y se sometió a ella, porque era incapaz de resistirse al desenfreno que le corría por la sangre cuando estaba cerca. Se colocó sobre su cuerpo desnudo, entre sus piernas, sin dejar de mirarse a los ojos. Sintió su carne cálida contra su miembro, la suavidad de su sexo, húmedo y preparado antes siquiera de tocarla.

La penetró con un solo movimiento, sin poder contener un gemido, un sonido primitivo correspondido por ella con la misma intensidad. Se retiró casi totalmente de su interior y se detuvo para torturarla, demostrándole el poder de su deseo.

—Eres mía, Caroline. —Entró en ella de nuevo con fuerza y volvió a retirarse quedándose inmóvil durante unos segundos—. Solo mía. —Volvió a embestir más fuerte, más profundo, haciendo que ella intentara moverse, exigiéndole más.

—Solo tuya —gimió ella, provocando que él repitiera el movimiento—. Y tú eres mío.

Durante unos segundos, él se quedó de nuevo inmóvil, mirándola con la respiración agitada y el corazón queriendo escapar de su pecho. Por un momento pensó que no iba a contestar, hasta que habló con un susurro ronco cargado de pasión.

—Solo tuyo. —El pecho de Caroline pareció hincharse con una sensación de euforia que fue sustituida por un deseo incontrolable. Thomas tomó su boca en un beso posesivo que ella correspondió y ambos se entregaron el uno al otro, al frenesí de sus cuerpos y a una pasión desbordada, aunque Thomas fue lo suficientemente cerebral como para contenerse y terminar sobre las sábanas.

Caroline se acurrucó contra él sintiéndose reconfortada por las caricias de sus largos dedos sobre su espalda. Todos los problemas parecían desaparecer cuando él la abrazaba de esa manera, rodeados de intimidad, hasta que su inoportuna frase rompió la burbuja en la que se encontraban.

—Carol, no te fíes de Rhys. Puede ser muy cruel, es un lobo con piel de cordero.

Caroline se tensó, sin duda no era eso lo que esperaba escuchar en ese momento.

—Rhys es solo un amigo. Tomamos el té, hablamos de libros y me cuenta cosas sobre Londres. Me hace reír. No hay nada de malo en eso.

—Crees que es un ser inofensivo, enviado por la providencia para contarte chascarrillos. Pero no lo es, ahí radica su peligro.

Ella se incorporó indignada y arrojó las mantas a un lado.

—¿Tan poco confías en mí? Crees que yo podría…

—Desconfío de él, no de ti. Cada vez que te veo sonreírle, lo mataría con mis propias manos.

—Pues no deberías, al contrario, deberías estar agradecido. Al menos él trae un poco de alegría a este lugar gris. —Thomas intentó levantarse de la cama, de pronto no había suficiente aire en la habitación. Ella tenía razón. Él se estaba volviendo igual de sombrío que aquel maldito lugar y no podría competir con alguien frívolo y alegre como Vincent.

Caroline lo retuvo sujetándolo del brazo y lo instó a tumbarse de nuevo sobre los almohadones para acurrucarse sobre su pecho.

—Thomas, quiero que nos vayamos de aquí. Y que Alex venga a vivir con nosotros.

—Yo también estoy deseando terminar con esto y que nos marchemos a Londres, o a donde tú desees. —Le dio un beso dulce en la coronilla—. Si quieres, puedes marcharte tú primero, pero soy un completo egoísta y preferiría que te quedaras aquí conmigo. Te echaría tanto de menos que me volvería loco.

Caroline sonrió.

—Este sitio parece cambiar a la gente. No quiero que nuestros hijos crezcan en un lugar así.

Thomas se tensó y durante unos segundos no pudo respirar. Era un auténtico canalla y un imbécil. Todo hubiese sido mucho más sencillo si hubiera sido sincero con ella desde el principio. Ahora, llegados a este punto, ella lo vería como una traición, como algo indigno y cruel. No debería haberse dejado llevar por sus besos, por su mirada soñadora, por la promesa muda de que todo podía ir bien. Nada podía ir bien cuando había amor de por medio. Tarde o temprano, alguno de los dos se entregaría más que el otro, reclamaría más que el otro, necesitaría más que el otro. ¿Qué pasaría entonces? La decepción y el dolor que había visto tantas veces en los ojos de su madre. Incluso en los de sus hermanos, aunque fuera otro tipo de amor. Él no soportaría no poder entregarse a Caroline en la misma medida, y, lo que era peor, no podría soportar necesitarla y no encontrarla. Su unión sería otra cosa, camaradería, compañía, algo mucho más neutral y menos dañino. Menos conmovedor. Algo que le permitiera mantener su identidad y su integridad.

La había avisado de que tuviera cuidado con Rhys cuando la única persona capaz de hacerle el máximo daño posible era su propio esposo.

—Descansa. Mañana seguiremos hablando.

Mañana.

No podía posponerlo más, ella se merecía conocer la verdad de lo que sería su vida. Pasara lo que pasara después, Caroline conocería sus motivos y su decisión a la mañana siguiente.

—Thomas.

—¿Qué?

—Te quiero.

Un beso en la mejilla fue la única respuesta que recibió, pero aun así suspiró satisfecha y un poco más feliz.

24

*L*a doncella terminó de ajustarle la chaqueta de montar y Caroline sintió un ligero malestar, puede que su corsé estuviera demasiado ajustado o la cena de la noche anterior le hubiera sentado mal. Fuera lo que fuera, seguro que un paseo a caballo la ayudaría a sentirse mejor.

El día anterior le había pedido al mozo de cuadras que tuviera su caballo preparado y se sentía ansiosa como una niña pequeña por volver a montar, ya que desde que dejó Greenwood no había vuelto a hacerlo. Rhys le había hablado de unos prados con unas vistas inmejorables a donde él solía ir a diario, y había decidido visitar el lugar.

Sophie había recogido su pelo hacia atrás con unos pasadores de plata y los rizos cayendo alborotados hasta los hombros y la verdad es que el resultado era muy favorecedor. El conjunto de chaqueta y falda de color gris oscuro, ribeteado con borlas de terciopelo granate, había sido un regalo de Thomas, y le sentaba como un guante.

Le dio una vuelta al coqueto sombrero entre los dedos, confeccionado en los mismos colores que el traje y adornado con florecillas en distintos tonos de rojo. Era innegable que su marido tenía un gusto exquisito para la moda.

Se había levantado de buen humor y se dirigió hacia el comedor de desayuno donde Cecile ya terminaba su plato.

—Buenos días, duquesa, estás muy bella esta mañana.

Caroline recordó las bolsas oscuras debajo de sus ojos con las que últimamente se levantaba cada mañana, pero no le llevó la contraria.

—Buenos días, Cecile. Hace un día encantador, ¿no crees? Merece que al menos uno lo empiece sonriendo.

Caroline untó mantequilla en su tostada mientras el lacayo le preparaba un plato con huevos y jamón. La pinta era excelente pero, cuando el olor de la comida llegó hasta ella, sintió que palidecía y que su estómago se rebelaba. Cecile, como una rapaz siempre al acecho, captó el gesto de inmediato.

—¿Te encuentras bien?

—Sí, sí. —Caroline bebió un trago de agua para intentar recomponerse—. En los últimos días me he encontrado algo cansada, pero no te preocupes. Se me pasará.

—Seguro que sí —contestó Cecile en tono neutro, levantándose de la silla y abandonando el comedor—. Seguro que sí.

Caroline se tomó su tostada, incapaz de comer nada más, y acudió al despacho de Thomas, después de que un lacayo le indicara que el duque requería su presencia.

Mientras se dirigía hacia allí sonrió, aún le costaba trabajo asociar al hombre sarcástico, irreverente y encantador que ella conocía con el duque de Redmayne, y más aún pensar en ella misma como en una duquesa. Ellos no eran tan ceremoniosos, solemnes ni rígidos como para mantener ese papel en su día a día.

Al abrir la puerta, encontró a Thomas de espaldas mirando por la ventana, su silueta esbelta recortada contra la luz que entraba por el cristal. Cuando se volvió, su expresión era serena y grave, impresionante, y pensó que cualquiera que no fuera ella podía haberse sentido intimidado en su presencia.

Se sorprendió al percibir que, en ese momento, por primera vez, en el despacho no había rastro de Thomas, solo estaba el duque. Solo Redmayne.

—¿Me has mandado llamar? —Caroline deseó cruzar la distancia que los separaba y colgarse de su cuello para besarlo, pero su mirada fría le indicó que era mejor que no lo hiciera.

—Sí. Quería hablar contigo. Siéntate.

—¿Ocurre algo?

Thomas se apretó el puente de la nariz en un gesto nervioso, pero se negó a que nada le hiciera flaquear. No importaba la reacción que ella tuviera, su decisión era clara y tenía que aparentar firmeza. En nada ayudaba que Caroline hubiese elegido llevar precisamente el conjunto que él le había regalado para ir a montar a caballo con ella, soñando secretamente con arrancárselo y hacerle el amor cobijados bajo algún árbol, con el único abrigo del sol y la brisa.

Dios, era increíble cuánto la deseaba, más allá de eso, cuánto la amaba.

No sabía cómo había llegado a suceder, pero con el paso de los días su corazón había asumido ese sentimiento, sin pedirle permiso, sin avisar, hasta que se había convertido en algo enorme que amenazaba con engullirlo todo, con engullirlo a él, y le hacía replantearse el sentido de los principios con los que regía su vida.

La vio allí sentada, demasiado pura, demasiado buena, demasiado radiante para él y para todo lo que la rodeaba, como una solitaria margarita que intenta sobrevivir entre la lava reseca de un volcán. Se dispuso a asestarle un golpe que sabía que la hundiría y que arrastraría con ello lo poco de bueno que había en su propio interior.

Hacerle daño a Caroline era infinitamente más difícil de sobrellevar que hacérselo a sí mismo.

—Supongo que esta conversación llega demasiado tarde, pero han pasado tantas cosas que nunca me parecía un buen momento. Asumo mi error, mi demora es imperdonable, y espero que podamos encauzar esto de manera racional. —Ella pareció hacerse más pequeña en el gastado sillón, sin entender nada—. Debemos aclarar los términos que regirán nuestro matrimonio, términos que, sintiéndolo mucho, no son negociables.

—¿De manera racional? —La cara de Caroline se transformó por la sorpresa. «Términos negociables.» Se dirigía a ella como si estuviera haciendo una transacción de negocios y aquello le resultaba tan absurdo como inesperado.

Thomas sentía sus entrañas como un nido de víboras peleándose entre sí, pero debía continuar.

—Sé que tu visión de la vida es muy distinta a la mía. Y si no fuera por el desafortunado incidente del cuadro, jamás te hubiera atado a un futuro como el que yo puedo ofrecerte.

Las náuseas amenazaron con sacudir de nuevo el cuerpo de Caroline y se levantó del sofá para tomar algo de aire. No entendía nada. Por qué ahora, qué había cambiado para que se refiriera a lo que había pasado entre ellos como un desafortunado incidente, por qué todo parecía encauzarse hacia un más que previsible desastre.

—¿A qué viene todo esto, Thomas? ¿Es porque ayer te dije que te quería? —Thomas se pasó la mano por la cara, todo aquello era demasiado difícil, demasiado duro. Era como arrancarse el corazón con sus propias manos y pisotearlo mientras aún seguía latiendo—. ¿Acaso necesitabas que te lo dijera, acaso no sospechabas lo que sentía por ti?

—Sabes que no creo en el amor.

—No hace falta creer en el amor para llegar a sentirlo. No le pongas nombre a lo que sientes si eso te hace más feliz. —Thomas negó con la cabeza mientras ella se levantaba para encararlo—. ¿Vas a decirme que no sientes absolutamente nada por mí? Anoche tú mismo dijiste…

—No deberías hacer caso a lo que un hombre suelta por su boca llevado por la lujuria. Cuando seas menos inocente lo entenderás.

Ella dio un paso atrás como si la hubiera golpeado.

—Sí, me queda claro. Y por lo visto tú serás el encargado de matar esa inocencia.

—No me hagas parecer un desalmado. En nuestro matrimonio no hay cabida para el amor. Lo sabías desde antes de que hubiera nada entre nosotros. Insististe en besarme, colándote en mis habitaciones, exigiéndome que te enseñara juegos para los que no estabas preparada, hasta que todo estalló en nuestras narices.

Caroline sintió que la sangre abandonaba su cuerpo y tuvo que sentarse de nuevo para no desplomarse. No podía entender cómo, en solo unas horas, lo que parecía una relación prometedora se había transformado en algo parecido a una condena.

—No estoy diciendo que no esté cómodo con la situación, ni que me desagrade nuestro matrimonio. Puedo ofrecerte aprecio, compañerismo, protección, podemos seguir como hasta ahora si ambos sabemos a lo que podemos aspirar. Podemos ser felices si tenemos claros los límites de nuestra relación.

Caroline se revolvió como un animal herido.

—¿Y cuáles son esos límites, querido? ¿Seremos como el resto de los matrimonios entre aristócratas? ¿Nos encamaremos los meses impares? ¿A cuántos kilómetros desea su gracia que me establezca para no perturbar su estabilidad emocional? Supongo que eso es lo que quieres, continuar con tu vida de libertino mientras tu dócil esposa se queda en este mausoleo criando a tus herederos.

Thomas ya tenía suficiente con su propia lucha interna como para aguantar su sarcasmo. Una rabia fría estalló en su interior, rabia hacia sí mismo.

—¡No habrá herederos! —El puñetazo en la mesa hizo que los objetos del escritorio tintinearan y Caroline dio un respingo, antes de que las palabras

cayeran sobre ella como una losa, como una montaña más bien.

Parpadeó impactada mientras cientos de imágenes confusas bombardeaban su mente.

—No habrá hijos, Caroline. Lo siento. La sangre
corrupta e indecente de mi padre morirá conmigo.

—No entiendo adónde quieres ir a parar con todo
esto —dijo ella, intentando controlar un sollozo
mientras sus ojos se llenaban de lágrimas.

—Fue un canalla. Para él lo único importante
era Redmayne y su legado. Sus hijos eran solo peo-
nes a los que manejar. Mi madre sufrió lo indecible
por su enfermizo amor por él y a cambio solo recibió migajas.

—Pero él te reconoció para enmendar su error
—argumentó sin saber qué demonios tenía eso que
ver con ella.

—Él me reconoció porque sabía de la debilidad
de mi hermano. Me preparó, sin yo ser consciente,
durante toda mi vida para ocupar su lugar, pero jamás tuvo un mísero gesto de cariño hacia mí. Ni
siquiera lo hizo porque le pareciera justo, solo por
tener el heredero que él consideraba óptimo. Mi
madre murió destrozada y sola, rogando poder despedirse de él, y el gran duque no tuvo la piedad necesaria para visitarla en su lecho de muerte. Esas
son las consecuencias del amor que tú tanto anhe-
las. Aunque no se podía esperar otra cosa de alguien
que ni siquiera amaba a sus propios hijos. Nos hizo
sufrir a todos lo indecible con su frialdad y su intransigencia, y ahora desde el infierno él sufrirá
viendo cómo su sangre no se perpetúa. Juré sobre

su tumba que no tendría hijos. Basil o cualquiera de sus ineptos primos serán los futuros duques. Me da igual lo que ocurra con el título, ¡ojalá se extinga!

Caroline sentía arder sus ojos por las lágrimas que apenas podía contener. Era la víctima inocente de un fuego cruzado entre un padre muerto y un hijo herido por su desdén. No entendía nada, no quería asimilar que lo que Thomas le describía fuera su realidad a partir de ahora. Un futuro sin amor, sin hijos, una vida con un hombre que ahora le resultaba tan frío como las paredes que los rodeaban.

—Pero yo…, yo quiero ser madre. No puedes negarme algo así. Tú y yo… Nosotros hemos compartido… —Enredó sus dedos temblorosos en el pelo intentando asimilar toda la información que la estaba devastando por dentro.

Thomas continuó hablando mientras las piezas comenzaban a encajar en su cabeza como si fuera un puzle imaginario. De repente todo estaba meridianamente claro para ella. Se sintió la persona más ingenua del mundo. Era patética.

—Siempre he sido extremadamente cuidadoso en nuestras relaciones. Lo que pasó en la posada fue un terrible descuido que no se volverá a repetir.

Caroline se levantó y comenzó a alejarse hacia la puerta, con el llanto convertido en un torrente que le nublaba la vista. Apenas era capaz de controlar su respiración desbocada mientras la sangre zumbaba violenta en sus oídos.

Cómo podía haber sido tan estúpida.

Al ver su paso inestable, Thomas intentó sujetarla, pero ella se zafó de su agarre y sin pensarlo le asestó un bofetón que resonó en el despacho como un violento chasquido.

—No te atrevas a tocarme. Jamás.

—Caroline, sé que debí decírtelo antes.

—Sí. Antes de casarnos, por ejemplo. Pero ahora ya no importa, ¿verdad? —Se secó las lágrimas con furia y su tono se volvió áspero y cargado de odio—. Has debido divertirte mucho riéndote de mí. Mientras yo soñaba, ingenuamente, con un futuro feliz, con nuestra familia, tú eras «extremadamente cuidadoso». Mientras tu mujer, imbécil e inexperta, se entregaba por completo a ti sin dudar, tú te concentrabas en evitar tener un hijo. Mis sospechas de que algo no iba bien eran ciertas, entonces.

—Nunca he pretendido reírme de ti.

—No, claro. Solo has pretendido salirte con la tuya a toda costa. Parece que después de todo eres un digno hijo de tu padre, excelencia. No menosprecies tu título, te va como anillo al dedo.

El golpe bajo le dolió, aunque no tanto como ver la decepción y el dolor en sus ojos. Caroline cuadró los hombros y giró sobre sus talones para salir del despacho sin mirar atrás.

—¿Adónde vas, Caroline? No hagas ninguna tontería.

—¿Por ti? —La carcajada seca y cruel se le clavó como un puñal en el pecho—. No mereces un esfuerzo semejante, Redmayne. Voy a seguir con lo que tenía planeado para hoy, pasear a caballo. Puede que con un poco de suerte me encuentre con Rhys. Al menos por aquí es el único que no esconde su mezquindad tras una máscara hipócrita.

Thomas esperó que cerrara la puerta de un portazo dando rienda suelta a su ira, pero en cambio, con una admirable sangre fría, cerró la puerta despacio con un suave clic.

Se había preparado para lo peor, para que ella lo abandonara, para una escena de llantos desolados y reproches inconsolables, para que se hundiera delante de sus ojos, pero el desprecio y la frialdad escocían de la misma manera.

Pero se lo merecía. Para ella no volvería a ser Thomas, su esposo, ahora era simplemente su excelencia, el duque de Redmayne, y ella, su infeliz y rabiosa duquesa.

Caroline se esforzó por mantener la actitud tranquila y el porte digno evitando echar a correr, con la cara imperturbable, la espalda recta y el paso lento. Pero, en cuanto llegó al jardín, no pudo evitar doblarse por la cintura y que el contenido de su estómago acabara junto a uno de los parterres. Se apoyó en la pared de ladrillo intentando contener una nueva arcada mientras el llanto sacudía su pequeño cuerpo.

No se dio cuenta de que los astutos y malvados ojos de Cecile Richmond la observaban desde un rincón del jardín sacando sus propias conclusiones.

25

*E*l sol brillaba jugando a esconderse muy de vez en cuando entre las algodonosas nubes blancas, y aun así Thomas sentía que la noche había caído sobre él. Había visto desde la ventana cómo Caroline se alejaba a caballo en dirección a los prados que lindaban con la finca de los Stone.

Una sensación aciaga, un mal presentimiento, se instaló en sus tripas como un poso oscuro. No debería haber permitido que saliera a montar en esas condiciones, era imposible que hubiera asumido lo que le había dicho con la sangre fría que había querido mostrar. Se frotó la cara con las manos.

Se sentía como un miserable. Lo era en realidad. Y las palabras de Caroline habían sido como una bofetada de realidad. Estaba siendo igual de egoísta que el viejo duque, igual de rastrero e injusto. La había condenado a una vida que no la haría feliz, una vida atada a sus demonios, y a una venganza que nada tenía que ver con ella.

Pero ¿qué podía hacer?

No estaba preparado para asumir lo que ella le hacía sentir, para fallarse a sí mismo y olvidarse de sus principios. Y por encima de todo, no estaba preparado para vencer el miedo que le provocaba lo que sentía. No quería ser un títere sin voluntad en manos de su esposa, por culpa del maldito amor. Los ojos llenos de lágrimas de su Caroline, su infinita decepción, su dolor…, ¿cómo podría vivir a partir de ahora con eso? Y, lo que era aún peor, cómo podría vivir a partir de ahora sin su alegría, su pasión, sin todos sus besos. Un estremecimiento le recorrió la nuca como si una brisa de aire frío lo hubiera acariciado. De nuevo la desagradable sensación de que algo iba mal lo estremeció por dentro. Sin pensarlo más, fue a por su caballo para ir a buscarla.

Caroline detuvo su montura en la cima de la suave colina que servía de linde a los terrenos de Redmayne Manor. Desde allí uno sentía la tentación de olvidarse de todos los problemas con facilidad. Solo se escuchaban los insectos zumbando alrededor, los pájaros escondidos en el bosquecillo y el sonido del viento. Los prados verdes se extendían a sus pies fundiéndose con las tierras de cultivo, en una mezcla de tonos verdes y amarillos.

El rebaño que se veía a lo lejos mostraba pequeños puntitos en movimiento entre los grupos de casas dispersas. El paisaje era tan hermoso que sintió una sensación parecida a la nostalgia, algo que removía aún más su sensibilidad, provocándole un dolor sordo en el pecho.

Su cuerpo se sacudió con un sollozo y las lágrimas corrieron sin freno por su cara. Sintió ganas de gritar, de contarle al mundo su dolor. Se sentía tan traicionada, tan dolida, estafada… Puede que desde el principio se hubiese hecho a la idea de que Thomas no reconocería sus sentimientos hacia ella fácilmente, o incluso que no llegara a amarla del todo. Pero ocultarle la verdad de esa forma tan ruin, comportarse de esa manera tan despreciable y convertir su matrimonio en esa parodia absurda era mucho más de lo que ella podía tolerar.

Como si hubiese sentido su presencia, giró la cabeza hacia el camino por donde había venido, para ver un jinete vestido de oscuro que se acercaba hasta ella.

Thomas.

Tomó aire para controlar la oleada de indignación y rabia que le produjo verle allí. No entendía qué demonios esperaba conseguir siguiéndola. Ya estaba todo dicho entre ellos. Quizá hubiese creído que de verdad iba a encontrarse con Rhys y, a pesar de que decía no amarla, se permitía el lujo de sentir celos o querer manejar su vida. Con un arrebato de furia irracional espoleó su caballo para alejarse de él a toda velocidad bordeando el bosquecillo de robles.

Le pareció oír que la llamaba por su nombre, creyó escuchar los cascos de un caballo a la zaga, aunque puede que todo fuera únicamente fruto de su imaginación, puede que en realidad solo fuera el latido de su desenfrenado corazón y la sangre rugiendo en su cabeza.

Un ruido parecido a un trueno sonó demasiado cerca, aunque Caroline no estuvo segura de si fue real o no. De repente su caballo se encabritó, levantándose sobre las patas traseras, y Caroline intentó sin éxito aferrarse frenéticamente a él, hasta que perdió el agarre y su cuerpo voló por encima del animal.

Por suerte, al menos en eso la providencia estuvo de su parte ese día, fue a caer encima de unos matorrales que amortiguaron su caída.

Al principio tuvo miedo de moverse por si se había roto algo, o las ramas se clavaban en su cuerpo, y se mantuvo muy quieta intentando controlar su respiración.

—¡Caroline! Dios mío. Dime que estás bien. —La voz desesperada de Thomas la sacó de su aturdimiento. Se incorporó y vio cómo prácticamente se lanzaba desde su hermoso semental para llegar hasta ella.

Se arrodilló e intentó retirarle el pelo que alborotado caía en rebeldes rizos sobre su cara para comprobar que no había sufrido daños.

—¡Quítame las manos de encima!

Thomas se puso rígido apartándose y se limitó a sacar un pañuelo del bolsillo para tendérselo.

—Tus labios… Estás sangrando —susurró con un hilo de voz.

Con los nervios de la caída, Caroline se había mordido el labio inferior, haciéndose una pequeña herida. Se pasó el dorso de la mano por la boca para limpiar la mancha y se levantó sin ayuda.

Ambos vieron cómo un jinete se aproximaba raudo hasta ellos en un enorme caballo negro.

Vincent Rhys se bajó apresuradamente para comprobar el estado de la duquesa.

—¿Qué ha ocurrido? ¿Estás bien? —Thomas se

tensó aún más al ver la familiaridad con la que trataba a su esposa.

—Sí, el caballo se encabritó. Puede que se asustara por algo. Pero no me ha pasado nada. Solo quiero volver a casa.

—Vamos, te acompañaré —dijo Thomas.

—No es necesario. Continúa con lo que sea que estabas haciendo antes de encontrarme. Vincent me acompañará. —Un músculo tembló peligrosamente en la mandíbula del duque y Rhys percibió sin ningún género de dudas el más que obvio enfrentamiento entre el matrimonio.

Se acercó hasta el caballo de Caroline, que se removía aún inquieto unos metros más allá, para darle un poco de espacio a la pareja.

—¡Thomas! Acércate. Deberías ver esto.

Thomas se alejó a regañadientes de Caroline, que se sacudía las ramitas y la tierra del vestido sin dignarse a mirarlo a la cara, para ver qué demonios quería Rhys.

—Escuché algo parecido a un disparo mientras cabalgaba cerca del camino. Por eso vine hacia aquí. Hace tiempo que no hay furtivos, pero hay que estar alerta. Vi un jinete alejarse en dirección al pueblo.

—Y eso qué tiene que ver con... —Thomas enmudeció al ver lo que Rhys le señalaba. Una pequeña herida alargada de la que manaba sangre en la grupa del animal.

—Puede que fuera un disparo perdido.

—¿Viste con claridad al jinete?

—No, estaba muy lejos. Pero preguntaré por si alguien ha visto algo.

—Gracias, Rhys. Mantenme informado. —Vincent asintió, aunque tenía claro que si movía un solo dedo por alguien lo haría por Caroline, y no por el duque, con el que tantas veces se había peleado de niño y que ahora parecía haber absorbido de golpe la prepotencia ligada al título.

—Ayy… —se quejó Caroline mientras su cuñada le curaba uno de los arañazos que se había hecho en la mejilla al caer sobre los arbustos—. Escuece.

—Eres una quejica. ¿Has pensado que deberías asignarme un sueldo como enfermera tuya?

Caroline se rio por primera vez en todo el día.

—Sí, lo he pensado. Creo que nunca me habían pasado tantas calamidades en tan poco tiempo. Es gracioso, antes hacía un drama si pisaba por accidente una boñiga de vaca. Y ahora, mira, casi me convierto en una antorcha humana, y hoy, si no hubiera sido por los arbustos, me habría partido la crisma.

—Puedes verlo de esa manera o también puedes pensar que eres realmente afortunada de salir indemne de las adversidades.

—Sí, creo que mi ángel de la guarda debe estar agotado últimamente.

Ambas rieron, soltando un poco de la tensión acumulada.

—Y ahora, cuéntame, ¿qué te ha ocurrido con mi hermano? Me ha preguntado si estabas bien en lugar de venir él mismo a comprobarlo.

Caroline se levantó de la silla y recorrió su habitación fingiendo que recolocaba los frascos y los artículos de su tocador.

—Supongo que quise creer que lo nuestro podía ser un matrimonio de verdad, mientras él tenía otros planes.

—Pero no lo entiendo. Se os ve tan bien juntos. Es innegable que…

—Es innegable que tú también te has dejado engañar por un espejismo, Alex. —Su voz se volvió neutra, aunque no pudo evitar que temblara un poco.

—Puede que no tenga demasiado mundo, pero sé distinguir la verdad cuando la veo. Nadie puede fingir de esa manera, cuando él te mira…

—Cuando él me mira solo ve a una mujer que lo ha atrapado en un matrimonio que no deseaba. —Volvió a terminar la frase por ella y Alex puso los ojos en blanco—. Él no cree en el amor.

La carcajada de Alex hizo que Caroline levantara la vista de las punteras de sus zapatillas para mirarla con una ceja arqueada.

—Oh, por favor… ¿Quieres decir que te persigue por toda la mansión babeando como un perrito en busca de una caricia, que se le ilumina la cara cuando te ve, que se queda absorto escuchándote mientras hablas y que todo eso lo hace porque no cree en el amor?

—Alex, no es un asunto para tomárselo a broma. Él sufrió mucho. Me ha contado que vuestro padre no fue precisamente… una buena persona.

—Lo quería porque era mi padre. Pero nunca se portó como tal con ninguno de nosotros.

—Thomas cree que debe vengarse por todo el mal que tu padre causó.

Alexandra abrió los ojos como platos sin entender nada.

—Mi padre era cruel. Steve y yo nos parecíamos a mi familia materna, y en cambio Thomas era exactamente igual a él, y a todos los Richmond. Martirizó a mi madre dudando de su fidelidad, cuando en cambio era él quien tenía varias amantes. Hasta que ella no aguantó más y…, ya sabes el desenlace. Con la madre de Thomas no se portó mucho mejor. Pero ¿qué tiene que ver eso con vuestro matrimonio?

—¿Quién te contó todo eso? Tú debías ser muy pequeña cuando ocurrió.

—Mi querida prima Cecile creyó que necesitaba conocer esa información con todo lujo de detalles.

—¡Qué amable! —dijo Caroline con ironía.

Alex se encogió de hombros y la instó a continuar. Caroline tomó aire antes de hablar.

—Desde el principio sabía que no iba a ser fácil, Thomas siempre se mostró reacio a enamorarse. Pero siempre se ha comportado conmigo como si realmente sintiera algo por mí. Cuando me hablaba de amor, de arte, de besos…, lo hacía con tanta sensibilidad y ternura que pensaba que su reticencia era solo una fachada. Sin embargo, ahora parece haber cambiado de opinión radicalmente. Pretende poner unos límites infranqueables para que yo no me haga ilusiones con respecto a nuestro matrimonio. Y eso no es lo peor.

—Sigo sin entender qué tiene eso que ver con nuestro padre.

—Cree que tu padre no lo reconoció porque lo quisiera, sino para que su estirpe continuara y el título no fuera a parar a otra rama de la familia. —Alex asintió, entendiendo a medias el retorcido razonamiento de su hermano, y sabiendo a su pesar que puede que eso fuera cierto—. Lo más hiriente es…, es que… —Caroline sintió que se le cerraba la garganta por el dolor que le producía repetir en voz alta lo que Thomas le había revelado. Se limpió la gruesa lágrima que corría por su mejilla—. No tendremos hijos. En su afán por vengarse del viejo duque y conseguir que no se salga con la suya se ha jurado a sí mismo que no engendrará ningún heredero. Me ha condenado a renunciar a la familia que siempre he deseado por un estúpido rencor que no lleva a ninguna parte.

Alex se levantó y fue hasta ella totalmente perpleja y sostuvo sus manos entre las suyas.

—Eso es lo más absurdo que he oído en mi vida. No tiene sentido que renunciéis a vuestra felicidad por alguien que ya no está en este mundo. Él ya no puede haceros daño, no puede meterse en vuestras vidas, ni en la mía. Hablaré con Thomas, Caroline. Le haré ver lo absolutamente equivocado que está, aunque tenga que arrastrarlo de la oreja por toda la mansión.

Caroline negó con la cabeza, sonriendo y llorando a la vez, con un maremágnum de sentimientos que aprisionaba su pecho y le dificultaba la respiración.

—No, Alex. No creo que sirva de nada.

—¿Y qué piensas hacer? ¿Aceptarlo sin más?

—No puedo soportar amarlo a medias. Yo…, yo lo amo demasiado como para conformarme con menos. Dentro de unos días me marcharé. No quiero que mi familia me vea llegar destrozada y con el rabo entre las piernas. En cuanto me vea con fuerzas para no deshacerme en un mar de lágrimas ante ellos, volveré a casa. A mi verdadero hogar.

Alex la abrazó con fuerza sintiendo cómo Carol se deshacía en llanto por enésima vez ese día.

—No quiero que te marches. Quiero que seáis felices, pero entiendo tu decisión. Parece que este lugar solo trae desgracia y soledad.

—Alex, quiero que vengas conmigo.

Su cuñada parpadeó, totalmente sorprendida ante la inesperada propuesta.

—Te lo agradezco, pero para bien o para mal este es mi hogar.

—No, Alex. Tú misma lo has dicho. Este sitio no es un hogar. No hay cariño, ni un salón acogedor donde reír con los tuyos, ni amor. Aquí no hay más que un páramo de rencor y sucesos funestos que se desencadenan uno tras otro.

Alex se alejó de ella dándole la espalda y, por si pudiera albergar alguna ligera duda sobre si aceptar la propuesta, el espejo del tocador le devolvió su imagen como una bofetada.

—Tú no puedes entenderlo, Carol. Tú no tienes que esconderte, ni soportar las miradas de asco o de curiosidad, o, peor aún, ver cómo se giran para no ver tu rostro. Aquí todo el mundo conoce al monstruo de Redmayne, todo es más fácil.

—Lo único monstruoso es la mente enferma de aquellos que no son capaces de ver más allá de una insignificante marca en la piel. Eres buena, bella, inteligente y culta.

—Eres demasiado optimista.

—Por favor, por favor. Ven a pasar una temporada. Date la oportunidad de ver el mundo fuera de tus libros, de ser feliz. Y si no te sientes cómoda allí, siempre puedes volver a este horrible lugar.

—Prometo pensar en ello. —La respuesta no fue muy convincente, pero Caroline tuvo que conformarse por el momento.

Pasó horas describiéndole los mil lugares que visitarían, las librerías, los museos, y lo bien que se llevaría con sus cuñadas, que a buen seguro harían piña en torno a ella para protegerla. Alex rio con ganas ante todas las anécdotas que le contó y por primera vez en su vida se permitió soñar que era otra persona, que podía vivir otra vida.

Mientras tanto, en una habitación no muy alejada de la suya, Cecile Richmond paseaba como un león enjaulado sobre la alfombra de su habitación. Maldijo una y otra vez su mala suerte y dedicó el resto de la noche a meditar sobre cuál sería su siguiente paso.

No se rendiría hasta conseguir su objetivo.

26

La niebla densa y grisácea del amanecer daba un aspecto fantasmagórico a los cedros y a las ruinas del castillo que se veían a lo lejos. Basil se subió las solapas del abrigo, pero el frío estaba afincado en sus huesos y ninguna capa de tela podría aliviarlo.

Se detuvo al ver la figura oscura de su hermana, tan recta como uno de los pilares, esperándolo en el cenador. Tomó aire armándose de valor, pues sabía que la ira de Cecile caería sobre él por no haber obedecido sus órdenes. Todo aquello se les estaba escapando de las manos, Cecile estaba totalmente obcecada y fuera de control.

Él mismo se había dejado llevar por la avaricia y el deseo de poder, hasta el punto de permitir que su alma se corrompiera de esa manera. No debió haber apoyado aquella temeridad, pero, al igual que Cecile, él también estaba harto de que su tío, el viejo duque, ninguneara a su familia.

Los trataba como despojos indignos, echándoles en cara cada penique que les daba, como si ellos no tuvieran derecho ni a respirar el aire de Redmayne. El duque había despreciado siempre a su hermano, y

Basil y Cecile habían visto decenas de veces cómo lo humillaba y menospreciaba por su falta de carácter, por su mala suerte en las finanzas o por cualquier otra cosa que se le ocurriera.

Cuando el viejo murió, Steve se les antojó una presa fácil. Su salud tenía constantes altibajos y era cuestión de tiempo que una de sus recaídas lo llevara a la tumba.

Basil estuvo de acuerdo en que era una injusticia que Steve y Alexandra lo tuvieran todo y ellos, siendo sus primos, se tuvieran que conformar con las migajas. Ambos comenzaron a pasar cada vez más tiempo en la mansión para adentrarse en las entrañas del ducado, con intención de conquistar al monstruo desde dentro.

Habían descubierto que el bastardo, como Cecile llamaba despectivamente a Thomas, estaba inyectando fondos en las cada vez más maltrechas arcas de Redmayne. El papel de duque y todas las responsabilidades que llevaba implícitas le venían muy grandes a Steve.

Entonces fue cuando urdieron un brillante y sencillo plan para llenar sus bolsillos sin levantar sospechas. John Carter había trabajado para su padre durante un tiempo, pero hacía algunos años se había trasladado para trabajar en la finca grande. Carter al principio no estuvo seguro de involucrarse en aquello, pero el beneficio era jugoso y el esfuerzo mínimo.

Solo tenía que hinchar los gastos y repartir con ellos los beneficios.

Por supuesto, la hábil mente de Cecile sería la encargada de decidir cuánto y cómo. El nuevo duque estaba demasiado débil como para concentrarse en la contabilidad o el manejo de la finca.

Cecile quería más, mucho más, quería ser duquesa y no se conformaba con unas monedas.

Creyó que sería sencillo engatusar a Steve mostrándose encantadora, seductora y cariñosa, pero él resistió todos sus envites estoicamente. Cecile decidió usar toda la artillería pesada y aprovechó una de sus interminables visitas a la mansión para intentar colarse desnuda en su cama, pero él la trató con desdén y desprecio.

Su hermana era una persona voluntariosa y no se dejaba vencer a la primera, así que canalizó toda su ira para buscar otra vía de acceso a Redmayne. Basil era el siguiente en la línea sucesoria y el ducado pasaría a sus manos una vez que Steve falleciera, lo cual previsiblemente no tardaría mucho en ocurrir, pero Cecile no tenía paciencia para esperar lo que podía ser una semana o demorarse varios años.

Aparte de la oscura satisfacción que obtendría vengándose por su rechazo.

Cada día se las arreglaba para verter en su comida o su té unas cuantas gotas de un brebaje que una de las curanderas a las que frecuentaba le había proporcionado, un veneno suave que, usado el tiempo suficiente, acababa con la vida de quien lo ingería siendo muy difícil de detectar. Cuando Basil se enteró de lo que su hermana estaba haciendo, el estado de Steve ya era demasiado grave como para poder hacer nada por él.

Ella se relamía como un gato frente a un tazón de leche sintiendo en la punta de los dedos que Redmayne estaba cada vez más cerca de su alcance, pero cuando Thomas fue reconocido y más tarde aceptó ser el nuevo duque entró en cólera.

Aun así, no se rendiría. Era demasiado terca para eso. El destino le ponía una nueva prueba, pero no podía haber otro final, ella saldría victoriosa.

Como no podía ser de otra manera, desde que Caroline llegó a la mansión, ella era el nuevo foco de todas sus maquinaciones, y aunque Basil también tenía ambición, para él no todo valía.

Había intentado darle el mismo brebaje que le dio a Steve, pero la salud de la nueva duquesa era mucho más fuerte, y sus sentidos estaban mucho más alerta que los de un pobre hombre enfermo, por lo que pronto dejó de tomar los tés «aderezados» que sutilmente Cecile le preparaba. Eso la enfureció aún más.

Basil quería detenerla y se debatía entre la lealtad hacia su hermana o acabar con aquella locura. No quería cargar con una muerte innecesaria a sus espaldas, pero él no tenía la fuerza de carácter necesaria para oponerse a las decisiones de su hermana.

Delatarla y ver a su adorada Cecile en la horca por su culpa no era una opción.

Tenía que intentar convencerla de que detuviera aquella sinrazón, podrían marcharse de allí con el dinero que habían conseguido y empezar una nueva vida como si todo aquello no fuera más que una horrenda pesadilla. Pero Cecile ya no era la misma de siempre, algo oscuro había anidado en su interior. En sus ojos solo veía maldad y algo frío e indefinible.

Υ

—¿Me has traído lo que te pedí que recogieras? —preguntó sin volverse a mirarlo con una voz seca y cortante que le heló un poco más los huesos.

—Sí. —Basil titubeó metiendo la mano en el bolsillo y palpando el botecito de cristal que había recogido de la casa de la curandera—. ¿Qué es?

—Un revitalizante para la duquesa. —Ella sonrió con maldad, extendiendo la mano hacia él con una expresión cargada de cinismo.

Basil se sorprendió de lo pálida que se la veía y de las venas azules que se marcaban en su piel.

—Cecile, creo que deberíamos parar con esto. No deberíamos hacerle daño a lady Caroline, quizá es hora de que aceptemos nuestra posición, al fin y al cabo…

—¡Al fin y al cabo, nada! No pienso pasarme la vida a la sombra de quien no merece ostentar el título. Ese maldito bastardo es un usurpador. ¡Y ahora su hijo nos arrebatará lo que nos pertenece!

—¿Hijo? ¿Su hijo? —Basil abrió los ojos como platos y las piezas encajaron en su cabeza. Intentó arrebatarle el frasco de la mano a Cecile, pero ella fue más rápida y, dando un tirón, se alejó de su alcance.

—Cecile, ¿qué vas a hacer? Puedes causarle mucho daño con eso.

Ella rio y lo miró como si hablara con un niño pequeño o con alguien falto de entendederas.

—Por supuesto que se lo causaré. Daré cada paso que tenga que dar, y por cada obstáculo que salven crearé otro más grande hasta que caigan definitivamente y pueda aplastar sus cabezas con mi bota. No puedo permitir que la duquesa se marche fuera de mi alcance, que la situación escape de mi control.

—La situación ya ha escapado de tu control, hermana. ¡Maldición! ¡Tienes que parar!

—¡No! ¿Acaso vas a dejarme sola en esto? Eres un pusilánime falto de hombría. Ni siquiera fuiste capaz de dispararle desde la distancia. Fallaste a posta, ¿verdad?

Basil no contestó y la cara de su hermana se transformó en una mueca de asco, tan enrojecida que parecía que estallaría en cualquier momento. Aún se sentía culpable por haber disparado al caballo y haber provocado su caída.

—Al menos dime que te has ocupado de Carter. Ese inútil estaba a punto de confesarlo todo.

Basil asintió, pero desvió la mirada.

—¿Qué has hecho con el cuerpo?

—No importa, ya no nos molestará más.

—Basil…, ¡dime qué has hecho con él!

—No era necesario matarle. Estaba lo suficientemente asustado como para no abrir la boca. A estas horas estará camino de Irlanda.

Cecile, enfurecida, comenzó a golpearle con los puños cerrados mientras él trataba de protegerse con los brazos.

—No podemos dejar flecos que nos delaten. Estamos juntos en esto, hermano: si yo caigo, tú también. No te olvides nunca. Me casaré con Thomas y seré duquesa. Y si no acepta, correrá la misma suerte que su hermano y tú serás el nuevo duque. ¿Lo has entendido? De una manera u otra lo conseguiré.

Basil se soltó de sus manos, que parecían garras aferrándose a la pechera de su chaleco, y dio varios pasos hacia atrás separándose de ella. Él no quería ser duque si con ello tenía que llevar sobre su conciencia la vida de varias personas.

Sin embargo, cómo podía traicionarla.

Cecile se acomodó un mechón crespo que se había escapado de su recogido y miró a su hermano con una expresión calmada y fría, como si nada de lo anterior hubiera pasado.

Se metió la mano en el bolsillo y apretó el frasco para asegurarse de que su peso seguía allí.

—Bien, Basil. Sé que puedo contar contigo. —Pasó la mano helada por el pelo de su hermano acomodando sus mechones en un gesto maternal y le besó en la mejilla. Basil sintió que sus labios fríos lo traspasaban—. Siempre juntos, siempre luchando el uno por el otro, hermano. Siempre.

A Basil ese «siempre» se le antojó demasiado tiempo.

27

—*P*or ahora nos llevaremos lo primordial, Sophie. El resto de cosas que las empaqueten y las envíen cuando puedan a Londres.

—Sí, señora.

—¿Tienes ganas de volver?

La doncella sonrió ruborizada, puede que se hubiese mostrado demasiado contenta cuando la duquesa le había anunciado que se marchaban de Redmayne.

—Excelencia, discúlpeme. Estoy agradecida de trabajar para usted, sea aquí o en cualquier otro lugar.

Caroline hizo un gesto con la mano quitándole importancia.

—No es necesario que disimules, yo también odio este sitio. Solo espero que lady Alexandra se anime a acompañarnos. Aún tenemos varios días para convencerla. —Caroline intentó sonreír, pero en su estado de ánimo no había ni una mísera pizca de alegría.

No había hablado con su marido sobre su marcha, pero estaba más que segura de que ya estaría al tanto de todo. Caroline se había limitado a salir de su habitación para dar algún paseo alrededor de la casa en compañía de Alexandra o de Vincent Rhys, cuando venía a visitarla.

Comía y cenaba en la soledad de su salita privada, y ya ni siquiera las novelas que tanta compañía le habían hecho siempre la distraían. Todas esas historias eran fantasías e ilusiones edulcoradas que nada tenían que ver con la realidad y pensar en ellas la enfermaba. No existían los príncipes azules ni los caballeros de brillante armadura que luchaban con ahínco por conseguir una simple sonrisa de su amada.

Solo existían hombres y mujeres condenados a entenderse, o al menos a soportarse.

Thomas había intentado acercarse a ella, volver a hablar del tema para llegar a algún tipo de entendimiento que les hiciera la situación más llevadera, pero Caroline desviaba la conversación hacia temas triviales: el tiempo, el menú…, lo que fuera antes de volver a tratar un tema tan doloroso y que volvería a dejarle el corazón en carne viva. No estaba preparada para soportarlo, no era fácil digerir que esa sería su realidad a partir de ahora y que el hombre que había ocupado cada resquicio de su corazón no era más que un fraude. Una fachada hueca, que ocultaba mezquindad y cinismo.

Thomas, por su parte, se hallaba cada vez más desesperado, no podía soportar la fingida expresión de indiferencia de Caroline, que a duras penas camuflaba su profunda decepción. Necesitaba que ella lo entendiera, aunque a veces ni él mismo conseguía hacerlo.

Caroline seguía más cansada de lo habitual, sus sueños eran inquietos, y el agotamiento empeoraba su estado de ánimo todavía más. Soportar la tirantez reinante y el sobreesfuerzo que tenía que llevar a cabo para no derrumbarse dejándose arrastrar por el dolor parecían estar pasándole factura. Había perdido el apetito, su estómago se rebelaba ante la mayoría de los alimentos y se sentía débil. Ella lo achacaba todo a los nervios y a la tristeza, que intentaba disimular sin demasiado éxito.

—Señora, ¿va a bajar a cenar hoy?

—No, tráeme algo ligero. No tengo demasiado apetito.

—Pero debe comer, excelencia. No es bueno que... —Sophie no era ninguna ingenua y, como doncella que era, sospechaba que los síntomas de Caroline podían deberse a otro motivo. Pero le habían enseñado que la prudencia debía ser su máxima y que no debía meterse en la vida de los señores, por lo que se abstuvo de hacer ningún comentario. Tarde o temprano la señora descubriría si realmente estaba o no en estado de buena esperanza, y puede que así las asperezas que parecía tener con su esposo desaparecieran—. Tiene que cuidarse más.

Lady Caroline siempre la había tratado bien, con respeto y afecto, cosa que no era muy común entre los de su clase, así que le tenía cariño y no le gustaba verla entristecida.

—Un poco de sopa estará bien, Sophie. Gracias por preocuparte por mí.

La doncella salió, cerrando la puerta de la habitación con suavidad, y Caroline dejó caer los hombros con un suspiro, cansada de aparentar que se encontraba perfectamente, que no estaba rota por dentro, que su vida no se estaba desmoronando en pedazos.

Se frotó la frente con los dedos y se miró en el espejo del tocador. Apenas se reconocía a sí misma en la imagen que el cristal le devolvía. El pelo corto, la cara pálida, las manchas violáceas bajo los párpados y sus ojos tristes hacían que se viera como si hubieran transcurrido años desde que llegó a aquel lugar. Puede que aquella mansión de piedras ennegrecidas estuviese realmente maldita y el tiempo transcurriera de manera distinta que en el mundo real. Se imaginó que llegaba el día en que al fin escapaba de su influencia, convertida en una anciana enjuta y apagada, mientras el resto del mundo y sus habitantes continuaban en el mismo lugar donde los dejó, con el mismo aspecto fresco y lozano.

Pensar en cómo podían haber sido las cosas lejos de Redmayne Manor despertaba en ella una dolorosa e irreparable nostalgia. Por lo que su cuñada le había dicho, sabía que Thomas no lo estaba pasando mucho mejor que ella, pero no podía permitirse apenarse por él, cuando era el único culpable de la situación. Debía obligarse a ser egoísta y a no flaquear en su decisión de alejarse de aquel matrimonio que se había convertido en una cárcel.

Sophie charlaba alegremente con la cocinera mientras esta terminaba de preparar la cena.

La cocinera le tendió una cesta con bollos de canela

recién hechos y la doncella cogió uno para depositarlo en la bandeja que estaba preparando para la duquesa.

Cuando se giró para depositar la cesta sobre la mesa, estuvo a punto de dejar caer su contenido al suelo, al ver la sombra oscura y silenciosa de Cecile observándolas, muy quieta, desde la puerta. Ambas mujeres enmudecieron e hicieron una reverencia, volviendo a sus quehaceres en silencio, evitando cruzar su mirada con ella.

—¿Esta es la bandeja para la duquesa? —preguntó Cecile rodeando la mesa lentamente y deslizando los dedos sobre el filo de plata de la fuente.

—Sí, señorita Richmond —contestó Sophie, añadiendo una manzana al contenido.

Cecile siguió con su exhaustivo escrutinio hasta que cogió la servilleta bordada y se la acercó para verla más de cerca.

—Cambia esta servilleta.

—¿Disculpe, señorita Richmond?

Cecile utilizó su mirada más despectiva para intimidar a la joven.

—¿Acaso no tienes ojos en la cara? En lugar de estar chismorreando deberíais estar más pendientes de vuestro trabajo. Aquí hay una mancha, ve a por una nueva.

La cocinera bajó la vista hacia los fogones mientras Sophie se dirigía sin dilación a uno de los armarios para buscar una servilleta limpia, a pesar de que no veía ninguna mancha en la que había puesto en la bandeja. Pero aquella mujer la ponía nerviosa, y ella no era quién para contradecirla.

Cecile controló la excitación mientras observaba,

impasible, cómo la sirvienta se alejaba y la cocinera continuaba con los ojos clavados de manera pertinaz en su labor. Le gustaba el servicio silencioso y obediente, que sabía reconocer quién era el dueño y qué lugar le correspondía en la escala de valores. Sacó rápidamente el frasquito que Basil le había entregado esa mañana y que aún llevaba en su bolsillo y lo vertió en el cuenco de sopa destinado a Caroline. Lo agitó con el dedo sin importarle que el contenido estuviera ardiendo y se marchó antes de que Sophie volviera, igual de silenciosa que había llegado.

Caroline se había levantado especialmente mal esa mañana y, aunque se sentía débil, necesitaba salir de la asfixiante opresión de su habitación. Se había vestido con un traje sencillo, sin ganas ni fuerzas para preocuparse por su aspecto, y había bajado al salón de desayunos. A pesar de lo apetecible que resultaban las bandejas llenas de comida, se había sentido incapaz de beber algo más que agua.

Todo su cuerpo parecía decirle a gritos que algo no iba bien, y sintió la imperiosa necesidad de salir de aquel lugar horrible cuanto antes, de alejarse de allí y de todo lo que había dentro, a pesar de que sabía que su amor por Thomas era demasiado fuerte como para ignorarlo sin más, casi tan fuerte como su propia decepción. Cruzó las puertas de cristal que daban al jardín y el olor a tierra mojada y a aire puro inundó sus sentidos.

Aspiró profundamente y por un breve momento se sintió reconfortada. Paseó despacio hacia los parterres donde había estado trabajando días antes y deslizó la yema de los dedos sobre la superficie aterciopelada de una rosa blanca que se abría a la vida, limpiando las gotas de rocío de sus pétalos. Sonrió. Al menos había conseguido que algo bonito floreciera en aquel yermo lugar. Su alivio fue efímero, ya que de repente un escalofrío recorrió su espalda y un ligero mareo la hizo tambalearse ligeramente.

—Caroline, ¿te encuentras bien? —La voz de Thomas sonó tras ella, demasiado suave, como si no quisiera asustarla.

Ella asintió girándose a medias, temerosa de mirarlo a los ojos y romper las defensas que arduamente trataba de construir alrededor de su corazón. Escuchó sus pasos acercarse, amortiguados por la hierba, y su mano cálida se apoyó en su brazo.

Thomas la giró suavemente hacia él para poder ver su cara y se asustó al verla tan pálida.

—¿Seguro que estás bien?

Ella asintió e intentó apartarse, pero parecía que sus fuerzas se habían agotado.

—No te marches, por favor. No así. —Su voz fue apenas un susurro, demasiado cerca de su oído. No había planeado ese matrimonio, no había pensado que podía necesitar a alguien de esa manera tan dolorosa y ahora sabía que sería muy difícil reconducir la situación. Pero, de forma egoísta, se conformaría con tenerla cerca, aunque solo los rodeara rencor y frialdad. Ciertamente el amor era muy peligroso.

—Es lo mejor para los dos. Ahora mismo apenas soporto mirarte a la cara.

—Sé que no he hecho las cosas bien, debí tener

agallas para sincerarme antes. Ahora no entiendes mis razones, pero puede que con el tiempo…

—Puede que con el tiempo pueda acostumbrarme a mirarte y no sentir nada por ti, pero ahora mismo no me siento capaz. Estoy demasiado…

Un dolor punzante en su vientre la dejó sin respiración.

—¿Qué te ocurre? Ven, cielo. Vamos a sentarnos, no tienes buen aspecto.

Caroline odió la falsa sensación de esperanza que el apelativo cariñoso le provocó. Lo único que quería era zanjar aquello con unas palabras hirientes y un par de dardos envenenados, salvaguardar la poca dignidad que aún le quedaba y marcharse sin su ayuda. Pero una nueva punzada más dolorosa que la anterior la hizo doblarse sobre sí misma, sintiendo que las fuerzas la abandonaban y sus piernas se doblaban incapaces de soportar su peso.

Thomas la sostuvo y la cogió en brazos antes de que ella cayera desmayada.

—Caroline, despierta, por el amor de Dios —rogó totalmente aterrorizado. Con largas zancadas la llevó al interior de la mansión, apretándola con desesperación contra su pecho.

Subió con ella hasta su habitación, consternado por el dolor y la debilidad que veía reflejados en su cara, y trató de rescatar del fondo de su mente alguna plegaria que le sirviera para sobrellevar aquello. Pero hacía demasiado tiempo que no creía en nada que no fuera él mismo.

Permanecer en el pasillo durante el largo rato que el doctor tardó en examinar a Caroline fue lo más duro que Thomas había tenido que hacer jamás. Si no hubiera sido por la presencia de su hermana, hubiera echado la puerta abajo para entrar y ver en qué estado estaba su esposa. Pero el galeno había sido tajante y al escuchar los síntomas solo había permitido que una de las doncellas de más edad entrara a ayudarle.

La puerta se abrió al fin y Thomas estuvo a punto de entrar en tromba, pero el doctor lo detuvo apoyando la mano en su brazo.

—Su esposa se encuentra descansando ahora, es mejor no molestarla. Hablemos en un sitio más tranquilo. —Thomas asintió, confundido, y se percató en ese instante de que Cecile permanecía observándolos como una sombra siniestra e impávida desde el fondo del pasillo.

Condujo al doctor a su despacho y le ofreció asiento, aunque a él los nervios le impidieron sentarse.

—Y bien, doctor. ¿Cómo está mi esposa? Hable. —Su tono imperativo y casi furioso no sorprendió al médico, que estaba acostumbrado a tratar con los de su clase.

Pero Thomas estaba muy lejos de querer demostrar su estatus. Simplemente el miedo a que algo malo pudiera ocurrirle a la mujer que amaba no le dejaba pensar con claridad.

Porque la amaba. A pesar de sus miedos, de sus equivocados principios, a pesar de sí mismo, la amaba más que a su propia vida.

—Su esposa se encuentra estable ahora, excelencia. Necesita unos días de reposo y dentro de unos meses podrá volver a concebir sin ningún problema. Por desgracia un aborto en mujeres primerizas no es algo del todo extraño, pero en la mayoría de los casos se superan con normalidad. Ella está sana y seguro que tendrán una hermosa familia más adelante.

—¿Un aborto? —Su voz sonó apagada, su garganta parecía haberse cerrado y apenas permitía que el aire llegara a sus pulmones. La mezcla de perplejidad y desolación del duque sorprendió al médico.

—Su esposa me dijo que desconocía que estaba encinta, excelencia. Disculpe mi falta de tacto. Obviamente para usted también ha sido una sorpresa.

Thomas se dejó caer en el sillón de piel totalmente deshecho, con un dolor en el pecho que no le permitía respirar con normalidad. Parpadeó al sentir cómo sus ojos ardían con las lágrimas que amenazaban con derramarse vergonzosamente delante de un extraño, pero curiosamente no le importaba. Solo le importaba el insoportable dolor que se aferraba a su corazón exprimiéndolo, dejándolo seco e inservible.

—Le he dejado un medicamento por si tuviera fiebre, y mañana volveré a visitarla. Si empeora en algún momento, avíseme. —El hombre se puso de pie para marcharse y antes de llegar a la puerta se volvió de nuevo—. Lord Redmayne, sé que es un trance difícil, pero son jóvenes y lo superarán. Su esposa ahora necesita descanso, y sobre todo comprensión y cariño.

—Gracias, doctor.

Thomas apoyó los codos sobre el escritorio de caoba y enterró la cabeza entre sus manos. No recordaba cuándo había llorado por última vez, pero el llanto sacudió su cuerpo durante lo que parecieron horas, dejándolo vencido, exhausto y totalmente vacío. En ese momento de soledad y dolor, había descubierto que no había perdido un heredero, ni siquiera un descendiente, nada de eso importaba lo más mínimo. Había perdido un hijo, su hijo, el fruto de su amor por Caroline, el fruto del amor que Caroline había sentido antes de que él lo destruyera. Algo mágico creado por ellos y que se había desvanecido sin más. No había hecho falta que su hijo naciera para entender lo que podría haber sentido por él, cuánto amor podría haberle dado.

No entendía cómo podía haber estado tan ciego, cómo no le había dado el valor que realmente merecía, cómo había podido cegarse con su propia estupidez. La coraza de hielo y rencor que había usado para no sufrir durante toda su vida, que lo había ayudado a superar los continuos desprecios y la falta de afecto, que lo había hecho invencible a ojos de los demás, se había desintegrado dejándolo en carne viva.

Lo que él había pensado que era orgullo y amor propio era algo mucho más mundano y rastrero, era simplemente cobardía. Y miedo, mucho miedo. Un miedo que lo había paralizado, un miedo que no paraba de crecer y crecer ante la idea de que Caroline lo abandonara.

Había descubierto demasiado tarde lo que necesitaba para ser feliz, una felicidad que nunca había buscado, que creía no poder conseguir, a pesar de que

la había tenido entre sus manos y que ahora se escu-
rría entre sus dedos como el agua. Sin saberlo lo había tenido todo, y ahora bajo sus pies solo se extendía
la nada más absoluta. Pero ahora no era el momento
de compadecerse de sí mismo.

Tenía que estar a la altura de lo que Caroline merecía, ayudarla a superar una pérdida que a buen seguro los marcaría a los dos, y solo podía rezar para
que no fuera demasiado tarde para ellos.

28

*U*na luz tenue se filtraba entre los párpados cerrados de Caroline, que se encontraba en un estado de duermevela del que se negaba a despertar del todo. Los ruidos llegaban amortiguados hasta ella y era consciente de que alguien vigilaba su descanso, alguien la protegía de sus demonios. Apretó los ojos con fuerza y notó que le dolían. No quería despertar, no quería enfrentarse al mundo que le esperaba a partir de ese momento, a su nueva realidad, llena de dolor y decepción por una pérdida irreparable.

Una mano rozó la suya con suavidad y unos labios depositaron un beso leve en su palma. Por más que quisiera ignorarla, la vida seguía allí, y cuanto antes se enfrentara a esa certeza, mejor para ella.

Parpadeó varias veces para acostumbrarse a la luz de la mañana que se filtraba entre las cortinas y arrancaba reflejos dorados al pelo de Thomas, que, sentado junto a su lecho, le sujetaba la mano. Se le veía demacrado, más pálido que nunca, y sus ojos reflejaban una tristeza infinita que su forzada sonrisa no consiguió disimular.

—¿Cómo te encuentras? —Su voz era tan suave como la de un niño, y le acarició la frente mientras le apartaba un mechón de pelo oscuro.

¿Cómo podía explicarle que se encontraba muerta por dentro, que el dolor de su corazón era mucho más fuerte que el dolor físico, que ya no se sentía la misma persona?

—Déjame sola, por favor —consiguió decir a pesar de que su garganta estaba reseca y cerrada por la congoja.

—No, no me iré. No voy a dejar que pases por esto en soledad.

—No necesito tu compasión.

—No es compasión, cariño. Yo… no sé cómo expresar cuánto siento todo esto.

Caroline intentó incorporarse en la cama. Su vista se desenfocó unos instantes y su cara se contrajo por el pinchazo de dolor que sintió. Tuvo que tragarse el orgullo y permitir que Thomas la ayudara y acomodara los almohadones detrás de su espalda.

Su cuerpo parecía entumecido, los miembros le pesaban y aún estaba un poco aturdida, pero nada era comparable con la intensa desdicha que sentía su alma.

—¿Por qué lo sientes, Thomas? No deseabas tener hijos. El destino ha seguido su camino, al fin y al cabo.

Caroline se sorprendió al ver una gruesa y solitaria lágrima resbalar por la mejilla de su marido, pero no era el momento de sentir compasión por él.

—He sido un cretino egoísta y siento no haberme dado cuenta hasta que ha ocurrido esto. No deseaba tener hijos, o, mejor dicho, puede que no supiera cuánto deseaba tenerlos. Pero eso no quiere decir que no esté igual de devastado que tú por lo que ha ocurrido.

—No es necesario que mientas para hacerme sentir mejor, no vas a cambiar lo que pienso sobre ti y sobre todo esto —dijo sin disimular su desprecio. Nunca se había visto inmersa en una pena tan intensa y devastadora, pero descubrió que aferrarse a la ira y escupir las culpas sobre otros la ayudaba a sentirse menos miserable.

Caroline desvió la mirada hacia la ventana evitando mirarlo. Se sentía furiosa con él, con el mundo, con su propio cuerpo.

—No es mentira. Sé que te he decepcionado, pero lo que siento es real. Lo hubiera amado con toda mi alma, incluso ahora me es impensable no amarlo. Es parte de mí, de ti. He estado equivocado durante toda mi vida, castigándome a mí mismo y ahora castigándote a ti por los errores de otros.

—Sí, y te has dado cuenta demasiado tarde. Ya nada de eso tiene sentido —sentenció Caroline con la vista fija en la porción de paisaje que se veía a través del cristal.

—Me niego a pensar que sea irremediable. Podemos tener otra oportunidad. Caroline, te amo, y hace tiempo que intento engañarme a mí mismo fingiendo que no es así. Y ni siquiera sé por qué. He intentado que no llegaras a adueñarte de mi corazón por completo, no quería depender de tu sonrisa, de tus miradas o de tus besos para ser feliz. Siempre he creído que amar me destruiría, pero no es así. Lo único que puede destruirme es que tú no sientas lo mismo.

—¿Y crees que reconocer el desprecio que te provocaban tus sentimientos hacia mí hará que me sienta mejor?

—Caroline, por favor, sé que necesitas tiempo para asimilar todo esto. Pero creo que nunca he sido tan sincero en mi vida.

—No dudo de tu sinceridad. No dudo de que me ames. Lo que dudo es si realmente eres merecedor de esos sentimientos.

Thomas sabía que no lo era, que no merecía tenerla, por supuesto que no. Había estado tan cegado por su propia mezquindad que se había visto arrastrado por una espiral de rencor absurdo. Cuanto más fuerte era el amor que ella despertaba en él, más se enrocaba en su postura, más crecía su determinación de mantenerse impermeable ante toda aquella vorágine de sentimientos.

Aun sabiendo que aquella decisión, aquella venganza sin sentido no le aportaría nada en absoluto, y que entregarse sin reservas a su matrimonio podía significar tenerlo todo.

Ser feliz y hacer feliz a Caroline.

—Lo siento tanto.

Caroline tragó saliva y cerró los ojos. Su cabeza iba a una velocidad de vértigo y estaba demasiado cansada para asimilarlo.

Él, el hombre al que amaba y que le había roto el corazón sin contemplaciones, ahora le exigía un perdón que ella no estaba en condiciones de darle. Sentía que su alma se había roto en mil pedazos que ahora estaban esparcidos por doquier. Debía recomponerse, sanarse, y puede que después se sintiera con capacidad para perdonar.

Aunque no para olvidar.

—Márchate, Thomas, necesito descansar.

Thomas suspiró y salió de la habitación derrotado y con la cabeza gacha, sabiendo que su peor enemigo había sido él mismo.

Caroline continuó mirando hacia la ventana sin ver nada, con la vista nublada por las lágrimas que ahora corrían libremente por su cara. El silencio tras él se había hecho tan insoportable como un estridente grito y en ese momento se dio cuenta de que, más allá de las secuelas del trance que acababa de vivir, el cuerpo le dolía por la necesidad de sentir su abrazo.

Sus manos, sus besos, el calor de su cuerpo hubieran podido disipar la ansiedad y la pena. Hubiese dado la vida por poder gobernar su orgullo y haber enterrado la cara en su pecho, mientras dejaba que las lágrimas limpiaran su dolor, escuchando de sus labios las palabras que siempre había anhelado. Pero esa hubiera sido la reacción de la antigua Caroline. La nueva duquesa no sería nunca más aquella niña débil y enamoradiza.

Ahora era una mujer que sabía cuánto escocían las heridas y que no estaba dispuesta a volver a exponer su corazón nunca más.

Sophie bajó las escaleras de servicio con la cesta de ropa para lavar. Mary, otra de las doncellas, ya la esperaba en la zona de la lavandería con varios barreños de zinc llenos de agua caliente, las tablas y los jabones. Eran casi de la misma edad y les gustaba trabajar juntas para poder cotillear sobre los chicos del pueblo o despacharse a gusto criticando al ama de llaves.

—Peter me ha pedido que lo acompañe a la feria. —Sophie jadeó sorprendida.

—¿En serio? ¡No le habrás dicho que no otra vez!

Mary rio nerviosa al pensar en el guapo mozo de cuadra que llevaba meses intentando conquistarla.

—No, esta vez le daré un poco de esperanza. Puede que incluso le permita que me dé un beso. Pero solo en la mejilla, malpensada.

Ambas rieron de nuevo mientras separaban las prendas.

—¡Oh, Sophie! No quiero que te vayas. ¿En serio no puedes convencer a la duquesa para que se quede?

El semblante de Sophie se entristeció un poco al pensar en la mala suerte que parecía perseguir a lady Caroline desde que había llegado a aquel siniestro lugar. Era su doncella desde que ambas eran unas crías y el cariño entre ellas era mutuo, a pesar de la diferencia de estatus.

—Te voy a echar mucho de menos, Mary. Pero la verdad es que desde que llegamos aquí ella no es feliz. Esta casa… Es como si le robara la suerte.

—¿Cómo se encuentra? Es una pena lo del bebé, pero seguro que pronto se recuperará.

—Está mejor. Ya ha comenzado a dar pequeños paseos por el jardín, pero está tan triste…

—Bueno, a los ricos se les pasa la tristeza antes que a nosotros, así que no sufras demasiado por ella. Es duquesa, es bella, puede tener todos los lujos que desee, sin olvidar que tiene un marido que corta la respiración. No me negarás que el duque es guapísimo. Y, en cambio, nosotras estamos aquí con las manos en carne viva por este maldito jabón. Mira, ya me están saliendo sabañones —se quejó Mary frotando con brío una mancha de grasa de un mantel.

—Ella es diferente a otras damas. Es generosa, tiene buen corazón y nos trata con respeto. No como esa víbora de la señorita Cecile. —Sophie arrugó el ceño mientras sacaba de la cesta uno de sus oscuros vestidos para lavarlo—. Podemos considerarnos afortunadas de no ser sus doncellas personales. Esa mujer es espeluznante.

—Es cierto. Mejor no hablemos de ella, siempre aparece cuando menos lo esperas como si fuera un fantasma. Esa mujer lleva escrita la muerte en la mirada.

Sophie no pudo evitar sentir un escalofrío en la espalda y miró hacia atrás temiendo que Cecile hubiera aparecido. Por suerte no había nadie allí y soltó un profundo suspiro de alivio. Al sacudir la prenda, un objeto cayó de uno de los bolsillos, rodando por el suelo de desgastada madera con un tintineo. Se agachó y sujetó con cuidado el pequeño frasco de cristal, y lo miró con detenimiento. Aún tenía restos de un líquido opaco de color ambarino, y le llamó la atención que en la embocadura había atado un lazo oscuro.

Mary, que seguía con su alegre cháchara, levantó la cabeza al ver que su amiga no le contestaba.

—¿Qué es eso? —Se secó las manos en el delantal y se acercó para ver qué examinaba Sophie con tanto detenimiento—. ¿De dónde lo has sacado?

—Ha caído del vestido de la arpía.

Sophie destapó el frasco y estaba a punto de acercárselo a la nariz para oler su contenido cuando Mary le sujetó la muñeca para impedírselo.

—¡No! Deja eso, Sophie.

—¿Sabes qué es?

Mary asintió mordiéndose el labio.

—Lo he visto antes. Hay una curandera de dudosa reputación en el camino hacia el norte, a las afueras del pueblo. Usa este tipo de frascos. Se dice que hace magia, sortilegios de amor, y que es capaz de hablar con los espíritus. Otros dicen que solamente hace remedios para los dolores de tripa y los catarros. También cuentan que… ayuda a las muchachas que cometen alguna indiscreción.

Sophie estuvo a punto de dejar caer el botecito de cristal.

—¿Ves ese lazo que rodea el frasco? Es su seña personal. Utiliza lazos de colores según el tipo de remedio que sea. No sé qué significa, pero mi madre me dijo una vez que el color negro simboliza la muerte.

—Mary, no digas ni una palabra de esto, ¿de acuerdo? —Sophie envolvió el frasquito en un pañuelo y se lo guardó en el bolsillo del delantal con una sensación extraña en el ánimo y un mal presentimiento.

Mary asintió.

—Será mejor que no nos metamos en estos asuntos, seguro que al final salimos escaldadas.

La doncella sonrió y cambió de tema hábilmente, volviendo a la próxima cita de Mary con el mozo de cuadras para desviar su atención. Mientras tanto su cabeza no hacía más que girar en torno a los sucesos de los últimos días.

29

Sophie abrió la puerta de la habitación de Cecile Richmond, portando unos pañuelos y toallas recién planchados, y se adentró en la estancia con el mismo sigilo de quien se adentra en la guarida de un dragón.

La señorita había salido a pasear con su hermano y la doncella aprovechó para buscar algo más que le confirmara si sus sospechas eran fundadas.

La habitación estaba sumida en la penumbra por las gruesas cortinas que impedían que cualquier rayo de sol invadiera la estancia. Olía a cerrado y a humedad, a mueble viejo y a algo extraño y desconcertante. Sophie pensó que con toda seguridad sería el hedor de su propio miedo y negó con la cabeza intentando, sin éxito, reírse de sí misma. Las maderas crujieron bajo sus botines y continuó avanzando despacio hasta el fondo de la espartana estancia, que se asemejaba más al alojamiento de un monje que al de una señorita de bien. Los cuadros habían sido retirados de la pared y las manchas en el papel pintado delataban su ausencia. En la mesita de noche solo había una solitaria vela, y en el tocador, un peine de plata oscurecido por el tiempo.

Sophie solía tener bastante ojo para juzgar a la gente, pero esta mujer la desconcertaba. Parecía ambiciosa, con ansias de manejarlo todo, y, sin embargo, su atuendo, su habitación y todo lo que la rodeaba era totalmente austero. Puede que fuera de ese tipo de persona que sueña con amasar riquezas solo por avaricia, para contemplarlas sin llegar a disfrutar de ellas.

Pero analizar la personalidad de esa bruja no era relevante en ese momento y se concentró en buscar algo que le diera pistas. Aún no sabía sobre qué, pero ya lo averiguaría si llegaba a encontrarlo.

En los cajones de su mesita no había nada, solo una biblia y unas cuantas cartas y notas insertadas entre sus páginas. Abrió el libro para sacar una de esas notas, que llevaba escrita con letra tosca y desigual lo que parecía ser una receta.

Se la metió en el delantal y se dirigió hacia la cómoda. Colocó los pañuelos que llevaba sobre la superficie lisa y abrió un cajón. Rebuscó entre las escasas enaguas y camisolas, perfectamente dobladas, que contenía, metió la mano bajo las prendas y palpó entre ellas hasta que, en el segundo cajón que inspeccionó, encontró un pequeño frasco igual al que había encontrado el día anterior en su vestido. Estaba medio lleno y el lazo que llevaba atado era de color morado. Conteniendo la angustia, lo devolvió a su lugar, esforzándose en dejarlo todo como estaba. Estaba a punto de cerrar el cajón cuando notó otro objeto. Introdujo la mano con cuidado y sus dedos tocaron una superficie dura y fría. Levantó la ropa para descubrir un cuchillo de grandes dimensiones.

Qué tipo de dama ocultaría un afilado cuchillo

entre las capas de lino y algodón de su ropa interior. Cerró el cajón con cautela con la firme convicción de que tenía que intervenir en todo aquello.

Giró sobre sus talones para marcharse y no pudo evitar dar un pequeño grito cuando descubrió la silueta oscura de Cecile Richmond recortada contra la puerta de la habitación, imperturbable como siempre, con las manos entrelazadas en su regazo.

—Señorita Richmond, me ha asustado. —Cecile permaneció silenciosa observándola con sus ojos vacíos y transparentes. Sophie se sintió obligada a rellenar el silencio buscando justificación a su presencia allí, rezando para que no la hubiera visto hurgar entre sus cosas—. He venido a traerle sus pañuelos recién planchados y toallas limpias.

Tras hacer una pequeña reverencia, la doncella pasó junto a Cecile, con el cuerpo encogido y tenso por las ansias de salir de allí, temiendo que clavara sus garras en ella.

Cecile no abrió la boca y se limitó a escudriñar la habitación buscando algo fuera de lugar que pudiera acusar a la doncella. Pero todo parecía estar en su sitio.

Alexandra, sentada en el alféizar de la ventana de la sala, observaba cómo Vincent Rhys dedicaba toda su atención a Caroline mientras paseaban por el jardín, pendiente de sus palabras y de sus gestos. Sin embargo, se negó a sentir ni siquiera un poquito de envidia por ello. Rhys había sido siempre un cretino y moriría siendo un cretino. No envidiaba pasear con alguien tan desagradable y cruel, que había puesto todo su empeño, desde que se conocían, en herirla con sus comentarios mordaces.

Pero sí que sería maravilloso caminar con cualquier otra persona de esa manera íntima, sin acelerar el paso, como si no hubiera nada más importante que hacer en todo el día que recorrer despacio los caminos de tierra rodeados de rosales, glicinias y hiedras. Pasear sin necesidad de ocultarse tras un velo, sin preocuparse cuando la mirada del otro permanecía más de unos poco segundos fija en su rostro. Pero eso no ocurriría jamás. Nunca podría disfrutar de los placeres sencillos, porque ella no era como los demás. Ella era el monstruo de Redmayne, y los monstruos se ocultan en mazmorras y sótanos mugrientos, no se sacan a pasear por pasillos alfombrados de flores.

No sabía hasta qué punto las visitas de Rhys influían en ella, pero la reconfortaba ver que Caroline aparentaba encontrarse mejor, al menos físicamente. Sin embargo, la tristeza parecía haberse instalado definitivamente en su mirada. Su expresión había cambiado, se la veía mayor, como si lo que había ocurrido hubiera terminado de un plumazo con el aire juvenil de su rostro.

Unos ligeros golpes en la puerta la sobresaltaron.

—Adelante.

La doncella de Caroline entró en la sala retorciéndose las manos, nerviosa, y con los ojos clavados en la alfombra.

—¿Ocurre algo, Sophie?

—Lady Alexandra… —Su voz sonó más aguda de lo normal debido a los nervios. Se estaba jugando mucho contando aquello, tanto que, si la cosa se torcía y no la creían, las consecuencias para ella podían ser impredecibles y no le apetecía enfrentarse a la ira de Cecile Richmond.

—Quería comentarle algo que me preocupa. Sobre la duquesa.

Alex miró hacia la ventana y vio cómo Caroline se alejaba por el camino con Rhys. Volvió a mirar a la doncella.

—¿Qué te preocupa?

—Le pido por favor que me escuche, milady. No es fácil lo que le voy a contar y entienda lo que me juego con ello. Me lo juego todo. Estoy angustiada y necesito contárselo a usted… Yo…, yo no sería capaz de insinuar algo así a no ser que…

—Si es sobre su amistad con ese hombre, te puedo garantizar que confío plenamente en ella. —El tono seco de Alexandra reflejó claramente su irritación y Sophie la miró confundida.

—¿Qué? ¡No, por Dios! No soy una chismosa, y conozco de sobra la honorabilidad de lady Redmayne —se defendió airada, aunque rebajó el tono inmediatamente. Estaba ante la hermana del duque después de todo. Sophie metió la mano en su delantal y le tendió el bote de cristal antes de que la cosa se embrollara más—. ¿Sabe lo que es?

Alexandra tendió la mano para coger el frasco, intrigada.

—Lady Caroline no ha enfermado jamás desde que la conozco. Desde que llegó aquí empezó a encontrarse mal, coincidiendo su malestar con las horribles infusiones que la señorita Cecile le preparaba.

Yo misma le aconsejé que no las tomara ante el efecto que le provocaban.

Alexandra parpadeó y se sentó en el sofá intentando entender lo que le estaba contando la doncella, y más sorprendida aún por los arrestos de la muchacha, que no dudaba en arriesgarlo todo por defender a su señora.

—Encontré este frasco en uno de los vestidos de su prima. Una de las criadas me ha dicho que este frasco podía contener un remedio de una curandera de la zona.

Alexandra asintió, ella también había oído hablar de esa mujer y de los misteriosos sortilegios que realizaba. Incluso algunos miembros del servicio habían acudido en alguna ocasión para curar un mal del estómago o una tos pertinaz.

—El negro es el color de… la muerte —dijo Alex más para sí misma que para la doncella tocando el lazo con la yema de los dedos.

Sophie se armó de valor para continuar. Iba a acusar a la prima de esa mujer silenciosa y taciturna de algo atroz y no sabía cómo reaccionaría porque no la conocía, nadie la conocía en realidad. Pero sabía que había sido un apoyo para Caroline y su intuición le decía que tras su fachada reservada había un buen corazón y más determinación de la que parecía. Si no la creía, podría incluso acabar en la cárcel, pero tenía que seguir su instinto, y este le decía que lady Alexandra era de fiar.

—La noche antes de que la señora perdiera el bebé pasó algo. La señorita Cecile vino a la cocina mientras yo preparaba la bandeja con la cena para lady Caroline. Me mandó que cambiara una servilleta, alegando que estaba sucia, aunque estaba impoluta. Se quedó junto a la bandeja mientras yo iba a buscar otra limpia, y, cuando volví, ya se había marchado. Creo que lo hizo para que yo me alejara. Al día siguiente pasó lo que ya sabemos.

—¿Crees que Cecile le echó algo en su comida?

—No puedo asegurarlo porque no lo vi con mis ojos, pero no se ofenda, lady Alexandra. No me gusta cómo la señorita Richmond mira a la señora.

Alex se frotó la frente con los dedos intentando digerir todo aquello. Ella misma desconfiaba de Cecile, y era cierto que Caroline había sufrido mucho desde su llegada. Su malestar durante los primeros días, el accidente que le quemó el pelo, la pérdida del bebé, y durante todos esos episodios la presencia silenciosa de Cecile. Parecía que una sombra oscura y aciaga la sobrevolaba, y en ese momento esa sombra adquiría consistencia humana.

—Pero nadie sabía que Caroline estaba encinta. Ni siquiera ella.

—Solo había que observar los síntomas. La duquesa no habría tardado mucho en descubrirlo. Lady Caroline vomitaba por las mañanas, rechazaba algunos alimentos y parecía más cansada de lo normal. —Alexandra recordó los últimos días antes de que ocurriera. Caroline estaba demasiado preocupada por el giro en su relación con Thomas como para prestar atención a los cambios de su propio cuerpo. Probablemente habría achacado el malestar y el cansancio a su lógica preocupación—. Yo lo intuí. Alguien tan inteligente como su prima, que parece estar siempre en todas partes, pudo haberlo notado también.

Alexandra se sintió culpable por haber estado tan sumergida en su propio mundo y su autocompasión y no haber percibido ni los problemas de Caroline ni las malas artes de su prima. Visto a través de los ojos de Sophie, esa muchacha sencilla que podía perderlo todo dando voz a sus sospechas, la secuencia de los hechos parecía más que posible, y no resultaba descabellado que la ambición de Cecile la hubiera llevado a hacer algo así. Al fin y al cabo, la duquesa era la única que podía hacer peligrar su presencia en Redmayne, algo que parecía de vital importancia para su prima.

—¿Le has dicho esto a alguien más? ¿A lady Caroline? —preguntó sujetando su brazo con más fuerza de la necesaria, y Sophie negó vehementemente con la cabeza.

—Lady Alexandra, a riesgo de perder todo lo que tengo… —Sophie titubeó insegura, pero ya se había embarrado, contarlo todo no empeoraría las cosas—. Hay algo más. He ido a dejar ropa limpia a la habitación de su prima y, al abrir su cómoda, he encontrado otro frasco, con un lazo de color morado, y un cuchillo enorme. Y esto… —Le tendió la hoja doblada dándose cuenta de que estaba temblando.

Alexandra reconoció los nombres de varias plantas, algunas venenosas y otras de las que no había oído hablar jamás, además de cifras y otras anotaciones. Palideció sin que su cabeza se atreviera a hacer ninguna conjetura. Era demasiado horrible, demasiado esperpéntico dar forma a esos pensamientos.

—Creí que era mejor contárselo a usted primero y no empeorar el estado de ánimo de lady Caroline.

Alex asintió y se llevó una mano temblorosa a los labios.

—Has hecho bien, Sophie. Decirle esto a Caroline ahora solo la perjudicaría. Sobra pedirte que mantengas esto en secreto. Veré qué puedo averiguar.

Sophie exhaló un profundo suspiro de alivio sabiendo que había cumplido con su deber y también que la responsabilidad estaba ahora en el tejado de Alexandra.

—Si me necesita…

—Sí. Necesito que cuides de mi cuñada mientras yo no estoy. Y que me cuentes cualquier cosa que te resulte sospechosa. Voy a hacer algunas averiguaciones y hablaré con mi hermano y con ella cuando sepa que las sospechas son fundadas. No nos haría ningún bien hacer saltar la liebre antes de tiempo.

Con la preocupación asentada en su estómago, Alexandra se armó de valor y decidió por primera vez en su vida hacer algo arriesgado por ella misma. Se cubrió la cabeza con el chal y se dirigió a la parte de atrás de las caballerizas, donde un mozo había preparado el carruaje que ella le había solicitado, un calesín de un solo caballo que no le resultaría demasiado difícil de manejar. Alexandra tomó las riendas que él le tendió y lo despidió con un gesto de la mano.

Tomó aire antes de montar en el vehículo tratando de vencer su inseguridad. Thomas le había enseñado hacía mil años a manejar un vehículo así y ahora no era el momento de dudar.

Sabía hacerlo y debía hacerlo. Esas eran las dos únicas opciones que tenía. Antes de colocar el primer pie en el pescante, un carraspeo a sus espaldas la hizo volverse.

Vincent Rhys, apoyado de manera informal en la pared de las caballerizas, con los brazos cruzados y su postura insolente, la observaba con una ceja arqueada y su media sonrisa habitual.

—Esto sí que es una sorpresa. La comedida lady Alexandra se va de excursión sin carabina. Una cita clandestina, ¿tal vez?

—¿Qué haces aquí?

—Te vi salir de la casa furtivamente, ocultándote con ese trapo. No eres muy buena disimulando. Sentí curiosidad y decidí averiguar qué tipo de actividad clandestina te traías entre manos.

—No es un trapo, es un chal. Además, no es de tu incumbencia, y no tengo tiempo para tus batallas dialécticas, Rhys —contestó exasperada.

Vincent se adelantó y se colocó junto a ella, tan cerca que Alex tuvo que retroceder para poder mirarle a la cara. Era un despropósito de la naturaleza que un ser tan odioso hubiese sido premiado con todas las virtudes físicas posibles. Su altura era casi apabullante, sus músculos formidables y su cara era ofensivamente bella. Su mirada transmitía una dulzura inexistente, sus ojos azul verdoso eran capaces de desentrañar los más oscuros deseos del alma de cualquiera y su voz sonaba a pecado. Cuando sus labios pronunciaban su nombre, Alex lo sentía como una caricia en todo el cuerpo, una caricia indeseada, por supuesto, que aun así ponía todos sus sentidos alerta.

—Es cierto, no es de mi incumbencia, pero la vida en este rincón del mundo es extremadamente aburrida. Si no me dices adónde vas, te seguiré con mi caballo. Será realmente emocionante descubrir qué tipo de transgresión vas a cometer.

—No me importa lo que hagas. Siempre te aburres de todo, seguirme no será una excepción. Apuesto a que ni siquiera aguantas hasta la salida de la finca.

Los nervios y las prisas por marcharse de allí hacían que Alex estuviera más locuaz que de costumbre y sus comentarios resultaran más mordaces de lo habitual, lo cual resultaba muy divertido para alguien como Rhys, cuyo pasatiempo favorito era molestarla.

Ella le dio la espalda y puso un pie en el escalón para subir, decidida a continuar con su camino e ignorarlo por completo. Con las prisas por despedir al mozo, había olvidado pedirle que le buscara una escalera para ayudarla a subir, ya que el vehículo era endemoniadamente alto.

Pero antes muerta que pedirle ayuda a Rhys.

Se agarró con ambas manos a la estructura del calesín para tomar impulso, lo intentó una vez sin éxito. Cogió aire y se sujetó con más fuerza para volver a intentarlo y esta vez la enorme mano de Vincent en su trasero empujándola hacia arriba le facilitó el trabajo. Dio un pequeño grito y le dedicó una mirada asesina, con los ojos entrecerrados por la indignación.

—No hace falta que me des las gracias.

—¿Te han dicho alguna vez que eres despreciable?

—Muchas. Pero nunca una dama a la que haya tocado alguna parte de su anatomía. Deberías estar agradecida por sentir el toque de un hombre al fin sobre ti.

Alex sujetó las riendas para marcharse, cada vez más furiosa, pero Vincent debía estar verdaderamente aburrido, ya que se subió a su lado, obligándola a desplazarse en su asiento para hacerle sitio. Su vida era tranquila, sin grandes emociones ni distracciones, una línea plana y estable sin altibajos. Pero, ese día, el destino parecía estar confabulando para desmoronar su paz habitual a marchas forzadas.

Bufó exasperada y azuzó a los caballos para iniciar la marcha, mascullando entre dientes. Si eso era lo que Vincent Rhys quería, eso tendría. Lo arrastraría con ella en su misión.

No le vendría mal un acompañante, después de todo, tenía que transitar caminos a través del bosque por los que casi no pasaba nadie, nadie decente al menos, y eso era algo decididamente temerario para una joven sola que se pasaba la vida encerrada en casa. Sin olvidar que iba a visitar a una mujer con fama de bruja para pedirle explicaciones sobre sus actividades posiblemente delictivas.

Definitivamente, tener que soportar la compañía de Rhys no era lo peor que le podía pasar.

30

Vincent exhaló el aire sonoramente ante el violento vaivén que dio el carruaje por enésima vez.

—Deberías dar la vuelta, Alexandra. Creo que te has dejado un bache.

—¿Crees que tú lo harías mejor?

—Por supuesto que sí —gruñó sujetándose al lateral del calesín para evitar caer al tomar una pronunciada curva del camino—. ¿Vas a decirme de una vez adónde vamos? Esto dejó de ser divertido hace más de veinte minutos.

Alex tiró de las riendas y detuvo el carruaje para mirarlo ceñuda.

—Nadie dijo que fuera divertido. Bájate. Puedes volver andando o esperar aquí. Te recogeré a la vuelta.

—Dime qué es lo que vas a hacer.

—Voy en busca de la curandera.

Los ojos de Rhys se abrieron como platos. Todo el mundo en la zona conocía la existencia de esa mujer y sus extraños métodos.

—Dime que no me has arrastrado por este camino polvoriento para conseguir una pócima de amor.

—¿Amor? ¡Yo no necesito amor!

—Pues yo no diría eso exactamente. Aunque puede que en lugar de amor en sentido etéreo necesites algo un poco más… tangible.

Alex masculló algo ininteligible entre dientes y, tras dudar unos momentos, acabó haciéndole un breve resumen de lo que Sophie le había contado.

—¿Y por qué demonios no se lo has dicho a Thomas? ¿Crees que es sensato adentrarte en mitad del bosque para buscar a una curandera que, según tú, es tan peligrosa?

—La verdaderamente peligrosa es Cecile. Además, Thomas primero hubiera estrangulado a mi prima y después hubiera hecho las averiguaciones.

—Tampoco creo que la pérdida fuera gran cosa.

—¿Y bien? ¿Te bajas o me acompañas?

—Sabes que aprecio a tu cuñada, pero hace mucho tiempo que aprendí a no involucrarme en los problemas ajenos. —Y la vida se lo había enseñado a fuerza de golpes y latigazos literalmente. Su máxima norma en la vida era no empatizar con nadie, y mucho menos mover un dedo por algo que no fuera en su propio beneficio.

—Baja, Rhys.

Rhys la miró detenidamente. Estaba tan ofuscada y tan fuera de control por lo que estaba ocurriendo que parecía haberse olvidado de sus miedos, de la pesada carga que suponía para ella la profunda cicatriz que recorría su mejilla y que siempre trataba de ocultar inútilmente con sus gestos. Pero no fue eso lo que más le impactó, fue la determinación en su expresión, la fuerza de carácter que raramente había visto en ella, el brillo decidido en sus ojos color avellana salpicados por esas pequeñas vetas de tonos dorados y verdes.

—Está bien, te acompañaré. Pero no pienses ni por un momento que entraré contigo para hablar con esa vieja bruja, ni que te sacaré de ningún lío, simplemente iré porque no me apetece quedarme sentado sobre una piedra hasta que vuelvas. Y yo llevaré las riendas, mi trasero no resiste ni un bache más. —Alex se mordió el labio para no sonreír, mientras Rhys le quitaba las riendas de la mano para continuar el camino.

En esa parte del bosque la espesura de los árboles apenas permitía pasar los rayos de sol y las plantas trepadoras unían sus copas dándole un aspecto fantasmagórico. Pero la idea preconcebida que ambos llevaban en su cabeza sobre lo que debería haber sido la casa de una curandera dedicada a hacer remedios extraños se desmoronó cuando encontraron una pequeña vivienda en un claro del bosque. La casita era encantadora, con unas alegres cortinas en las ventanas, parterres de flores por doquier y un columpio atado a un frondoso árbol.

Un gato se desperezó al verlos llegar mirándolos con curiosidad, aunque volvió a estirarse al sol al resultarle poco interesantes los nuevos visitantes.

—Me esperaba una casa tétrica, sapos y murciélagos puestos a secar y… —susurró Alex interrumpiéndose al ver que la puerta se abría.

Una bella mujer de unos cuarenta años salió a recibirles. Sus ojos se deslizaron apreciativamente por el cuerpo de Rhys y su sonrisa fue una mezcla entre dulzura y sensualidad que hasta la inexperta

Alexandra pudo captar. Movió su larga melena del color de las alas de un cuervo y Alex estuvo segura de que con ello era capaz de hipnotizar a cualquier hombre. Y el que la acompañaba tenía una fastidiosa tendencia a dejarse engatusar.

—Y yo me esperaba una anciana con verrugas, pero he de decir que estoy gratamente... Ay... —Alex le propinó un codazo mal disimulado en el estómago para hacerlo callar.

—Espérame aquí.

La mujer se apartó un poco para dejar entrar a Alex, pero a esta no se le escapó la insinuante mirada que le dedicó a Rhys, que esperaba apoyado en el calesín con una sonrisa lobuna.

La curandera la invitó a sentarse alrededor de una mesa adornada con un vistoso tapete rojo y un centro con velas rodeadas por ramilletes de hierbas.

—Voy a ir directa al grano, señora... —Alex esperó a que la otra mujer dijera su nombre, pero ante su silencio, pensado para intimidarla, continuó hablando y también declinó presentarse.

Sacó el botecito del lazo negro y lo colocó sobre la mesa.

La mujer apenas lo miró de reojo.

—¿Este frasco es uno de sus remedios?

Asintió lentamente reclinada en su silla, con la actitud altanera y tranquila de una reina.

—Sé que el color del lazo tiene un significado. No creo que la gente demande demasiado este tipo de arreglos. Necesito que me dé información sobre la persona que se lo encargó.

La curandera la recorrió con su mirada descaradamente, desde la calidad de la tela de su discreto vestido de medio luto, su vistoso y caro anillo de oro, y, cómo no, la enorme e inconfundible cicatriz de su cara. Alex sintió que su escrutinio la desnudaba por dentro.

—Así que usted es el monstruo de Redmayne —dijo la curandera clavando sobre ella sus ojos oscuros.

Alex enmudeció y se tapó un poco más la cara con el pañuelo que le cubría la cabeza, recordando de golpe quién era y cuál era su lugar natural, un rincón oscuro y protegido junto a la chimenea de su biblioteca. La presencia de Rhys y su estado de exaltación habían hecho que bajara sus defensas y se olvidara de ella misma.

—Me había hecho una idea bastante macabra sobre usted, muy alejada de la realidad. Solo es una chiquilla insegura, incapaz de ver su propia valía.

Curiosamente Alex tenía la misma sensación sobre la curandera, su imaginación había creado una apariencia tenebrosa muy diferente a la de la mujer real que tenía delante. Alex carraspeó incómoda y dolida, poca gente se había atrevido alguna vez a llamarla de esa manera a la cara.

—No he venido a hablar de mí, discúlpeme. Necesito información, es de vital importancia. Contésteme, por favor.

—Se sorprendería de la cantidad de gente que pide cosas así.

—Se trata de una mujer.

—Especialmente las mujeres.

—Una mujer joven, una dama pelirroja y de ojos azul claro llamada Cecile Richmond, una cliente que ha venido en más de una ocasión —dijo con la voz temblorosa por la frustración. Se levantó para encararla, perdiendo los nervios, no tenía tiempo para juegos y enigmas.

—Qué clase de persona sería si revelara la identidad de mis clientes —contestó tranquilamente la sanadora tocándose el pelo, aunque su rictus se había vuelto más tenso.

—El tipo de persona cómplice de vender un veneno capaz de provocar atrocidades.

—¿Acaso el herrero es culpable de un asesinato solo por forjar la espada con la que se comete? —preguntó inclinándose hacia delante.

Rhys irrumpió en la habitación rompiendo el tenso momento, acaparando la atención de la curandera.

—Lo que mi amiga quiere decir es que quizá también nosotros podríamos convertirnos en sus clientes. —La mano de Rhys se apoyó en el hombro de Alex instándola a sentarse de nuevo. Lo miró extrañada, no esperaba que se molestara en intervenir para ayudarla.

La curandera le hizo una seña con la mano para que tomara asiento en la otra silla sonriéndole seductoramente. Rhys sacó una bolsita de cuero y la colocó sobre la mesa provocando que las monedas de su interior tintinearan.

—Algunos clientes vienen a comprar remedios, ungüentos y qué se yo. Nosotros queremos comprar algo que solo usted puede darnos: respuestas. Y le garantizo que podemos ser muy generosos.

Alex lo miró con la boca abierta. De pronto se habían invertido los papeles y el hechicero era él, que, con una mirada intensa y una promesa implícita en su media sonrisa, había ganado la batalla a aquella desconocida. Sus preguntas fueron directas y certeras, y ella, nublada por sus ojos azules y puede que también por el brillo de las monedas que con cada respuesta Rhys dejaba caer sobre el tapete, fue desgranando la información.

Rhys le mostró el papel con las anotaciones que Sophie había encontrado en la habitación de Cecile.

—A muchos clientes les gusta jugar a ser magos. Algunos me piden las plantas para hacer sus propios remedios caseros. La señorita Richmond se divertía intentándolo, pero no tenía buen ojo con las proporciones.

—¿Para qué quería este frasco? —Rhys jugueteó con el botecito de cristal sin apartar los ojos de los suyos.

—Me dijo que quería acabar con una plaga. Sus palabras exactas fueron que quería deshacerse de «una sanguijuela enorme que quería chupar la sangre de los Richmond».

—¿Qué efecto tiene?

—Depende de la dosis y del animal que se desee exterminar.

Rhys jugó ahora con una moneda de oro haciéndola rodar entre sus dedos y los ojos de la curandera se estrecharon.

—En dosis moderadas puede pasar desapercibido mezclado con la comida, y puede provocar vómitos y malestar que empeoran con el tiempo…, ya supondrá el desenlace. En una dosis elevada, lleva a la muerte inmediata, pero su sabor amargo es bastante característico y habría que obligar a la persona a ingerirlo de golpe. También tiene un efecto añadido sobre las mujeres.

Alex se tapó la boca con la mano, horrorizada, intuyendo la respuesta.

—Si están encinta, incluso una dosis pequeña puede hacer que pierdan el bebé. En casos extremos, las complicaciones derivadas de ello, como las hemorragias si el estado es avanzado, pueden provocar la muerte.

—Había otro frasco más —recordó Alex—. El lazo era de color morado.

Dos nuevas monedas cayeron sobre el tapete.

—Esto requiere un precio extra.

Rhys añadió otras dos monedas a la pequeña fortuna. La mujer suspiró perdiendo un poco la compostura que había mantenido desde su llegada.

—Quiero que entiendan que yo solo proporciono el arma. No soy juez para decidir si mis clientes obran bien o no. Ni tengo por qué desconfiar de lo que me cuentan. Si me dicen que tienen una plaga de ratas…

—¡Al grano! —la cortó Vincent con un golpe en la mesa.

—Cecile lleva tiempo viniendo aquí. Al principio vino buscando una pócima de amor. Le advertí que solo podía intensificar los sentimientos, pero no crearlos de la nada. Un par de meses después, volvió muy alterada, parecía cambiada, violenta, la ira bullía en su interior. Fue entonces cuando me pidió el remedio de color morado. Para las ratas, me dijo.

—¿Qué hace ese remedio?

—Suministrado de manera constante afecta a los pulmones de quien lo ingiere, después, al resto de órganos. Es como si te secara por dentro, poco a poco. La salud se deteriora y la debilidad te va consumiendo.

Alex no podía seguir respirando y las imágenes de Steve en sus últimos momentos luchando por una bocanada de aire se le clavaron en el alma como una puñalada. La voz de Rhys sonó a su lado, pero le pareció un eco lejano de otro tiempo, de otras gentes. El horror y el espanto eran ahora tan obvios, tan diáfanos, que no podía más que culparse a sí misma por haber estado tan ciega. Aun así, no podía creerlo, no quería creerlo.

—¿Cuándo empezó con esta locura? —volvió a preguntar Rhys implacable.

—Hace un año y medio aproximadamente.

Las entrañas de Alex se contrajeron violentamente, su campo de visión se llenó de pequeños puntos de luz mientras alrededor todo parecía oscurecerse. Steve le había contado que Cecile se había vuelto muy persistente intentando seducirlo, y ella misma había sido testigo de sus insinuaciones, hasta que su hermano la había rechazado de manera tajante. Siempre había sido débil y enfermizo, pero su salud había empeorado en cuestión de pocos meses después de eso, hasta acabar postrado en la cama hasta su último momento.

Cecile había intentado ser la duquesa y, al no conseguirlo, lo había eliminado, como si se tratase de una partida de ajedrez. Muerto Steve, Cecile había creído que Basil sería el nuevo duque. Pero se equivocó, y su maldad había continuado en ascenso hasta ahora.

Cecile había asesinado a Steve. La revelación era tan clara e impactante que Alex creyó que su corazón no volvería a latir con normalidad jamás. De pronto, no había suficiente aire en la estancia, ni en la casa, ni en todo el planeta para ella. Salió tambaleándose hasta el exterior, hasta que sus piernas dejaron de sostenerla, y cayó de rodillas sobre el camino de tierra.

Su piel se había quedado tan helada que creyó que la vida también la había abandonado a ella, y lo peor es que no le importó. Comenzó a temblar con todo el frío del mundo instalado en sus huesos y, tras una violenta arcada, el contenido de su estómago fue a parar junto a los parterres de flores. Su alma estaba de nuevo destrozada, con el mismo dolor ardiente e insoportable del primer día. Como si Steve acabara de exhalar su último aliento, como si en un extraño bucle ella acabara de deslizar la mano temblorosa sobre sus párpados entreabiertos, ya sin vida, para cerrarlos, como si tuviera que preparar de nuevo la mortaja de su hermano. Steve había vuelto a morir en su alma ese día, pero de una manera mucho más cruel, injusta y macabra.

El llanto sacudía su cuerpo y Alex era incapaz de contener el temblor que le llegaba hasta los huesos. Sintió como en la bruma de un sueño que los brazos de Vincent Rhys la rodeaban y la acercaban a su cuerpo cálido y protector. Pero él no estaba hecho para ofrecer consuelo ni palabras reconfortantes, y se limitó a permanecer allí sosteniéndola contra su pecho, acariciando sus brazos y su espalda en un vano intento de calmar su desesperación.

La convenció con un par de frases cargadas de una sensatez desacostumbrada en él de que no era el momento para dejarse vencer por un sufrimiento que ya no podía cambiar nada. Tenían que avisar a Thomas y a Caroline antes de que la perturbada mente de Cecile ideara un nuevo peligro.

Ella asintió casi por inercia y se dejó llevar hasta el carruaje sabiendo que él tenía razón y no tenían tiempo que perder. Rhys la ayudó a subir y al girarse casi choca con la curandera, que se había acercado para entregarle el chal que Alexandra había perdido al salir de la casa.

Le tendió la prenda mirándolo a los ojos con una expresión extraña y luego posó la vista en Alex.

—Sálvela, y se salvará a sí mismo —dijo tras lo que pareció una eternidad.

Vincent apretó la mandíbula, tenso y desconcertado por la misteriosa afirmación.

—Se equivoca, yo no soy ningún salvador.

La mujer sonrió y se perdió en el interior de la casa.

En ese momento, lo que les había parecido un lugar idílico, un rincón mágico en mitad del sombrío bosque, se les antojó un lugar tétrico e inhóspito del que ansiaban alejarse cuanto antes, como si las flores, la luz y los alegres colores que los rodeaban no fueran más que una falsa ilusión, un espejismo que escondía algo mucho más oscuro detrás.

31

$\mathcal{U}$na suave brisa proveniente del norte comenzó a soplar; Caroline se estremeció, y decidió que ya era hora de volver a casa. Había continuado caminando después de que Rhys se marchara hasta un lugar del jardín alejado de la mansión para poder estar sola. No se sentía con fuerzas para ver a nadie, especialmente a su marido. Aunque últimamente hasta tolerarse a sí misma le resultaba difícil y solo tenía ganas de desaparecer.

Se levantó del solitario banco de piedra y casi dio un grito al girarse y encontrar justo detrás de ella a Basil Richmond, observándola en silencio. Nunca le había resultado tan inquietante como su hermana, era un muchacho educado y de pocas palabras, siempre a la sombra de Cecile. Ni siquiera recordaba haber hablado con él directamente alguna vez, pero en ese momento su presencia allí la inquietó.

—Lady Redmayne, me alegra ver que se encuentra mejor. No hay nada más reconfortante que un paseo.

—Sí. Gracias, señor Richmond. Pero creo que volveré a casa ahora. Está refrescando.

—La acompañaré. Esta parte de la finca está muy solitaria. —La afirmación, hecha de manera casual, provocó un escalofrío en la espalda de Caroline.

—No es necesario. Tendrá usted sus propios planes, puedo volver sola.

—No hay plan mejor que servirle de escolta, su gracia.

Caroline sonrió de manera tensa e inició el camino de regreso a paso rápido con la respiración agitada. No podía negarse a que caminara junto a ella, a pesar de que las ganas de salir corriendo y alejarse de aquel hombre extraño eran cada vez mayores.

El camino serpenteaba entre macizos de flores y árboles, pero Carol no miraba a su alrededor, solo podía visualizar en su mente el fin del camino, mientras un mal presagio le oprimía el pecho. Al llegar a un grupo de cipreses que crecían apiñados y que nadie había recordado podar en años, la mano de Basil se posó insolente en el antebrazo de Caroline, que jadeó sorprendida.

—Duquesa, creo que sería buena idea tomar un atajo. Usted estará aún algo débil y no es bueno esforzarse demasiado.

—No, gracias. Seguiré por aquí, ya estamos a punto de llegar.

—No, no está a punto de llegar a ninguna parte.

Basil se cernió sobre ella apretando la mano con la que le sujetaba el brazo hasta causarle dolor y en ese momento Caroline percibió el brillo de la hoja de un cuchillo que portaba en su otra mano.

—Sea inteligente y cállese.

De un tirón, la arrastró hasta detrás de los árboles, donde esperaba un carruaje.

La soltó durante unos segundos para abrir la portezuela y obligarla a entrar, pero Caroline aprovechó para intentar huir.

Sin embargo, Basil tenía razón, aún estaba demasiado débil, y no le costó trabajo alcanzarla y volver a llevarla a rastras hacia el carruaje. No estaba dispuesta a dejarse vencer tan fácilmente, luchó cuanto pudo para evitar que la apresara, le mordió las manos, le pateó y trató de arañarle, hasta que él la sujetó por el pelo y la lanzó contra el suelo haciendo que se golpeara la cabeza. Un intenso dolor la dejó sin respiración por un instante y luego todo se fue volviendo más y más oscuro, hasta que el cuerpo de Caroline no fue más que un manejable guiñapo en las manos de Basil.

El sonido de una conversación, no demasiado lejos de ella, fue tomando cuerpo mientras Caroline recuperaba la conciencia poco a poco.

El punzante dolor hacía que le palpitaran las sienes y notaba los músculos doloridos por el forcejeo. Trató de levantarse, pero notó un tirón en el brazo seguido de un tintineo metálico. Una cadena oxidada le rodeaba la muñeca, atada en el otro extremo a un enorme apero de labranza, igual de oxidado y que debía pesar una tonelada.

Parpadeó confundida y miró a su alrededor. Estaba en un recinto de madera polvoriento y abandonado a juzgar por el estado de las paredes y los techos.

Donde quiera que mirara, veía apilados utensilios de labor oxidados y rotos, telarañas, maderas caídas y mugre. El espacio era grande y la luz se filtraba entre los tablones que tapaban las ventanas.

Pensó cuánto tiempo llevaría allí y supuso que no demasiado.

—Vaya, vaya…, la duquesa ha despertado. ¿Ha dormido bien, su gracia? —La voz chirriante de Cecile la hizo volverse hacia la puerta del habitáculo.

—Cecile, suéltame, por favor —rogó Caroline, e intentó humedecerse los labios, que notaba tirantes y resecos al igual que su garganta—. No sé qué pretendéis, pero seguro que podemos encontrar una solución.

—Exterminarte. Eso pretendo. Como la vil rata usurpadora que eres. Eres un estorbo, Caroline. Cuando no estés, todo volverá a su orden natural. Thomas y yo convertiremos este lugar en un sitio próspero y fabuloso. Seremos los duques de Redmayne. Seré la legítima duquesa, como siempre debió ser.

—¿Thomas y tú? —preguntó aturdida aún por el golpe. Caroline apenas podía asimilar lo que estaba oyendo y negó con la cabeza confundida.

—Nos desharemos de ti y del resto de los parásitos que le rodean, incluyendo al monstruo de su hermana. Él es un hombre inteligente, solo necesita alguien que le muestre el camino correcto.

—¿Y esa persona eres tú? Él jamás se dejará influenciar por ti. Es demasiado bueno para ti.

Cecile se rio y el eco resultó tétrico y un poco ridículo.

—Tienes mucha fe en él. Seré su duquesa, querida, y si es tan estúpido como para rechazarme, correrá la misma suerte que tú. Nadie más se interpondrá en mi destino. Estoy cansada de esperar.

Caroline dio un tirón de la cadena intentando soltarse inútilmente.

—Eres una rata cobarde, suéltame y mídete conmigo de igual a igual.

—La valentía está sobrevalorada. Y hubieras tenido una muerte mucho menos dramática si no hubieras sido tan consentida. Unos cuantos tés y habrías acabado dormida en tu cama para siempre. Pero ahora vas a sufrir mucho. Te retorcerás entre las llamas hasta que tu cuerpo sea solo un tiznón negro en el suelo.

Mientras le describía de manera descarnada cómo sería su muerte, Cecile Richmond ni siquiera parpadeó, no cambió ni un ápice su expresión exasperante y tranquila. Caroline, totalmente impactada por lo que Cecile acababa de revelarle, no pudo articular palabra, apenas podía respirar. Pero la maldad de Cecile era como un ser de tentáculos infinitos que distaba mucho de sentirse satisfecho solo con eso.

Sonrió despacio como si fuera poseedora de un enorme secreto que lo cambiaría todo. Puede que en realidad fuera así.

—Ojalá hubiese sido tan fácil acabar contigo como acabar con tu bebé. Unas pocas gotas de veneno en tu sopa, y asunto zanjado. Pero eres experta en hacerlo todo más difícil.

—No…, no. —Caroline ahogó un gemido de dolor ante lo que acababa de escuchar. No podía ser cierto, era incapaz de creer que alguien pudiera llevar a cabo tamaña crueldad.

—No te sorprendas tanto, no creerías que iba a permitir que un nuevo heredero se añadiera a la lista para complicarlo todo.

Caroline se llevó la mano temblorosa a los labios sin poder contener un sollozo entrecortado. La sangre se le había congelado en las venas, su corazón ya no latía. En su interior solo quedaba un dolor que no desaparecería jamás. No le quedaba nada más. Ni esperanza, ni amor. Nada.

Había perdido la posibilidad de tener un matrimonio feliz con Thomas, había perdido a su hijo, un hijo cuya existencia había ignorado por ser tan ingenua, hasta que fue demasiado tarde. Saber que esa mujer se lo había arrebatado lo hacía aún menos soportable.

Esas pérdidas habían arrasado una parte esencial de sí misma, la parte dulce y optimista que confiaba en el ser humano, que era capaz de luchar por la felicidad contra viento y marea, la parte que se creía merecedora de esa dicha. Ya no era la misma, sino la sombra de la Caroline que había salido de Greenwood Hall apenas unos meses antes, y le era difícil discernir si ese borrón difuso en el que se había convertido merecía la pena ser salvado.

Esa loca despiadada le había arrebatado lo que más anhelaba, lo que más deseaba, un hijo fruto del amor que sentía por su marido y que ahora parecía un recuerdo muy lejano de algo que ya no existía.

Apoyó la espalda en la pared totalmente devastada, sin fuerzas para luchar, sin ganas de resistirse a ese dolor. Cerró los ojos dejando que las lágrimas corrieran libremente por su cara, dispuesta a aceptar su sino, uno muy distinto al que se había extendido ante ella antes de decir el sí quiero en el altar, un destino en el que sin duda podría descansar del dolor lacerante que la devastaba en ese momento.

Cecile se dirigió hasta la puerta y dio unas órdenes a Basil, que la esperaba fuera, pero Caroline no les prestó atención, sabía que su suerte estaba echada.

—Me marcho, duquesa —añadió alzando la voz antes de irse—. Si todo ha salido según mis cálculos, el duque estará esperándome. Mi duque.

La puerta se cerró y la oscuridad invadió el cobertizo.

Durante unos instantes, Caroline no se movió, totalmente paralizada por el sufrimiento. Pudo escuchar, como el eco de una realidad ajena a ella, los movimientos de alguien alrededor de la cabaña, y la tentación de ignorarlo todo y dejarse vencer casi gana la batalla. Sus ojos se abrieron de repente, acuciada por una preocupación más honda que su propio pesar.

Thomas.

Si él no accedía a las pretensiones de Cecile, ella, en su demencia, había amenazado con matarle, y ahora sabía que sería capaz de hacerlo. Él estaba totalmente en desventaja, puesto que no sabía nada de los planes homicidas de su prima. Tenía que salir de allí, tenía que salvarlo. La idea de que el hombre que amaba a pesar de todo pudiera sufrir algún daño era aún peor que ser consciente de su propio final.

Volvió a tirar de la cadena calibrando su amarre, pero romper sus gruesos eslabones sería imposible. Se puso de pie intentando vislumbrar en la penumbra la solidez de la pieza a la que estaba atada y buscó alguna herramienta con la que poder hacer palanca.

La voz de Cecile sonó amortiguada desde fuera del edificio y las ruedas de un carruaje alejándose por el camino le indicaron que se había marchado.

Aunque esto supuso un momentáneo alivio, otro sonido captó su atención, un ruido parecido a un susurro violento que fue creciendo rápidamente. Era el sonido de las llamas, que se extendían como ávidas lenguas rojas por la estructura de la cabaña. La desesperación fue haciendo mella mientras a cada minuto era más consciente de lo infructuosos que resultaban sus esfuerzos. Gruñó de rabia mientras tiraba del anclaje que la sujetaba, pero fue un gasto inútil de energía.

La habitación se fue llenando de humo hasta que fue imposible mantener los ojos abiertos y respirar se convirtió en una ardua labor. La tos hacía que le ardiera el pecho, como si sus pulmones se hubieran convertido a su vez en brasas. El humo inicial se acabó convirtiendo en lenguas de fuego que devoraban los tablones de madera que formaban las paredes con un ruido ensordecedor y unos silbidos que parecían salidos del mismísimo infierno.

Caroline se acurrucó en un rincón sabiendo que

ese sería su último día y, sin embargo, en lo único que podía pensar era en Thomas, y en el peligro que correría si Cecile llegaba hasta él.

Las órdenes de su hermana habían sido claras y contundentes, y Basil era consciente de que no debía abandonar su puesto de vigilancia hasta que la cabaña se hubiera reducido totalmente a cenizas, y con ella, Caroline.

Cecile había partido para encontrarse con Thomas e intentar convencerlo de que se quedara con ella. El plan era tan absurdo e improbable que Basil no dudaba a esas alturas de que su hermana había perdido la cabeza, o, lo que era aún peor, que estaba llevando a cabo aquella locura como excusa para poder eliminar a todos los que se interponían entre ella y el poder.

Había visto cómo Thomas miraba a su esposa y no dudaba de que existiera un fuerte sentimiento entre ellos. Y aunque no fuera así, ¿quién en su sano juicio accedería a casarse con la asesina de su esposa? Pero Cecile se había convertido en un torbellino imparable que lo arrasaba todo y que lo arrastraba con ella.

Paseó frente a la puerta cerrada de la cabaña sintiendo en el bolsillo el peso de la llave que ataba a lady Redmayne a la muerte más pavorosa. Ella ni siquiera había gritado, no había pedido ayuda, se había limitado a resignarse a su fin como una valerosa guerrera. Sin duda, no se merecía ese final.

Basil se pasó las manos por el pelo, cada vez más

ansioso, mientras las lenguas de fuego lamían lentas e imparables las paredes de la cabaña.

Gruñó exasperado al borde de las lágrimas. Él no era un asesino, pero no había podido evitar la muerte de su primo Steve, no había hecho nada cuando Cecile decidió deshacerse del bebé que Caroline esperaba. Pero ahora era él quien había prendido la llama que sentenciaba a muerte a la duquesa.

Abrió la puerta de una patada y, tapándose la boca y la nariz con la solapa de su chaqueta, llegó hasta donde Caroline se encontraba tosiendo, medio inconsciente peleando por respirar.

Soltó la cadena que la sujetaba y, no sin esfuerzo, la arrastró hacia el exterior.

Los pulmones de Caroline lucharon para atrapar una bocanada de aire que los devolviera a la vida, un aire que parecía arder al pasar por su pecho dolorido.

Durante unos instantes infernales, creyó que iba a morir y apenas era consciente de lo que había ocurrido. Con su mejilla sobre la hierba fresca, los ojos irritados que apenas le dejaban ver y la respiración entrecortada, pudo observar cómo Basil se alejaba hacia un caballo que lo esperaba, nervioso, atado a un árbol.

Intentó llamarlo, pero de su garganta reseca apenas salió algo parecido a un graznido. Aun así, Basil se volvió para mirarla.

—Tengo que detenerla. Está esperando a Thomas en la torre.

No hacía falta decir nada más.

Caroline luchó contra su propia debilidad intentando levantarse, pero el aire ardía al entrar en su garganta y sentía como si unos alfileres le taladraran el pecho. Consiguió ponerse de pie a fuerza de voluntad; no podía consentir que esa maldita demente le hiciera daño a Thomas.

Miró a su alrededor intentando ubicarse, la cabaña estaba a poca distancia de la torre de los Redmayne, que sobresalía entre los árboles del bosquecillo de robles. Tenía que llegar, tenía que avisarle, aunque eso supusiera agotar hasta sus últimas fuerzas.

La vida del duque de Redmayne se parecía cada vez más al infierno en la Tierra. No podía alejar de su mente ni un solo instante la cara de dolor de Caroline, su desprecio, su decepción. Como tampoco podía desprenderse de la tristeza que se pegaba a su alma como una segunda piel.

Cada día era más penoso que el anterior y, desde que Caroline había perdido el bebé, la idea de recuperar aunque solo fuera una pequeña parcela de la felicidad que podrían haber tenido le parecía una utopía. Su estado de ánimo era tan negro como la propia mansión de Redmayne y mientras cruzaba a largas zancadas el patio que conducía al interior se dio cuenta de que Caroline tenía razón, aquella casa parecía robar la alegría a las personas que la habitaban. Estaba maldita.

Pero su vida personal no era el único quebradero de cabeza de Thomas en ese momento.

Su nuevo administrador había conseguido el testimonio de uno de los hombres más cercanos a Carter y les había dado el hilo del que poder tirar para desenmascarar el fraude que estaban llevando a cabo. Carter no era ningún valiente y Thomas estaba seguro de que, si le ofrecían un buen trato, el hombre confesaría quién era el cerebro y el máximo beneficiario de todo aquello con tal de salvar su pellejo.

Solo había que salvar un escollo. Y es que Carter había desaparecido como si se lo hubiera tragado la tierra.

Thomas se dejó caer en el sillón de cuero de su despacho y se apretó el puente de la nariz con los dedos mientras cerraba los ojos con fuerza, tan agotado como si llevara el peso del mundo sobre los hombros. Iba a volver al trabajo cuando se dio cuenta de que había una carta sobre su escritorio.

Su estómago dio un vuelco cuando al abrirla reconoció la letra: era la caligrafía que había estudiado día tras día los últimos meses en los libros de cuentas. Ni siquiera se habían molestado en intentar disimularla cambiando los trazos.

Quiso abofetearse a sí mismo por haber sido tan estúpido, por no haber presionado más, por no haber resuelto antes el misterio, a pesar de que tenía muy claro desde el principio quiénes eran los culpables.

La nota era breve y en ella su prima le emplazaba a que se reunieran en la torre de los Redmayne para hablar del futuro que ambos se merecían, un futuro sin nadie que se interpusiera en su camino. Lo más desconcertante era la firma: «Tuya, Cecile».

«Un futuro sin nadie que se interpusiera entre nosotros.»

Un escalofrío le recorrió la espalda y el convencimiento de que un peligro inminente se cernía sobre

Caroline casi lo hizo enloquecer. Salió de la mansión lo más rápido que pudo intentando reunir las piezas de aquel demencial puzle en su cabeza, entendiendo quizá demasiado tarde que todas sus desgracias tenían un nexo común: Cecile Richmond.

Espoleó a su caballo para que devorara la distancia que lo separaba del arruinado castillo, dispuesto a hacer todo lo que pudiera para poner a salvo a su esposa, aunque le costara su último aliento.

32

Nada más cruzar la puerta de la mansión, Rhys y Alexandra se vieron asaltados por Sophie, que los esperaba retorciendo compulsivamente el delantal con la cara desencajada.

—¡Oh, Dios mío! Tenía la esperanza de que lady Caroline estuviera paseando con usted, señor Rhys. No la encuentro por ninguna parte —dijo la doncella desesperada, y comenzó a llorar desconsoladamente.

Alex sujetó a la muchacha por los brazos mientras la intentaba calmar con ternura.

—¿Cuándo la viste por última vez?

—Cuando salió a pasear con él. —Señaló a Rhys con la cabeza.

—¿Y mi hermano? ¿Ha vuelto?

—No lo sé —dijo Sophie con un sollozo—. Lady Alexandra, Basil Richmond estuvo aquí para visitar a su hermana. Discutieron, él parecía muy alterado, pero no pude oír lo que decían. Él se marchó primero y luego ella. Desde entonces estoy buscando a la duquesa sin éxito.

Rhys sujetó a Alexandra del brazo al ver que se tambaleaba ligeramente.

—Vamos a buscar a Thomas, puede que esté en la casa. Sophie, sigue preguntando por si alguien los hubiera visto.

Ambos recorrieron la casa en silencio con la preocupación reflejada en sus rostros, hasta llegar al despacho de Thomas. Vincent se agachó para recoger un papel que descansaba en la alfombra: la nota de Cecile que Thomas había dejado caer en su apresurada salida.

La leyó en silencio mientras Alexandra esperaba que le dijera el contenido de la misiva, retorciéndose las manos y sin poder contener los nervios. Él apoyó las manos en sus hombros intentando no alarmarla, pero todo aquello no tenía buena pinta, sobre todo después de lo que acababan de descubrir.

—Escúchame, Alexandra. Tienes que mantener la calma. Cecile ha citado a Thomas en la vieja torre. Voy a ir hasta allí.

Alex se tapó la boca horrorizada consciente de que aquella mujer sería capaz de hacer cualquier cosa.

—¡No puedo quedarme aquí, impasible, esperando a que asesine al resto de mi familia! Nunca me ha gustado, nunca me fie de ella, pero desde que llegó Caroline su actitud me resultaba desconcertante. Y a pesar de todo no hice nada para detenerla. —Su voz se rompió con un sollozo—. Iré contigo.

—Nadie podía imaginar que llegara a esto. No debes culparte. —Sin pensar lo que hacía, deslizó los dedos en una caricia sobre su mejilla, un gesto demasiado dulce para alguien como él—. Escúchame, tenemos que dividirnos, ¿de acuerdo? Envía a alguien al pueblo a buscar al alguacil. Habla con el capataz y que organice a varios hombres armados para que acudan al castillo y otra partida que intente localizar a Caroline. Necesito que estés tranquila. Todo saldrá bien, te lo prometo.

Vincent salió a la carrera maldiciendo para sus adentros, sin entender muy bien cómo diablos se estaba viendo involucrado hasta las cejas en aquella historia de terror, él, que siempre huía de los problemas ajenos y los propios como de la peste.

Thomas saltó del caballo al llegar al pie del antiguo castillo con el corazón convertido en un amasijo de nervios desbocados. Miró hacia la parte alta del muro. Cecile estaba allí, sobre la torre medio destruida, como la dueña y señora de aquellas ruinas ennegrecidas por el tiempo y por las almas que las habitaban, como un cuervo que acecha vigilante desde su morada.

El viento movía sus faldas oscuras y su pelo suelto serpenteaba a su alrededor, aunque, lejos de dulcificar su apariencia, le confería un aspecto aún más siniestro. Se limitó a observarlo con su sonrisa inquietante y sus ojos vacíos, mientras él se adentraba en el torreón.

Thomas subió despacio maldiciéndose por no haber sido más precavido y haber cogido la pistola. Ahora ya era tarde. Salió al exterior para enfrentar a esa odiosa mujer que lo esperaba con la misma tensa calma con la que se comportaba siempre.

—Has venido —susurró complacida al verlo acercarse hasta ella.

—¿Dónde está Caroline?

El rictus de Cecile se endureció y a Thomas le pareció que el cielo se había oscurecido en respuesta. Hasta ahora no se había dado cuenta de lo siniestra que su prima podía resultar.

—Ella ya no importa. Solo importamos nosotros, Thomas —contestó intentando sonar dulce.

—Cecile, no sé qué absurda idea tienes en mente, pero te aconsejo que desistas de ello. —La incertidumbre era cada vez mayor y Thomas no sabía si sentir cierto alivio al ver que su esposa no se encontraba allí arriba o comenzar a entrar en pánico.

—Sabía que al principio tu honorabilidad haría que reaccionaras así, pero pronto entrarás en razón. —Cecile se acercó hasta él tan despacio que parecía levitar sobre el suelo, aunque, lejos de resultarle místico, a Thomas le recordó a una serpiente venenosa a punto de atacar.

Se acercó hasta que sus cuerpos casi se rozaron y levantó la mano para tocarle la mandíbula con una caricia inquietante. Thomas tuvo que contener el intenso rechazo que le provocaba, las ganas de empujarla y alejarla de él para acabar con aquel absurdo teatro. Pero no podía hacerlo, tenía que averiguar dónde estaba Caroline y qué demonios se traía aquella loca entre manos. Solo podía rogar para que no le hubiera hecho ningún daño y tratar de controlar la mezcla horrible de sensaciones que le atormentaba.

—Entrar en razón —repitió él como si estuviera sopesando las alternativas—. Puede que estés en lo cierto. Quizá, si me explicas lo que deseas, me resultaría todo más fácil. Sé que eres brillante, seguro que tus ideas también lo son.

Cecile siguió observándolo con sus ojos vacíos de expresión y de cordura, deslizando muy despacio los dedos por su rostro, sus pómulos, sus labios, mientras él aguantaba estoicamente la repugnancia que le provocaba.

—Eres tan hermoso. Y pronto serás mío. Juntos devolveremos el esplendor a nuestro ducado. Al principio me enfadé cuando supe que tu padre te había reconocido como hijo legítimo. Pero ya no. Creo que todo ha pasado como tenía que pasar. Basil no merece ostentar el nombre de Redmayne, no tiene las suficientes agallas. Y Steve... —Su carcajada glacial congeló un poco más, si cabe, la sangre de Thomas—. Tu hermano era un endeble. Pronto me agradecerás que nos librara de ese molesto problema también.

—¿Qué problema, Cecile? —Estaba tan ensimismada con su propio relato, tan orgullosa de su forma de proceder, que ni siquiera se planteó que Thomas pudiera hacer otra cosa que no fuera aceptar de buen grado el plan que había trazado. No percibió el brillo peligroso en los ojos del duque, ni el músculo que latía en su mandíbula, ni sus puños apretados a sus costados. Thomas era un animal a punto de destrozarla de un solo zarpazo, pero ella solo podía ver un gatito amaestrado y dócil.

—Su debilidad era una deshonra para Redmayne. Y mientras él, de una manera egoísta, solo pensaba en sus constantes achaques, la miseria se cernía sobre nuestras cabezas. No podía esperar a que su debilidad y su precaria salud siguieran su curso, podían pasar años hasta entonces. ¿Y qué nos quedaría?

La bilis subió por la garganta de Thomas, que a duras penas podía seguir impasible escuchando las atrocidades de aquella demente. Se tragó el horror y la rabia, y continuó mirándola, casi con admiración, esperando que ella sola se delatara y le diera toda la información posible. No podía dar ningún paso en falso y su cabeza solo podía pensar en Caroline y en la necesidad de seguir con ese relato hasta saber dónde estaba.

—¿Cómo lo conseguiste? —A pesar de que el tono pretendió sonar cómplice, Cecile desconfió un poco y se limitó a encogerse de hombros.

—Solo ayudé un poco a la naturaleza a seguir su curso. Por un bien mayor, claro está. No tenía visión de futuro, era nefasto con las cuentas y un pésimo administrador.

No importaba cómo había llevado a Steve a la tumba, lo que tenía claro era que no iba a descansar hasta hacerla pagar por ello. Pero ahora debía controlar el dolor y la furia mientras intentaba que Cecile le contara todo su macabro plan.

—Por eso urdiste el plan con Carter, para poder hacerte con el dinero de Redmayne y ponerlo a buen recaudo. Para salvar Redmayne. —El farol de Thomas hizo efecto, elevando su ego y su vanidad, y por primera vez vio una sonrisa de genuina alegría en la cara de Cecile.

—¡Sabía que lo entenderías! Steve lo hubiera desperdiciado. ¡Todo ese dinero nos aguarda, solo

Dios sabe hasta dónde podremos llegar juntos! —Su voz sonó cantarina, muy distinta de su tono desapasionado habitual, como si la verdadera Cecile estuviera despertando al fin—. No debió suceder así, hemos perdido mucho tiempo, debimos casarnos antes. No hubiera tenido que llevar a cabo todos esos arreglos.

La paciencia y la sangre fría de Thomas se estaban agotando y no era capaz de seguir fingiendo ni un segundo más. No podía mantenerse frío cuando acababa de enterarse de que ella había sido la responsable de la muerte de su hermano, cuando ni siquiera sabía si a estas alturas su mujer estaba a salvo. Su cerebro se negaba a pensar en esa posibilidad, Carol tenía que estar bien. Sus manos comenzaron a temblar de rabia e impotencia y no pudo disimular del todo la tensión en su voz.

—¿Dónde está Caroline, Cecile?

Ella se giró y recorrió con la mirada los prados que se extendían a sus pies. Suspiró satisfecha cuando localizó a poca distancia de allí una fina columna de humo negro que se elevaba entre los árboles y era dispersada por el viento.

—Caroline ya no será jamás un problema. Ya no puede interponerse entre nosotros —anunció con una sonrisa radiante.

Thomas casi se derrumbó al escuchar esas palabras. Si le había ocurrido algo, si Caroline ya no estaba, no tendría sentido seguir viviendo.

—Espero que no me guardes rencor por lo del bebé, pero fue una decisión de urgencia. Me asusté. Creí que sería un nuevo obstáculo en nuestro futuro en común, aunque luego lo vi claro. Era absurdo prolongar más la espera y decidí ser más contundente y acabar con el problema de raíz.

—¿Contundente? —rugió Thomas apretando su enorme mano alrededor de la garganta de Cecile—. Dime qué le has hecho, zorra demente.

Los ojos de Cecile se abrieron como platos, sorprendida por el cambio de actitud. Se sintió engañada al entender que solo le había seguido el juego para sonsacarle dónde estaba esa niñata malcriada. De nuevo un obstáculo en sus planes. Pero ella era experta en sortearlos y seguir adelante. Thomas no era el adecuado, era tan mezquino e innecesario como Steve y Caroline.

—Está muerta —susurró Cecile arrastrando la voz por la falta de aire, ante el agarre cada vez más fuerte de la mano de Thomas sobre su tráquea.

Thomas no podía creerlo, su mente no podía asimilar la idea de que eso fuera cierto. Gruñó desesperado, mientras sus ojos se nublaban por las lágrimas e intensificaba más la presión de sus dedos, que, como garras, se aferraban al cuello de su prima.

El dolor desgarrador y la desesperanza hizo que bajara la guardia, y no pudo ver el rápido movimiento de Cecile, que, antes de quedarse sin aire, había sacado el cuchillo que guardaba en el bolsillo de su falda y en un rápido movimiento se lo había clavado en el abdomen.

La sangre caliente brotó empapando la tela desgarrada. Cecile sujetaba con firmeza el cuchillo del que se desprendían gotas de color escarlata que manchaban la piedra desgastada del suelo, mientras con la otra mano frotaba su garganta dolorida intentando recuperar el resuello.

Thomas dio un paso atrás, tambaleándose, con los ojos clavados en la que iba a ser su asesina.

Basil, agazapado en la escalera con la espalda apoyada en la fría piedra, escuchaba la conversación que estaba teniendo lugar en la parte alta del torreón. Sus piernas se estaban entumeciendo y había perdido la noción de cuánto tiempo llevaba allí.

Su hermana estaba tan obcecada, tan pendiente de sí misma, que no lo había escuchado acercarse a caballo a la parte trasera del castillo. Solo podía pensar en Thomas y en el ducado de Redmayne, y en su maldito plan para conseguirlo todo. Había subido hasta allí, pero no había tenido el valor de salir y enfrentarla, decirle que Caroline no había muerto, que había llegado el momento de detener esa locura. Lloró amargas lágrimas de desesperación, sollozando como un niño pequeño mientras daba pequeños golpecitos con su cabeza en el muro. Si Cecile lo viera así, lo miraría con desprecio y desdén, lo insultaría y lo abofetearía, como había hecho siempre. Ella era la fuerte, la inteligente, y él, solo un muchacho débil de carácter y asustadizo. Durante toda su vida siempre había estado a su sombra, bajo su protección, bajo su despotismo. Puede que ese fuera su momento, podría dar la vuelta, montar en el caballo y huir de allí. Podría escapar de ella, de la ley, aún podía tener una oportunidad de salvar el pescuezo. Se limpió las lágrimas con la manga de su chaqueta y se puso de pie dispuesto a bajar los escalones que lo conducirían a un nuevo futuro, a una nueva vida, pero sus pies se negaron a avanzar.

Su conciencia, esa que desconocía que tuviera, hizo que en el último momento sus pies se giraran llevándolo hacia donde se encontraba su hermana, o aquel monstruo en el que se había transformado. Lo que vio al llegar a la parte alta de la torre lo dejó paralizado.

Su hermana sujetaba firmemente el cuchillo del que aún goteaba la sangre del duque de Redmayne, que a pesar de la herida aún permanecía de pie, aguantando estoicamente mientras trataba de contener la hemorragia con sus manos.

—Cecile, por favor. —La voz de Basil sonó tan titubeante como sus pasos.

—¡Oh, mira, querido primo! Basil seguro que tiene algo que aportar sobre el paradero de la duquesa, ¿no es así, hermanito? —Thomas lo miró con el dolor grabado en su cara, pero Basil sabía que no era por la herida, era por algo mucho más profundo.

Era el dolor de la pérdida.

—Cecile, vámonos de aquí, aún estamos a tiempo de marcharnos —suplicó sin poder mantener su mirada, lo cual puso a Cecile en alerta. Lo conocía demasiado bien.

—¿Qué le has hecho a mi mujer? —preguntó Thomas con rabia, valiéndose de la última entereza que le quedaba.

Basil lo miró con los labios apretados, desesperado, inseguro, aterrorizado.

—Lo has hecho, ¿verdad? —Basil volvió a mirar

a su hermana y se encogió un poco sobre sí mismo al ser el blanco de su mirada furibunda—. Tu parte del trabajo era muy sencilla, hermano. Ni siquiera tenías que mancharte las manos. —El silencio fue más elocuente que cualquier palabra y Cecile no pudo mantener más su máscara de impostada calma—. ¡Dime que lo has hecho! —gritó con la voz rasgada perdiendo los papeles al fin, mostrando apenas una capa del monstruo que habitaba en ella.

Los nudillos de Cecile se volvieron blancos al apretar su agarre sobre el arma que sujetaba mientras respiraba con fuerza, como si dentro de ella se hubiese desatado un huracán que amenazaba con devastarlo todo. Basil dio un paso inseguro hacia ella con la mano extendida intentando calmarla, pero era como si un pequeño gato asustado pretendiera gobernar a un dragón desatado e iracundo.

Cecile estaba fuera de control, su pecho subía y bajaba violentamente y sus ojos, tan vacíos y tan claros siempre, llameaban por la ira.

—Suelta el cuchillo, aún podemos…, aún…

—Espero por tu bien que esa maldita zorra esté ardiendo en el infierno, o te juro, hermano, que correrás la misma suerte.

Thomas instintivamente dio un paso hacia ella con las últimas fuerzas que le quedaban y su gruñido hizo que volviera a amenazarlo con la hoja del cuchillo.

—¡Noooo! —El grito desesperado de Caroline llegó hasta ellos, atrayendo su atención hacia el camino que llevaba hasta la entrada.

Caroline cayó de rodillas extenuada por el esfuerzo.

Había subido lo más rápido posible la colina, sin importarle las muchas veces que se había caído magullándose las piernas, ni los arañazos que los matorrales provocaban en sus manos, ni el dolor sordo e insoportable de su pecho. Al llegar al claro al pie del castillo, había comprobado con espanto que sus peores temores se hacían realidad. Cecile apuntaba a Tomas con un cuchillo, mientras la sangre teñía las manos con las que él taponaba su herida.

Los ojos de Thomas se llenaron de lágrimas y el inmenso alivio hizo que no sintiera el dolor de su abdomen, ni la creciente debilidad. Ella estaba bien, Caroline estaba viva y no había nada en el mundo más importante que eso.

Los ojos de Cecile se clavaron desde la distancia sobre ella con un odio visceral, para dirigirse de inmediato con desprecio hacia su hermano.

—Está bien, inútil. De nuevo yo haré el trabajo sucio. —Thomas intentó dar un paso hacia ella en un absurdo intento de detenerla.

Pero Cecile, con la única idea de acabar con Caroline en su enferma mente, no tenía tiempo para perderlo en una lucha sin sentido con él.

Apoyó la mano en su pecho y, sin demasiado esfuerzo, le empujó, haciendo que Thomas trastabillara sin remedio. Sintió con espanto que sus pies perdían el contacto con el suelo.

El grito de horror de Caroline cortó el aire, mientras Cecile intentaba esquivar a su hermano para bajar y encontrarse con la duquesa, con el fin de acabar de una maldita vez con la mujer que, como una mala hierba, volvía a resurgir de nuevo para desarmar sus planes. Thomas, por puro instinto de supervivencia, había sacado fuerzas de donde no las tenía, y en el último segundo había conseguido aferrarse con sus manos al borde del muro. Las afiladas piedras estaban destrozando la piel de sus manos, que casi no podían ya sostener su propio peso; su cuerpo se balanceaba peligrosamente sobre el abismo que lo separaba del verde prado que se extendía a los pies de la torre.

La tirantez de su herida, el dolor de su carne que no paraba de sangrar, se estaba volviendo insoportable. Con un gruñido intentó buscar a ciegas un saliente en las desgastadas rocas donde afirmar sus pies. Caroline gritaba palabras de ánimo, rogándole desesperada que aguantara un poco más, enloquecida ante la idea de que se pudiera precipitar contra el suelo.

Había acudido a la llamada de Cecile consciente de que daría gustoso su vida por proteger la de Caroline. Sin titubear, sin cuestionárselo. La amaba demasiado para permitir que le ocurriera algo. Las fuerzas le abandonaban, pero no podía morir, no ahora que sabía que ella estaba viva, no cuando Cecile seguía siendo una amenaza inmediata para su vida. Pero sus manos comenzaron a resbalar de la piedra perdiendo su agarre, mientras su respiración trabajosa por el esfuerzo apenas llevaba aire a sus pulmones.

Cerró los ojos con fuerza sabiendo que la batalla estaba perdida, sintiendo cómo sus dedos, uno a uno, iban perdiendo el anclaje.

—Lo siento, lo siento tanto, amor —susurró sin aliento para sí mismo, sabiendo que ya no le quedaban fuerzas para hacerle llegar a su esposa sus disculpas.

Estaba a punto de caer, y lo único en lo que podía pensar era en que su mujer iba a ser testigo de aquel infierno, y no podía hacer nada para evitarle esa imagen. Sus manos se aflojaron apenas unos milímetros, pero cuando estaba preparándose para el inevitable final, una fuerte mano se aferró como una garra a su muñeca.

La mano de Vincent Rhys.

Había llegado a las ruinas poco después que Basil y había decidido arriesgarse e intentar subir por la otra ala del torreón, a pesar de que estaba en tan malas condiciones que a cada paso parecía desprenderse a pedazos. Sin embargo, era consciente de que era la única oportunidad que tendría de no ser descubierto y hacer algo para evitar una tragedia.

—Vamos, Thomas. Vamos, un último esfuerzo —lo animó, sujetándolo con todas sus fuerzas, intentando que no lo arrastrara también a él.

El duque tomó aire y con un sonido animal, mitad gruñido, mitad grito, apoyó las punteras de sus botas contra la roca para intentar impulsarse hacia arriba, ayudado del firme agarre de Rhys.

Cuando, tras varios intentos y un esfuerzo sobrehumano por parte de los dos, su cuerpo cayó exhausto sobre el suelo sólido, solo un pensamiento martilleaba su mente.

«Caroline.»

Tenía que salvarla, acabar con Cecile, poner orden en aquella maldita locura. Un agudo grito de mujer le heló la sangre. Intentó incorporarse, pero sus brazos estaban entumecidos, su cuerpo temblaba por el esfuerzo y la herida no dejaba de sangrar. Se aferró a la mano de Rhys para intentar ponerse en pie de nuevo, pero acabó desplomándose y sumiéndose en el más oscuro de los abismos.

Basil sujetó el brazo de su hermana impidiéndole continuar, sin importarle que el agarre fuera demasiado fuerte. Estaba tan fuera de control que parecía incapaz de sentir nada que no fuera ira. Cecile se giró y miró a su hermano estupefacta por su atrevimiento, por la entereza que vio en su mirada, una entereza impropia de un gusano pusilánime como él. Lo quería y lo despreciaba a la par, sin poder evitar ninguno de los dos sentimientos.

—Suéltame. Tengo que bajar.

—No, ya basta. Suelta ese cuchillo.

La carcajada de Cecile resonó hueca y siniestra en el interior del torreón como el graznido de un cuervo.

—Suéltame, hermano. Hoy no es el mejor día para hacerse el valiente, y yo tengo que acabar con el trabajo que tú no has hecho. —Tironeó para soltarse de su agarre, pero Basil no cedió. No podía ceder.

—Ya has hecho bastante daño, no te permitiré que continúes.

Apretó los dientes y levantó la mano intentando atacarle con el filo brillante y afilado del cuchillo, pero Basil la conocía muy bien, más que a sí mismo, y no le costó trabajo predecir su intención. Detuvo el movimiento sujetándola por la muñeca y golpeó su mano contra la pared de piedra hasta que el arma saltó de su puño rodando escaleras abajo con un tintineo metálico.

—Eres un pedazo de basura inmunda, un cobarde, poco hombre… No serías nada sin mí. Un blandengue falto de inteligencia, sin las agallas suficientes como para ser algo en la vida.

Sus palabras de desprecio y su mirada, que reflejaba el profundo asco que sentía por él, eran capaces de infligir más dolor que cualquier daga. Basil comenzó a retroceder casi imperceptiblemente, cada vez más cerca del oscuro hueco de la escalera. Justo donde ella lo quería; siempre había sido así, siempre había estado dónde y cuándo ella había dispuesto.

Un brillo extraño apareció en los ojos de Cecile, apenas duró un segundo, pero fue suficiente para que él se diera cuenta de sus intenciones.

Con un gruñido de satisfacción, se abalanzó sobre él con la intención de lanzarlo al vacío igual que había hecho con Thomas, pero en el último momento Basil se apartó y fue el cuerpo de Cecile el que quedó balanceándose peligrosamente, las punteras de sus zapatos apenas rozando el filo de los escalones, aferrándose por instinto a la mano de su hermano, que en el último instante la había sujetado.

Una lágrima resbaló por la mejilla de Basil, que la miraba con el semblante más sereno que ella le había visto jamás. Y entonces ella lo supo, supo lo que iba a pasar. La mano de Basil se abrió lentamente y los dedos fríos de Cecile resbalaron.

Sus brazos se agitaron, como si pudiera aferrarse al aire que la rodeaba, hasta que su cuerpo se estrelló contra el suelo varios pisos más abajo, con un ruido sordo.

Basil bajó despacio las escaleras hasta llegar junto al cuerpo roto de su hermana, que ahora yacía en una postura imposible, y se arrodilló junto a ella. Con reverencia, deslizó unos dedos temblorosos sobre sus párpados, para cerrarlos por última vez, cuando ella exhaló el último hálito de vida, y depositó un breve beso en su frente, un gesto de debilidad que de buen seguro ella no le habría perdonado.

33

$\mathcal{L}$a alianza de oro giró sobre la superficie lisa y brillante del tocador por enésima vez, y por enésima vez los dedos de Caroline la detuvieron antes de que cayera, para volver a hacerla girar inmediatamente. Un acto mecánico y predecible, probablemente lo único que podía mantener bajo su control a estas alturas.

—Ya han cargado su equipaje, señora.

—Gracias, Sophie.

Caroline miró unos segundos su anillo de boda y al final se lo puso en el dedo anular con un suspiro entrecortado. Quizá debería guardarlo en un olvidado cajón o arrojarlo al fuego para que se extinguiera igual que sus ilusiones, pero aún no estaba preparada para ello. La doncella titubeó antes de continuar recogiendo los últimos artículos del tocador, las últimas huellas de Caroline en aquella habitación.

—Bajaré enseguida.

Sophie sabía la lucha que se estaba librando en el interior de su señora. La había visto llorar sin descanso y encerrarse en un caparazón que se iba endureciendo día tras día, hasta que la relación con su marido se había vuelto inexistente.

—Lady Caroline… Es mejor arrepentirse de lo que uno hace y no de lo que no se atrevió a hacer. —Caroline sonrió con la mirada triste y apretó la mano de la doncella entre las suyas incapaz de contestar—. Estaré en la cocina.

Ella tenía razón. Si no encontraba las fuerzas para despedirse de Thomas, no podría seguir avanzando y siempre tendría la duda de haber obrado de manera correcta.

El nudo en su pecho casi no la dejaba hablar, pero tenía que hacer acopio de todo su valor para abandonar lo que, durante esos meses, había sido la promesa de un futuro perfecto.

Se levantó de su asiento y observó el papel pintado de las paredes, los muebles…, esa cama donde había hecho el amor con Thomas tantas veces, donde había perdido la posibilidad de ser madre, una cama que en el fondo nunca había sido suya del todo. Como el resto de la casa, como su marido. Todo había sido la promesa de algo que no se había llegado a materializar.

Se limpió una lágrima traicionera que rodaba por su mejilla. Había prometido no volver a ceder al llanto. Durante los días interminables en los que Thomas había estado convaleciente había llorado hasta la extenuación, había permanecido a su lado sujetándole la mano en los momentos de debilidad. Fuerte, entera, suya.

Era una suerte que la hoja del cuchillo de Cecile no hubiera profundizado demasiado en su carne y, a pesar de lo aparatoso de la herida, se había recuperado bien. Recordaba vívidamente el enorme alivio, mezclado con pánico, que había sentido cuando vio al fin bajar a Thomas de aquella maldita torre ayudado por Rhys. Estaba vivo y ella lo ayudaría a resistir con uñas y dientes, sin abandonarlo ni un solo segundo. Se habían fundido en un abrazo capaz de unir todas sus piezas rotas. Solo que esas piezas ya no casaban entre sí.

Con Cecile muerta y Basil en la cárcel, esa pesadilla había terminado al fin, pero ahora comenzaba algo peor y más difícil de digerir. El despertar a la cruda realidad.

A medida que la herida de Thomas se iba curando, Caroline ya no se sentía imprescindible y era más consciente de que había muchas otras cosas imposibles de sanar. Había estado a su lado durante las largas noches en las que la fiebre le provocaba sueños inquietos, había sujetado su mano en los momentos de debilidad, le había dado fuerza cuando flaqueaba..., pero algo se había roto dentro de ella. Ya no era la misma persona, sus sueños habían acabado hechos añicos y no tenía fuerzas para seguir luchando por ellos.

Ver a Thomas luchando por su vida le había mostrado cuánto lo amaba, lo intensos que eran sus sentimientos por él, y Dios sabía que hubiera dado la suya propia sin titubear para salvarlo de ser necesario. Pero a veces el amor no era suficiente.

Había flotado en una nube toda su vida anhelando que su futuro fuera dulce y feliz, que su matrimonio fuera un cuento de princesas.

Cuando se casó con Thomas, se había atrevido a soñar que aquello era posible, que él podría llegar a amarla con la misma devoción que ella lo hacía, que juntos sortearían todos los obstáculos que la vida les deparara para conseguir formar una familia feliz y llena de amor. Pero su esposo había tenido una percepción de su vida en común diametralmente opuesta a la de ella desde el principio.

Nunca había estado dispuesto a entregarse a ella por completo, simplemente se había resignado a una convivencia cómoda, sin complicaciones, sin amor, sin hijos… Mientras ella alimentaba sus sentimientos cada día que pasaba, él se mantenía estoico en su postura, y ella había sido incapaz de darse cuenta hasta que la verdad había estallado en su cara.

Perder a su bebé por culpa de la maldad de Cecile había terminado de aniquilar cualquier resto de la antigua Caroline que quedara en su interior. Se sentía tan destrozada por dentro que ni siquiera podía permitirse perdonar a Thomas por sus errores, perdonarse a sí misma. Otorgarle el perdón sin estar preparada para confiar en él, para sentir con la misma ilusión que antes, no los haría felices.

Su alma se había vuelto tan oscura como todo lo que rodeaba Redmayne y lo único que podía salvarla era salir de allí y reconstruir sus pedazos. Ya no aspiraba a ser feliz, le bastaba con sobrevivir a aquella desolación.

Se armó de valor y entró en la habitación de su esposo. Thomas estaba sentado junto a la ventana con la vista perdida en los jardines y no se molestó en girarse para mirarla.

Caroline permaneció parada en medio de la habitación dudando si debía hablar o volverse por donde había venido.

—Me marcho. —Su voz suave tuvo el mismo efecto que un trueno en la silenciosa estancia.

Thomas soltó el aire despacio y se tensó de manera casi imperceptible. Las últimas semanas habían sido las más difíciles de su vida. Había albergado la esperanza de que Caroline recapacitara, de que intentara perdonarle, pero con el paso de los días ella parecía alejarse cada vez más de él, hasta tal punto que había sido Alex quien le había informado de su marcha.

Ni siquiera le había considerado merecedor de decirle que pensaba abandonarlo. Se levantó lentamente y se acercó a ella unos cuantos pasos.

Aunque fuera de peligro, aún estaba débil y caminaba con dificultad, y a Caroline le sobrecogió ver su palidez y sus rasgos afilados por la pérdida de peso.

—¿Ni siquiera vas a darme la oportunidad de hablar?

—Unas pocas palabras no pueden cambiar nada a estas alturas. Por favor, no lo pongas más difícil.

—No hay nada más difícil que esto. Aunque a ti parece resultarte extremadamente fácil deshacerte de nuestro matrimonio de un plumazo.

—No lo es, pero no hay otra opción. Continuar con esto solo nos hace daño a los dos.

Ojalá fuera fácil, ojalá no lo quisiera, ojalá no tuviera que aniquilar una parte de su alma para hacerlo. Ojalá él se hubiera atrevido a quererla antes de que todo se hubiera convertido en aquel desastre sin solución.

—¿Acaso esto no duele? ¿Crees que tu despecho

me va a doler menos que enfrentar los problemas e intentar solucionarlos? Sé que me quieres, Caroline, y yo te quiero a ti. Con locura, con desesperación. Puede que haya tardado demasiado en asumirlo…

—Basta, por favor —lo interrumpió incapaz de digerir una nueva declaración de un amor que ya había perdido su sentido. Un amor que se había convertido en un sentimiento manido y marchito y que solo les aportaba dolor—. Eso no es suficiente. No puedo aceptar tu amor. Ya no.

Thomas intentó acortar los pasos que le separaban de ella, pero Caroline levantó la mano haciendo que se detuviera en seco. Negó con la cabeza y se limpió una lágrima que corría por su mejilla.

—Cuídate mucho, Thomas.

Fue incapaz de intentar retenerla una vez más, de ir tras ella, de respirar, incluso, y se limitó a continuar mirando el hueco que su ausencia había dejado en la habitación, como si el aire aún conservara su forma, su olor, como si no se hubiera ido.

Caroline habría deseado despedirse de otra forma menos cruel, menos dolorosa, con un beso en la mejilla, un abrazo, tal vez… O, mejor aún, no tener que despedirse de él jamás.

Pero esa despedida era lo único que les quedaba.

Alexandra cruzó a paso rápido el patio trasero de la mansión, donde Vincent Rhys esperaba a la duquesa bajo uno de los aleros, intentando cobijarse de la persistente lluvia que no cesaba.

Caroline había decidido no usar ninguno de los lujosos carruajes de los Redmayne y había aprovechado que Rhys volvía a la ciudad para marcharse con él.

—Caroline bajará enseguida. ¿Volverás? —Vincent la miró con una ceja levantada y su típica mirada de suficiencia—. Tampoco es que me importe si lo haces o no. Era solo una pregunta de cortesía —añadió demasiado rápido, temiendo la respuesta punzante que vendría después.

—No lo sé. Parece que mi abuela, según su costumbre, ha superado de nuevo su crisis de salud imaginaria y, al menos por ahora, no tiene pensado morirse.

—Tu amor de nieto abnegado no tiene parangón.

—Mi abuela no se merece ni amor ni abnegación.

El Vincent de siempre había vuelto con sus comentarios despiadados y su escasa humanidad. No había rastro del hombre que la había consolado en su peor momento y le había ofrecido ayuda y apoyo, como si solo hubiera sido un espejismo producto de su imaginación.

—Yo… solo quería darte las gracias. No he tenido ocasión de hablar contigo después de lo que pasó.

—No es necesario, no lo hice con gusto. Me vi inmerso en esa situación por accidente y no me quedó más remedio que actuar como lo hice.

—De todas formas, le salvaste la vida a mi hermano y… —Vincent se removió repentinamente nervioso y malhumorado, negando con la cabeza—. Me acompañaste y, si no hubiera sido por ti, no sé qué podría haber pasado.

—Basta, Alexandra. No intentes convertirme en un héroe. Ya he visto esa mirada antes, docenas de veces, en ojos de mujeres inocentes que pretenden encontrar en mí un atisbo de una humanidad que no existe.

—No pretendo idolatrarte. Solo quiero mostrarte un poco de agradecimiento por lo que hiciste.

Vincent, en un rápido movimiento, se acercó hasta ella atrapándola entre su cuerpo y la ancha columna del soportal.

Alex se quedó petrificada al notar la calidez de su cuerpo tan cerca, intimidándola, limitando su campo de visión a sus hombros anchos envueltos en su perfecto abrigo a medida.

—El único agradecimiento que me interesa es ese en el que tú te remangas tus faldas y me muestras tus encantos para que yo los saboree. —Su voz apenas fue un susurro ronco. Alexandra pensó que esa voz era el reflejo mismo del pecado y no pudo evitar estremecerse.

La mano de Vincent se apoyó en su muslo, aferrando la tela de su falda, arrugándola entre sus dedos, y comenzó a subirla despacio hasta que el aire frío empezó a colarse entre el bajo de sus enaguas. Los latidos de su corazón se escuchaban tan rítmicos y rápidos como el repiqueteo de la lluvia sobre las baldosas. Vincent acercó su cara a la suya hasta casi rozar sus labios, deteniéndose allí, con su aliento cálido como una promesa, a pocos centímetros de su boca, durante unos segundos que fueron interminables.

Alex, por un momento, pensó que la besaría, y vergonzosamente deseó con toda su alma que lo hiciera. Pero, en el último instante, Vincent sonrió y giró la cara, para deslizar su boca entreabierta por su garganta de manera lenta y torturadora, dejando un rastro ardiente que ella dudaba que se diluyera jamás. Lo empujó sintiendo que sus mejillas ardían mientras él se reía a carcajadas.

—Ya imaginaba que tu gratitud no sería tan desbordante como para eso.

—Eres un cretino.

Vincent le correspondió con una teatral y burlona reverencia mientras ella cruzaba el patio con los puños apretados a los costados.

—¡Alexandra!

Como si solo con convocar su nombre pudiera dominarla, ella se detuvo en mitad del patio, sin importarle que la lluvia empapara sus ropas, para volverse a mirarlo.

—Deberías seguir el ejemplo de Caroline y salir de este sombrío lugar antes de que te marchites, como todo lo que crece aquí.

Alex respiró fuerte intentando calibrar la intención de sus palabras, pero no había doblez ni burla en ellas. Giró sobre sus talones sin molestarse en contestarle para volver al interior de la mansión, mientras Vincent la observaba intentando deshacerse de la inquietante y cálida sensación que rozar su piel había dejado en sus labios.

34

—*E*s una suerte que tanto usted como su madre hayan decidido volver del campo tan pronto, lady Redmayne. —Caroline dio un pequeño sorbito a su taza y la dejó sobre el plato de porcelana sonriendo a lady Dolby, que por tercera vez esa semana había ido a tomar el té a la mansión londinense de los Greenwood, y por tercera vez había vuelto a alabar las bondades de encontrarse en Londres en octubre.

Caroline siempre había preferido estar en el campo en esa época del año, le encantaba ver cómo el bosque se teñía de colores ocres, y a menudo se organizaban fiestas campestres que duraban semanas aprovechando el comienzo de la temporada de caza del urogallo o la perdiz.

Pero este año no encontraba sosiego en ninguna de las cosas que antes le encantaban, así que había decidido ir a Londres para disfrutar de la *little season*, una especie de avanzadilla de la temporada social que se celebraba en primavera, pero que duraba desde principios de otoño hasta antes de Navidad.

—Sin duda, lady Dolby, este año la ciudad está más animada que nunca.

—Sinceramente, tantos meses en el campo acaban con mi paciencia, todo es tan tedioso…, yo misma estaba empezando a verme cara de acelga. El año próximo instaré a mi esposo a que hagan una sesión especial del Parlamento en pleno verano para no tener que pasar allí tanto tiempo aislada.

—No sea modesta, lady Dolby. Todos sabemos que sus fiestas de verano en su finca son la envidia de todos —contestó la madre de Caroline adulando a la vieja mujer.

La dama aceptó el cumplido de lady Eleonora con falsa modestia y se despidió cortésmente prometiendo volver a visitarlas pronto. Y a ellas no les quedó ninguna duda de que cumpliría con su amenaza. Una vez la puerta se cerró detrás de ella, Caroline y su hermana Crystal abandonaron su postura perfecta, repantigándose en el sofá ante la ceñuda mirada de su madre.

—Santo Dios, esa mujer es incansable. —Caroline miró el reloj situado sobre la mesita y resopló sonoramente—. Y solo son las cuatro y media. Estoy segura de que aún hay tiempo para que varias chismosas más vengan a devorar nuestras galletas y nuestra paciencia de paso.

—Esa postura no es demasiado adecuada para una duquesa —la amonestó su madre dándole una palmada en el muslo para que se sentara correctamente. Caroline puso los ojos en blanco y Crystal se rio entre dientes—. Y es totalmente lógico que todas intenten averiguar algo. No es demasiado normal que te hayas alojado aquí en lugar de en casa de tu marido y tampoco lo es que no hayáis acudido juntos a ningún evento social todavía. Las habladurías pronto serán imparables.

—¿Y crees que me importa lo más mínimo, madre? Son unas hipócritas, y puesto que en estas fechas las duquesas y el resto de los títulos ilustres escasean en la ciudad, todas se mueren porque acepte sus invitaciones. Nadie se atreverá a importunarme. Seguirán haciéndome la pelota y fingiendo que me adoran, y yo seguiré fingiendo que no las detesto.

Como duquesa joven, bella, de modales exquisitos, casada con uno de los hombres más poderosos y ricos de la ciudad, Caroline se había convertido en una sensación, todos querían sentarla a su mesa, en su palco, o tenerla en sus salones de baile. Y ella interpretaba el papel con brillantez, aceptando los halagos y tratando de llenar el vacío de su alma con entretenimientos banales.

—Eso es solo la punta del iceberg, Caroline. Lo que me preocupa es el trasfondo. No has visto a Thomas desde hace…, ¿cuánto? ¿Cinco meses?

Cinco meses, una semana, dos días y seis horas interminables, y lo había echado de menos cada segundo. Pero no lo reconocería. Thomas había decidido concederle el tiempo y la distancia que ella necesitaba, pero eso no había hecho que la rabia y el dolor que anidaba en su alma disminuyesen un ápice.

La única noticia que había tenido de él había sido la visita de Philips, su secretario, para informarle de que tenía a su disposición casas, carruajes y todo lo que pudiera necesitar, así como el doble de la asignación que en principio se le había otorgado. Todo lo necesario para representar el papel de duquesa a la perfección de cara a la galería.

Estaba unida al duque de Redmayne de por vida, pensar en divorciarse era poco menos que una abominación, y, si eso era lo único que le quedaba de su matrimonio, lo asumiría.

—Madre, no empieces otra vez, por favor.

Habían sido unos meses muy difíciles para ella. Había creído que refugiarse en su hogar, rodeada de su familia, la ayudaría a curar sus heridas, pero Greenwood le resultaba un poco más ajeno que antes, como si ya no perteneciera allí del todo. Sin olvidar que todos sus rincones estaban ahora impregnados de Thomas, de los momentos que habían compartido juntos. La sala donde había pintado su retrato, donde se habían besado... Él estaba allí, a cada paso que daba.

Decidió no esconderse más en el campo y volvió a la ciudad convertida en una mujer mucho más fuerte, segura y frívola. Nadie tenía por qué saber que todo era una fachada que se resquebrajaría en cualquier momento. Nadie excepto su familia. A Eleonora no le gustaba demasiado el nuevo cambio que había experimentado el carácter de su hija, aunque no se le escapaba que su aparente entereza no era más que eso, apariencia.

La duquesa de Redmayne era un valor en alza, y las invitaciones se acumulaban cada día. Cenas, bailes, veladas benéficas... No había una reunión en la que ella no fuera la protagonista, especialmente cuando no estaba presente. Por no mencionar a la corte de admiradores que la seguían a todos los eventos como si fueran polillas cerca de una llama, dispuestos a postrarse a sus pies a cambio de una sonrisa de la bella duquesa.

Puede que todos aquellos entretenimientos superficiales no le aportaran nada, pero al menos, durante aquellas horas, su mente estaba ocupada en otra cosa que no fuera su desastrosa vida sentimental y todo lo que había perdido por el camino.

Alguien llamó a la puerta principal y Caroline se levantó de un salto antes de que el mayordomo anunciara a la siguiente visita. No estaba de humor para aguantar otra tediosa hora hablando del tiempo y de lo agradable que estaba resultando estar en Londres en octubre.

—Voy a ver a madame Claire, creo que ya tendrá los nuevos vestidos que le encargué preparados. ¿Me acompañas, Crystal?

—Será un placer —contestó su hermana levantándose.

—Un momento, Caroline —la detuvo su madre—. ¿Sabes que Thomas está en la ciudad?

Caroline notó que palidecía. La noticia, aunque esperada, la inquietaba. Era obvio que, una vez resuelto el tema de la estafa de sus primos y recuperado de sus heridas, volvería a su casa, a su trabajo, a su antigua vida, y ella solo rezaba para que Londres fuera lo bastante grande para los dos.

—No, no lo sabía.

—Llegó hace unos días, y su hermana ha venido con él.

—Alex te caerá bien. Deberías enviarle una invitación para tomar el té, tengo ganas de volver a verla —sugirió, como si la poca entereza que había podido reunir no acabara de desintegrarse.

Caroline giró sobre sus talones dejando a su madre con la palabra en la boca, y salió de la habitación intentando fingir que la noticia no la alteraba en absoluto, a pesar de que su corazón se había quedado paralizado en el lugar.

Alguien depositó una copa de champán frío en la mano enguantada de la duquesa de Redmayne y ella la aceptó como un autómata con una sonrisa encantadoramente falsa.

—¿No cree usted que Bath es extremadamente aburrido? Realmente es muy difícil encontrar un evento en el que las «jóvenes» damas no padezcan artritis o estén en posesión de todos los dientes.

Las risas y las tosecillas incómodas acompañaron el comentario de mal gusto de lord Klein.

—¿Y usted qué piensa, lady Redmayne? ¿Ha ido alguna vez a Bath? Sin duda, su belleza y su sangre joven aportarían algo de frescura a aquel ajado lugar. Últimamente la media de edad está por encima del medio siglo.

Caroline levantó la vista de su copa y se encontró con al menos cuatro pares de ojos masculinos que esperaban una respuesta ingeniosa por su parte, el único problema es que no había prestado atención a absolutamente nada de lo que ocurría a su alrededor, ni a las voces estridentes del resto de los invitados, ni a la música que no cesaba en el salón atestado de bailarines. Se limitó a sonreír y a contestar una frase hecha e insustancial sobre lo sobrevalorado de la belleza, que todos celebraron.

La conversación volvió a reanudarse a su alrededor y ella siguió inmersa en sus pensamientos, tanto que no se dio cuenta de que se había bebido el contenido de su copa hasta que un lacayo se mantuvo más tiempo del necesario delante de ella, portando su bandeja para recogerla. Le resultaba imposible concentrarse en nada desde que su madre le había informado de que Thomas había vuelto a la ciudad.

Era consciente de que tarde o temprano tendrían que encontrarse. Aunque ahora estaba convencida de que, quizá, debería haber elegido cualquier otra de entre la media docena de invitaciones que había recibido para esa noche, en lugar de presentarse en la casa de uno de los amigos de su esposo. Y no se atrevía a reconocerse a sí misma por qué lo había hecho.

Como si lo hubiera convocado, la voz profunda del duque de Redmayne sonó a su espalda, y la corte de admiradores que la rodeaban se deshizo en saludos y pomposas reverencias tratando de captar la atención de Thomas.

Su título, su riqueza y sus contactos, tanto con la gente de negocios como con la aristocracia, lo habían convertido en alguien a quien todo el mundo quería tener de su lado y en uno de los hombres más poderosos de Londres. Parecía que a nadie le importaban sus orígenes y todos habían olvidado convenientemente que era el hijo bastardo del antiguo duque.

Caroline se había quedado en un segundo plano, con los pies anclados al suelo, sin poder ignorar la intensa mirada de Thomas, que correspondía a los saludos de los caballeros sin apartar sus ojos de ella.

—Excelencia, cuánto nos alegra tenerle entre nosotros de nuevo —saludó Klein—. Ya pensábamos que no lo veríamos hasta que el Parlamento tuviera algo importante entre manos.

—Asuntos ineludibles me han retenido lejos de Londres, contra mi voluntad —contestó con tono neutro.

—Por suerte, hemos podido disfrutar de la incomparable compañía de la duquesa.

La mirada azul de Thomas parecía traspasar cualquier barrera hasta desentrañar los más recónditos secretos de Caroline, que había intentado recuperarse del impacto inicial componiendo la más sofisticada y seductora sonrisa de la que fue capaz, con la única intención de deslumbrar a sus espectadores.

—Y no saben cuánto les envidio por ello —contestó despertando un coro de risitas condescendientes a su alrededor, mientras recorría el cuerpo de su mujer enfundado en un sofisticado y maravilloso vestido verde esmeralda mucho más escotado y provocativo de lo que ella solía usar.

Pero la vestimenta no era lo único que había cambiado en Caroline. Su peinado, su postura y, sobre todo, su actitud eran diferentes. Parecía más madura, más fría, más superficial, más segura de sí misma, y lo único que indicaba que era la misma persona de la que se había enamorado era el brillo de su mirada, que ahora trataba de esquivar la suya.

Los hombres intentaron asediarlo con sus preguntas sobre la nueva fábrica que acababan de abrir en Bristol, pero él intentó sortearlas todas y concentrarse en lo único que le importaba: su esposa.

—Caballeros, espero que me disculpen, pero me gustaría hablar con mi esposa, creo que voy a robársela unos instantes.

Caroline sintió que se ruborizaba como si fuera una inocente debutante, mitad por el impacto que le producía su presencia, mitad por la indignación de ponerla en esa tesitura delante de sus acompañantes.

—No sea aguafiestas, Redmayne. —La falsa sonrisa de Thomas se transformó en una tensa mueca cuando el caballero le dio una palmada amistosa en la espalda.

—Estábamos teniendo un interesante debate sobre los lugares de moda para pasar las vacaciones. —Todos apoyaron el comentario, negándose a desprenderse de la compañía de los duques tan pronto.

—Sí, además eres como el hijo pródigo. Frecuentas tan poco nuestra compañía que estamos ansiosos de que nos pongas al día. Nos merecemos que al menos te tomes una copa con tus antiguos amigos —añadió otro.

—Claro, Thomas. ¿Cuánto tiempo hace que no pasas por el club?

Thomas quería asesinar a alguien. Estaba ansioso por hablar con Caroline y, cuando la había visto tan deslumbrante e inaccesible, casi se había quedado sin respiración. No había considerado jamás a ese grupo hipócrita y falsamente adulador digno de amistad o confianza, menos aún en este momento en el que se interponían descaradamente entre él y lo que anhelaba, que no era otra cosa que besar a su mujer hasta hacerle perder el sentido. Durante todos esos meses, le había resultado durísimo contener la necesidad de dejar Redmayne Manor y venir a buscarla, pero se juró que le daría el tiempo que ella necesitaba. Pero tenerla delante y no poder arrastrarla a un lugar íntimo era demoledor. La necesitaba, y no era tan fuerte como se había empeñado en creer.

—Los caballeros tienen razón. Ya tendremos tiempo de hablar cuando volvamos a casa, querido. —Caroline mintió descaradamente ante los caballeros que los observaban embelesados, envidiando la magnífica pareja feliz que representaban, sin saber que hacía meses que no se veían. Que no existía un hogar cálido y acogedor en común al que volver, que todo era una bonita farsa, un perfecto envoltorio que no contenía nada en su interior. Se sintió orgullosa de sí misma al escuchar su propia voz controlada y suave, y con una sonrisa deslumbrante y totalmente impostada se alejó del grupo perdiéndose entre los corrillos de damas que los rodeaban, mientras los hombres monopolizaban la conversación y la atención de su esposo.

Caroline era consciente de que se tenía que enfrentar a su marido tarde o temprano, y sobre todo enfrentarse a sí misma y a la fuerza de lo que sentía por él. Pero sería mucho más saludable para ella hacerlo cuando fuera algo más que un manojo de nervios crispados, cuando no le temblaran las manos, y fuera capaz de verlo y contener el deseo de echarse en sus brazos en busca de consuelo.

Charló con algunos invitados mientras buscaba con la mirada a Thomas, pero sus acompañantes parecían haberlo convencido, finalmente, para dirigirse al salón donde los caballeros se tomaban alguna bebida algo más fuerte que el champán, fumaban y hablaban de temas normalmente vetados para los delicados oídos de las damas. Pidió su capa y se dirigió hacia su carruaje, que ya la esperaba junto a la escalinata de entrada. Al menos aquella noche había logrado posponer el encuentro con su esposo y puede que la próxima vez estuviera realmente preparada para afrontarlo.

Se acomodó en el asiento y apoyó la cabeza en el respaldo cerrando los ojos, esperando que el cochero iniciara el camino de regreso a casa. Se sentía agotada.

Dio un respingo cuando la puerta del carruaje se abrió bruscamente y la hermosa y furiosa cara de Thomas apareció en su campo de visión. Antes de que pudiera abrir la boca para hablar, Thomas ya había ocupado el asiento situado frente a ella y había golpeado el techo del carruaje para que iniciara la marcha.

—Buenas noches, duquesa.

35

—¿*Q*ué haces aquí? —preguntó Caroline totalmente aturdida por la intrusión.

—Tenemos que hablar y no voy a consentir que
vuelvas a escabullirte.

Caroline notó, a pesar de su estupor, que el carruaje daba la vuelta para tomar la dirección contraria a la de la mansión Greenwood, y abrió la cortina
para cerciorarse.

Miró atónita a Thomas, que se limitó a encogerse
de hombros y a mirarla con expresión de suficiencia.

—¿Puede saberse adónde me llevas?

—Tú misma dijiste que hablaríamos en casa.
Pues bien, eso es justo lo que vamos a hacer.

Caroline abrió los ojos como platos y cruzó los
brazos como si fuera una niña enfurruñada.

—¿Has sobornado al cochero? Qué rastrero,
Thomas. Qué rastrero…

—Teniendo en cuenta que este carruaje es mío y
que yo pago su sueldo, no me ha costado demasiado
esfuerzo convencerle, la verdad.

—¿En serio, «excelencia»? No esperaba un comentario tan ruin. Especialmente cuando tu admi-

nistrador, siguiendo tus órdenes, insistió en que lo usara y que aceptara el sustancial incremento de mi asignación. ¿Creías que podías contentarme con cosas materiales? No me conoces en absoluto.

—¿Quieres saber lo que me importan las cosas materiales, Carol?

—No, no quiero saberlo. Lo que quiero saber es si realmente crees que vas a conseguir algo secuestrándome y…

La risa de Thomas resonó en el interior del vehículo y el sonido se clavó en el corazón de Caroline, provocándole una agradable y a la vez dolorosa nostalgia. No se había dado cuenta de cuánto había añorado aquel sonido tan cautivador y vital.

—Técnicamente me perteneces, eres mi esposa, no lo olvides.

—Te pertenezco, como el carruaje. Es conmovedor.

El vehículo se detuvo con un ligero vaivén y Thomas bajó de un salto antes de que el cochero tuviera tiempo de bajar a ayudarles.

Le tendió una mano a Caroline y ella lo miró ceñuda negándose a ceder.

—No quiero bajar.

—Pues no tengo ningún inconveniente en echarme a mi esposa al hombro en mitad de Mayfair y cargar con ella hasta nuestro nidito de amor. Las páginas de chismes lo agradecerán. Tú decides.

Maldiciendo entre dientes, Caroline le obedeció, aceptó su mano y lo siguió hacia el interior de la mansión. La condujo hasta el despacho, donde el eficiente servicio había mantenido la chimenea encendida, ya que Thomas solía trabajar hasta tarde.

Caroline se dio cuenta, mientras dejaba que él le quitara la capa, de que la furia se había convertido en su aliada, consiguiendo que no se desmoronara al sentirlo tan cerca.

—¿Quieres tomar algo? —le preguntó intentando darle algo de normalidad a una situación que no la tenía en absoluto, mientras se quitaba la chaqueta y deshacía el nudo de su pañuelo.

Por más que fingiera dominar la situación, se sentía, probablemente, tan inseguro y nervioso como ella. De pronto parecían dos extraños, o más bien dos rivales desconocidos, y presentía que entenderse no iba a resultarle fácil.

—Deja esa fingida cordialidad, por favor. No soy una visita —cortó Caroline deteniéndose frente a la chimenea y clavando los ojos en las ascuas y en las chispas anaranjadas que las recorrían.

—Tienes razón, no eres una visita. Eres mi mujer. O al menos eso creo, porque realmente me ha costado mucho trabajo reconocerte esta noche. Maquillaje, joyas exuberantes, sonrisas estudiadas, pestañeos coquetos…

Levantó la vista del fuego para mirarle y resistió el impulso de apartarse cuando vio que él se había colocado a pocos centímetros de ella.

—Te he estado observando. ¿A qué estás jugando, Caroline?

—A ser la perfecta duquesa de Redmayne, ¿no te gusta el resultado?

—No.

—Pues es una pena porque el resto de Londres está realmente fascinado con mi interpretación.

—El resto de Londres se puede ir al infierno. A mí lo único que me importa es la Caroline real, la que hay debajo de este disfraz sofisticado. Lo que hay aquí dentro —sentenció apoyando su dedo índice justo por encima de su pecho, en el lugar donde su corazón latía frenético bajo la seda verde de su vestido de noche.

—Ahí dentro solo queda una piedra inerte —contestó en un susurro rabioso, odiándose a sí misma por sentir arder la pequeña porción de carne donde él la había tocado fugazmente.

—No te creo. Tú no eres así. Eres apasionada, dulce, sencilla…

—Y aun así nunca he sido suficiente.

—Has sido mucho más de lo que me merecía. Si es necesario, me disculparé cien veces más. Mil. Pero, por favor, debes creerme. No supe cómo manejar la situación. Siempre creí que no necesitaba el amor para vivir, me convencí de que estaría mejor sin él. Y luego llegaste tú desbaratándolo todo, metiéndote debajo de mi piel. Estaba asustado y sentía que todo estaba escapando a mi control.

—Puede que tuvieras razón y que la verdadera felicidad radique en aprender a vivir sin amor.

—Sé que no hablas en serio. Siento mucho que hayas tenido que sufrir todo esto por mi culpa. No puedo dejar de pensar que estuviste expuesta al peligro por mi decisión de llevarte hasta allí. Si nos hubiésemos quedado en Londres…

—Si nos hubiésemos quedado en Londres, el resultado hubiese sido el mismo. Tarde o temprano hubiera descubierto que nuestra relación no era lo bastante importante para ti como para renunciar a esa absurda venganza contra tu padre.

—Fui un cretino al empecinarme en eso. Quería ser libre y lo único que conseguí fue atarme aún más a él.

—¿Qué pretendías conseguir? ¿De verdad pensabas que podrías vivir con esa carga? ¿Con ese rencor? —Caroline se atrevió a mirarlo a los ojos al fin y Thomas vio algo más que dolor. Vio rabia, furia, desesperanza. No había otra opción más que abrir su corazón en canal, tal vez así ella pudiera entenderle.

—Tenía miedo de parecerme a ellos. —Thomas se pasó la mano por el pelo desordenándolo y Caroline lo miró sin comprender—. Me aterrorizaba que el amor me anulara y me convirtiera en un ser sumiso como mi madre, obsesionada hasta tal punto que era incapaz de tener ni un ápice de respeto por sí misma. Y me daba aún más miedo parecerme a mi padre, no ser capaz de querer y cuidar a mis propios hijos, convertirme en lo que él esperaba que yo fuera. No me quiso, solo me usó para sus propósitos, y no quería ser su cómplice viviendo la vida que él quiso que viviera. Ahora nada de eso tiene sentido, Caroline. Te amo, y no hay otra cosa que desee más que formar una familia contigo, quererte, querer a nuestros hijos, tener la oportunidad de demostrarte que no soy como ellos.

—No tenía por qué haber sido así —susurró con un sollozo.

—Lo sé. Ahora lo sé. Debería haberme dejado llevar por tu vitalidad, por tu fe en el amor, por la pureza de tu corazón…

—Ya no queda nada de eso. —Intentó apartarse de él. Pero los dedos de Thomas se deslizaron por su nuca, evitando que se alejara.

—No te creo. No podría vivir sabiendo que soy el responsable de que eso pasara.

Caroline, perdida en el dolor que veía en sus ojos, en la calidez que sus dedos en su cuello le transmitían, dejó de pensar, de razonar, y sin calibrar las consecuencias se acercó a él para fundirse en un abrazo que lo dejó totalmente desarmado.

Thomas la rodeó con sus brazos apretándola contra su pecho notando que su calor lo traspasaba. Podría haber sido sanador, podría haber sido felicidad, vida, si no fuera porque algo, puede que la intuición, le decía que ella no se estaba entregando del todo a él.

A pesar de que ambos lloraban y ambos compartían el mismo dolor, él sabía lo que vendría después. Ella se alejaría de nuevo, y no podía permitirse ese dolor destructivo. En un acto desesperado, acunó sus mejillas con las manos e intentó transmitirle con sus besos lo que las palabras no podían expresar.

El contacto de sus labios fue para ambos como una descarga intensa, como abrir una compuerta y desatar un torrente de deseo imposible de refrenar. Sus manos se buscaron con avidez, encontrando la piel cálida, tironeando de la tela de sus ropas, en un intercambio frenético de caricias, besos, lenguas.

Acabaron tendidos sobre la alfombra, a medio desvestir, con las faldas arremolinadas en la cintura de Caroline, intentando deshacerse del cierre de los pantalones, sin tiempo para otra cosa que no fuera entregarse a la pasión que los consumía. Cuando

Thomas la penetró, ambos gimieron de alivio, de desesperación, fundiéndose en una espiral ardiente, descargando con cada contacto todo el dolor y toda la frustración que sentían.

Cada toque era más urgente que el anterior, cada embestida más ansiosa, un choque violento de voluntades que los alejaba del mundo real. Pero ese mundo seguía existiendo. Caroline sintió que el placer se apoderaba de ella en un potente clímax que no tardó en llegar. Hubiese deseado poder resistirse a la arrolladora necesidad de él, permanecer estoica y fuerte, indiferente a su dolor, pero lo amaba demasiado, lo deseaba demasiado.

Thomas la deseaba con la misma fiereza y se dejó llevar por un orgasmo que en interminables ondas lo sacudió hasta sus cimientos. Sin salir de ella, con la respiración agitada y paralizado por lo que acababa de pasar, cometió el error de mirarla a los ojos. Y se perdió en ellos.

La necesitaba, y no pararía hasta recuperarla, hasta recuperar el brillo de su mirada, que ahora solo reflejaba pena. Y algo mucho peor: arrepentimiento. Caroline intentó empujarlo y él se apartó para dejar que se levantara.

Con manos temblorosas, trató de recomponer su vestido y rechazó la ayuda de Thomas, que vio impotente cómo se ponía la capa sobre sus hombros sin atreverse a cruzar la mirada con él.

Había sido un error tocarla, sabía que, si la besaba, sería imposible contenerse, más aún cuando ella había reaccionado con la misma urgencia, con la misma entrega.

Cerró las manos y apretó los puños contra sus costados, reprimiendo el irrefrenable impulso de retenerla allí con él. Pero no era el momento de dar más pasos, ella los repelería todos.

—Al menos déjame que te acompañe —dijo con un hilo de voz.

Caroline negó con la cabeza y se detuvo con la mano en el tirador de la puerta. Se giró atreviéndose a mirarlo por fin.

—¿Qué pasará cuando vuelvas a sentir miedo, Thomas? ¿O cuando creas que lo que sientes va a dominar tus acciones o convertirte en alguien sumiso? ¿Volverás entonces a establecer un perímetro de seguridad entre nosotros para que no cruce los «límites de nuestra relación», como tú los llamaste? No pasaré por eso otra vez. No lo resistiría.

Podría haber rogado una vez más que lo escuchara, podría haberse arrodillado y suplicar una oportunidad, podría haber jurado que eso no ocurriría mientras tuviera un solo gramo de vida en su cuerpo. Pero sabía que no conseguiría nada, y simplemente la dejó marchar.

36

El carruaje se detuvo delante de la mansión de lady Duncan y Caroline suspiró entrecortadamente, tratando de reunir valor para afrontar la tediosa velada que la esperaba. Su madre sujetó su mano entre las suyas y la apretó intentando darle ánimos.

—¿Estás bien?

Caroline asintió para no preocuparla, pero distaba mucho de estar ni remotamente bien. Desde el encuentro con Thomas no había tenido ni un solo segundo de paz. Se sentía vulnerable y frágil, incapaz de afrontar lo que sentía. Quería a Thomas, no tenía ninguna duda al respecto, pero había sufrido tanto cuando le había dicho que no podría haber amor en su matrimonio que no sobreviviría a otra decepción así. Estaba segura de que él creía que la amaba, pero no podía saber si el sentimiento era real o solamente una reacción por haber creído que la perdería. Le hubiera encantado quedarse en casa acurrucada en la agradable calidez de su cama con un buen libro como única compañía.

Entre la anciana lady Duncan y ella existía un cariño mutuo y en algunas ocasiones le pedía ayuda para sus obras benéficas, por lo que esta noche no podía faltar a la subasta que la anfitriona había organizado para ayudar al orfanato de Santa Clara. La mansión se había convertido en una improvisada galería de arte, y cuadros y estatuas adornaban cada rincón de los salones que en ese momento ya se encontraban atestados de gente. Caroline pronto fue interceptada por su corte habitual de admiradores, que trataban, sin demasiado éxito, de sacarle una sonrisa.

—Buenas noches, caballeros. Caroline, querida. Tan preciosa como siempre —saludó la anfitriona acercándose al grupo donde ella se encontraba. Lady Duncan era la tía de su cuñada Marian y, al igual que su sobrina, tenía una personalidad fascinante y un tanto peculiar que a Caroline le encantaba—. Caballeros, espero que hayan traído sus carteras llenas y sus corazones generosos. Me decepcionaría mucho si al menos no adquirieran una obra cada uno.

—Hay algunas piezas realmente interesantes, lady Duncan. No le quepa duda que esta noche será un éxito.

La dama sonrió complacida y le dedicó una mirada inquisitiva a Caroline, que aún no había prestado atención a nada de lo que la rodeaba.

—Eso espero, milord. Con su permiso, tengo que atender al resto de invitados. Los veré después. —Los caballeros hicieron una reverencia mientras la anciana señora continuaba su periplo por el salón.

—Lady Redmayne, ¿ha visto ya los cuadros?

—No, lord Klein. Acabo de llegar.

—Realmente hay algunas obras impresionantes.

Algunas son de artistas londinenses que han ofrecido su trabajo por una buena causa, y otras han sido donadas por familias adineradas. Todos sabemos lo persuasiva que puede ser lady Duncan. —Un coro de risitas acompañó la afirmación.

Caroline no pudo evitar que varios caballeros se ofrecieran como escoltas para mostrarle algunos de los que a su juicio tenían más calidad. Bodegones, retratos y algún busto de mármol atraían la atención de los aristócratas allí congregados, pero la mirada de Caroline se desplazó instintivamente hacia un sencillo paisaje que ocupaba un discreto lugar en una de las paredes: una playa solitaria con una barcaza olvidada y castigada por el sol varada en la arena.

Los colores eran tan vibrantes, los trazos tan limpios, que se podía ver con claridad cómo la luz del sol se filtraba entre las crestas de las olas que rompían en la orilla. Pudo sentir el aire fresco impregnado de pequeñas gotitas de mar salpicar sus mejillas, el olor a sal, la tibieza del sol…

No necesitaba ver las iniciales T. S. estampadas en una esquina para saber que el lienzo había salido de las manos de Thomas. Siguió avanzando y encontró otro cuadro aún más maravilloso que el anterior. Era un campo de amapolas que se mecían por el viento entre el trigo todavía verde, bajo un cielo azul intenso sin apenas nubes.

Continuó caminando como en trance sorteando a los invitados que se ponían en su camino.

Encontró un óleo de un lago donde se reflejaba un sol de justicia, en el que unos niños se salpicaban agua alegremente. Sintió el agua fresca bajo sus pies, los sonidos del bosque, las risas infantiles y el calor del verano.

Recordó las palabras de Thomas mientras le daba lecciones sobre arte y brujería en Greenwood Hall. Sin duda, Thomas era un brujo, cómo, si no, podría tener la capacidad de despertar cada uno de los sentidos con solo unas hábiles pinceladas.

«No toda la luz es blanca, ni todas las sombras son negras. A veces la mejor forma de que algo brille es potenciar la oscuridad que lo rodea. El choque entre ambas cosas es lo que define el todo.»

Se estremeció al recordar sus palabras.

Los dos habían visto la oscuridad, una oscuridad negra y dolorosa que había caído sobre ellos de manera implacable. Quizá superar esas sombras hiciera que su luz fuera ahora más intensa y brillante. Quizá. Sonaba tentador, esperanzador más bien. La cuestión era si debía permitir que la esperanza anidara en ella de nuevo.

—Son increíbles, ¿verdad? —La voz de lord Klein junto a ella la sacó de golpe de su ensoñación.

—Sí, son… simplemente maravillosos.

—Puede que me haga con alguno de ellos —añadió el otro hombre que los acompañaba, un tipo anodino que le habían presentado en alguna ocasión y del que nunca conseguía recordar el nombre.

—Yo todavía no lo tengo claro. ¿Ha visto el cuadro que está expuesto en la otra sala? El que no está a la venta. Ese sí que es fascinante, aunque un poco atrevido para mi gusto.

—La barrera entre el arte y lo indecoroso a veces es muy fina, Klein. Ahí es donde está la gracia.

Caroline sintió un pellizco en el estómago y retazos de frases inconexas llegaron a su mente, acompañadas de la risa de Thomas, de la voz profunda y sensual de Thomas, de las manos de Thomas. Dejó a sus acompañantes enfrascados en su propia conversación y llevada por el instinto se dirigió a la sala que habían indicado, con la imperiosa necesidad de ver esa obra por la que nadie podría pujar, esa obra vetada para el resto de los mortales.

El recuerdo de Thomas recostado junto a ella en su noche de bodas le removió algo en su interior.

—«No pienso dejar de admirarte hasta que me aprenda cada uno de los rincones de tu cuerpo, hasta los más ocultos.»

—«¿Vas a pintarlos todos?»

—«¿Te gustaría? Posarás para mí y pintaré cada rincón de tu cuerpo y colgaré los cuadros en mi despacho, para que todo el mundo pueda admirar tu belleza oculta.»

Llegó a la sala donde un único cuadro colgaba de su pared principal, bello, imponente, majestuoso. Su instinto estaba en lo cierto, nadie más que Thomas podía haber pintado algo tan desgarrador, tan carnal y a la vez tan exquisito como aquello.

La habitación por un momento pareció girar a su alrededor y todo se difuminó, las velas, la gente, el mundo…, hasta que Caroline solo pudo ver los trazos perfectos del óleo sobre la tela.

Psique y Eros.

La certeza de que ese cuadro no estaba allí para que los demás lo vieran la golpeó en el pecho, dentro, muy dentro. Ese cuadro estaba allí solo para que ella lo viera. Los dos amantes se abrazaban en una postura similar a la de la estatua que Thomas le había mostrado oculta en el museo. Pero había un cambio en ella, un cambio determinante que hacía que todo perdiera el sentido o quizá que todo se pusiera en su lugar.

Los papeles estaban invertidos.

Esta vez, una poderosa Psique de cabellera oscura y rizada sostenía a un Eros de cabellos dorados que parecía subyugado, abatido, mientras la miraba con adoración, como si su existencia dependiera de que Psique permaneciera allí con él. Las alas de Eros estaban rotas, desmembradas, y Caroline se preguntó qué terrible pecado habría cometido para que los dioses o el destino lo castigaran de manera tan cruel.

El aire pareció cambiar a su alrededor y Caroline percibió su presencia en la habitación, antes incluso de notar su calor pegado a su espalda. La voz profunda de Thomas acarició su oído haciendo que su piel se erizara y su corazón saltara en su lugar.

—Pobre Eros. —Caroline tragó saliva al notar el aliento cálido acariciando su nuca, sin poder apartar los ojos del lienzo, tratando de memorizar cada detalle—. Sus alas están rotas, amor. Se han roto por amar demasiado, por no saber amar. Pero esta vez es él quien está dispuesto a bajar hasta el averno, sin dudas, sin titubear. Caminar entre brasas ardientes, entregar su cuerpo, su alma, todo lo que es, todo lo que tiene, a cambio de que ella vuelva a mirarlo de la misma forma en que solía hacerlo. ¿Y sabes por qué no tiene miedo, mi dulce Caroline? Porque él ya ha estado allí. Porque una vida sin tu amor no es otra cosa más que un infierno en la Tierra.

Una gruesa lágrima rodó por la mejilla de Caroline, que, paralizada, no era capaz de articular palabra. No podía moverse, no podía mirarlo, estaban rodeados de gente, pero a la vez se sentía sola en el mundo.

La tentación de reclinarse contra su pecho era más de lo que podía soportar. Cerró los ojos deseando que al abrirlos las alas de Eros no estuvieran rotas, que ninguno tuviera que recoger los pedazos del otro ni cruzar infiernos, que solo tuvieran que apoyarse el uno en el otro con la misma entrega, con el mismo amor.

Pero cuando abrió los ojos las alas de Eros seguían quebradas y el frío en sus huesos le dijo que Thomas ya no estaba.

37

*L*a noche había sido eterna para Caroline y así lo atestiguaban las profundas marcas violáceas debajo de sus ojos.

Su cabeza era un cúmulo de dudas, inseguridades y convicciones, que se entremezclaban entre sí piso-teándose unas a otras.

Su ánimo estaba por los suelos y la sensación de pérdida que sentía era inevitable, insoportable, y no podía deshacerse de la impotencia que le provocaba saber que probablemente se había equivocado. Pro-tegerse ante la decepción, impedir un posible sufri-miento futuro también traía implícita la soledad. No habría riesgos si se mantenía alejada de Thomas, pero eso significaría no vivir, no sentir.

Pero ¿merecía la pena una existencia vacía para evitar algo que aún no estaba escrito?

¿Podría vivir una vida sin amor, sin pasión, sin el hombre que lo significaba todo para ella?

Y lo que era más importante: ¿eran los motivos que había esgrimido para alejarse tan trascendentales para sufrir semejante condena? La respuesta era no.

La vida sin amor no era vida.

ϒ

Se paró en los escalones de la lujosa mansión de Thomas, a solo unas manzanas de la casa de los Greenwood, y respiró profundamente para reunir valor y contener los latidos frenéticos de su corazón. La puerta se abrió de golpe y Alexandra, que salía a toda velocidad, tuvo que frenar para no arrollar a su cuñada.

—¡Caroline! —Se fundieron en un intenso y conmovedor abrazo. La había echado de menos esos meses y estaba contenta de que al fin se hubiera atrevido a dar el paso de trasladarse a Londres para empezar una nueva vida. Y ella estaría allí para apoyarla—. Es como si te hubiera convocado con el pensamiento, iba a buscarte a tu casa.

—¿Ocurre algo? ¿Dónde está Thomas?

Alex se mordió el labio, preocupada.

—Se fue esta mañana hacia Redmayne Manor. Puede que esté exagerando, pero estoy preocupada. Desde que tú te fuiste no ha sido el mismo. No me gusta imaginármelo solo en aquel lugar tan…

—Macabro. —Caroline terminó la frase por ella sintiendo que la sangre se le iba a los pies—. ¿Te dijo qué iba a hacer allí?

—Fue un poco enigmático. Dijo que quería acabar con los asuntos pendientes.

La preocupación se asentó en el interior de Caroline como un peso frío en el estómago. No tenía idea de cuáles eran esos asuntos pendientes, pero fuera lo que fuera no se iba a quedar de brazos cruzados mientras Thomas estaba solo en aquel lugar en el que solo sucedían desgracias. Alex vio cómo Caroline se montaba en el carruaje apresuradamente para emprender el camino hacia Redmayne Manor, pero no se permitió sentir ni un ápice de arrepentimiento por haberla preocupado innecesariamente.

Era más que obvio que ese par de cabezotas se amaban, pero no les estaba resultando fácil superar lo que les había pasado, y puede que ese pequeño empujón fuera lo que necesitaban para avanzar.

Reencontrarse y cerrar al fin el círculo para emprender un nuevo comienzo.

El motivo por el que Thomas había vuelto hasta allí no era otro que cerrar la mansión definitivamente. Durante los últimos meses había tomado la decisión de deshacerse de todo lo que tuviera que ver con aquel lugar maldito que solo les traía dolor y malos recuerdos.

El administrador le había avisado de que las tierras ya habían sido vendidas o alquiladas a otros propietarios de la zona, se había pagado convenientemente a los jornaleros y al resto de los trabajadores, y el servicio se recolocaría en otras propiedades, y solo faltaba su presencia para ultimarlo todo y que Redmayne Manor se convirtiera en una historia que olvidar.

Parecía que una nube perpetua amenazaba siempre aquel sombrío lugar y el sol era un bien preciado que raramente les premiaba con su presencia. Caroline descendió del carruaje y no estuvo segura de si el escalofrío que la recorrió se debía a la corriente de aire helado que azotó sus faldas o a algo más.

Los truenos se escuchaban a lo lejos anunciando una tormenta que no tardaría en llegar y las hojas secas hacían remolinos sobre la grava arrastradas por el viento. Para su sorpresa, parecía haber bastante actividad en la vieja mansión. Tuvo que apartarse para que unos hombres que portaban unas pesadas cajas pudieran llegar hasta el carruaje que los esperaba, y tras hacerle una rápida reverencia se montaron en él y desaparecieron por el camino de entrada.

La puerta de la mansión estaba abierta de par en par, pero a pesar de eso resultaba cualquier cosa menos acogedora.

Caroline soltó el aire despacio sintiendo que, si cruzaba el umbral, aquel monstruo la devoraría, y se detuvo sin atreverse a entrar. Por suerte, antes de poner un pie en su interior, apareció el mayordomo, sorprendido al verla allí.

—Duquesa, no sabíamos que vendría. Disculpe, pero…

—¿Dónde está mi esposo? —le interrumpió ansiosa.

—Está en el torreón, ¿quiere que…? —El hombre se rascó la cabeza, extrañado, al ver a la señora remangarse las faldas y echar a correr en esa dirección, dejándole con la palabra en la boca. Definitivamente esa familia no estaba bien de la cabeza.

Caroline subió los escalones del viejo castillo, sintiendo su corazón golpeando frenético en su pecho y con la garganta ardiendo por la carrera. Los recuerdos nefastos se agolparon en su mente, pero no se dejó llevar por el miedo. Se detuvo e intentó tomar aire antes de salir al espacio diáfano que coronaba la torre. Thomas estaba allí, de espaldas a ella, demasiado cerca del borde, tanto que no se atrevió a hacer ningún ruido por si provocaba un desastre.

Como si la hubiera presentido, giró la cara hacia donde ella estaba y parpadeó varias veces para cerciorarse de que ella era real.

—¿Caroline? ¿Qué...? ¿Ha ocurrido algo? —Acortó la distancia que los separaba y cogió sus manos entre las suyas. Las frotó al ver que estaban heladas mientras ella recuperaba el aliento.

Al verlo allí, tan indefenso, en mangas de camisa y con el pelo alborotado, sintió la tentación de retirarle los rubios mechones de la frente y acariciar su mejilla. Caroline no sabía qué decir, puede que se hubiera precipitado al meterse en un carruaje y aparecer allí simplemente llevada por un mal presentimiento.

Quizá hubiese sido más sensato esperar a que Thomas volviera a Londres para hablar con él, principalmente porque en ese momento no tenía ni idea de por dónde empezar.

—¿Qué haces aquí? —le contestó con otra pregunta, y el enarcó una ceja, desconcertado.

—He venido a recoger las cosas de Alex. Sus libros, los recuerdos de Steve... —Se acercó un poco más hasta que estuvo tan cerca que el olor de su perfume llegó hasta él, limpio, sensual..., despertando partes de su alma que preferiría que se mantuvieran anestesiadas—. Al fin la he convencido para que se mude a Londres conmigo y cerraré esta maldita casa definitivamente.

—No puedo decir que lo sienta —suspiró aliviada, sintiéndose un poco ridícula por su alarmismo—. Me asusté al saber que estabas aquí —admitió separándose unos pasos de él, pero sin llegar a acercarse al borde.

—Quería cerrar un ciclo, supongo. Enfrentarme a mis peores momentos, para no olvidarlos. No quiero repetirlos.

Una corriente de aire sopló entre los árboles del bosquecillo cercano y llegó hasta ellos, agitando el pañuelo bordado que Caroline llevaba sobre los hombros.

Thomas sujetó la prenda en un acto reflejo y la volvió a colocar en su cuello acariciando la tela entre los dedos unos instantes, imaginando que en lugar de eso rozaba la piel satinada de su esposa. El gesto, tan sencillo y a la vez tan lleno de complicidad, les trajo una nostalgia casi dolorosa.

—¿Por qué has venido, Caroline? —insistió clavando en ella sus ojos, que parecían más azules e intensos que nunca.

—Me preocupé al saber que habías vuelto aquí —se sinceró a medias, obviando que se había enterado de ello justo cuando se dirigía a su casa para intentar arreglar las cosas con él—. Este lugar me produce escalofríos. Ya han pasado suficientes cosas malas aquí, y estas oscuras paredes parecen nutrirse de la desgracia.

—Tienes razón, han pasado más de las que puedo recordar. Con un poco de suerte, el tiempo se encargará de hundir sus cimientos y enterrar con ellos todo el dolor. —Thomas sonrió con tristeza—. Sería un final épico, digno de una de tus novelas preferidas.

Thomas recordó el libro que ella le leyó en Greenwood Hall durante su convalecencia y que no llegaron a terminar. ¿Qué habría sido del capitán y la dama? Probablemente ella habría roto su racha de mala suerte con un beso y ahora estarían cruzando los mares amándose sin descanso.

Caroline le devolvió la sonrisa y suspiró.

—Nos merecíamos un final mejor.

—No. No nos merecíamos un final mejor. —La contundente respuesta la dejó helada—. Simplemente no nos merecíamos tener un final. Nos merecíamos que esto hubiese sido el principio de algo, el inicio de un camino lleno de… —Thomas se detuvo, era inútil continuar soñando con algo que ella no estaba dispuesta a concederle.

Pero aun así Caroline estaba allí. Solo tenía que alargar la mano y acariciar los rebeldes rizos que querían escapar de su sombrero de paño azul noche o deslizar el pulgar por sus labios entreabiertos para sentir la humedad de su boca.

—Un camino lleno de cosas nuevas cada día. De amor, de besos, de aventuras… —terminó ella en su lugar.

—Creo que la parte de las aventuras la hemos superado con creces, solo nos ha faltado el ataque de gaviotas asesinas.

Caroline rio, y a Thomas ese sonido le pareció algo mágico, capaz de revivir la parte de él que estaba muriendo poco a poco.

—Puede que nos hayamos librado porque estamos en mitad de la campiña inglesa. Es una suerte estar alejados de la costa —bromeó ella.

—Eso jamás hubiera sido impedimento para la autora de ese espantoso libro. Aunque, a decir verdad, nos hemos enfrentado a cosas peores que un par de pájaros hambrientos. —Caroline se abstuvo de hacerle notar que había una gran similitud con lo que habían vivido, pero, aunque solo fuera por respeto a la memoria de los que ya no estaban, se ahorró el comentario.

—En el fondo la trama del libro te atrapó, reconócelo.

«Tú me atrapaste. Tu voz, tu entrega, tu risa, tu inocencia y tu osadía. Todas esas cosas que yo mismo he apagado con mi idiotez», pensó para sí mordiéndose la lengua para no decirlo en voz alta.

—Y me quedé con la duda de saber si tu gallardo capitán consiguió su objetivo —dijo con su habitual tono irónico.

—Por supuesto que lo consiguió. Sorteó todos los obstáculos —asintió con una sonrisa. Sin que ninguno de los dos lo hubiese notado, sus cuerpos cada vez estaban más cerca, como si un imán invisible los atrajera irremediablemente mientras hablaban.

—No podía ser de otra forma.

—Tuvo que escalar hasta una almena para llegar hasta ella… —continuó Caroline sin poder evitar mirar sus labios.

—Yo casi me caigo desde una torre, estamos empatados.

Caroline se mordió el labio sonriendo y contuvo las ansias de echarse en sus brazos.

—Y le declaró su amor eterno con tanta pasión que ella no tuvo más remedio que sucumbir a sus encantos.

—¿Y qué hubiera hecho tu gallardo capitán si ella no hubiera sucumbido?

—Insistir hasta llegar a su corazón.

—Puede que ya se hubiera cansado de que la dama le diera con la puerta en las narices todo el tiempo, a pesar de sus esfuerzos por demostrarle que estaba arrepentido de sus errores y terriblemente enamorado hasta la médula.

Caroline abrió los ojos sobresaltada por la afirmación, apenas una fracción de segundo, pero él estaba tan cerca que no se le escapó el gesto, y se contuvo para no sonreír.

—Pues entonces ella tendría que demostrarle a su amado que en realidad no tenía que seguir insistiendo, que estaba dispuesta a vivir cada día un nuevo comienzo a su lado. Sin rencores, ni miedos, ni venganzas. Solo amor.

Estaban tan cerca que Caroline no sabría decir dónde terminaban sus latidos y dónde comenzaban los de su esposo, y sin darse cuenta su mano buscó la suya entrelazando los dedos como si ese fuera su legítimo lugar. Deslizó la otra mano por la mejilla de Thomas y sintió cómo él aguantaba la respiración.

—Yo también estaba asustada y confundida. Algunas veces hablabas sobre el amor de manera tan apasionada que no podía creer que fueras incapaz de amar. Cuando me marché, deseaba perdonarte, olvidar toda esta pesadilla, refugiarme en tus brazos y que tú te refugiases en los míos, pero estaba furiosa con el mundo. Y me aterrorizaba que algún día volvieras a decirme que no me podías amar. Me daba miedo confiar en ti.

—¿Y ahora? ¿Confías en mí, Caroline?

—El amor significa eso también, ¿no? Confiar.

—¿Y me amas?

—Con locura, con desesperación. Thomas, no puedo dejar de amarte.

—Ni yo voy a permitir que lo hagas, amor.

Sus brazos la rodearon acercándola a él, hasta que entre sus cuerpos no quedó espacio para otra cosa que no fuera su deseo y la necesidad de amarse.

Sus bocas se fundieron en un beso lleno de promesas cumplidas, de esperanzas, y de un prometedor futuro lleno del amor que ambos se merecían.

La noche se cernió sobre el esqueleto de piedra de Redmayne Manor, que ya no albergaba más que vacío y silencio en su interior. El aire se filtraba por las rendijas de las ventanas y ululaba por los pasillos desiertos en los que ya solo habitaban la oscuridad más negra y los objetos olvidados por quienes ya no volverían a pisar sus suelos. Un mueble comido por la carcoma crujió en algún rincón de la casa, o puede que fuera una desvencijada puerta, o quizá algún alma que aún no había encontrado su camino. Pero no importaba porque ya no había nadie en ese lugar para escucharlo.

Mientras tanto, no muy lejos de allí, los duques de Redmayne se entregaban a la pasión sin mesura en la sencilla habitación de la posada del pueblo. Las manos de Thomas exploraban cada pequeña porción de piel con reverencia, con adoración, recreándose en cada gemido de placer que arrancaba de la boca de Caroline, tocando el cielo cada vez que de ella salía su nombre en un susurro entrecortado. Sus labios y su lengua navegaron por cada valle de su cuerpo, por cada retazo de piel ondulada y suave, aprendiéndose cada parte, cada lunar, cada pulgada. No sabía si existía el cielo, lo que tenía claro es que ya había visitado el infierno de una vida sin ella, y no estaba dispuesto a regresar allí.

Habían entendido al fin que la felicidad de uno no podría existir sin la del otro. Ambos se merecían todo su amor, todos sus besos.

Un rayo estalló cercano, abrupto, estridente, pero ellos no lo oyeron, apenas acertaron a intuir su leve resplandor en la habitación en penumbra, demasiado concentrados en su propio placer y en devolverse las caricias que se debían.

La lluvia había cesado antes de anochecer y solo persistían, cortando la madrugada, el incesante viento que azotaba los tejados y los relámpagos que iluminaban el cielo con intensidad. Un rayo solitario estalló sobre Redmayne Manor, estrellándose directamente sobre la parte más alta del tejado con una lluvia de chispas.

La madera podrida comenzó a arder rápidamente y las llamas lamieron con avidez cada rincón de la casa, el papel de las paredes, los muebles, las vigas...

La estructura comenzó a retorcerse sobre sí misma con chirridos espeluznantes, crujidos que sonaban como lamentos, hasta que la enorme mansión se consumió convirtiéndose en ceniza y escombros.

La mañana encontró a Thomas y a Caroline enredados en un abrazo, también consumidos por el fuego, por las llamas de su propia pasión. Pero en lugar de destruirlos, ese fuego había conseguido llenarlos aun más de vida, haciéndolos resurgir de sus cenizas como si de un ave fénix se tratara.

EPÍLOGO

Primavera de 1864

Caroline se detuvo en la acera antes de entrar en el establecimiento y se tapó la boca con la mano enguantada, tratando de contener las ganas de darle una salida poco digna al desayuno de esa mañana. Respiró hondo y se hizo aire con la mano recuperando la compostura.

—¿Estás bien? —preguntó Alexandra preocupada.

—Sí, falsa alarma —contestó Caroline esforzándose en componer una sonrisa y controlar las náuseas que cada mañana le ponían el cuerpo del revés.

—¿Cuándo piensas decírselo a Thomas?

—Supongo que cuando subamos al barco o, mejor aún, cuando hayamos zarpado. —Sonrió traviesa.

—¿Estás segura?

—Sí, el médico me ha dicho que estoy perfectamente bien y saludable. Si Thomas se entera de que estoy embarazada, sabes perfectamente que utilizará su recién descubierta autoridad ducal para envolverme en algodón y no dejarme salir de la cama hasta que dé a luz.

Alex rio y le dio la razón.

—Bueno, no puedo culparlo. Después de todo lo que habéis pasado, es normal que quiera protegerte.

—Sí, y me encanta que se preocupe por mi bienestar. Pero no tuvimos luna de miel, y nos merecemos este viaje. Thomas ha pasado unos meses muy duros con todo lo que conlleva el ducado de Redmayne. Y, además, nuestros planes son muy tranquilos, y prometo que me cuidaré muchísimo.

Thomas la había sorprendido con un viaje en el que pasarían algo más de un mes en el sur del continente y Caroline esperaba que el tiempo fuese benévolo y pudieran disfrutar de la tranquilidad del campo y del sol, ya habían tenido suficiente oscuridad. Suspiró sin poder quitarse la sonrisa de la cara al pensar en su marido. No recordaba haber estado tan feliz jamás, la vida les había regalado un nuevo comienzo y ninguno de los dos estaba dispuesto a desperdiciarlo. Cada día parecía que el amor entre ellos, la complicidad, la confianza aumentaban un poco más y descubrir que iban a ser padres era un motivo más para estar agradecidos. Estaba ansiosa por ver la cara de Thomas cuando al fin lo supiera.

Ya lo tenía todo listo para emprender el viaje y decidió pasar por la librería para hacerse con un par de novelas donde no podían faltar capitanes, piratas y damas en apuros. Cada noche se acomodaban en su pequeña y confortable sala de lectura, donde colgaban los cuadros que Thomas había pintado para ella, y que se había convertido en su pequeño refugio.

Leer un libro a medias era un pequeño vicio que ambos disfrutaban y, aunque Thomas añadiera a cada gesta uno de sus sarcásticos comentarios, tenía que reconocer que escuchar la voz de su mujer relatándole disparatadas aventuras románticas era uno de los mejores momentos del día. Sobre todo, porque casi siempre acababa quitándole el libro de las manos y amándola hasta hacerle olvidar hasta su propio nombre.

Ambas entraron en la tienda y una campanilla anunció su llegada. Había algo mágico en el olor de una librería. Los tomos de papel nuevo o usado, la piel de las cubiertas, la tinta con la que se había escrito... Todo impregnaba el aire de un aroma característico que fascinaba a Alexandra. Por suerte, habían encontrado una de ellas bastante bien provista de títulos en una callejuela del centro de Londres, en la que la presencia de una dama no estaba mal vista. Al menos si la dama en cuestión deslizaba una moneda lo suficientemente grande en el mostrador nada más entrar. El silencio, casi monacal, la hacía sentirse en un lugar sagrado en el que sería un pecado perturbar la paz existente alzando la voz.

Su cuñada Caroline le indicó entre susurros que iba a buscar entre los libros de arte un regalo para Thomas y se marchó para hacerse con algo interesante en esa sección, aunque ya llevaba convenientemente sujetos bajo el brazo dos libros románticos a los que era tan aficionada. Alexandra no llevaba una idea establecida de lo que quería adquirir, puede que una novela gótica o algún libro interesante sobre historia. Paseó los dedos enguantados distraídamente sobre los lomos para ver si, como tantas otras veces, se obraba el milagro y un ejemplar llamaba su atención antes siquiera de abrirlo.

Nada. No sintió nada especial.

Llegó al final del estrecho corredor y un rincón que ya había visto en anteriores visitas llamó su atención: un pasillo semioculto por una cortina de terciopelo donde unas estanterías que llegaban hasta el techo contenían libros reservados para un tipo determinado de clientes, por supuesto del género masculino. Alexandra sabía qué tipo de temática tenían esos libros, todos transgresores. Temas políticos, actos violentos o depravados y otros temas delicados para el gran público, pero en su gran mayoría eran de índole sexual.

Nunca había tenido acceso a ellos, pero sabía que contenían historias potentes y prohibidas, escenas tórridas excesivamente explícitas, y en algunos casos ilustraciones. Puede que el dueño o algún cliente descuidado hubieran dejado la cortina invitadoramente abierta, dejando a la vista infinidad de palabras atesoradas allí, esperando que alguien abriera sus cofres para dejarlas en libertad. Sintió como si algo la llamara desde aquel pasillo poco iluminado, como si en sus entrañas los tambores de una tribu lejana la invocaran, y paso a paso se adentró en aquel mundo vetado para una dama soltera de la buena sociedad.

A esas horas la librería estaba casi desierta, por lo que la posibilidad de ser descubierta en flagrante delito era mínima. Se quitó los guantes para sentir la piel de los lomos en las yemas de los dedos y los deslizó sobre los tomos de distintos colores, y esta vez sí, la anticipación por encontrar algo interesante hizo que su cuerpo se tensara ligeramente.

Su mano se detuvo sobre un volumen que, *a priori*, debería haber pasado desapercibido entre los llamativos colores que lo rodeaban. Alexandra sostuvo unos instantes el libro entre sus manos y acarició el cuero de color negro de la cubierta con reverencia, con la impresión de haber encontrado un tesoro. La piel era fina y suave y en la portada tenía grabada una flor de loto con tinta dorada. Las letras del mismo color resaltaban altaneras sobre la oscuridad del fondo: *Entre tus pétalos rosados*.

Alex lo leyó moviendo los labios sin darse cuenta y sintió que se ruborizaba ante lo que seguramente era una referencia al sexo femenino. Abrió la pasta y se sorprendió gratamente al encontrarse una página interior de un rico color carmesí, con una breve frase:

Tus pétalos rosados, tu olorosa fragancia dulce y picante serán el bálsamo que cure mis heridas, el único recuerdo que me llevaré como postrera ofrenda en mi último viaje.

La frase le provocó una pequeña conmoción interior y un anhelo irrefrenable de leer el resto de su contenido. Como la ávida lectora que era, no pudo evitar pasar la página.

Capítulo 1

La suave y ardiente brisa del desierto acarició sus mejillas y jugueteó atrevida con el velo blanco que cubría parcialmente su cara…

—La tímida y aburrida Alexandra Richmond haciendo algo deliciosamente inadecuado. Y yo que creía que jamás encontraría nada excitante en una librería… —La voz penetrante de Vincent Rhys, demasiado cerca de su oído, la sobresaltó, y muy a su pesar el libro se escapó de entre sus dedos.

SERIE LOS GREENWOOD

Los dos primeros libros
de Noa Alférez

Noa Alférez

Noa Alférez es una almeriense enamorada de su tierra y de la vida sencilla. Siempre le han gustado la pintura, las manualidades, el cine, leer... y un poco todo lo que sea crear e imaginar. Nunca se había atrevido a escribir, aunque los personajes y las historias siempre habían rondado por su cabeza. Tiene el firme convencimiento de que todas las situaciones de la vida, incluso las que *a priori* parecen no ser las mejores, te conducen a nuevos caminos y nuevas oportunidades. Y sobre todo la creencia de que nunca es tarde para perseguir los sueños.